AF553012

कृष्णकली

उपन्यास

कृष्णकली

शिवानी

राधाकृष्ण प्रकाशन

धर्मयुग में 1967-68 के दौरान धारावाहिक रूप से प्रकाशित।
पुस्तकाकार रूप में 1969 में पहली बार भारतीय ज्ञानपीठ द्वारा प्रकाशित।

ISBN : 978-81-8361-918-9

कृष्णकली

© शिवानी साहित्य प्रकाशन प्रा. लि.

पहला राधाकृष्ण संस्करण : जनवरी, 2019
तीसरा संस्करण : 2021

मूल्य : ₹695

प्रकाशक

राधाकृष्ण प्रकाशन प्राइवेट लिमिटेड
जी-17, जगतपुरी, दिल्ली-110 051

शाखाएँ : अशोक राजपथ, साइंस कॉलेज के सामने, पटना-800 006
पहली मंजिल, दरबारी बिल्डिंग, महात्मा गांधी मार्ग, प्रयागराज-211 001
36-ए, शेक्सपियर सरणी, कोलकाता-700 017

वेबसाइट : www.radhakrishnaprakashan.com
ई-मेल : info@radhakrishnaprakashan.com

मुद्रक

बी.के. ऑफसेट
नवीन शाहदरा, दिल्ली-110 032

KRISHNAKALI
Novel by Shivani

इस पुस्तक के सर्वाधिकार सुरक्षित हैं। प्रकाशक की लिखित अनुमति के बिना इसके किसी भी अंश को, फोटोकॉपी एवं रिकॉर्डिंग सहित इलेक्ट्रॉनिक अथवा मशीनी, किसी भी माध्यम से, अथवा ज्ञान के संग्रहण एवं पुनःप्रयोग की प्रणाली द्वारा, किसी भी रूप में, पुनरुत्पादित अथवा संचारित-प्रसारित नहीं किया जा सकता।

गोरखपुर कुष्ठाश्रम के
उस अज्ञात स्नेही को जिसने
इस उपन्यास को लिखने की प्रेरणा दी थी।

श्रेय मेरी लेखनी को नहीं!

सातवें सजिल्द संस्करण से

कृष्णकली के इस सप्तम संस्करण को अपने उन स्नेही पाठकों को सौंपते मुझे प्रसन्नता तो हो ही रही है, एक लेखकीय गहन सन्तोष की अनुभूति भी मुझे बार-बार विचलित कर रही है। मेरा यह दृढ़ विश्वास है कि यदि पाठकों को किसी भी कहानी या उपन्यास के पात्रों से संवेदना या सहानुभूति ही होती है, तो लेखनी की उपलब्धि को हम पूर्ण उपलब्धि नहीं मान सकते। जब पाठक किसी पात्र से एकत्व स्थापित कर लेता है; जब उसका दुःख, उसका अपमान उसकी वेदना बन जाता है, तब ही लेखनी की सार्थकता को हम मान्यता दे पाते हैं। जैसाकि महान साहित्यकार फ्लौबेयर ने एक बार अपने उपन्यास की नायिका मदाम बौवेरी के लिए अपने एक मित्र को लिखा था : 'वह मेरी इतनी अपनी जीवन्त बोलती-चालती प्रिय पात्रा बन गई थी कि मैंने जब उसे सायनाइड खिलाया तो स्वयं मेरे मुँह का स्वाद कड़ुवा हो गया और मैं फूट-फूटकर रोने लगा।'

लेखक जब तक स्वयं नहीं रोता, वह अपने पाठकों को भी नहीं रुला सकता। जब 'कृष्णकली' लिख रही थी तब लेखनी को विशेष परिश्रम नहीं करना पड़ा, सब कुछ स्वयं ही सहज बनता चला गया था।

जहाँ कलम हाथ में लेती, उस विस्तृत मोहक व्यक्तित्व को, स्मृति बड़े अधिकारपूर्ण लाड़-दुलार से खींच, सम्मुख लाकर खड़ा कर देती, जिसके विचित्र जीवन के रॉ-मैटीरियल से मैंने वह भव्य प्रतिमा गढ़ी थी। ओरछा की मुनीरजान के ही ठसकेदार व्यक्तित्व को सामान्य उलट-पुलटकर मैंने पन्ना की काया गढ़ी थी। जब लिख रही थी तो बार-बार उनके मांसल मधुर कंठ की गूँज कानों में गूँज उठती :

जोबना के सब रस लै गयो भँवरा
गूँजी रे गूँजी...

कभी कितने दादरा, लेद उनसे सीखे थे :

चले जइयो बेदरदा मैं रोइ मरी जाऊँ...

या :

बेला की बहार
आयो चैत को महीना
श्याम घर नइयाँ
पलट जियरा जाय हो...

वही विस्तृत मधुर गूँज, उनके नवीन व्यक्तित्व के साथ, 'कृष्णकली' में उतर आई। आज से वर्षों पूर्व, जब 'कृष्णकली' धारावाहिक किस्तों में 'धर्मयुग' में प्रकाशित हो रही थी, तो ठीक अन्तिम किस्त छपने से पूर्व, टाइम्स ऑफ इंडिया प्रेस में हड़ताल हो गई थी। पाठकों को उसी अन्तिम किस्त की प्रतीक्षा थी जिसमें कली के प्राण कच्ची डोर से बँधे लटके थे।

क्या वह बचेगी या मर जाएगी?

उन्हीं दिनों मेरे पास एक पाठक का पत्र आया था, साथ में पाँच सौ रुपये का एक चेक संलग्न था :

'शिवानी जी, अन्तिम किस्त न जाने कब छपे—मैं बेचैन हूँ, सारी रात सो नहीं पाता। कृपया लौटती डाक से बताएँ, कृष्णकली बची या नहीं। चेक संलग्न है।'

चेक लौटाकर मैंने अपने उस बेचैन पाठक से अपनी विवशता 'मानस' की इन पंक्तियों के माध्यम से व्यक्त की थी :

होई है सोई जो राम रचि राखा,
को करि तर्क बढ़ावइ साखा।

ऐसे ही, लखनऊ मेडिकल कॉलेज के वरिष्ठ अधिकारी डॉ. चरन ने मुझे एक रोचक घटना सुनाई थी। एम.बी.बी.एस. की फाइनल परीक्षा चल रही थी। कुछ लड़के परीक्षा देकर बाहर निकल आए थे। थोड़ी ही देर में परीक्षा देकर लड़कियों का एक झुंड निकला। लड़कों ने आगे बढ़कर सूचना दी : 'कृष्णकली मर गई।'

'हाय' का समवेत दीर्घ वेदना-तप्त निःश्वास सुन डॉ. चरन चकित हो गए। आखिर कौन है ऐसी मरीज, जिसके लिए छात्र-छात्राओं की ऐसी संवेदना है? निश्चय ही मेडिकल कॉलेज में एडमिटेड होगी। बाद में पता चला, वह कौन है।

आज इतने वर्षों में भी कली अपने मोहक व्यक्तित्व से यदि पाठकों को उसी मोहपाश से बाँध सकी है तो श्रेय मेरी लेखनी को नहीं, स्वयं उसके व्यक्तित्व के मसिपात्र को है जिसमें मैंने लेखनी डुबोई मात्र थी। अन्त में, मुनीरजान को मैं अपनी कृतज्ञ श्रद्धांजलि अर्पित करती हूँ। जहाँ वह हैं, वहाँ तक शायद मेरी कृतज्ञता न पहुँचे, किन्तु इतना बार-बार दुहराना चाहूँगी कि यदि मुनीरजान न होती तो शायद पन्ना भी न होती और यदि पन्ना न होती तो कृष्णकली भी न होती।

—शिवानी

गुलिस्ताँ, लखनऊ
14 जुलाई, 1982

कृष्णकली आमी तारेई बोली
आर जा वॅले बलूक अन्य लोके
देखेछिलेम मयनापाड़ार हाटे
कालो मेयेर कालो हरिण चोख
माथार परे दैय नो तूले वास
लज्जा पावार पायनी अवकाश
कालो ? ता शे जतई कालो होक
देखेछी तार कालो हरिण चोख

—रवीन्द्रनाथ ठाकुर

लोग उसे किसी नाम से क्यों न पुकारें
मैं उसे कृष्णकली ही कहता हूँ
मैंने उसे मयनापाड़ा के मैदान में खड़ी देखा था
हरिणी के-से काले आयत नयन
और साँवला सलोना रंग।
उघड़े माथे पर आँचल नहीं था।
लज्जा का उसे अवकाश ही कहाँ था ?
काली ? कितनी ही क्यों न हो
मैंने तो उस मृगनयनी के काले नयन देख लिये हैं।

एक

मूसलाधार वृष्टि टीन की ढालू छतों पर नगाड़े-सी बजा रही थी। देवदारु, बाज और बुरुश के लम्बे वृक्षों की घनी क़तार में छुपे बँगले में बरामदे में टँगी बरसाती हड़बड़ाकर सर पर डाल डॉक्टर पैद्रिक तीर-सी निकल गईं।

ओफ़, कैसी विकट वृष्टि थी उस दिन! लगता था, क्रुद्ध आषाढ़ के भृकुटि-विलास में अल्मोड़ा की सृष्टि ही लय हो जाएगी। कड़कती बिजली सामने गर्वोन्नत खड़े गागर और मुक्तेश्वर की चोटियों पर चमकी, तो डॉ. पैद्रिक दोनों कानों पर हाथ धर, थमककर खड़ी रह गईं! बिजली के धड़ाके के साथ नवजात शिशु का क्रन्दन...'कहीं इसी बीच पार्वती कुछ कर बैठी हो?' काँपती, गले में पड़ी लम्बी रोजेरी को थामे, होंठों ही होंठों में बुदबुदाती डॉ. पैद्रिक, एक प्रकार से दौड़-सी लगाने लगीं।

दो दिन पहले ही तो उसने कहा था, 'फिकर मत करो मेम सा'ब, तुम्हारे आने से पहले ही मैं उसको खत्म कर दूँगी!'

फिर ही-ही कर विकृत स्वर में हँसने लगी थी—निर्लज्ज बेहया औरत!

डॉ. पैद्रिक बड़ी देर तक उसके पास बैठी रही थीं, 'बच्चे में ईश्वर का अंश होता है, जानती है पार्वती? ईश्वर का गला घोंटेगी तू? इस जन्म में न जाने किन पूर्वकृत पापों का फल भोग रही है, परलोक की चिन्ता नहीं है तुझे?'

उस अँधेरे कमरे में पार्वती की नासिकाविहीन विकराल हँसी को प्रथम बार सुनने पर पत्थर का कलेजा भी शायद भय से धड़कने लगता, 'इसी लोक में जब इतना सुख भोग लिया है मेम सा'ब, तब परलोक की कैसी चिन्ता?' अन्य आसन्न-प्रसवा स्त्रियों की तरह गर्भभार में दुहरी नहीं हुई थी पार्वती, सीना तानकर, अपने नुकीले पेट की परिधि को दोनों हाथों में थामे वह डॉ. पैद्रिक के सम्मुख, विद्रोह की जीवित मूर्ति-सी खड़ी हो गई थी, फिर वह शायद स्वयं ही अपनी अल्प-बुद्धि पर खिसिया गई थी, 'बुरा मत मानना मेम सा'ब,' उत्तेजित कंठ-स्वर अचानक अवरोह के स्तर पर उतर आया, 'तुम मेरी माँ हो, क्या ठीक नहीं कर रही हूँ मैं? अपने पाप का फल भोगने, इसे क्यों जीने दूँ?'

क्षण-भर पूर्व निर्लज्जता से हँसनेवाला ढीठ महाकुत्सित रोग-विकृत चेहरा असह्य दुःख की असंख्य झुर्रियों से भर गया। पलकविहीन बड़ी-बड़ी आँखों में

आँसू छलक आए। किसी क्रूर हृदयहीन आक्रमणकारी शत्रु की भाँति महारोग ने सौन्दर्य-दुर्ग की धज्जियाँ उड़ा दी थीं, पर ऐतिहासिक दुर्ग के भग्नावशेष में भी जैसे दो सुन्दर झरोखे वैसे के वैसे ही धरे थे। शत्रु की निर्मम गोलाबारी केवल रेशमी पक्ष्मों को ही झुलसा पाई थी।

हलद्वानी में अपनी बस के पीछे भागती पार्वती को डॉ. पैद्रिक दस वर्ष पूर्व पकड़कर अपने आश्रम में लाई थीं। तब की पार्वती और आज की पार्वती में धरती-आकाश का अन्तर था—नुकीली नाक, भरा-भरा शरीर और मछली-सी तिरछी बड़ी-बड़ी आँखों की स्वामिनी पार्वती अब क्या वैसी ही रह गई थी? पैरों के केनवास के फटे जूते देखकर ही डॉ. पैद्रिक की अनुभवी आँखों ने रोग का प्रमुख खेमा पकड़ लिया था। अभी हाथ-पैर के अँगूठों पर ही रोग ने कुठाराघात किया था। समझा-बुझा, अन्त में पुलिस का भय दिखाकर ही डॉक्टर उसे अपने साथ ला पाई थीं।

'तेरा यह रोग अभी भी एकदम ठीक हो सकता है, जानती है लड़की?'

और उस आकर्षक लड़की ने दोनों हाथों के ठुंठ, दुष्टता से हँसकर ठीक डॉ. पैद्रिक की नाक के नीचे फैला दिये थे, 'ये अँगुली कहाँ से लाएगा मेम साहब?'

दस अँगुलियों में से अवशेष, उन तीन अँगुलियों की गठन निस्सन्देह अनुपम थी—लम्बी, ऊपर से मुड़ी अँगुलियाँ। बहुत पहले जावा में रहती थीं डॉक्टर पैद्रिक, आज इन तीन अँगुलियों को देखकर उन्हें जावा की नर्तकियों की कलात्मक अँगुलियों का स्मरण हो आया। सचमुच ही इस नमूने की अँगुलियाँ गढ़ने में डिकी को कठिन परिश्रम करना होगा, पर डिकी की अद्भुत शक्ति को वह जानती थीं। बैलोर का वह विलक्षण चरक, आज तक कितने ही ग़लत अंशों का पुनः निर्माण कर असंख्य अभिशप्त रोगियों को जीवनदान दे चुका था। उनका अनुमान ठीक था। पार्वती बैलोर से अपनी नक़ली अँगुलियाँ लेकर लौटी तो डॉक्टर पैद्रिक दंग रह गईं। कौन कहेगा, उन सुघड़ अँगुलियों की बनावट में कलाकार कहीं भी विधाता से पिछड़ा है?

पर पार्वती को ये नई अँगुलियाँ देकर बहुत बुद्धिमानी का कार्य नहीं किया, यह डॉ. पैद्रिक-जैसी बुद्धिमती महिला पहले ही दिन समझ गईं। भागकर पार्वती न जाने किस-किससे धेला-टका उधार लेकर बाज़ार से अपनी नई-नई अँगुलियों के लिए कई रंग-बिरंगी अँगूठियाँ, मनकों की माला और एक छोटा-सा दर्पण ख़रीद लाई थी। जब डॉ. पैद्रिक राउंड पर गईं तो वह अपनी खटिया पर दुलहन-सी सजी-धजी नन्हे दर्पण में अपना मुँह निहारती, मुग्धा नायिका बनी बैठी थी। डॉक्टर का हृदय उस अभागिनी के लिए करुणा से भर गया।

'पार्वती,' उन्होंने उसकी नक़ली अँगूठियों से जगमगाती अँगुलियों को सहलाकर कहा था, 'मैं तेरी जगह होती, तो पहले इन अँगुलियों को उस ख़ुदा की बन्दगी में जोड़कर घुटने टेकती, जिसने इन्हें जोड़ने के लायक बना दिया, और तुझे पहले इन्हें सजाने की ही पड़ी?'

'ही-ही, मेम सा'ब...!'

नास्तिक पार्वती को लाख चेष्टा करने पर भी डॉक्टर आस्तिक नहीं बना पाई थी। कठिन असाध्य रोग ने उसे चिड़चिड़ी, निर्लज्ज और ढीठ बना दिया था।

'भगवान, ख़ुदा, ईसामसी—किसी को नहीं मानती हूँ मैं। सब झूठ है। मेरी अँगुलियाँ क्या तुम्हारे ख़ुदा ने ठीक कीं? जिसने ठीक कीं, वह तो आपकी-हमारी तरह ही आदमी है मेम सा'ब!'

डॉक्टर ने फिर कुछ नहीं कहा, पर पार्वती को उन्होंने अपने कमरे की झाड़ू-बुहारी देने, फूलदानों पर पीतल पॉलिश करने आदि का छोटा-मोटा काम सौंपकर ऐसे बाँधकर रख दिया कि तोबड़ा बँधी जंगली घोड़ी की भाँति वह इधर-उधर मुँह नहीं मार सकती थी। पर धीरे-धीरे उसने अपने तेज दाँतों से तोबड़ा काटकर धर दिया। डॉक्टर के कठोर अनुशासन से मछली-सी पार्वती न जाने कब फिर अपने परिचित गँदले पोखर में सर्र से सरककर इधर-उधर तैरती फिरने लगी।

पार्वती की ही भाँति असदुल्ला खान कुष्ठाश्रम के पुरुष डॉक्टरों का सबसे बड़ा सरदर्द था। ऊँचा-लम्बा सुर्ख गालोंवाला पठान, पहले दिन खून जँचवाने आया, तो कोई निकट से देखने पर भी उसके रोग के अस्तित्व का सूत्र नहीं पकड़ सकता था। तीखी नाक, तेजस्वी आँखें, चौड़ा माथा और घने काले बाल, जिनका गहरा काला रेशमी रंग, उसके गौर वर्ण को और भी उजला बनाकर प्रस्तुत करता था। फटी सलवार और जर्जर नीली क्रेप की कमीज़ पहने वह डॉ. पैद्रिक के सम्मुख एक सलाम दागकर खड़ा हो गया।

'अभी रोग का आरम्भ है खान,' डॉक्टर ने कहा था, 'तुम संयम से रहे और यहाँ से भागे नहीं तो जल्दी ही ठीक हो जाओगे। अभी बीमारी ने तुम्हारा कुछ भी नहीं बिगाड़ा है।'

'और यह?' अपनी भूरी मूँछों के बीच मोती-से दाँत चमकाकर उसने फटा जूता खोल, दोनों पैर डॉ. पैद्रिक के सामने धर दिये थे।

कीमा बनी दोनों अँगुलियों को देखकर डॉक्टर सिहर उठीं और अपनी झुँझलाहट नहीं रोक पाई थीं, 'आज तक क्या करते रहे तुम?'

'पत्थर की खान से खच्चरों पर पत्थर लादता रहा मेम सा'ब,' बड़ी बेहयाई से वह एक बार फिर अपनी भूरी आकर्षक मूँछों के बीच मुस्कराता, पास खड़ी पार्वती को देखने लगा।

चुलबुली पार्वती उसकी इस हाज़िरजवाबी से लोटपोट हो गई। वह खिलखिलाकर हँसी, पर दूसरे ही क्षण डॉक्टर की कठोर दृष्टि ने उसे भूँजकर धर दिया, 'पार्वती, तुम अपना काम करो, यहाँ क्या कर रही हो?'

उन्होंने उस दिन तो उसे डपटकर भीतर भेज दिया, पर असदुल्ला के सामान्य रूप के क्षत-विक्षत पौरुष का नाग उसे जाने से पहले ही डँस चुका था। लुक-छिपकर उससे मिलती रहती। पर अभागिनी पार्वती यह नहीं जानती थी कि वह सुदर्शन पठान केवल उसी के सम्मुख प्रणय की झोली नहीं फैलाता, कुष्ठाश्रम की असंख्य गोपियों का एकमात्र कन्हैया असदुल्ला ही था। पठान होकर भी वह विशुद्ध मीठे लहजे में पहाड़ी बोल लेता था। दाड़िम के पेड़ के नीचे बैठकर जब वह एक से एक कठिन पहाड़ी लोकगीतों की धुन अपनी वंशी पर बजाने लगता, तो कोढ़ी-खाने की भीड़ उसे घेर लेती। जैसे वर्षा की वेगवती धारा गन्दे नालों के कचरे को अपने साथ-साथ दूर बहा ले जाती है, ऐसे ही कुछ क्षणों के लिए, कितनी ही बैठी नाक, झड़ी अँगुलियों, पतझड़ के विवश पत्तों-सी गिरती पलकों की व्यथा असदुल्ला की मादक करुण वंशी-लहरी के साथ बहकर दूर चली जाती, और फ़रमाइशों का बाज़ार ग़रम हो उठता :

अरे यार, असदुल्ला, हो जाए ज़रा चहगाना...

चना वे चकोरा वे चना
बाँटि ले चना लटि
तेरो सिपाही घर ऐ रोछौ, वेलिया पोरु वटी।

और असदुल्ला वंशी सहित, स्मृतियों में डूबी चकोरी पार्वती की ओर मुड़कर बार-बार वही पंक्ति दुहराने लगता तो एक साथ कई जूतों के सोल लयबद्ध ताल देने लगते :

अरी चकोरी चना
चोटी तो गूँथ ले
कल तेरा सिपाही घर लौट आया है।

पार्वती का सुदर्शन सिपाही भी शायद घर लौट आया होगा। चकोरी की आँखों से टपटप आँसू गिरने लगते। मुँह फेरकर वह आँसू पोंछ दूसरे ही क्षण अपने आनन्दी चोले में लौट आती, 'इन नक़ली अँगुलियों से क्या चोटी गूँथूँ यारो, और गूँथ भी लूँगी तो मेरा सिपाही क्या अब मेरे लिए बैठा होगा?'

'कोई बात नहीं पार्वती, हम तो बैठे हैं तेरे लिए,' उसका नवीन प्रेमी पूरी बिरादरी के सम्मुख भूरी मूँछों पर ताव देता, दुहरा होता, किसी नाटक के कलाकार की ही भाँति नम्र 'कर्टसी' में झुक जाता।

'वाह, वाह!'

'शाब्बास, क्या बात कही है सवा लाख की!' पार्वती लजाकर भाग जाती।

उन दोनों की प्रणय-रसकेलि पूरी बिरादरी को ज्ञात थी, फिर भी असाध्य रोग की एक-सी व्यथा की एकता से सब ऐसे कसकर बँधे थे कि एक भी खिंचता तो सबके सब साथ ही खिंच जाते। किसी ने डॉ. पैट्रिक से एक शब्द नहीं कहा। कुछ

दिनों तक असदुल्ला को कुष्ठाश्रम की चारदीवारी में बन्द रहने में कोई आपत्ति नहीं रही, पर धीरे-धीरे वह लुक-छिपकर रात-आधी रात को खिसक जाता।

'आज मैंने एक बढ़िया पिक्चर देखी पर्वती! उसमें काम करनेवाली छोकरी एकदम तेरी सूरत की है,' वह कहता। पार्वती को वह 'पर्वती' कहकर बुलाता था।

'चल हट!' पार्वती उसे झिड़क देती, 'इतने पैसे कहाँ से पाता है तू?'

'क्यों, असदुल्ला खान के पास पैसों की क्या कमी? राजा घर मोत्यूँ अकाल?' वह भूरी मूँछों पर ताव देता, पहाड़ी की कहावत से अपनी पार्वती को एक बार फिर निहाल कर देता।

'अभी तो तीन ही खच्चर बेचे हैं, पचास खच्चर चचाजान को सौंप आया हूँ, अगले हफ्ते तुझे तीन तोले की मछलियाँ नहीं बनवा दीं तो मेरा नाम बदल देना, समझी?'

झूठ नहीं बोलता था खान, पर पार्वती को उन तीन तोले की रामपुरी मछलियों का गहरा मोल चुकाना पड़ा था। पार्वती की दुरवस्था का भान होते ही असदुल्ला कब चुपचाप खिसक गया, कोई जान भी नहीं पाया।

इधर पार्वती के असंयमित जीवन ने, रोग को तीव्रता से उभार दिया था। खाई-खन्दक में छिपे कुटिल शत्रु की भाँति उसने एक दिन पार्वती की पीठ में छुरी भोंक दी। रीढ़ की हड्डी की मर्मान्तक व्यथा से वह छटपटा रही थी कि उस पर झुकी डॉ. पैद्रिक ने उसका रोग भी पकड़ लिया। बड़ी देर तक वे हतबुद्धि-सी बैठी ही रह गईं।

'यह क्या कर बैठी पार्वती? कौन था वह हृदयहीन? बताती क्यों नहीं बच्ची?'

पर पार्वती एक शब्द भी नहीं बोली। जिस उठी नासिका के एकमात्र स्तम्भ पर उसके सौन्दर्य का प्रसाद अब तक खड़ा था, वह अचानक बैठने लगी थी। आँखों की पीड़ा से कभी-कभी ऐसी व्याकुल हो जाती कि लगता, कोई लोहे की सहस्त्र गरम सलाखें उसकी आँखों में घुसेड़ रहा है! उस पर चक्राकार झूमते गर्भस्थ शिशु के अन्धकारमय भविष्य की चिन्ता उसे पागल बना देती। एक दिन उसने स्वयं ही दृढ़ निश्चय कर लिया, पुत्र हो या पुत्री, एक क्षण भी उस अभागे जीव को वह इस पृथ्वी पर साँस नहीं लेने देगी।

अपना वही अमानवीय दृढ़संकल्प उसने डॉ. पैद्रिक के सम्मुख दुहराया तो वे सिहर उठी थीं। आज वही क्षण आया तो हृदय एक बार फिर उसी आशंका से काँप उठा। निश्चय ही वह पार्वती के शिशु का क्रन्दन था। भरी नींद में, वर्षामुखरित रात्रि को चीरता वही शिशु-स्वर का क्रन्दन उन्हें झकझोर गया था, जैसे नन्हे फेफड़े फाड़-फाड़कर उन्हें चीख-चीखकर पुकार रहा था, 'बचा लो मुझे, बचा लो!'

पहाड़ी आषाढ़ की वेगवती वर्षा के तीव्रतर अंग में सिहरती शर्वरी को चीरती, डॉ. पैद्रिक सहसा एक रुद्ध कंठ की चिहुँक सुनकर ठिठककर खड़ी रह गईं। फिर वे ऐसे दौड़ने लगीं, जैसे बारह बरस की किशोरी हों! पैरों का गठिया, हाथ का आर्थराइटिस, सब कुछ भूल-भालकर गिरती-पड़ती, वे पार्वती की खटिया पर झुक गईं। उनका अनुमान ठीक था। प्रथम प्रसव से अकेले ही जूझती पार्वती क्लान्त होकर एक ओर पड़ी थी और दूसरी ओर थी मांस के लोथड़े-सी नवजात शिशु की निर्जीव देह।

"खतम कर दिया साली को मेम सा'ब," वह बुझे स्वर में कहती खिसियाकर हँसने लगी। "एक तो छोकरी जन्मी, उस पर माँ-बाप दोनों साच्छात देवी-देवता!"

अपने पैशाचिक कृत्य की सफलता पर स्वयं ही प्रसन्न हो, महातृप्ति की एक लम्बी साँस खींच, वह दीवार की ओर मुँह फेरकर लेट गई।

"हे भगवान! अभागी, यह क्या कर दिया तूने?" डॉ. पैद्रिक उसी गन्दगी के बीच बैठ गईं और अवश निर्जीव पड़ी, सुकुमार शिशु की काग़ज़ के फूल-सी हलकी देह को उन्होंने गोद में उठा लिया। नन्ही-सी छाती पर कान धरे तो धड़कन का आभास पाते ही चौंक उठीं। उनके हाथ की घड़ी की टिकटिक थी, या नन्हे कलेजे की धड़कन?

टिमटिमाते दीये की लौ के पास, उन्होंने दोनों हथेलियों में उसे टिकाकर गौर से देखा, मुर्ग़ी के चूजे की-सी गरदन पर दो अँगुलियों की स्पष्ट छाप फूलकर उभर आई थी। न जाने क्या सोचकर पार्वती को उसी अवस्था में छोड़ डॉ. पैद्रिक नन्ही काया को अपनी विशाल छातियों में चिपका, एक बार फिर उसी तेजी से अपने बँगले की ओर भागने लगीं।

रात-भर की वृष्टि के पश्चात् तीव्र हवा के तूफ़ान ने धृष्ट बादलों को रुई की भाँति धुनकर पूरे आकाश में छितरा दिया था। गागर के शैल-शिखर के पीछे अभी भी धुँधले तारे टिमटिमा रहे थे। भोर होने को थी। कब रात बीत गई, डॉक्टर जान भी नहीं पाईं। रात-भर अचल बैठी डॉक्टर के लाल आयरिश चेहरे की झुर्रियाँ अचानक खिल उठी थीं। नन्हे शरीर पर रात-भर की गई ब्रांडी की मालिश से ही दैवी स्पन्दन इसे हिला-डुला गया था या उस दयालु से घुटने टेककर माँगी गई भीख ही सार्थक हो गई थी? पर दया की भीख तो एक इन्हीं प्राणों के लिए नहीं माँगी थी। बार-बार घुटने टेककर बैठी उस सन्त विदेशिनी के झुर्रीदार गालों पर झर-झर कर आँसू बहने लगते।

"उसे क्षमा करना प्रभु, शायद उसे मैं यहाँ न लाती तो ऐसा न होता। शायद वह सड़कों पर भटकती रहती तो ऐसा भयानक पाप नहीं करती। 'फ़ोरगिव दैम लॉर्ड फ़ॉर दे नो नाट व्हाट दे डू'?" बुदबुदाती, वे कभी अवश पड़ी देह को निहारतीं, कभी छाती पर कान लगातीं।

निष्प्रभ काली भँवें और पुतलियाँ हिलने लगीं तो डॉक्टर एक बार फिर प्रार्थना में डूब गईं। बहुत पहले बचपन में उनके मामा ने उन्हें एक ऐसी ही गुड़िया ला दी थी। ऐसी ही पलकें झपका-झपकाकर आँखें खोलती और बन्द करती थी वह! "मेरी बच्ची," डॉक्टर ने उसे गोदी में उठाकर चूम लिया।

"नहीं, अब देरी करना ठीक नहीं है," वे स्वयं ही बड़बड़ाने लगीं, "थोड़ी ही देर में पूरा आश्रम जग जाएगा। जगा आश्रम यही जानेगा कि पार्वती ने कल रात एक मृत शिशु को जन्म दिया था, डॉक्टर अकेली ही जाकर अभागी को कहीं गाड़ आई हैं।"

अपने क्रोशिया के रंग-बिरंगे शॉल में बच्ची को लपेट, उन्होंने अपने लम्बे कोट के भीतर छिपा लिया और एक बार फिर बाहर निकल पड़ीं।

बार-बार उनका कलेजा धड़कता मुँह को आ रहा था। यदि उसने नहीं स्वीकारा तब? कहाँ रखेंगी इसे?

इस घृणात्मक वातावरण में, इस दूषित हवा के झोंकों में, जहाँ एक-एक हवा का झोंका सहस्त्र घातक कीटाणुओं को बिखेरता जाता है, वहाँ इस सुकुमार जीवन को क्या वे सुरक्षित रख पाएँगी? पर वे इतना क्यों सोच रही थीं? आज क्या कुष्ठाश्रम में यह प्रथम शिशु का जन्म था? क्या इससे पूर्व कई नवजात शिशु वे मिशन में नहीं भेज चुकी हैं? तब इसके मोह का बन्धन तोड़ने में वे आज क्यों कल्प-विकल्प के जाल में फँसी जा रही हैं?

एक बार उनकी छाती से लगी नन्ही देह काँपी और साथ ही वे भी काँप उठीं। कहीं फिर कुछ हो तो नहीं गया? कोट का कॉलर उठाकर उन्होंने झाँका। काले झबरे बालों के बीच चमकते माथे पर, कन्धे झाड़ रहे देवदार के वृक्ष से एक बूँद वर्षा की पड़ी। चिहुँककर छोटे-से होंठ काँपे। डॉक्टर ने उसे और ज़ोर से छाती से चिपका लिया।

कैसी नीरव निस्तब्ध रात्रि थी! एक तो उस निर्जन सड़क पर सन्ध्या होते ही सन्नाटा छा जाता था, उस पर आज ऐसी वर्षा में भला कौन घूमने बाहर निकलता? लाल छत के बँगले को पहचानकर डॉक्टर ने द्वार खटखटाया। कोई उत्तर नहीं आया।

हवा चली और साथ ही देर से टहनियों पर संचित, वर्षा की कई बूँदें एक साथ झरकर डॉक्टर पैद्रिक पर बरस पड़ीं। डॉक्टर ने ज़ोर से दस्तक दी।

"कौन?" बड़ी दूर से तैरता किसी का कंठ-स्वर आया।

"पन्ना, मैं हूँ रोज़ी, द्वार खोलो।"

"रोज़ी? तुम इतनी रात को? आओ-आओ! राम-राम, तुम तो एकदम ही भीग गई हो! रुको, मैं लैम्प जला लूँ!" एक कुर्सी टटोलकर डॉक्टर के सामने खिसकाकर पन्ना लैम्प जलाने लगी।

लैम्प के धीमे प्रकाश में, पहले वह केवल उस गम्भीर चेहरे को ही देख पाई, पर धीरे-धीरे दो असीम वेदनापूर्ण क्लान्त बड़ी आँखों की करुण दृष्टि उस विशाल वक्ष से चिपकी नन्ही देह पर उतर आई।

यह क्या?

एक प्रकार से लड़खड़ाती पन्ना पलंग का पाया पकड़कर बैठ गई।

सात दिन पहले, उसकी शून्य बाँहों से यही डॉक्टर पैद्रिक, जिसे सफ़ेद कपड़े में लपेटकर निर्ममता से कहीं दूर गाड़ने ले गई थी, उसे ही क्या फिर गढ़े से निकाल लाई?

क्या पता, फिर उस निर्जीव देह में प्राण लौट आए हों?

''रोज़ी, कहाँ से लाई इसे? क्यों मुझसे छीन ले गई थी? क्यों तड़पाया मुझे सात दिनों तक?'' एक बार फिर पन्ना वैसी ही हिस्टिरिकल होने लगी।

डॉक्टर ने बिना कुछ कहे कुनकुनाती बच्ची को पन्ना की गोद में डाल दिया। ''बहुत भूखी है पन्ना, दूध अभी उतर रहा है क्या?''

अनाड़ी हाथों से मृतवत्सा पन्ना ने उसे छाती से चिपका लिया। ब्रेस्ट पम्प से सुखाई गई मातृत्व की सूखी लता फिर पल्लवित हो उठी। चप-चप कर अमृत की घूँटें घुटकती काया को छाती से चिपकाकर पन्ना ने आँखें मूँद ली थीं और पागलों की भाँति स्वयं ही बड़बड़ा रही थी, ''यह तो तुम्हारा सरासर अन्याय है रोज़ी, यह भी कैसा मज़ाक़ था भला! तुमने इतने दिनों तक एक शब्द भी नहीं कहा! हाय, मेरी बच्ची को सात दिनों तक बिना दूध के भूखा मार दिया तुमने...''

कुष्ठाश्रम का ग्वाला जिस गाय को दुहने लाता था, एक बार उसकी बछिया मर गई थी। दूसरे ही दिन वह भूसा-भरी बछिया को गैया से टिकाकर फिर दूध दुहने आ गया था। डॉक्टर पैद्रिक को लगा, भूसाभरी बछिया ही उन्होंने भी आज पन्ना से सटा दी है। उनकी आँखें डबडबा आईं—''पन्ना, माई डार्लिंग,'' बड़े मीठे स्वर में उन्होंने पन्ना को पुकारा, ''सवेरा होने को है, मुझे अभी लौट जाना होगा।''

पन्ना ने आँखें खोल दीं और सहमी दृष्टि से डॉक्टर को देखा, न जाने किस आशंका से वह काँप उठी। कहीं फिर तो नहीं छीन लेगी इसे?

''मैं तुमसे झूठ नहीं बोली थी पन्ना,'' वे रुक-रुककर कहने लगीं, ''यह तुम्हारी बच्ची नहीं है।''

भूखी बच्ची तृप्त होकर अभी भी उसकी छाती से लगी थी। होंठों से स्तन स्वयं छूट गए थे।

पन्ना शायद चौंककर पूछेगी—क्या? मेरी नहीं है? किसकी है तब?

पर पन्ना ने कुछ भी नहीं पूछा। इतनी देर तक आँखें बन्द कर वह अपनी सूक्ष्म दृष्टि से सब कुछ देख चुकी थी।

''पन्ना,'' डॉक्टर पैद्रिक ने फिर पुकारा।

"क्या है रोज़ी ?" शान्त स्वर में पूछे गए प्रश्न और आँखों की स्थिर दृष्टि में न जिज्ञासा थी, न कौतूहल।

"यह क्या पार्वती की बच्ची है रोज़ी ?"

उसने पूछा तो डॉक्टर पैद्रिक जैसे आकाश से गिर पड़ीं। कैसे जान लिया इसने ? क्या मन की भाषा भी पढ़ लेती है यह विलक्षण नारी ?

उत्तर में डॉक्टर ने सिर झुका लिया।

रोगी की ऐसी बीभत्स अवस्था में जन्मी उस बच्ची को उन्होंने पन्ना की गोदी में डाला ही किस दुस्साहस से ! पन्ना पार्वती को ही नहीं, असदुल्ला को भी जानती है। कई दिनों तक वह उसके बगीचे में माली का काम करता रहा था। डॉ. पैद्रिक ने अपनी ही सखी के यहाँ उसकी ड्यूटी लगा दी थी, 'इसकी रिपोर्ट निगेटिव है पन्ना, इससे चाहो तो हाट-बाज़ार का काम भी ले सकती हो।' पर लाख हो, था तो कुष्ठ रोगी ही ! समाज इन अभागों की निगेटिव रिपोर्ट को क्या आज तक मान्यता दे पाया है ?

ऐसे माता-पिता की अभिशप्त सन्तान क्या इस उदार गोदी में स्थान पा सकेगी ? निश्चय ही दूर पटक देगी पन्ना।

"मैं इसे मौत के मुँह से खींचकर लाई हूँ," डॉक्टर का गला भर आया था। "तुम्हें तो बता ही चुकी थी, वह मूर्ख लड़की पहले ही ऐलान कर चुकी थी। पता नहीं, कब उसे दर्द उठा और कब यह हो गई। इसी की चीख सुनकर मैं भागी। जब तक पहुँची, शैतान उस पर सवार हो चुका था। अभी भी गरदन पर उसकी अँगुलियों के निशान बने धरे हैं। अगर इसे कुछ हो जाता तो मैं खुदा को क्या मुँह दिखाती ? मैंने ही तो उसे ये नई अँगुलियाँ दी थीं। तब मैं क्या जानती थी कि वह इनसे एक दिन एक नन्ही जान का खात्मा करने पर उतारू हो जाएगी ?"

पन्ना एक शब्द भी नहीं बोली। बच्ची उसकी छाती से लगी, चुपचाप पड़ी थी।

"मैं जानती हूँ कि इसके माँ-बाप को एक बार देख लेने पर, कोई कितना ही उदार हृदय क्यों न हो, शायद ही इसे स्वेच्छा से ग्रहण कर पाएगा। पर मैं तुम्हें जानती हूँ पन्ना, इसी से तुम्हारे पास बड़ी आशा से आई हूँ। एक तो यह समय से पूर्व हुई है। माँ का दूध न मिलने पर यह कभी नहीं जी पाएगी। एक वर्ष तक भी तुम इसे पाल दो तो मैं फिर इसे मिशन को दे दूँगी। एक बात और कहना चाहती थी पन्ना..."

डॉक्टर का खिसियाया कंठ-स्वर क्षमा-याचना-सी करने लगा, "यह रोग पैतृक ही होता है, ऐसी धारणा ग़लत है। मेरे पास कई कुष्ठ रोगियों की स्वस्थ सन्तान का पूरा रिकॉर्ड धरा है।"

पन्ना गहरे सोच में डूबने-उतराने लगी थी। कैसा अनुभूत स्पर्श था ! वही गुदगुदी देह, मखमली होंठों की गुदगुदी लगनेवाली सिहरन, एक असह्य टीस और फिर स्वर्गिक शान्ति। अचानक छाती में बँधी सब गिल्टियाँ जैसे किसी ने सोख ली थीं !

रात–भर की थकान, मानसिक अशान्ति और पन्ना की चुप्पी से डॉक्टर सहसा झुँझला उठीं। कुछ कहती क्यों नहीं यह? कुछ तो कहे—हाँ या ना!

"पन्ना," वे फिर कहने लगीं, "मुझे लगता है, ईश्वर ने शायद तुम्हें इसी महान पुण्य का भागी बनाने यहाँ भेजा है। क्यों, है न?"

पन्ना हँसी। कैसी अपूर्व रहस्यमयी मुस्कान थी उसकी! व्यथा से नीले उन होंठों के बंकिम खिंचाव में व्यंग्य था या उल्लास? क्या वह मन–ही–मन डॉ. पैट्रिक की हँसी तो नहीं उड़ा रही थी? शायद सोच रही हो, कैसे चतुर होते हैं ये मिशनरी?

पन्ना कहीं उसे ग़लत न समझ बैठे। डॉ. पैद्रिक का कंठ–स्वर फिर गम्भीर हो उठा, "पन्ना, मैं तुमसे झूठ भी बोल सकती थी," लैम्प के धुँधले प्रकाश में वह तेजस्वी चेहरा एकदम निर्विकार लग रहा था, "कह देती कि तुम्हारी जिस बच्ची को मैं मरी समझकर गाड़ने ले गई थी, वही फिर जी उठी। एक ही दिन तो तुम उसे देख पाई थीं, फिर नवजात शिशु प्रायः सब क्या एक ही–से नहीं होते? ऐसे ही घने बाल उसके भी थे, और ऐसी ही आँखें! पर मैं तुमसे झूठ बोलकर इसके प्राणों की भीख माँगने नहीं आई हूँ। मैं चाहती हूँ, तुम इसके जीवन के अभिशाप के साथ ही इसे स्वीकार कर सको। करोगी न?"

डॉक्टर ने उसके दोनों हाथ पकड़ लिये। पन्ना फिर भी कुछ नहीं बोली।

तीन महीने की छोटी–सी अवधि में ही यह सर्वस्वत्यागिनी विदेशी डॉक्टरनी उसके कितने निकट आ गई थी! इस अनजान निर्जन जंगल में, जब वह सर्वथा अपरिचित लोगों के बीच एकदम अकेले रहने आई, तो कितने ही शंकालु नयनबाण उसे निर्ममता से बींधने लगे थे : कौन हो सकती थी वह? कैसी विचित्र स्वभाव की स्वामिनी थी यह आसन्नप्रसवा सुन्दरी प्रौढ़ा? माँग में सिन्दूर, पैरों में बिछुवे, पर न साथ में पति, न सास, न कोई नौकर! ऐसी अवस्था में, शहर में न रहकर इस एकान्त बँगले में क्या दिखा होगा उसे? न कहीं जाती, न उठती–बैठती। कभी–कभी लोग देखते, वह रामकृष्ण मिशन की ओर चली जा रही है और कभी कुष्ठाश्रम की ओर।

पहले मकान मालिक शाहजी कुछ –कुछ भड़क उठे थे। क्या पता, कुष्ठरोगिणी ही हो! आश्रम में रहने पर कहीं रोग का भेद न खुल जाए, शायद इसी से बँगला ले लिया हो! लुक–छुपकर डॉ. पैद्रिक से मन की शंका का समाधान करने शाहजी पहुँचे, तो वे हँसने लगी थीं, 'नहीं–नहीं, ऐसी कोई बात नहीं है, मेरी परिचित है, इसी से मुझसे मिलने आती है।'

जब डॉक्टर ने पन्ना को शाहजी की शंका बताई तो वह बड़ी देर तक हँसती रही थी। 'कहीं तुमने यह तो नहीं कह दिया उससे कि शरीर का तो नहीं, मन का यही रोग है मुझे?'

ऐसी गलित आत्मा की बीभत्स रोगिणी को जानने पर शायद शाहनी दूसरे ही दिन झाड़ मारकर भगा देगी। रोज़ी न होती तो कैसे वह रह पाती? प्रायः यही सोचती पन्ना कभी-कभी बौखला उठती। क्या चाहने पर बड़ी दी उसका पता नहीं लगा सकती थीं? तीन महीने में दो बार वह बैंक से अपने सूद का रुपया मँगवा चुकी थी। बैंक मैनेजर लाहिड़ी बाबू को बड़ी दी के रूप के पाचक के बिना एक दिन भी खाना हज़म नहीं होता था। क्या उस बैल की-सी आँखोंवाले तोंदियल लाहिड़ी ने बड़ी दी को कुछ नहीं बताया होगा?

उस उपालम्भ के आँसू स्वयं ही पन्ना की आँखों में सूखकर रह जाते।

'हममें से कौन किसकी सगी बहन है पन्ना?' बड़ी दी ने ठीक ही कहा था। सगी होती तो क्या उसे ऐसे छोड़ देतीं बड़ी दी?

एक दिन सन्ध्या को वह नये बँगले की लक्ष्मण-रेखा पार कर बड़ी चेष्टा से घूमने निकली। भटकती न जाने कैसे डॉ. पैद्रिक के बँगले में पहुँची तो डॉक्टर काठ की कुर्सी में बैठी, अपने किसी मरीज़ के लिए बिना अँगुलियों का दस्ताना बुन रही थीं। यही उनका प्रथम परिचय था। इसके बाद तो वह एक दिन भी घर नहीं रही थी। प्रसवकाल निकट आने पर डॉ. पैद्रिक की उपस्थिति उसके लिए वरदान सिद्ध हुई।

'चालीसवें वर्ष में यह अनहोना प्रथम प्रसव मुझे क्या जीती छोड़ेगा डॉक्टर?' पन्ना ने कुछ ही दिन पहले हँसकर पूछा था।

डॉ. पैद्रिक ने उसे तो बचा लिया था, पर दूसरे को नहीं बचा पाई थीं। कुछ ही पलों तक देखने पर भी उसका एक-एक नैन-नक्श पन्ना के नेत्र-सम्पुट में बन्द हो गया था। तेजस्वी नरसिंह-से पिता के जैसा चौड़ा माथा, वैसी ही कमान-सी भृकुटि, और वैसी ही तरल आँखें! ठीक से निहार भी नहीं पाई थी कि बिस्तरे पर पड़ी नन्ही देह असह्य यंत्रणा से ऐंठने लगी। आँखें टेढ़ी होकर खिंचती-खिंचती सहसा स्थिर होकर रह गई थीं।

नौ महीने तक सही मानसिक और शारीरिक व्यथा का कैसा क्षणिक अन्त होकर रह गया था!

"पन्ना," रोज़ी के गम्भीर स्वर ने उसे एक बार फिर चौंका दिया, "मैं निश्चिन्त होकर अब चलूँ पन्ना?"

"नहीं रोज़ी," पन्ना ने सोती बच्ची को उठाकर डॉक्टर की ओर बढ़ा दिया, "अब किसी मोह के बन्धन में नहीं पड़ूँगी। तुम यह मत सोचना रोज़ी कि मैं इसके पैतृक रोग के भय से इसे नहीं ग्रहण कर पा रही हूँ, पर तुम मेरी विवशता जानती हो। सिवा बड़ी दी के मेरा और कोई नहीं है। मुझे वहीं लौट जाना होगा, और वहाँ

लौटकर एक बार फिर उसी दलदल में डूब जाऊँगी, जहाँ आज तक डूबी थी। अपने साथ-साथ इस निर्दोष बच्ची को भी उसी दलदल में डुबो दूँ, क्या यही चाहती हो तुम?"

"पन्ना, मैं यह सब पहले ही सोच चुकी हूँ। मिशन में रहने पर यह एक-न-एक दिन अपने जन्म के इतिहास को जान लेगी और वह दिन इसके लिए बहुत सुख का नहीं होगा। तुम्हारे पास रहने पर यह तुम्हारी ही पुत्री के रूप में पलेगी। फिर कीचड़ के दलदल में भी कमल उग सकता है पन्ना! ज़रूरी नहीं है कि तुम इसे अपने ही पास रखो। तुम समर्थ हो। चाहने पर इसे अच्छे-से-अच्छे बोर्डिंग स्कूल में रख सकती हो। छुट्टियाँ होने पर इसे साथ लेकर मेरे पास भी आ सकती हो पन्ना!"

दो

पन्ना अपलक दृष्टि से बच्ची को देख रही थी। कैसे सुन्दर घने बाल थे और कैसी बड़ी-बड़ी आँखें! लगता था, गर्भ से ही अंजन आँजकर आई है। बड़ी दी कितनी प्रसन्न होंगी इसे देखकर! एक बार उनकी बंगाली दासी खुदू, अपनी पोती को लेकर आई थी तो पूरी पीली कोठी की सत्रह मातृहीन सुन्दरियों का मातृत्व तड़प उठा था। कोई उसे उठाकर पागलों की भाँति चूमती, कोई उसके बालों के छल्लों में कलिंग पिंस लगाती—चीनी सुन्दरी ली वांग ने तो उसके लिए दो रेशमी छब्बे भी सिल दिये थे और बड़ी दी उसे बग़ल में लिटाकर लिहाफ़ ओढ़कर सो गई थीं। कितने ही रेशमी झबले, सोने के कड़े, लॉकेट, नन्हे गद्दे, दूध पीने की शीशी और झुनझुने लेकर खुदू की पोती घर लौटी थी! उस प्रत्यागमन के मातम में उस दिन पीली कोठी के द्वार प्रत्येक अतिथि के लिए बन्द रहे थे।

"लाओ रोज़ी, मैं इसे लेकर आज ही चली जाऊँगी," एक ही पल में निश्चय कर पन्ना ने डॉ. पैद्रिक की गोदी से बच्ची को लेकर एक बार फिर छाती से लगा लिया।

कृतज्ञता से विह्वल, डॉ. पैद्रिक के कंठ से एक शब्द भी नहीं फूटा। ऐसी आनन्दानुभूति उन्हें पहले कभी नहीं हुई थी—तब भी नहीं, जब रोग से नुची-खुची बीभत्स बन गई रोगिणियाँ, नवीन अंगों की नई बनावट से स्वयं ही आश्चर्य-स्तब्ध हो, कृतज्ञता से उस जीवनदात्री के चरणों में लोट-पोट हो गई थीं। हाथ की बरसाती कन्धे पर डाले, डॉक्टर चुपचाप बाहर निकल आईं। इस स्वर्गिक क्षण को वे अब कुछ कहकर नष्ट नहीं होने देंगी।

उसी सन्ध्या को वे स्वयं पन्ना को विदा दे आई थीं। जितनी ही जल्दी पन्ना जा सके, उतना ही श्रेयस्कर था। असदुल्ला को वे जानती थीं, लुक-छिपकर

ताक-झाँक करनेवाला वह पठान उन्हें फूटी आँखों नहीं सुहाता था। आश्रम से तो वह कब का जा चुका था, पर वह कब, कहाँ और कैसे छिपा बैठा है, कोई नहीं जान सकता था।

पन्ना ने अल्मोड़ा का पता देकर रुपये मँगवाए हैं, यह सब माणिक सुन चुकी थी, पर उस जिद्दी छोकरी को वह अभी भी क्षमा नहीं कर पाई थी। उसे लेकर राय काका के सम्मुख लज्जित नतमुख खड़ी रह गई थी वह! उनके एक सामान्य-से अनुरोध की भी वह रक्षा नहीं कर पाई थी। ठीक है, अब भुगते अपनी करनी! सोच रही होगी, बड़ी दी भागती-भागती मनाने आएगी। रानी रूठेगी, अपना सोहाग लेगी! आख़िर कितने दिन चलेगा सूद का रुपया? एक-न-एक दिन उसे बड़ी दी की ही शरण में लौटकर आना होगा।

पन्ना के अकस्मात् रूठकर चले जाने से माणिक की कोई क्षति न हुई हो, ऐसा भी नहीं था। बढ़ती वयस के चिह्न, पन्ना के अपूर्व चेहरे की कान्ति को तनिक भी मलिन नहीं कर सके थे। जहाँ माणिक के बालों की सन्दिग्धतापूर्ण कालिमा देखनेवाले को कुछ ही देर के लिए छल पाती, वहाँ पन्ना के घने काले बालों में किसी प्रकार के छल-कपट की मरीचिका नहीं थी, न उस चिकने चेहरे पर कोई झुर्री ही आई थी। स्वच्छ दन्त-पंक्ति में पान दोख्ते का एक धब्बा भी पन्ना ने नहीं लगने दिया था। दिन-रात कत्थक नृत्य की कठोर घुरनियों ने, छिपछिपी गठन को इंच-भर भी इधर-उधर नहीं होने दिया था। शान्त चेहरे पर कलुषित पेशे के धुँधले हस्ताक्षर ढूँढ़ने से भी नहीं मिलते थे। जैसे किसी सुखी गृहस्थी की जीवित विज्ञापन-सी कोई लक्ष्मीस्वरूपा गृहिणी ही उनके सम्मुख बैठी हो, ऐसा ही उसके अनन्य उपासकों को सर्वदा बोध होता। किसको विदेशी तीव्र मादक सुगन्ध रुचती है, किस संयमी प्रेमी को मोतियों की हल्की गमक पसन्द है, कौन आभिषभोजी है, किसे वैष्णव निरामिष भोजन पसन्द है, कौन उसे भड़कीली साड़ी पर दमकते-चमकते पेशेवाज़ में देखना चाहता है, और कौन उसकी लाल पाड़ की गरद की साड़ी-मंडिता भव्य मूर्ति का उपासक है—सब कुछ उसे स्मरण रहता! इसी से उसके प्रेमियों को सर्वदा एक लम्बे क्यू में खड़े रहना पड़ता। एक लाल फ़ेल्ट से बँधी डायरी में, उसके सेक्रेटरी दुलाल बाबू सबके एपाइंटमेंट की तिथि दर्ज करते जाते। केवल एक ही ग्राहक के लिए इस डायरी में लिखी तिथि का कोई महत्त्व नहीं था। कुमिल्ला का प्रख्यात ज़मींदार विद्युत रंजन मजूमदार, जब चाहे तब पन्ना की पूर्व-निर्धारित तिथियों में उलट-फेर करा सकता था। पन्ना का उससे प्रथम परिचय राजभवन के एक जलसे में हुआ था। पन्ना के सुमधुर कंठ, अपूर्व सौन्दर्य और बंकिम कटाक्षों की चर्चा उन दिनों सम्पूर्ण बंगाल में फैल

चुकी थी। सम्भ्रान्त, कुलीन ब्राह्म गृहों में भी, ब्राह्मोत्सव में उसे विशेष सम्मान सहित आमंत्रित किया जाता।

ओ अनाथेर नाथ, ओ अगतिर गति
ओ अकूलेर कूल ओ पतितेर पति।

माघोत्सव में भावविभोर होकर पन्ना ने गाया, तो सुननेवालों की आँखों में आँसू छलक आए थे—क्या गुरुदेव ने यह पंक्ति उसी के लिए लिखी थी? यह उस पतिता के कंठ का जादू था या पंक्तियों का?

शायद अनुपम कंठ-स्वर पंक्तियों से मेल खाकर एकाकार हो गया था।

पन्ना का हेडक्वार्टर तब पटना में था। नेपाल के किसी राणा ने उसकी माँ के लिए एक दर्शनीय कोठी बनवा दी थी। बड़ा-सा अहाता कटहल, आम और जामुन के पेड़ों से भरा था। एक ओर फ़र्रूखाबादी जामुन, मलीहाबाद के आम और मेदिनीपुर से काजू के पेड़ ला-लाकर लगाए गए थे, दूसरी ओर फूलों से सुवासित उद्यान में संगमरमर के फ़व्वारे, वीनस की मूर्ति, पीतल के काठियावाड़ी हिंचकों की छटा देखने दूर-दूर से पन्ना की माँ के विदेशी अतिथि दिन-रात आते रहे।

पन्ना की माँ का नाम था मुनीर। देखने में असाधारण रूपवती न होने पर भी उस रोबदार पेशेवर महिला का सर्वोच्च विदेशी समाज में उठना-बैठना लगा रहता।

उसके मांसल कंठ की त्रुटिहीन अंग्रेज़ी सुनकर बड़े-बड़े भारतीय अफ़सर दंग रह जाते। जिनके हाथ में देश की सत्ता थी, उस ललमुँही जाति को जीतने से पहले उनकी भाषा सीखनी होगी, यह मुनीर भली भाँति समझती थी। दो-दो गवर्नेस एक साथ रखकर उसने उनकी भाषा की सरस्वती स्वयं ही अपनी जिह्वा पर खोदकर रख ली। विदेशी समाज का कोई भी जलसा क्यों न हो, मॉर्डन पार्टी या लाट साहब की पिगस्टिकिंग पार्टी का खेमा, पोलो-प्रदर्शन या लाट की मेम का बाज़ार, गहनों से झलमलाती, पान के बीड़े से ऊँचे कपोलों को कुछ और ऊँचा उठाए, मुनीर मेज़बान की कुर्सी से सटी बैठी रहती। उर्दू, हिन्दी और अंग्रेज़ी—तीनों भाषाओं पर उसका समान रूप से अधिकार था। एक बार उसके विदेशी प्रेमी डिकी ने उसे हँसी-हँसी में 'बेगम समरू' कहकर पुकारा तो वह भड़क उठी थी, "इट इज़ नॉट ए कम्पलीमेंट डिकी," उसने कहा था, "क्या तुम नहीं जानते, बेगम समरू देखने में कैसी थी? एकदम साधारण! और क्या तुम चाहते हो कि बेगम समरू की ही भाँति मैं भी अपने विदेशी प्रेमियों को ठोकर मारती फिरूँ?"

डिकी दंग रह गया था—इतिहास, भूगोल, आयुर्वेद, ज्योतिष सब कुछ पढ़ने के लिए समय कहाँ से मिल जाता था उसे? तराई में कहाँ बड़ा गेम मिल सकता है, किस झील की मुर्ग़ाबियाँ और बतखें प्रसिद्ध हैं, सबकुछ जानती थी वह। यही नहीं,

उसकी बनाई कॉकटेल के एक-एक अमृत-स्वरूपी घूँट के लिए कितने ही समृद्ध विदेशी अहंवादी घुटने ज़मीन पर टेककर रह जाते। छोटे-से क़द की गुदगुदे हाथ पैर वाली वह गुड़िया-सी प्रौढ़ा निकट आने पर भी पन्द्रह वर्ष की किशोरी-सी दीखती।

मुनीर की तीन पुत्रियाँ थीं—बड़ी माणिक, जिसकी छोटी नाक, छोटी आँखें और सामान्य-सी बात पर होंठों पर थिरकनेवाली हँसी की एक-एक रेखा, अपने राजवंशी पिता राणा से मिलती थी। बाप की दुलारी और माँ की मुँहलगी माणिक स्वभाव से ही क्रूर, ज़िद्दी और अहंकारी थी।

दूसरी थी हीरा—नाम के विपरीत रूप प्रदान कर विधाता ने उससे निश्चय ही एक क्रूर परिहास किया था। माँ ने उसके जन्मते ही घृणा से मुँह फेर लिया था। छी:-छी:, रंग था कि एकदम आबनूस! घुँघराले छोटे-छोटे बाल, चिपटी फैली नाक और मोटे लटके होंठ!

उसी को लेकर राणा और मुनीर के सम्बन्ध सदा के लिए टूट गए थे। राणा अपनी तीन-तीन रूठी रानियों को मनाने स्वदेश चला गया था।

"यह लड़की मेरी नहीं है," वह गरज-गरजकर चीखता रहा था, "आख़िर उतर आई न अपनी जात पर! क्या मैं इतना मूर्ख हूँ जो यह भी न समझ पाऊँ कि इसका बाप कौन है?"

मुनीर एक शब्द भी नहीं कह सकी। कहती भी क्या?

लाट साहब के बेटी-दामाद उसके अतिथि होकर आए, तो उनके साथ आया था उनका रावण-सी देह और महिषासुर के-से चेहरेवाला भयानक हब्शी भृत्य—रौबी। ऐसा डरावना चेहरा कि अँधेरे में कोई देख ले, तो भय से मूर्च्छित होकर गिर पड़े। पर आहा, क्या गला था उसका!

अपने भारी मांसल कंठ से उसने 'वीप नो मोर माई लेडी, ओह, वीप नो मोर टुडे' गाया तो मुनीर सिसकियाँ लेकर रोने लगी। यही गाना गाता था उसका प्रथम विदेशी प्रेमी—नीली आँखों और सुनहले बालों से मंडित सुभग व्यक्तित्व का स्वामी एन्थनी। अठारह वर्ष की सुन्दरी मुनीर ने इसके उमड़ते प्रेमोदधि में पहली डुबकी इसी विदेशी के साहचर्य में ली थी। कैसे उसे अपने साथ विदेश ले जाएगा, कैसे विदेशी मेमें उसके सौन्दर्य और सौभाग्य को देख जल-भुनकर मर जाएँगी—सुनती मुनीर आनन्द-विभोर हो उठती। पर एक दिन उसके कल्पना के युटोपिया को स्वयं एन्थनी ही तोड़-फोड़कर किसी बैरन की इकलौती पुत्री को ब्याहने विदेश चला गया। जीवन की उसी प्रवेशिका में अनुत्तीर्ण हुई थी मुनीर। इसी असफलता ने उसे उसके पेशे का प्रथम अनिवार्य पाठ पढ़ाया। उसके पेशे में लज्जा, क्षोभ एवं पश्चात्ताप के लिए कोई स्थान होने का प्रश्न ही नहीं उठ सकता था। धोखा, फ़रेब और निर्लज्ज आचरण—तीनों ही उसे चोटी पर पहुँचा सकते थे, और वह पलक झपकाते ही एक दिन चोटी पर पहुँच गई।

हब्शिन-सी हीरा तीन वर्ष की भी नहीं हुई थी कि मुनीर ने बनारस के हरिश्चन्द्र घाट के पास, अपने विदेशी मित्र के सजे-धजे बजरे में तीसरी पुत्री को जन्म दिया। अपने नवीन विदेशी प्रेमी के साथ वह ज़िद कर काशी के प्रसिद्ध बुढ़वा मंगल के मेले में चली आई थी। तीसरी पुत्री का गौर वर्ण, नीली आँखें और सुन्दर सुनहले केश देखकर वह अपनी बदसूरत मँझली पुत्री के जन्म की सारी व्यथा भूलकर रह गई थी। इससे सुन्दर तोहफ़ा उसके पेशे को और मिल ही क्या सकता था? एक तो पुत्री, उस पर सुन्दरी! एक इसी सौन्दर्य की लाठी टेकती वह ऐश-आराम से अब अपना बुढ़ापा काट सकती थी।

"इसे सब देखते ही जान लेंगे कि इसका पिता कौन है। ध्यान रखना मुनीर, कहीं लाट साहब की नजर इस पर न पड़े, मेरी नौकरी चली जाएगी, समझी?" दुष्टता से मुस्कराकर रौबर्टसन ने मुनीर की गुदगुदी हथेली चूम ली थी।

लाट साहब का वह मनचला ए.डी.सी. अपने मोहक व्यक्तित्व और रंगीन तबीयत के लिए यथेष्ट कुख्याति अर्जित कर चुका था। किन्तु ऐसा उदार और प्रेमकला में पटु प्रेमी मुनीर को आज तक नहीं मिला था, इसी से वह उसे सहज में छोड़ना भी नहीं चाहती थी। रौबर्टसन केवल एक उदार प्रेमी ही नहीं, आवश्यकता से अधिक उदार स्नेहालु पिता भी था। जितनी बार वह आता, उतनी ही बार पुत्री के लिए उसकी सुकुमार देह से भी भारी-भारी गहने गढ़वा लाता। पर पिता का यह लाड़ पन्ना को चार ही महीने मिल पाया। उस सुदर्शन खलकामी विदेशी की बाँहों में केवल यही सन्तान नहीं खेली थी। उत्तर-दक्षिण, पूर्व-पश्चिम—विभिन्न दिशाओं में उसकी नीली आँखों और सुनहले बालों के कई संस्करणों की सृष्टि हो चुकी थी। धीरे-धीरे उसकी दुष्कीर्ति की कहानियाँ एक दिन उसके प्रभु के कानों तक पहुँच गईं। अनुशासन-प्रिय कठोरहृदय लाट साहब ने उसे कुछ ही घंटों में भारत छोड़कर चले जाने का आदेश सुनाया, और एक बार फिर मुनीर की तीसरी पुत्री भी समृद्ध पिता के रहते ही पितृहीन हो गई।

रंग, रूप और स्वभाव में सर्वथा विभिन्न तीन-तीन पुत्रियों को पालने का भार मुनीर के कन्धों पर पड़ा तो वह तनिक भी विचलित नहीं हुई। उनके लालन-पालन में वह रियासती रानी रजवाड़ों की परम्परा निभाने लगी।

"ये तीनों, मेरे तीन आई.सी.एस. बेटे हैं," वह बड़े गर्व से अपने नवीन प्रेमी ब्रिटिश रेजिडेंट से कहती। "यह ठीक है कि हीरा सुन्दरी नहीं है, पर काले रंग पर तुम विदेशी कैसे मर-मिटते हो, यह मुझे पता है। एक दिन इसका यही काला रंग इसे तुम्हारे समाज में हीरे के मोल बेचेगा।"

स्विस गवर्नेस, मिसेज़ विसेंट ने तीनों को अंग्रेज़ी अदब-क़ायदों की पॉलिस से ऐसे चमकाकर रख दिया था कि बड़े-बड़े ताल्लुकेदारों के यहाँ विदेशी अतिथियों के सम्मान में कोई भी जलसा होता, तो मुनीर की तीनों पुत्रियों को विशेष रूप से आमंत्रित

किया जाता। पर मुनीर जान-बूझकर ही तीनों को घर पर ही छोड़, कुछ-न-कुछ बहाना बना देती। जिन मुजरों में मुनीर के आते ही सैकड़ों मुग्ध दृष्टियों के नुकीले बाण उसे बींधने लगते, वहाँ क्या यह सम्भावना सदा नहीं बनी रहेगी कि एक-आध बाण उसकी निर्दोष किशोर पुत्रियों को भी असमय ही बींध डाले? फिर तीन-तीन समझदार पुत्रियों के सम्मुख वह कभी भी अपना स्वाभाविक अभिनय नहीं कर पाती थी।

सोलह वर्ष की ही उसकी बड़ी पुत्री माणिक की नेपाली आँखों में संसार की कुटिल चालों की स्पष्ट वर्णाक्षरी, छापे के सुघड़ अक्षरों-सी ही स्पष्ट हो उठी थी। पुरुष को किस बंकिम कटाक्ष के मैग्नेट से खींचा जाता है; कैसे एक बार रेशमी पलकों को उठा, बिजली की गति से झपककर, बन्दी बनाया जा सकता है; फिर एक ही उदासीन दृष्टि की बिजली गिरा सदा के लिए तड़पते छोड़ा जा सकता है; किस मृत्युंजयी आमंत्रणपूर्ण दृष्टि से, कैसे कठोर-से-कठोर हृदय पुरुष के कठिन व्यक्तित्व पर अपनी सील-मुहर लगाई जाती है—यह सब-कुछ माणिक ने सीख लिया था।

यह कोई रटा-रटाया पाठ नहीं, स्वयं उस विलक्षण बालिका की ही जन्मजात प्रतिभा है, यह मुनीर समझ गई थी। उसे स्वयं अपने दिन याद आते। प्राणपण से की गई चेष्टा के फलस्वरूप ही वह आज इस सिंहासन पर बैठ सकी थी। आत्मग्लानि से तड़प-घुटकर कितनी विवशता से वह चीनी वर्णाक्षरी-सी दुरूह, प्रेम की यह बारहखड़ी सीख पाई थी! चाबुक-हंटर की मार के साथ पढ़ाए गए, अपनी अभिशप्त जीवन-पुस्तिका के एक-एक परिच्छेद का स्मरण करते ही वह सिहर उठती। और उसी के रक्त-मांस से बनी उसकी सुन्दरी पुत्री, जिसे अभी तक वह सबके सामने टब में नंगी नहलाती, उसकी बाल-क्रीड़ाओं से सबका मन मोह लेती थी, आज अचानक कैशोर्य की सीढ़ी पर बिना पैर धरे ही, यौवन-शिखर पर खड़ी मुसकरा रही थी।

काली कुत्सित हीरा दिन-पर-दिन और बदसूरत होती जा रही थी। उसके घुँघराले बाल काले षट्पद के टेढ़े-मेढ़े पैरों की भाँति ही भयावने बने, दिन-रात तेल ठोंकने पर भी इंच-भर नहीं बढ़ पाए थे। चेष्टा करने पर भी मुनीर उसे कभी माँ का प्रेम नहीं दे पाई और शायद इसीलिए वह मातृ-प्रेम-वंचिता शान्त बालिका बुरी तरह हकलाने लगी थी। पन्ना को पुकारने में वह कभी नहीं हकलाती थी। वह उसकी बहन ही नहीं, एक-मात्र हमजोली भी थी, पर क्रूर-हृदया माणिक को कभी पुकारने का अवसर आता और वह मा-मा-मा कह हकलाती लाल पड़ जाती तो माणिक अपनी रूखी हँसी से उसे बुरी तरह मसल देती, "चुप भी कर कालिया, मा-मा-मा किए जा रही है कल्लो परी!"

पन्ना पलटकर उसका मुँह नोंच लेती, "तुम्हें शर्म नहीं आती बड़ी दी, अपनी सगी बहन से यह सब कहते?"

"ओ, इनडीड!" निर्लज्जता से हँस, माणिक अपना सफ़ेद अँगूठा दिखाकर कहती, "सगी? हम तीनों में से कौन किसकी सगी है, बता तो ज़रा?"

सगी न होने पर भी माणिक और पन्ना के सर्वथा भिन्न चेहरों में भी आश्चर्यजनक रूप से साम्य था। दोनों की सुतवाँ नाक, उठे कपोल, उठने-बैठने, हँसने और चलने की भंगिमा देखते ही कोई अपरिचित भी बता सकता था कि दोनों बहनें हैं।

अठारह वर्ष में ही माणिक और पन्ना की सौन्दर्य-ख्याति, मृगनाभि की कस्तूरी की गमक-सी छिपाए नहीं छिपती थी। सौन्दर्य के अतिरिक्त दोनों बहनों के सुमधुर कंठ का जादू बड़े-बड़े संगीत पारखियों को झुमाने लगा। बचकाने कंठ से गाई गई दुरूह ध्रुपद, धुमार की आड़ी चौगुन लयकारी, उन अनाड़ी विदेशियों को भी मंत्रमुग्ध कर देती, जिन्हें संगीत की बारहखड़ी तक नहीं आती थी।

मुनीर दोनों पर कड़ी निगरानी रखती थी। प्रत्येक मुजरे में वह स्वयं उपस्थित रहती। मजाल थी कि कोई उन्हें एक बीड़ा पान का तो बिना उसकी अनुमति के खिला दे! अपनी पेशेवर हमजोलियों के नीच स्वभाव पर उसे रत्ती-भर भी विश्वास नहीं था। क्या पता, क्यों कभी ईर्ष्यावश उसकी कंठ की दोनों जादूगरनियों को पान के बीड़े ही में, काँच या पारा पीसकर खिला दें! काम इतना बढ़ गया था कि मुनीर पुत्रियों सहित दिन-रात लाट-कमिश्नर के-से दौरों पर बाहर ही रहती। एक बार ऐसे ही एक ताल्लुक़ेदार की पुत्री के विवाह में मुनीर तीनों पुत्रियों को लेकर जा रही थी। इतने वर्ष बीत जाने पर भी पन्ना उस भयावह रात को नहीं भूल पाई थी। सामने आती साइकिल पर सवार, तीन सवारियों को बचाने में, कार में बैठे तीन प्राणियों की आहुति देनी पड़ी थी—राजा साहब का ड्राइवर, मुनीर और हीरा। पलक झपकाते ही सबकुछ हो गया था।

कई दिनों तक पन्ना माँ के रक्त से सनी देह, हीरा का खप्पर-सा फटा माथा याद कर, नींद में चौंककर चीख उठती। बड़ी दी उसे अपने पलंग पर खींच छाती से लगा लेती, "क्यों रोती है पन्ना, अम्माँ चली गई तो क्या हुआ, मैं तो हूँ!"

और सच, बड़ी दी ने कितनी स्वाभाविकता से माँ का आसन ग्रहण कर लिया था! जिस पटुता से उसने अम्माँ का व्यवसाय सँभाल लिया, उसे देखकर घाघ कारिन्दे भी दंग रह गए। मुनीर की अनुपस्थिति में दोनों नादान किशोरियों को उँगली पर नचाने की उनकी समग्र योजनाओं पर तुषारपात हो गया। वहाँ तो बित्ते-भर की माणिक, उल्टा उन्हीं को उँगलियों पर नचाने लगी। पुराने ग्राहक पुरानी दुकान की नई साज-सज्जा, चमक-दमक, सुरुचिपूर्ण व्यवस्था देखकर परम सन्तुष्ट थे। त्रुटिहीन सेवा के उत्तरोत्तर दाम चुकाने में उन्हें किसी प्रकार की आपत्ति नहीं थी। यही नहीं, कभी-कभी तो अतिथियों की संख्या अकस्मात् ही इतनी बढ़ने लगी कि व्यवसाय-पटु माणिक को अपने विदेशी अतिथियों की परिमार्जित रुचि का विशेष ध्यान रख चीनी, जापानी एवं बरमी परिचारिकाओं की नियुक्ति भी करनी पड़ी। उनके कुटिल

मस्तिष्क की कुचालों और दिन-रात की कलह से कभी-कभी पन्ना ऊब उठती, पर माणिक अपनी उन दर्शनीय कठपुतलियों को बड़े चातुर्य से नचाती, उठाती, गिराती रहती। अब वह स्वयं बहुत कम बाहर जाती थी। बड़ी अनिच्छा से पन्ना ही को रियासती यजमानी निभाने इधर-उधर जाना पड़ता।

ऐसे ही एक जलसे में पन्ना का परिचय विद्युतरंजन से हुआ था। युवा विद्युतरंजन इन्दौर के राजकुमार कॉलेज का प्रतिभाशाली छात्र रह चुका था। पिता थे बंगाल की एक छोटी-सी रियासत के राजा, और माँ थी सौराष्ट्र की काठीवंश की राजकन्या। विलासी पिता का स्वभाव एवं माँ की अनुपम लम्बी-चौड़ी सुगठित देह ही विद्युतरंजन को विरासत में मिली थी। पन्ना को पहली ही दृष्टि में देखकर विद्युतरंजन मुग्ध हो गया था। माँ के भय से वर्षों तक प्रणय का आदान-प्रदान लुक-छिपकर ही चलता रहा था। कई महीनों तक वह पीली कोठी में पड़ा रहता, किसी को कानों-कान ख़बर नहीं लगने पाती, पर एक दिन न जाने कैसे, दबंग चतुर माँ के छिपे गेस्टापो उसे पकड़ ले गए। रातों-रात, दक्षिण की किसी बड़ी रियासत की साँवली राजकन्या से उसके फेरे भी फिरवा दिये गए। पर नवेली बहू की दक्षिणी आँखें, साँवला-सलोना चेहरा और माँ का कठोर अनुशासन भी विद्युतरंजन को बहुत दिनों तक नहीं बाँध सका। जहाँ-जहाँ पन्ना जाती, वह उसकी छाया बना घूमता-फिरता। कभी-कभी माणिक पन्ना की अल्पबुद्धि पर झुँझला उठती। इस पेशे में भला एक ही व्यक्ति से ऐसे बँधकर काम चल सकता है?

"तेरा प्रेमी तो किसी राजनीतिक दल का नेता भी है न, री? फिर भी वह क्यों नहीं समझता? उसका और हमारा पेशा तो बहुत कुछ एक ही-सा है?" माणिक कहती।

विद्युतरंजन बड़ा ही दूरदर्शी व्यक्ति था। वह जान गया था कि एक-न-एक दिन लालमुँहे सत्ताधारियों को सोने की चिड़िया का मोह त्याग कर अपने यूनियन जैक का ही कफ़न ओढ़ना होगा। इसी से उसने विदेशी वेश-भूषा का स्वेच्छा से ही त्याग कर, खद्दर के धोती-कुरते का परिधान ग्रहण कर लिया था। पहले दिन वह बगुले के पंख-सी सफ़ेद मोटी धोती, कुरता और जवाहरकट वास्कट पहनकर आया तो माणिक ने उसका उठना-बैठना दूभर कर दिया था।

"लो, सत्तर चूहे खाकर हमारी पन्ना का बिल्ला हज करने जा रहा है! मियाँ, ये टोपी तो रहने ही दी होती," सारंगी की गज़ में उसकी नुकीली टोपी को उसने ऐसे लटका लिया था, जैसे मरी चिड़िया हो!

पर आज उस टोपी ने विद्युतरंजन को महिमामय पद पर पहुँचा दिया था। एक बार की जेल-यात्रा उसके लिए स्वर्ग का द्वार बन गई थी।

उस व्यक्ति के कुटिल स्वार्थी स्वभाव को पन्ना नहीं पहचानती थी, ऐसी बात नहीं थी। वह यह भी जानती थी कि उसकी सोने के अंडे देनेवाली बतख-सी पत्नी, अपनी एक-एक बार की मायके-यात्रा से अशर्फ़ियाँ-भरी थैलियाँ लेकर लौटती है। इधर पाँच ही वर्ष में पति को एक स्वस्थ पुत्र एवं दो सुन्दरी पुत्रियाँ देकर उसने अपनी गृहस्थी की नींव ठोस बना ली थी। फिर भी लाख चाहने पर भी पन्ना उसके जादुई व्यक्तित्व से सम्बन्ध-विच्छेद नहीं कर पाई थी। दोनों में ठनकती तो कभी-कभी पन्ना के जी में आता, उसकी छाती पर चढ़कर अपने उस अहंकारी दम्भी प्रेमी का गला घोंटकर रख दे। पर दूसरे ही क्षण उसके आलिंगन-पाश में वह अपना क्रोध, कलंक और अपमान भूलकर रह जाती। पर आज, बीस वर्षों से अडिग अड़ा प्रेम का आलीशान महल, दुर्भाग्य के एक ही भूकम्पी धक्के में भरभराकर गिर गया था। वह हृदयहीन व्यक्ति उसे दुर्दिन के ज्वार-भाटे में डूबते-उतराते अकेले ही छोड़कर कहीं दूर खिसक गया था।

प्रथम यौवन के गरजते-तरजते समुद्र में जब दोनों समय की पतवार दूर पटक, मस्ती से डगमगाती तरणी में तैरते, आधा फ़ासला पार कर चुके थे, तब मँझधार में ही तूफ़ान का आभास पाकर कुशल तैराक कर्णधार कूदकर तैरता किनारे लग गया था। रह गई थी केवल डूबती तरणी और भय से काँपती निराधार सहचरी। चालीसवें वर्ष में पन्ना माँ बनेगी, इसी हास्यास्पद परिस्थिति की व्रीड़ा से वह स्वयं ही संकुचित होकर, ज़मीन में गड़ गई थी। कैसी विडम्बना थी? कैसे कहेगी बड़ी दी से? क्या कहेगी बड़ी दी और विद्युतरंजन? पाँच महीने तक पन्ना ने किसी से कुछ नहीं कहा। उसकी सपाट छरहरी देह को देखकर, कोई अनुभवी ही शायद उसकी अवस्था का अनुमान लगा सकता था, पर वहाँ अनुभव ही किसे था। उधर माणिक अपने दल-बल को लेकर अजमेर शरीफ़ के उर्स में चली गई थी। जाने से दो दिन पूर्व दोनों बहनों ने ठनक भी गई थी। पन्ना के जयपुरी घराने के कत्थक नृत्य की प्रसिद्धि तब दूर-दूर तक थी। माणिक की माँ के एक पुराने मित्र ने फ़रमाइश की थी कि उनके नवासे के मुंडन में पन्ना अपना वही बहुचर्चित नृत्य प्रदर्शित करे :

बालम मेरो भोलो रे
मैं किस पर करूँ गुमान...

जिसे देखकर उन्होंने उसे बहुत पहले शुतुर्मुर्ग के अंडों के-से मोतियों की माला स्वयं पहना दी थी।

पर पन्ना ने जीवन में पहली बार अपनी रौबदार बड़ी दी की आज्ञा का उल्लंघन कर दिया, "नहीं, बड़ी दी, इस बार मैं कहीं नहीं नाच सकूँगी, तुम रोशनी को भेज दो।"

"क्या? दिमाग़ ख़राब हो गया है तेरा? जानती नहीं कि हमारी साल-भर की रसद—दूध, दही, घी—कहाँ से आता है? कितना मानते आए हैं राय काका! आज उन्हीं ने एक सामान्य-सा अनुरोध किया और तू नाच नहीं सकेगी?"

"नहीं बड़ी दी," पन्ना गिड़गिड़ाने लगी थी, "तुम्हारे पैरों पड़ती हूँ, मुझे इस बार माफ़ कर दो, मैं नहीं नाच सकूँगी..."

"क्यों री, तबीयत तो खराब नहीं कर बैठी कहीं?" बड़ी दी की सन्दिग्ध दृष्टि ने उसके पेट की आँतों का भी जैसे एक्सरे लेकर रख दिया था।

काश, पन्ना ने वह सुअवसर नहीं गँवाया होता! बड़ी दी से तब ही खुलासा कर देती तो शायद बात का बतंगड़ न बनता।

"नहीं, बड़ी दी, ऐसी कोई बात नहीं है," उसने कह दिया था।

"तब? तब क्यों नहीं नाचेगी भला? क्या तेरे आक़ा ने नाचने-गाने की मनाही कर दी है? अगर ऐसी बात है बहन," एक लम्बी साँस खींचकर माणिक ने उसे बाँहों में भर लिया था, "तब तो उससे साफ़-साफ़ कह देना, हमारी अंचलग्रन्थि क्या एक ही पुरुष के चादर-से बँधी रह सकती है? वह तो हर पल, हर दिन खुल-खुलकर नये-नये चादर की गाँठ से बँधी रहती है। हम हर चादर की गाँठ के साथ ऐसे ही खिंची चली गईं तो हो चुका!"

पन्ना सिर झुकाकर रोने लगी थी।

ओह, तो विद्युतरंजन ने ही मना किया होगा, समझी थी माणिक।

"ग्राहक कितना ही समृद्ध क्यों न हो पन्ना," वह अनुभवी मँजे स्वर में कहने लगी थी, "समझदार दुकानदार क्या उसी एक ग्राहक के भरोसे अपनी दुकान चलाता है? तू कुछ मत कहना, मैं बातें कर लूँगी विद्युतरंजन से। बड़े आए हैं हुकुम चलानेवाले! आधी उमर बीत गई, अब हमें सतवन्ती बनाने चले हैं!"

पर माणिक जितनी ही मीठी बातों से उसे फुसलाती, वह उतनी ही अकड़ती गई। अन्त में माणिक भी धैर्य खो बैठी। ऐसी निरर्थक विनती-चिरौरी का उसे अभ्यास नहीं था।

"ठीक है," वह पन्ना के सम्मुख तनकर खड़ी हो गई थी। "तुम्हें मेरे साथ रहना है तो रुद्राक्ष की माला जपकर नहीं रह पाओगी। कल ही अपने विद्युतरंजन के साथ चल दो। मैं भी देख लूँगी, कैसे वह तुम्हारा अधेड़ अँगूठा पकड़ता है! सत्रह को राय काका के नवासे का मुंडन है, पन्द्रह को मैं लौटूँगी। तब तक तुम्हें निश्चय कर लेना होगा—या तो तुम मुजरे का बयाना स्वीकार करोगी, या मेरी कोठी ख़ाली कर दोगी, समझी? कोठी किसकी है, तुमसे छिपा नहीं है।" अपना अन्तिम अचूक बाण मर्मस्थल पर लगा देख, वह अकड़कर अपने कमरे में चली गई थी।

कोठी किसकी थी, यह पन्ना बीस साल पहले ही जान चुकी थी। माणिक के राणा पिता ने कोठी बनते ही उसे अपनी पुत्री के नाम कर दिया था। शायद दूरदर्शी राणा बहुत पहले ही जान गया था कि मुनीर पर उसका सर्वाधिकार कभी सुरक्षित नहीं रह सकता। दूसरे दिन तड़के ही माणिक चाबी का गुच्छा छन्न से पटककर चली गई थी।

बड़ी दी को वह खूब पहचानती थी। लाख रूठे, लाड़ली बहन का वियोग क्या उसे सह्य होगा? आज तक एक आलाप भी वह क्या उसके बिना ले सकी है? फिर बड़ी दी ने उसके लिए क्या कुछ भी त्याग नहीं किया?

ढाका के प्रसिद्ध ज़मींदार रहमतुल्ला बड़ी दी के दिल्ली दरबार के प्रसिद्ध मुसाहिब थे। मुनीर की मृत्यु के तीसरे ही दिन वे बड़ी दी के पास विवाह का प्रस्ताव लेकर आए थे और उनके लाख सिर पटकने पर भी बड़ी दी राज़ी नहीं हुई थी। विधुर रहमतुल्ला के दर्शनीय व्यक्तित्व, अटूट वैभव और उदार सरल स्वभाव के सहारे बड़ी दी सम्भ्रान्त जीवन व्यतीत कर सकती थी।

''मैं तुम्हें ऐसी जगह ले जाऊँगा माणिक, जहाँ किसी ने अगर तुम्हारी पिछली जिन्दगी का परदा उठाने की कोशिश भी की, तो मैं उसकी आँखें निकाल लूँगा,'' उन्होंने कहा था।

''और क्या अपनी आँखें भी निकाल पाएँगे सरकार?'' दुष्टता से मुसकराकर माणिक छोटी बहन के सामने ही रहमतुल्ला की गोद में सिर धरकर लेट गई थी।

''मैं हमेशा के लिए तुम्हारी होकर 'बैताल मसूद' में आ गई तो तुम्हीं दिन-रात मेरी ज़िन्दगी का परदा उठा-उठाकर झाँकते रहोगे, और फिर इसका क्या होगा भला?'' उसने पन्ना को अपनी ओर खींचकर पूछा था।

''क्यों? मेरी साली के लिए मेरी उतनी बड़ी हवेली में क्या एक कमरा नहीं जुटेगा?'' रहमतुल्ला की भूरी मूँछें सतर हो गई थीं।

''बस, मियाँ, रहे बुद्धू के बुद्धू! यह चेहरा देखते हो? यही मोल आँका इसका? तुम्हारी हवेली के एक कमरे में तो इसके पैर की एक जूती भी नहीं समाएगी। ऐसी सुन्दरी बहन को दहेज में ले जाए, ऐसी मूर्ख नहीं है राणा की बेटी!''

रहमतुल्ला उसी रात को रूठकर हैदराबाद चले गए और वहाँ से अपनी चचाज़ाद बहन को ब्याह लाए थे! अपनी कमसिन नवेली के लाड़ में डूबकर वे शायद बड़ी दी को हमेशा के लिए भूलकर रह गए थे।

पन्ना न होती तो शायद बड़ी दी आज बेगम रहमतुल्ला होती! ऐसी स्नेही बड़ी दी से वह पन्ना इतना बड़ा कलंक छिपा क्यों गई? पन्ना गहरे सोच में डूबती-उतराती अपने कमरे में लेटी रही। दो-तीन बार आकर खानसामा खाने के लिए पूछकर लौट गया। पानी भी उसके कंठ के नीचे नहीं उतरा था। जितना ही वह सोचती, भविष्य का अन्धकार उतना ही भयावह बन उसे अपने में समेट लेता।

दोपहर को विद्युतरंजन स्वयं ही न जाने कहाँ से टपक पड़ा! बड़ी लड़की की ससुराल से तार पाकर भागता गया था। दामाद की, शिकार-यात्रा में हाथी के हौदे से नीचे गिरकर, हाथ की हड्डी टूट गई थी। वहीं से लौट रहा था। पटना में दूसरी

गाड़ी के लिए उसे चार घंटे रुकना था। पन्ना को बहुत दिनों से नहीं देखा था, सोचा, एकदम पहुँचकर उसे अचरज में डाल देगा। पन्ना की स्निग्ध हँसी, मधुर सम्भाषण और त्रुटिहीन सेवा, मनहूस यात्रा की सारी थकान दूर कर रख देगी। लेकिन पीली कोठी का सन्नाटा देखकर ही उसका माथा ठनक गया। न तबले की थाप, न घुँघरू की छनक, न मीठे गलों की हँसी। पता लगा, बड़ी दी लड़कियों को लेकर उर्स गई हैं। छोटी दी हैं, तबीयत ठीक नहीं है। सुबह से बिना कुछ खाए-पिए दो-मंजिले में लेटी हैं।

विद्युतरंजन को सहसा सम्मुख खड़ा देखकर, पन्ना यत्न से कंठस्थ किया अपना पाठ भूल गई।

क्या कहे? कैसे आरम्भ करे? सदा फूँक-फूँककर पैर रखनेवाली पन्ना, जो उद्दाम यौवन के प्रथम ज्वार-भाटे में भी चट्टान-सी दृढ़ खड़ी रही थी, आज वीतयौवना होकर कैसे ढलती वयस की सामान्य तरंगों में बह गई?

"क्या तबीयत ठीक नहीं है पन्ना?"

शायद विद्युतरंजन के नरम गले के प्रश्न ने ही उसकी रुलाई को उभार दिया। वह सिसकियों के बीच सब कुछ कह गई। माणिक का कठोर आदेश कुछ ही दिनों का नोटिस दे गया था।

"इसी बीच तुम्हें कुछ व्यवस्था करनी होगी। तुमने एक बार कहा था न कि तुम्हारी कहीं एक छोटी-सी शैटी है? वहीं दे देना मुझे, वहीं पड़ी रहूँगी।"

"पागल हो गई हो क्या?" विद्युतरंजन ऐसे दूर छिटककर, कुर्सी का सहारा लेकर खड़ा हो गया, जैसे बिजली का झटका लग गया हो, "इसी महीने मुनिया माँ बननेवाली है, चुन्नी की सगाई नरसिंहगढ़वालों से क़रीब-क़रीब पक्की हो गई है। ऐसे में तुम्हें यह क्या सूझी?"

"अच्छा?" सदा शान्त रहनेवाली पन्ना क्रुद्ध शेरनी की भाँति उछलकर उसी के पास खड़ी हो गई, "तुम्हारी एक बेटी माँ बननेवाली है, दूसरी दुलहन, इसी से उस तीसरे की तुम्हें कोई चिन्ता नहीं है जिसे मैं ही नहीं, तुम भी इस संसार में ला रहे हो?"

"यह क्यों भूल जाती हो पन्ना कि इसे मैं ही नहीं, कोई और भी इस दुनिया में ला सकता है," इतना कहकर वह तीर-सा बाहर निकल गया था।

पन्ना को जैसे पक्षाघात का झटका पंगु बना गया। न वह हिली, न डुली। देर तक वैसी ही खड़ी रह गई। इतना बड़ा लांछन? आज आठ वर्षों से बड़े से बड़ा प्रलोभन भी उसे नहीं डिगा पाया। केवल कंठ और नृत्य की बाजीगरी से ही ग्राहकों को सम्मोहित कर वह इतना कमा लेती थी कि शरीर को गिरवी रखने की न आवश्यकता ही थी, न इच्छा। विद्युतरंजन से वह कभी कुछ नहीं छिपाती थी, फिर भी इतने बड़े दुस्साहस से ऐसी कठोर बात वह कैसे कह सका?

बड़ी दी उसे कितना समझाती रही, 'पन्ना, तू तो समय से पूर्व ही रिटायर हो रही है री! हमारा अनुभव ही तो हमारा मूल्य निर्धारित करता है, और फिर तू तो ज्यों की त्यों धरी है—अभी से क्यों कंठी पहन ली?'

पर पन्ना ज़िद पर अड़ी रही थी, धीरे-धीरे बँधे ग्राहकों ने स्वयं ही उसकी आशा छोड़ दी। आज उसने बड़ी दी का कहना माना होता, तो वह भी इन आठ वर्षों में कलुषित धनराशि में कितने ही शून्य और बढ़ा सकती थी। आठ वर्षों में, विद्युतरंजन को छोड़ कोई पुरुष, उसकी तर्जनी तक नहीं पकड़ पाया था। आज उसी का प्रेमी स्वयं अपने हाथों में उसके उजले, धुले चेहरे पर, कलुष की कालिमा पोत गया!

घृणा, क्रोध और व्यथा से उसका सर्वांग थरथर काँप उठा। कहाँ जाएगी अब? ऐसी अवस्था में बड़ी दी के यहाँ रहने में भी दिन-रात अपमान की घूँट घुटकनी होगी।

बहुत पहले अम्माँ उसकी रुग्ण मौसी को लेकर हवा बदलने के लिए अल्मोड़ा गई थी। उन दिनों क्षय रोगियों को कैंटोनमेंट की सरहद से बाहर रहना होता था। ब्राहटन कोर्नर के सीमान्त में बिताए उन दिनों की स्मृति ही उसे वहाँ खींच ले गई थी। बैंक में उसका उदार विदेशी जनक उसके नाम जिस धनराशि को छोड़ गया था उसे आज तक उस अदर्शी पिता के प्रति अभिमानवश ही उसने छुआ भी नहीं था, अब उसी के सहारे वह दिन काट लेगी। पर तब वह क्या जानती थी कि विधाता का क्रूर खिलवाड़ उसकी गोदी के धन को छीनकर, दूसरे की सन्तान से उसकी गोद भर देगा।

बड़ी दी को उसने एक संक्षिप्त पत्र में ही सबकुछ लिख दिया :

'बड़ी दी,

तुम सबके आशीर्वाद से मुझे कन्या-रत्न की प्राप्ति हुई है। तुमने उस दिन कहा था न, एक-न-एक दिन मुझे लौटकर तुम्हारी ही शरण में आना होगा। अब तुम्हारी शरण में दो प्राणी एक साथ आ रहे हैं।

तुम्हारी

—पन्ना'

तीन

एक बार जी में आया, चिट्ठी फाड़कर फेंक दे—क्या बड़ी दी ही रह गई है शरण देनेवाली? जहाँ नहीं चाहती थी, वहीं नियति उसे बलि के बकरे-सी घसीट रही थी। उसके भविष्य में अब बचा ही क्या था? पर इन नन्हे प्राणों के स्पन्दन की क्या उसे कुछ भी चिन्ता नहीं है? सुदर्शन पठान पिता और पहाड़ी सुन्दरी माँ की पुत्री

निश्चय ही एक दिन अपूर्व सुन्दरी होगी और नारी-सौन्दर्य की विलक्षण पारखी बड़ी दी उसे फिर क्या जाने देंगी? और क्या पता रूठी बड़ी दी उसे लेने ही न आएँ?

पर पन्ना की चिन्ता व्यर्थ थी। वह पहुँची तो बड़ी दी अपने दलबल के साथ उसे स्टेशन पर लेने उपस्थित थी। परिचित स्नेही चेहरों को देखते ही पन्ना अपनी सारी चिन्ता, शारीरिक दुर्बलता और मानसिक व्यथा भूल गई। यही तो उसका परिवार था—गोल, चिकने चेहरेवाली नेपाली लड़की। चेहरे से भी बड़े जूड़ेवाली वाणी सेन, जिसके होंठों की हँसी धीरे-धीरे बिजली-सी चमकती आँखों तक फैल जाती और तब उस उद्भासित बड़ी आँखों की दिव्य दृष्टि मैत्री के दो हाथ फैलाकर देखनेवाले को बाँधकर सदा के लिए बन्दी बना लेती; चीनी सुन्दरी मी वांग, जिसकी तिरछी आँखें सामान्य-से स्मित में बन्द होकर रह जातीं; तुर्की गुड़िया नीलोफ़र जिसे माणिक ने कोहिनूर हीरे के दाम चुकाकर ख़रीदा था, और उन सबको अनुशासन की एक सामान्य-सी खाँसी का चाबुक मारकर ही सधी फ़ौजी टुकड़ी-सी साधनेवाली स्वयं बड़ी दी! बड़ी दी के चेहरे को देखकर वह क्या कभी आज तक उन पतले क्रूर होंठों की दबी हँसी का रहस्य जान पाई है? उस स्मित में व्यंग्य था या करुणा, या वह मन-ही-मन प्रसन्न होकर कह रही थी, 'क्यों री अकड़बाज छोकरी, आख़िर आई न मेरी शरण में!'

या उस स्मित की सील मोहर लगाकर अन्तर्व्यथा के वाष्प का ढकना बरबस बन्द कर रही थीं बड़ी दी?

देखते-ही-देखते पन्ना की गोदी की अमूल्य गठरी हाथों-ही-हाथों में उछलने लगी, अकेली माणिक ने ही उसे गोदी में नहीं लिया।

"देखो तो बड़ी दी, कैसी बड़ी-बड़ी आँखें हैं तुम्हारी, भतीजी की!"

वाणी सेन गोदी के बंडल को लेकर उनकी ओर बढ़ आई, तो चट से माणिक ने आँखें बन्द कर लीं, "मर कलमुँही, ऐसे भला ख़ाली हाथ बिटिया का मुँह देखूँगी?"

घर पहुँचते ही बड़ी दी का क्रोध, स्वयं ही पहाड़ी कुहरे-सा विलीन हो गया। जो चेहरा कुछ क्षण पूर्व पन्ना के दुस्साहसी पलायन की स्मृति में फूलकर कुप्पा बन गया था, उसी पर उसकी चिरपरिचित स्नेही मुसकान थिरकते देख, पन्ना के सिर का बोझ स्वयं ही उतर गया। बड़ी दी ने क्षमा कर दिया है उसे, एक अनोखी शान्ति से परिपूर्ण हो उसका चित्त प्रफुल्लित हो उठा।

पीली कोठी का राजसी प्रांगण, गोल कमरे में अगरु-चन्दन की मदमस्त सुगन्ध, हवा में झूलते एक-दूसरे से मृदु ठनक में ठनकते झाड़-फानूस के झुमके, दासियों की चहल-पहल और गुदगुदे कालीन पर बिछी चाँदनी पर लगा बड़ी दी का नित्य का वही दिल्ली दरबार। एक अशर्फ़ी से माणिक ने भतीजी का मुँह देखा तो चेहरा फक हो गया।

"अरी पन्ना, तेरी यह बिटिया इतनी साँवली कैसे हो गई री? तेरा ऐसा फिरंगियों का-सा रंग और विद्युतरंजन भी गोरा-चिट्टा—ये मुई कहीं अपनी कलूटी हीरा मौसी पर तो नहीं पड़ी?"

एक उदासीन दृष्टि का ही उत्तर देकर पन्ना चुप हो गई।

अकारण ही उसके गले में किसी का स्मृति-गह्वर अटककर रह गया। कैसे कहे वह बड़ी दी से, जो मेरी बेटी थी, उसे तुमने आज देखा होता, तो ऐसे नहीं चौंकतीं। गोरा रंग, नीली आँखें और सुनहले बाल, विदेशी नाना का व्यक्तित्व ही उस 'क्षणिक अतिथि' में साकार हो उठा था।

"तुम्हें भी बड़ी दी, खूब मीन-मेख निकालना आता है," वाणी सेन ने चट से बच्ची को अपनी गोद में लिया। "अब देखो तो री तुम सब, भला कहाँ ऐसी काली है! अब शालिग्राम को तुम चन्दन की बटी पर टिका दो तो और भी काला दिखेगा। बड़ी दी और छोटी दी ठहरीं निखालिस मेम लोग। इसी से उन सबकी गोदी में बेचारी अपना भी रंग खो बैठी—अब हम सबकी गोदी में देखो, आहा, क्या लग रही है—एकदम कृष्णकली!"

पन्ना को हँसी आ गई।

माणिक मुँह में पान दोख़्ते का पीक गुलगुला रही थी, वैसे ही पीक को गालों में इधर-उधर भरकर कहने लगी, "बातें करना तो कोई वाणी से सीखे! तभी तो बैरिस्टर राय इस पर बुढ़ौती न्यौछावर कर देते हैं!"

वाणी दोनों लम्बे-चौड़े हाथों को नर्तकी के नमस्कार की-सी मुद्रा में बाँधकर झुककर माणिक के सामने खड़ी हो गई—गोदी की बच्ची को उसने माणिक के पैरों के पास रख दिया था।

"तुम कहती हो एक बैरिस्टर राय? बड़ी दी, तुम्हारे आशीर्वाद से आठ-आठ ऐसे बुढ़ऊ बगल में दबाए फिर रही हूँ कि जब चाहे जिसके तीन-चार हज़ार उगलवा दूँ। इसे भी ऐसा आशीर्वाद दो बड़ी दी कि हमारी-तुम्हारी तरह ही हमारी कृष्णकली भी राजरानी बन, शतसहस्त्र हृदयों पर एकच्छत्र राज्य करे।"

माणिक ने कनखियों से पन्ना को देखा। वह तो वहाँ होकर भी जैसे नहीं थी। शायद उसकी पुत्री को साँवली कह दिया था, इसी से कुछ अनमनी-सी हो गई थी बेचारी।

"चिन्ता क्यों करती है पन्ना," बड़ी दी ने उसकी पीठ पर हाथ फेरकर कहा, "मेरे पास उबटन के तीन-चार ऐसे यूनानी नुस्खे धरे हैं कि अम्माँ कहती थी—कौए को भी पोत दो तो उजला-चिट्टा बगुला नज़र आएगा।"

"लाख रंग साँवला हो छोटी दी," क़ालीन पर हाथ-पैर मारती बच्ची को वाणी ने गोद में उठाकर गालों से लगा लिया, "नाक देखती नहीं, कैसी खड्ग की-सी धार धरी है! होंठ? आहा, क्या मनोहारी गठन है! यह ललाट, काले, चिकने, घने केश

और नौरत्ती बावन तोले की ये वनमृगी-सी आँखें! तभी तो मैंने नाम धरा है 'कृष्णकली।' सहसा गोद में बच्ची को लेकर वह झूम-झूमकर गाने लगी :

कृष्णकली आमी तारेई बोली—
कालो तारे बोले गायेर लोक
मेघला दिने, देखे छिलेम माठे
कालो मेयेर काली हरीग चोख।

वाणी के वंशी-से मीठे गले को किसी साज़-संगत के बिना ही श्रोता को मोह लेने का वरदान प्राप्त था। स्वाभाविक मुरकियाँ, मीठे स्वर का सधा आरोह, जो कभी जादुई गति से अवरोह की सोपान पक्तियों में सुननेवाले को भी बरबस अपने साथ खींच ले जाता, उसके सुकुमार साँवले चेहरे से भी मेल खाता था। क्रूर नियति ने ही उस पढ़ी-लिखी, सम्भ्रान्त कुल की आकर्षक अध्यापिका को पीली कोठी में पटक दिया। पर जो उस कुंठाग्रस्त अध्यापिका को उसके जीवन ने नहीं दिया था, वह उसे पीली कोठी ने पल-भर में दे दिया। वैभव, एक-से-एक दामी साड़ियाँ, विलास की ऐसी-ऐसी अलभ्य सामग्रियाँ,जिनके विषय में उसने कभी सुना भी नहीं था। एक दासी उठते ही बादामरोग़न की मालिश कर जाती, फिर दूसरी आकर हमाम में ऐसे-ऐसे बाथ सॉल्ट छिड़क जाती कि चमड़ी यदि कोई छीलकर भी तराश देता तब भी शायद उनकी मादक सुगन्धित मांस-मज्जा में ही बसी रहती। कितनी बार उसे कितने सुपात्र देख-देखकर नापसन्द कर गए थे, आज उसकी ऐसी स्थिति है कि वह कितने ही सुपात्रों को नाक-भौं चढ़ाकर नापसन्द कर देती है। अनाथा वाणी सेन के दरिद्र मामा किसी प्रकार का दहेज देने में असमर्थ थे। फिर वह असामान्य सुन्दरी भी नहीं थी। किसी प्रकार पढ़-लिखकर उसने बी.ए. की परीक्षा पास कर ली थी। इसी से जब मामा के विधुर मित्र रजनीकान्त मित्रा ने, उसे अपने गर्ल्स हाई स्कूल में अध्यापिका का पद प्रदान किया, तो उसे सहसा अपने सौभाग्य पर विश्वास ही नहीं हुआ था।

"कुमड़ो (कद्‌दू)," रजनी काका उसके मामा की पृथुल तोंद के कारण उन्हें इसी विचित्र नाम से पुकारते थे, एक दिन कहने लगे, "तेरी भानजी के लिए जब तक कोई सुयोग पात्र नहीं जुटता, क्यों न इसे मेरे स्कूल में भेज दे? लड़की गुणी है, इतना अच्छा गाती है, हमारे यहाँ संगीत की कोई अध्यापिका है भी नहीं।"

मामा तो मारे खुशी के रो भी पड़े थे। केवल चतुर मामी को यह मूर्खतापूर्ण प्रस्ताव ज़रा भी नहीं रुचा।

"नौकरी करनी है छोकरी को तो क्या एक उसी रँडुवे मित्तर का स्कूल रह गया है? एक तो अभागा स्वयं ही मैनेजर है, उस पर दिन-रात तो उसकी कीर्ति सुनने में आती रहती है।"

मामी के उस प्रस्ताव का अनुमोदन न करने का कारण और भी था। सुबह से लेकर शाम तक वाणी उनकी गृहस्थी के कोल्हू में बैल-सी जुती रहती थी। इसी बीच मामा को दिल का दौरा पड़ा और वे चल बसे, मामी को उनके भाई साथ लिवा ले गए, और वाणी को रजनी काका ने स्नेहपूर्ण आग्रह से अपने पास रोक लिया।

"कुछ ही दिनों में लड़कियों के लिए एक बोर्डिंग हाउस की भी व्यवस्था करनी होगी। तुम नहीं रहोगी बेटी, तो कौन उन्हें देखेगा?"

शायद उस स्नेहपूर्ण आत्मीय सम्बोधन ने ही वाणी को अटका लिया। पहले-पहल चतुर रजनीकान्त ने अपनी शरण में आई उस अनाथा किशोरी के साथ अपना व्यवहार ऐसा उदासीन एवं तटस्थ रखा कि वाणी को स्वयं ही उनको अपनी छोटी-मोटी आवश्यकताओं से अवगत कराने के लिए इधर-उधर भटकना पड़ता। कभी सीमेंट जुटाने कटनी चले गए हैं, जब मिलते भी तो ऐसी रूखी बातें करते कि वाणी का शरीर जल उठता। तब वह क्या जानती थी कि वह कुटिल व्यक्ति अपनी उदासीनता से ही उसका विश्वास जीतना चाहता है! यह ठीक था कि पहनने-ओढ़ने, खाने-पीने, यहाँ तक कि उसकी संगीत-शिक्षा का भी उन्होंने समुचित प्रबन्ध कर दिया था। एक अन्धे म्यूज़िक मास्टर उसे पक्के गाने की शिक्षा देने आते, सन्ध्या को नित्य रजनी काका के परम मित्र दुलाल बाबू उसे रवीन्द्र संगीत सिखा जाते, पर रजनी काका उसे जब मिलते, एक-न-एक बात से जता देते कि वे उस पर बहुत रुपया खर्च कर रहे हैं।

"गाना ठीक से सीख रही हो न? यह मत समझना कि दुलाल मेरे मित्र हैं तो तुम्हें मुफ़्त में गाना सिखा रहे हैं। दोनों को तगड़ी तनख़्वाह दे रहा हूँ। चारु तुम्हारे पास सोती है न?" अपनी एक पुरानी वृद्धा दासी की नियुक्ति उन्होंने वाणी के आते ही कर दी थी।

"हाँ, काका बाबू, सोती है।" कहकर वाणी चुपचाप अपने कमरे में लौट आई थी। उतनी बड़ी कोठी में वाणी एक प्रकार से बन्दिनी का-सा जीवन व्यतीत करती थी।

शहर से दूर 'मित्र निकुंज' एक प्रकार से जंगल ही में बसा था। अभी तक भी लोग उसके नये नाम की अवहेलना कर, उसे उसके पुराने नाम से ही अधिक पुकारते थे—'नील साहबेर कुठी'। यह एक अंग्रेज़ साहब की बड़े शौक़ से बनवाई गई विराट् कोठी थी जिसने नील की खेती से कभी लाखों रुपये पैदा किया था। मित्रा ने उसे मिट्टी के मोल ख़रीद, उसकी उजाड़ भव्यता को एक बार फिर सँवार लिया था। साहब के ही विदेशी रुचि से बने अतिथि-भवन में अब उनकी दिवंगता पत्नी के नाम पर अमला गर्ल्स हाई स्कूल था।

नील कोठी का जो कमरा वाणी को मिला था, वह निश्चय ही उस साहब की मेम साहिबा का रहा होगा। दीवारों पर तब भी, नाखून से चूने की एक-दो परतें

उखाड़ने पर शत-पत्रांकित धूमिल गुलाबी 'वाल पेपर' निकल आता। एक बड़ा-सा अन्धा झाड़-फ़ानूस, टेढ़ा होकर नीचे तक झूल आया था। जहाज़-से पलंग पर थकी-हारी वाणी सोने जाती तो स्वयं ही अज्ञात भय से उसका शरीर काँप उठता। इतने बड़े पलंग में उसकी इकहरी देह जैसे डूबकर रह जाती।

कुछ देर तक चारु अपने वर्षों पुराने दमे की धौंकनी चलाती रहती, और फिर बड़बड़ाने लगती, "अजीब शौक़ है बाबू का! घर की घरनी जब तक रही, बेचारी का कभी मुँह भी नहीं देखा। काली थी तो उसका क्या दोष? मैं कहती हूँ, जब देखने गए तो क्या आँखों पर पट्टी बँधी थी? आहा, कैसी लक्ष्मी बिटिया थी हमारी, एक रूप ही तो नहीं था! दहेज कितना लाई थी! किसकी बदौलत आज इस साहब की कोठी में राज कर रहे हैं, सब भूल गए हैं बाबू! अब मर गई तो उसके नाम का स्कूल बनवाकर टेसुवे बहाते फिर रहे हैं! मैं कहती हूँ, बाबा, मेरी तो छुट्टी करो। जिसके साथ दहेज में आई थी, जब वही नहीं रही तो मैं क्या करूँ यहाँ? नवद्वीप में भानजा है, वहीं जाकर निमाई के चरणों में दिन काट लूँगी। पर यह तो मारें भी और रोने भी न दें!"

कभी-कभी वाणी झुँझलाकर कह देती, "ठीक है चारु, जाना है तो कल ही चली जाओ, मुझे क्यों सुनाती हो? काका बाबू से कहो न!"

"आहा रे काका बाबू!" चारु अचानक उठकर बैठ जाती। उसकी झुर्री पड़ी लटकनों को बड़े कमरे का अन्धकार और भी बीभत्स बना देता, जैसे कोई काली डाइन आकर बैठ गई हो! "मैं भी देखती हूँ, कितने दिन भतीजी बनकर रहती हो! तुम-जैसी बीसियों भतीजियाँ इसी कमरे में शिकार हुई हैं।" फिर उसके एकदम निकट खिसककर वह अपनी फुसफुसाहट का विष उगलने लगती, "भला चाहती हो तो बहाना बनाकर चुपचाप खिसक जाओ, समझी? फूलरेनू, पुजारिनी, अभया, कृष्णा, बेनू, कितनी सौतों ने सताया मेरी मालकिन को। देखती नहीं दीवारों को? भला कुँआरी लड़की के कमरे में ऐसी नंगी तस्वीरें लटकाई जाती हैं?"

सचमुच ही आदमकद नग्न तसवीरों को देखकर वाणी सेन सिहर उठी थी। चाहे मेम ही ने क्यों न लटकाई हों, पर क्या सयाने काका बाबू को नहीं चाहिए था कि उसके आने के पूर्व उन्हें हटाकर कहीं और डाल देते?

क्या पता, चारु ठीक ही कह रही हो! पर वह जाए भी तो कहाँ जाए? हृदयहीना मामी को वह जानती थी। उसके भाई की व्याघ्रदृष्टि ने उसे कुछ ही पलों में लीलने की जो निर्लज्ज चेष्टा की थी, उसे शायद मामी ने भी देख लिया था। इसी से उन्होंने भानजी को साथ ले चलने का कोई आग्रह नहीं किया। न पिता के वंश में कोई बचा

था, न माँ के। रात-रात जगकर वह भविष्य की योजनाएँ बनाती पर स्कूल पहुँचते ही काका बाबू का निर्विकार चेहरा देखकर उसके चित्त का कलुष उसे स्वयं लज्जित कर देता। ऐसे देवतुल्य व्यक्ति के लिए वह कैसी घिनौनी बातें सोचने लगी थी? ऐसे ही यदि होते तो क्या इन सात महीनों में एक बार भी अपने कामी स्वभाव का परिचय नहीं देते? हो सकता है, वे सब बातें चारु ने केवल इसीलिए उसे सुनाई हों कि वह स्वयं ही भागकर उसका रास्ता साफ़ कर दे।

'तुम जब जाओगी, तब ही बाबू मुझे छुट्टी देंगे,' वह प्रायः ही कहती रहती थी।

पर चतुर गिद्ध क्या एकदम ही शिकार पर झपटता है? उसी छली पक्षी की भाँति, निर्मल आकाश में गोल-गोल चक्कर काटते जब रजनीकान्त अपने शिकार पर झपटे, तो वह सँभल भी नहीं पाई।

"चारु-चारु," उसने चीत्कार से पूरी नीली कोठी गुँजा दी थी। पर उसकी करुण चीख बड़े बुर्ज से टकराकर उसी के कानों में हथौड़े-सी पीटने लगी थी।

"चारु-चारु!"

"यह कोठी बुद्धिमान साहब ने बनवाई है। इस खूबी से कि हर चीखनेवाली की चीख टकरा-टकराकर उसी के पास लौट आती है, बाहर नहीं जाती," अपने नक़ली दाँतों की हँसी की विद्युत्वह्नि से उसे झुलसाता वह दानव उसकी पीठ थपथपाकर हँसने लगा था।

"आराम से यहाँ पड़ी रहो। यदि और कुछ मूर्खता कर बैठीं तो फिर स्वयं भुगतोगी। फूलरेनू की लाश को आज तक पुलिस नहीं ढूँढ़ पाई..."

वाणी की मांस-मज्जा तक क्रोध से भस्म होकर रह गई थी। यह राक्षस फिर उसकी देह का स्पर्श करे, इससे तो अच्छा है, वह स्वयं ही उसे ठिकाने लगा दे। इससे अच्छा अवसर अब मिल ही कब सकता था? चारु भी नहीं थी। पास ही रेल के स्टेशन से आती एक के बाद एक रेलगाड़ियों के आगमन-प्रत्यागमन की सीटी वह नित्य सुनती थी। रजनीकान्त के जाते ही वह द्वार खोलकर चुपचाप निकल गई थी। फिर कैसे, कब, किन-किन गाड़ियों में दुबककर बैठी वह बाँकीपुर पहुँच गई थी, वह स्वयं ही नहीं जान पाई। वहीं उसे माणिक मिल गई थी।

उस दिन की काँप रही, सहमी, बड़ी-बड़ी आँखोंवाली, वही साँवली सामान्य-सी किशोरी, आज भरे-भरे अंगों की छटा बिखेरती लावण्यमयी वाणी सेन थी। उसे यदि आज रजनी काका देखते तो, "निश्चय ही बूढ़े का 'हार्टफ़ेल' हो जाएगा बड़ी दी," चुलबुली वाणी हँसकर कहती।

"ला, पता दे दे तो एक चिट्ठी डाल दूँ।"

माणिक से वाणी का ऐसा ही हास-परिहास चलता रहता।

"पता तो दे देती बड़ी दी," गम्भीर स्वर के साथ बड़ी-बड़ी पुतलियों को भी गोल-गोल घुमाकर वाणी कहती, "पर एक साथ इतनी सारी सुन्दरी भतीजियों को देखकर, कहीं उन्हें कुछ हो गया तब? मेरे क्या दस-बीस चाचा-ताऊ हैं?"

फिर तो वाणी सेन के जो असंख्य दुलारे चाचा-ताऊ थे, उन्हीं के एक-एक कर सब नाम गिनवाने लगतीं। उसकी सखियाँ, और वाणी हँसती-हँसती दोहरी हो जातीं।

"अरी मरियो, चुप करो अब बस।"

कभी अफ़रोज फिर चुटकी मारती, कभी सईदा, "चटर्जी काका, राय काका, घोषखूड़ो, दस्तिदार, राज चौधरी काका, टामस अंकल, डेविड अंकल, हाय राम! दम फूल गया गिनते-गिनते, हमारी वाणी सेन का तो आधा संसार इन ससुरे चचों से भरा है।"

माणिक फिर एक छौंक लगाती, "अरी, उसको भूल गईं क्या? कुमुदरंजन मंडल? वह तो इन सबका भी चचा है। वही तो सुनता है इससे रवीन्द्र संगीत!"

वाणी रूठी बालिका का-सा अभूतपूर्व अभिनय करती, ठुड्डी पर हाथ धरकर तुनक उठती, "ख़बरदार बड़ी दी, जो मेरे बूढ़े से कुछ कहा। आहा रे, एक-एक बाल सफ़ेद। खाँसता है तो पूरा डेंचर निकलकर दूर छिटकता है। मुँह से लहसुन की बदबू! लकवे के झटके से गरदन ऐसी हिलाता है, जैसे कत्थक का नचैया हो! ऐसा प्रेमी बड़े भाग्य से जुटता है बड़ी दी!"

शायद प्रत्येक प्रेमी के घृणित व्यक्तित्व को घुटककर नीलकंठ बनने की उस अपूर्व क्षमता से ही वाणी सेन माणिक की सबसे मुँह लगी सदस्य बन गई थी। माणिक कहीं भी जाती, वाणी सेन छाया की भाँति उसके साथ रहती, पीली कोठी में एक से एक बिगड़ैल घोड़े आते, पर चतुर गहरेबाज की दक्ष वाणी सेन ही उन्हें अपने सधे चाबुक से साध लेती।

पन्ना का पत्र पाकर क्रोध से बौखला गई थी माणिक। जब उसकी अनुपस्थिति में ही वह बड़े विश्वास से दिए गए चाबी के गुच्छे को मुंशीजी को सौंपकर भाग गई थी, तब क्या अभागी नहीं जानती थी कि गुच्छे में तिजोरी की भी चाबी धरी है? उस तिजोरी का वैभव क्या कुबेर के कोष से किसी अंश में कम था? यह ठीक था कि मुंशीजी उसके परम विश्वासी कर्मचारी थे, पर नीयत बिगड़ते क्या कुछ देर लगती है!

"मैं उससे साफ़-साफ़ कह दूँगी, जहाँ जाना है, चली जाए, पीली कोठी में ऐसी नमकहराम छोकरी को क़दम नहीं रखने दूँगी मैं।"

रात-भर पैर पकड़कर वाणी सेन ने ही उसे मनाया था।

"लाख हो, छोटी दी तुम्हारी छोटी बहन है। फिर इस निगोड़ी कोठी में एक बच्ची की तो क़सर है! देख लेना, कोठी गुलज़ार हो उठेगी!"

वाणी सेन की भविष्यवाणी सचमुच में सार्थक हो गई थी।

जब देखो तब वाणी उसे गालों से लगाकर गाती रहती :

कृष्णकली आमी तारेई बोली
कालो तारे बोले गायेर लोक—
एमनि कोरे कालो काजल मेघ
ज्येष्ठ मासे आसे ईशान कोने—
एमनि कोरे कालो कोमल छाया
आषाढ़ मासे नामे तमाल बने
एमनि कोरे श्रावण रजनीते—
हठात् खुशी धनिए आसे चिते—
कालो ?
ता से यतई कालो होक
देखेछि तार कालो हरिण चोख।

[मैं उसे कृष्णकली कहता हूँ। गाँव के लोग उसे काली ही कहते हैं। क्या ऐसे ही काले काजल मेघ, जेठ के महीने के साथ ही ईशान कोण पर नहीं घिर आते ? क्या ऐसे ही आषाढ़ में काली कोमल छाया तमाल-वन पर नहीं उतर आती ? क्या ऐसे ही काली श्रावणी रजनी के बीच हृदय आनन्द से पुलकित नहीं हो उठता ? काली ? कितनी ही काली क्यों न हो—मैंने उसकी हिरणी-सी काली आँखें देख ली हैं।]

यही गाना गाते-गाते भाव-विभोर हो प्रौढ़ दुलाल बाबू उसकी ओर एकटक ऐसे निहारने लगते थे कि वह स्वयं ही सिहरकर आँचल ठीक करने लगती। आज वह उस भूखी दृष्टि का अर्थ समझ सकी है।

'वाणी, मुझे लगता है, यह गाना तुम्हें ही देखकर लिखा गया है,' उन्होंने पहले दिन कहा तो वाणी ने लजाकर माथा झुका लिया था।

गोदी की नन्ही बच्ची को निहारती वाणी मन-ही-मन सोच रही थी, गाना मेरे लिए नहीं, इसके लिए लिखा गया है। असीम लाड़ और दुलार के बीच पल रही कृष्णकली की मलिन कान्ति को, माणिक के यूनानी उबटनों ने सचमुच ही उजला कर दिया था।

"छोटी दी, तुम्हारी लड़की का नाम अब बदलना ही पड़ेगा। देखती नहीं, दिन-पर-दिन कैसा रंग निखरता जा रहा है निगोड़ी का!"

वाणी समय पाते ही उसे गोदी में लेकर बैठ जाती। कभी-कभी रात को भी वह उसे संग सुलाने उठा ले जाती। कली, कृष्णकली, अमार कालो चाँद, अमावस्या—कितने ही अटपटे नामों से पुकारती वाणी पगला-सी जाती।

कली जैसे-जैसे बड़ी हो रही थी, उसका साँवला रंग स्वयं ही गेहुँअन आभा की कान्ति को स्पष्ट करता जा रहा था।

"बड़ी दी," पन्ना कहती, "पाँच साल की होते ही इसे बोर्डिंग में डालना होगा।"

"क्यों री, क्या अभी से इतनी भारी हो गई बिटिया?"

"नहीं, बड़ी दी, वाणी ने इसे गोदी की ऐसी आदत डाल दी है कि गोदी से नीचे रखते ही चीखने लगती है।"

पन्ना का काम इधर बहुत बढ़ गया था। कई बार तो उसे रिकॉर्डिंग करवाने कलकत्ता भी जाना पड़ता था।

एक वाणी सेन ही नहीं, पूरी पीली कोठी की दुलारी थी कली। जब से उसने चलना और तुतला-तुतलाकर बोलना सीख लिया था, वाणी सेन तो उस पर मरी-मिटी जाती थी। वाणी से कहती थी, 'तानी', पन्ना से 'तन्ना', और बड़ी दी से 'तड़ी दी'।

"कहो, ककड़ी, केला!" वाणी उसे तोते-सा पढ़ाती।

"ततरी-तेला," चेहरे से भी बड़ी आँख घुमाकर कली कहती।

हँसी का फव्वारा-सा छूटने लगता। कभी-कभी सजी-सजाई गुड़िया-सी कली को मुखरा वाणी बड़ी दी के भरे दरबार में लाकर दूध-सी धुली चाँदनी पर बैठा देती।

"अरी, करती क्या है?" बड़ी दी हड़बड़ाकर उठाने लगतीं, "गीला कर देगी..."

"तो क्या हुआ? गंगाजल उठा-उठाकर माथे पर धरेंगे तुम्हारे दरबारी, तो सब पाप-कलुष धुल जाएगा—क्यों, है न री मेरी कली?"

सिखाई बन्दरिया-सी कली न जाने कैसे सब कुछ समझकर नन्ही-सी नाक चढ़ाकर हँस देती।

"तेरी माँ कौन है, बता दे तो मेरी सोना?" वाणी चतुर नटिनी की भाँति आकर्षक कली को अपने अनुशासन की रस्सी पर साधकर पूछती।

"तन्ना।"

"तेरा बाबा कौन है बेटी?" वाणी फिर अपनी मुखरा चपल दृष्टि का डमरू बजाती।

"ये छब," कली अपनी तिनके-सी तर्जनी पूरे दरबारियों की ओर घुमा देती।

"अरे, वाह-वाह!"

"क्या दिमाग़ पाया है!"

"बिलकुल माँ पर पड़ी है।"

कुछ ही पलों में, पूरे दरबार को अपनी नन्ही मुट्ठी में बन्द कर कली वाणी की गोदी में किलकती चली जाती।

यही कली का अक्षरारम्भ था। क्या डॉ. पैद्रिक ने ऐसी ही शिक्षा देने उसे सौंपा था?

पन्ना कभी-कभी अपनी दुर्बलता पर स्वयं ही क्षुब्ध हो उठती। डॉ. पैद्रिक के पत्र प्रायः ही आते रहते। अपने वायदे की पक्की निकली थीं डॉ. पैद्रिक। कली के छठे जन्म-दिवस पर उन्होंने पन्ना को एक कृतज्ञतापूर्ण लम्बा पत्र लिखा था। कली की सुन्दर तसवीर को देखकर वे मुग्ध हो गई थीं।

'इसकी सज्जा ही देखकर मैं समझ गई हूँ कि तुम इसे कितने यत्न से पाल रही हो! क्या यह मुझे बताना होगा कि मैं तुम्हारी आजन्म कृतज्ञ बनी रहूँगी?

पर मैं अपना वायदा नहीं भूली हूँ। मैंने तुमसे इसे केवल एक वर्ष पालने का अनुरोध किया था, तुमने इसे पाँच वर्ष की बना लिया है! मेरी एक विधवा बहन, इसी वर्ष नैनीताल आ गई है। वहीं के कॉन्वेंट में नन है, इसी से मुझे पूरी सुविधा है। ऐसे पवित्र वातावरण में निश्चय ही इसके जन्म का इतिहास धुलकर उजला निखर आएगा। यदि तुम्हें इसे नैनीताल पहुँचाने की सुविधा न हो तो मेरी बहन स्वयं आकर ले जाएगी।

पर हो सकता है पन्ना, तुम्हें इस छोटी-सी अवधि में इस अभागी के लिए ऐसा मोह हो गया हो, जिसका बन्धन अब तुम्हें दिन-प्रतिदिन बाँधता जा रहा हो। यदि ऐसा है तो मेरी डार्लिंग पन्ना, ईश्वर के दिये इस उपहार को तुम मेरे अभिनन्दन सहित स्वीकार करो।

तुम्हारी,
—रोज़ी'

हड़बड़ाकर पन्ना ने चिट्ठी फाड़कर फेंक दी थी। अच्छा हुआ, कमरे में बड़ी दी नहीं थीं। शक्की बड़ी दी उसे चिट्ठी पढ़ते देखती तो आफत कर देती : 'किसकी चिट्ठी है, किसने लिखी है, क्या लिखा है, देखूँ?'

यह भी सम्भव था कि बड़ी दी अपने अधैर्य से उसके हाथ से चिट्ठी लेकर पढ़ भी लेती। फिर क्या उस सूक्ष्म दृष्टि से पन्ना कुछ छिपा सकती थी? हो सकता था, वह स्वयं ही डॉ. पैद्रिक के पास जाकर कली के जन्म का पूरा इतिहास ही जान लेती!

उसी दिन, कमरा बन्द कर, पन्ना ने चिट्ठी लिखकर स्वयं अपने हाथों से लेटर-बॉक्स में डाल दी थी। कली को जब रोज़ी ने एक बार पन्ना की गोदी में डाल दिया है, तो अब वह उसे नहीं जाने देगी।

'कली दिन-पर-दिन कितनी सुन्दर होती जा रही है रोज़ी!' उसने लिखा था। 'तुम शायद इसे देखने पर पहचान भी नहीं पाओगी। अब उस साँवली मरघिन्नी-सी बच्ची पर जैसे विधाता ने जादू की छड़ी फेर दी है। पाँच ही वर्ष में यह सात-आठ वर्ष की हृष्ट-पुष्ट बालिका लगने लगी है। मुझे तो कभी-कभी भय होता है रोज़ी, यौवन कहीं असमय ही आकर इसे न दबोच ले।'

पत्र के उत्तर में रोज़ी ने स्वयं अपने आने की सूचना दी थी। अपनी बहन के साथ क्रिसमस मनाकर वे कली को देखने आएँगी। कई वर्षों से कहीं नहीं गई थीं। पैरों का गठिया कब उन्हें एकदम ही पंगु बना दे, कुछ कहा नहीं जा सकता था। वैसे ही बिना लाठी के सहारे वे एक पग भी नहीं चल पाती थीं।

'तुम्हारे पास आकर और उस कली को देख लेने पर मैं निश्चय ही बहुत कुछ स्वस्थ हो उठूँगी। मेरी दैनिक आवश्यकताएँ अत्यन्त सीमित हैं, अतः तुम्हें कोई विशेष असुविधा नहीं होगी।'

पगली रोज़ी, उसकी आवश्यकताएँ कैसी ही क्यों न हों, पीली कोठी क्या एक से एक ठसकेदार विदेशी अतिथियों की आवश्यकताओं को पहले नहीं निभा चुकी है ? पर वह सर्वस्व-त्यागिनी तपस्विनी क्या इस परिवेश में एक रात भी रह पाएगी ?

चार

द्वितीय युद्ध की समाप्ति के साथ ही बड़ी दी का व्यवसाय बुलन्दी पर पहुँच गया था। युद्ध में अनायास ही कमाई गई ठेकेदारों की धनराशि की नहरें, एक साथ ही पीली कोठी में आकर बहने लगी थीं। बड़ी दी की पूर्व-परिचिता, पाँच वैकाई, अपनी ख़ाकी मर्दानी वर्दियों को तिलांजलि दे, एक बार फिर पीली कोठी के सुनहले पिंजरे में, पालतू पढ़ी-पढ़ाई मैना-सी चहकने लगी थीं। पहले रविवार को पीली कोठी दिन भर की छुट्टी मनाती थी। बड़ी दी अपनी सेवन सीटर में अपने रंगीन दलबल को भरकर दूर-दूर तक घूमने निकल जाती। कभी राजगृह, कभी राजमहल। कैसा ही सम्मानित अतिथि क्यों न हो, उसे रविवार को आने पर निराश होकर ही लौटना पड़ता। पर अब रविवार को भी कोठी में मेले की-सी भीड़ रहती। क्या कहेगी रोज़ी ? वह तो इतवार को अख़बार भी नहीं पढ़ती थी।

इस सस्ते वातावरण में वह कली को देखकर क्या प्रसन्न होगी ?

क्रिसमस के दिन बड़ी दी की किरंटियों ने पीली कोठी के गोल कमरे की छटा बदल दी थी। ऐसा उत्साह तो बड़ी दी ने कभी बकरीद पर भी नहीं दिखाया था। पता नहीं, कहाँ से मैगी एक छोटा-सा हरा पेड़ जुटा लाई थी। उस पर जगमगाते बिजली के हरे, पीले, नीले लट्टू; क्रेप के लाल-पीले काग़ज़ों में लिपटे रेशमी रिबन से बँधे उपहार, जापानी कन्दील अनोखी जगमगाहट से जगमगा रहे थे। एक ओर बड़ी मेज़ पर लिज और सोनिया मोमबत्ती-दानों में बड़ी-बड़ी मोमबत्तियाँ सजा रही थीं। आज उन्होंने बड़ी दी से विशेष अनुमति लेकर अपनी पूरी ऐंग्लो इंडियन बिरादरी को आमंत्रित किया था। वैसे बड़ी दी इस बिरादरी से दो गज़ की दूरी ही

बरतती थी। पीली कोठी के अधिकांश ग्राहक, बँधे-बँधाए पुश्तैनी यजमानी निभानेवाले ग्राहक थे। इस ऊँचे तबके के अतिथियों से कभी किसी प्रकार की सस्ती ही-ही, ठी-ठी या ओछे आचरण की बड़ी दी को आशंका नहीं रहती थी।

''पीते भी हैं तो दे नो, हाउ टु कैरी देयर ड्रिंक्स,'' बड़ी दी कहती, ''और ये मरी इन अधकचरी मेमों के साहब, कोई इंजन ड्राइवर है तो कोई गार्ड। चाहते हैं कि मेरी लड़कियों को भी रेलगाड़ी के बेजान डिब्बों की ही तरह अपने साथ जैसे चाहे खींचते ले जाएँ।''

पर मैगी को अप्रसन्न भी नहीं कर सकती थी बड़ी दी। कन्धे पर सुनहले बालों के रेशमी पशम झुलाती, नीली आँखों और चपल स्मित का जादू बिखेरती मैगी माणिक के रत्न संकलन का सबसे दामी रत्न थी। उसकी मुट्ठी-भर की कमर, पत्थर की मूर्ति की-सी ऐसी तराशी गई देह, जिसका एक-एक सुगठित अंग सवा-सवा लाख का था, वास्तव में अपूर्व थी। उसकी रुचि को देखकर कभी-कभी माणिक दंग रह जाती। कभी चौदह आने गज़ की लाल छींट का ऊँचा, काला गोट लगा लहँगा और काठियावाड़ी कंचुकी पहनकर, हाथ में एक सामान्य-सा चाँदी का कड़ा और गले में हँसुली पहने गोल कमरे में उतर आती। नीली आँखों से मेल खाती नीले रँगे मलमल की अबरक से चमचमाती ओढ़नी फड़फड़ाकर एक साथ अपने कितने ही प्रेमियों के हृदय में दावानल-जैसा प्रज्वलित कर देती। कभी वह आती ठेठ विदेशी वेशभूषा में। टार्टन स्कर्ट के ऊपर महा-औदार्य से प्रदर्शित हाथी दाँत-सा शुभ्र कठोर वक्षस्थल, शंखग्रीवा पर पतली सोने की चेन में झूलता नवरत्न का पेंडेंट, जो देखनेवाले की दृष्टि को बरबस बाँधता अपने साथ खुले गले की क्रमशः नीचे उतरती आकर्षक घाटी की ओर खींच ले जाता था। मैगी सप्ताह में केवल दो बार पीली कोठी के गोल कमरे में उतरती थी।

''मैं स्वभाव से ही नाजुक हूँ माणिक,'' उसने अपनी सखी से आते ही कह दिया था, ''पर मैं तुम्हें इतना विश्वास दिलाती हूँ कि जितनी तुम्हारी लड़कियाँ एक सप्ताह काम करने पर कमाएँगी, उतना मैं एक ही दिन नीचे आने पर भी कमा लूँगी।''

ऐसी सोना उगलनेवाली मशीन को भला माणिक क्या खो देने की मूर्खता कर सकती थी?

''मेरा पेशा कैसा ही क्यों न हो, मैं एक आदर्श क्रिश्चियन हूँ, यह तुम्हें मानना पड़ेगा माणिक,'' मैगी के मर्दाने कन्धे गर्वीले बनकर और उन्नत हो गए। ''मैं हर इतवार को गिरजाघर जाती हूँ, और हफ्ते की उन दो मनहूस रातों में जब मेरी एक साँस भी अपनी नहीं रह जाती, मैं समय निकालकर बाइबल पढ़ ही लेती हूँ, इसी से मैं चाहती हूँ कि इस बार का हमारा क्रिसमस डिनर ऐसा हो कि मेरे अतिथि तुम्हारे खानसामा के हाथ चूम लें।'' अपनी भुवनमोहिनी हँसी का अचूक बाण छोड़कर मैगी अपने कमरे में चली गई थी।

क्रिसमस डिनर सचमुच में ऐसा था कि भारी खाने और महँगी शराब में डूबे मैगी के अतिथि घर लौटना भी भूल गए थे। कोई सोफ़े पर ही लदा पड़ा था, किसी की गरदन कुर्सी के हत्थे पर लटकी थी। पाँच-सात अतिथि निर्जीव लाशों की भाँति ग़लीचे पर बिछे थे। मैगी गार्ड की छाती पर माथा टिकाए सो रही थी, मद्यपान ने जैसे उसका मुखौटा उतारकर दूर फेंक दिया था। कितनी अधेड़ और थकी लग रही थी मैगी! सोनिया, लिज, और ऐनी पियानो पर ही औंधी हो गई थीं।

गार्ड के सिर पर टेढ़ा लगा क्रेप पेपर का लाल कंगूरेदार ताज, मैगी के सुनहले बालों पर चिड़िया के पंख जड़ी हरे क्रेप काग़ज़ की तिरछी टोपी, उनके खर्राटों के साथ-साथ हिलती देख पन्ना के पीछे खड़ी वाणी सेन ज़ोर से हँसने लगी, ''आहा-हा, वारी जाऊँ इन ललमुँहों की छटा पर! ऐ छोटी दी, इस ससुरे गार्ड बाबू की मूँछें असली हैं या नक़ली? खींचकर देखूँ तनिक?'' और वह सचमुच ही सोए गार्ड की मूँछों की ओर दो अँगुलियों की सनसी बनाए झुक ही रही थी कि धीमे से द्वार खोलकर, हाथ में बैग लटकाए, मुसकराती रोज़ी खड़ी हो गई।

हड़बड़ाकर वाणी को पीछे धकेल, पन्ना दौड़कर रोज़ी से लिपट गई, ''यह क्या रोज़ी, तुमने तो लिखा था, तुम क्रिसमस के बाद आओगी? किसमें आई? ताँगें में—कहती क्या हो! एक तार तो कर दिया होता, घर ढूँढ़ने में कितनी आफ़त आई होगी!''

''नहीं डार्लिंग,'' उस सौम्य सन्त चेहरे की एक-एक रेखा निर्विकार थी, ''पीली कोठी को सब जानते हैं।''

चौंककर पन्ना ने रोज़ी की ओर देखा, फिर सहमकर आँखें झुका लीं।

''वाणी, तुम ताँगे से सामान ऊपर मेरे कमरे में पहुँचा दो। रोज़ी मेरे साथ ही रहेगी।''

कई घेर घुमावदार सीढ़ियाँ पार कर रोज़ी पन्ना के कमरे में पहुँची। सीढ़ियों के दोनों ओर लगे आदमकद शीशे, हाथी-दाँत के बने हैंगर, जिन पर कई निशाचरों के ओवरकोट अपने निर्जीव स्वामियों की अचल देह की भाँति ही झूल रहे थे, वास्तव में दर्शनीय थे।

अपने कमरे में पहुँचकर पन्ना ने रोज़ी के दोनों हाथ पकड़कर बड़े लाड़ से उसे अपने रेशमी गुदगुदे बिछावन पर बिठा दिया और स्वयं कुर्सी खींचकर उसके पास बैठ गई।

''कितनी सुन्दर कोठी है?'' रोज़ी ने प्रशंसापूर्ण दृष्टि से पन्ना के कमरे की स्वच्छ विदेशी सज्जा को देखकर कहा।

''सुन्दर? तुम भी इसे सुन्दर कह सकती हो रोज़ी?'' आश्चर्य से पन्ना उसे एकटक देखने लगी। क्या ताना मार रही थी रोज़ी?

"क्यों नहीं पन्ना, बनानेवाले ने हर चीज़ सुन्दर नहीं बनाई है क्या?" वह अपनी स्वच्छ दन्त-पंक्ति दिखाकर हँस उठी। "मुझे तो इस संसार में आज तक सब सुन्दर-ही-सुन्दर दिखा है डार्लिंग! पर यह तो बताओ, तुमने उस सुन्दर तोहफ़े को कहाँ छिपाकर रख दिया है, जिसे देखने मैं इतनी दूर से भागती आई हूँ?"

"उसे मैं अपने कमरे में नहीं सुलाती। तिमंज़िले में मेरी, हीरा और बड़ी दी की पुरानी नर्सरी थी, वहीं सोती है। चलोगी क्या? सोई होगी। दिन-भर शैतानी करती, उछल-कूद मचाती रहती है। फिर थककर ऐसी चूर होती है कि सात ही बजे सो जाती है।"

नर्सरी के कमरे में लगे नीले रेशमी परदों को हलके से उठाकर पन्ना रोज़ी को भीतर ले गई। पास के पलंग पर काली भुजंग-सी आया हथेली पर खैनी-चूना मल रही थी। धोती जाँघों तक उठी थी, आँचल गोदी में पड़ा था। अचानक इतनी रात को स्वामिनी को कमरे में देखकर वह हड़बड़ाकर उठने लगी।

"श्श!" पन्ना ने उसे हाथ से बैठने का संकेत दिया।

फलालेन की गुलाबी नाइटी में कली सो रही थी। एक हाथ गाल के नीचे था, दूसरा छाती पर।

कैसी सलोनी सूरत थी! कौन कहेगा, यह वही चूज़े की-सी गर्दन है, जिसे पार्वती ने क्रूरता से मरोड़कर दूर फेंक दिया था? क्या ये वे ही सूखे निर्जीव अधर हैं, जिन्हें खोल-खोलकर बड़े यत्न से रोज़ी ने ब्रांडी से रात-भर सिक्त किया था? क्या यह वही नन्हा कलेजा धड़कता फलालेन की नाइटी को उठा-गिरा रहा है, जो एक बार केवल एक नन्हे स्पन्दन से ही रोज़ी को आश्वासित कर पाया था?

रोज़ी चुपचाप खड़ी पिंजरा पलंग पर सोई उस देवांगना-सी सुन्दरी बालिका को एकटक निहार रही थी। उसकी आँखों से आँसू बह रहे थे। मानव को कैसा अपूर्व दैवी शक्ति प्रदान की है उस सिरजनहार ने! मानव यदि किसी के प्राण ले सकता है तो किसी को जीवनदान दे भी सकता है। इस नन्ही बालिका को क्या सचमुच रोज़ी ने ही जीवनदान दिया है?

वह जो इस सजे-सजाए कमरे के गुदगुदे पलंग में सोई मीठे सपनों में डूबी पड़ी है, उसका श्रेय-किरीट क्या स्वयं उस उदार पिता ने रोज़ी के माथे पर धर दिया है?

"रोज़ी, अब चलें, बहुत रात हो गई है," धीमे से रोज़ी को टसकाकर पन्ना बाहर खींच ले गई।

"इट इज़ सो सिली ऑफ मी डार्लिंग!" रोज़ी ने छाती से रूमाल निकालकर आँखें पोंछी, नाक सिनकी और हँसकर पन्ना के हाथ थपथपाने लगी। हँसने पर रोज़ी का चेहरा किसी भोली निर्दोष बालिका-सा लगने लगता था।

"पता नहीं, क्या हो गया मुझे, पर उस सुन्दर बच्ची को देखकर क्षण-भर को मैं विश्वास ही नहीं कर पाई कि यह वही मरी चुहिया-सी बच्ची है, जिसे

मैंने जब तुम्हारी गोदी में डाला, तो इतनी भी उम्मीद नहीं थी कि यह महीना-भर भी जी पाएगी।

"कितने यत्न से तुमने इसे पाला होगा पन्ना, मैं समझ सकती हूँ! नाक, आँख, कुटिल ओठ—सब असदुल्ला पर गए हैं," रोज़ी फुसफुसाकर कहने लगी। "लम्बी भी कितनी है, एकदम पठान की बेटी है पन्ना। पर आँखें देख रही हो ? ओह, द पुअर रैच! रोग से पहले उसकी आँखें कितनी सुन्दर थीं, और पलकें ? ओह, पन्ना, मैंने ऐसी सुन्दर आँखें आज तक फिर नहीं देखीं। उसके हँसने से पहले उसकी बड़ी-बड़ी आँखें हँसने लगती थीं। बोलने से पहले उसकी आँखें बोलती थीं और अब..."

रोज़ी सहसा स्वयं ही सहमकर चुप हो गई।

"अब क्या रोज़ी ?" पन्ना साँस रोककर बैठ गई।

"अब ? अब वह अन्धी है पन्ना! उसका रोग अब अच्छी-से-अच्छी औषधियों से भी मोर्चा लिये खड़ा है।" रोज़ी का कंठस्वर भय से काँप उठा।

पन्ना का गला सूख गया। जीभ जैसे तालू में चिपक गई।

"क्या तुम सोचती हो," वह रुक-रुककर पूछ उठी, "कि कभी पिता के नाक-नक्शे और माँ की बड़ी आँखों की यह अविकल प्रतिमूर्ति भी इस महारोग का शिकार बन सकती है ? क्या यह सम्भव नहीं है रोज़ी कि जिस विचित्र प्रकृति ने इसे पिता का माथा, कद और रंग दिया है, माँ की बड़ी-बड़ी आँखें दी हैं, वह इसे माँ-बाप का बड़ा रोग भी दे दे ?"

"नहीं पगली," रोज़ी ने पन्ना को बाँहों के आश्वासनपूर्ण घेरे में बाँध लिया। "फिर इसने तुम्हारी-सी स्वस्थ माँ का स्तनपान किया है। तुम्हें कभी ऐसा कोई भय नहीं होना चाहिए। निश्चिन्त रहो पन्ना, तुम्हारी सुन्दरी बिटिया को कभी इस रोग का भय नहीं रहेगा, पर इसे एक भय सर्वदा रहे, यह मैं चाहती हूँ। जानती हो, किसका ?"

"किसका रोज़ी ?"

"उसका," आकाश की ओर अपनी गठिया से पंगु टेढ़ी अँगुली उठाकर रोज़ी सहसा गम्भीर हो गई। "तुमने बाइबल पढ़ी है न पन्ना ? उन दस कुष्ठ रोगियों की कथा याद है जिन्हें ईसु ने अपने दिव्य स्पर्श से रोग-मुक्त कर दिया था, पर उन दसों में से केवल एक ही उसके पास कृतज्ञताज्ञापन करने आया था ? मैं चाहती हूँ, यह उस दस में से एक-सी ही कृतज्ञ बनी रहे।"

"उस महान अदृश्य व्यक्तित्व के अस्तित्व को क्या यह यहाँ रहकर जान पाएगी ?"

"इसीलिए मैं तुमसे इसे माँगने आई हूँ पन्ना। मैं चाहती हूँ, इसे नैनीताल के कॉन्वेंट में उन तापसियों के बीच ले जाकर छोड़ दूँ, जहाँ पाप या कलुष की छाया भी नहीं पड़ सकती।"

"ओह, रोज़ी, क्या तुम सोचती हो कि पीली कोठी में रहने पर मैं इसे अपने ही रंग में रँग दूँगी?"

"पन्ना, माई प्रेशियस," रोज़ी कुर्सी पर बैठकर हाँफने लगी थी। इतनी सीढ़ियाँ एक साथ चढ़ने-उतरने का उसे अभ्यास नहीं था। "कोयले की कोठरी से क्या कोई भी बिना कालिख लिये लौट पाता है? तुम घबड़ाती क्यों हो पन्ना, जिसने तुम्हारा स्तनपान किया, वह कहीं रहे, तुम्हें क्या सहज ही में भूल पाएगी? मैं अभी दो दिन यहाँ रहूँगी, इस बीच तुम स्वयं सोच-विचारकर निर्णय ले सकती हो।"

पन्ना ने वाणी को पहले ही समझा-बुझा दिया था कि कली को वह स्वयं तैयार कर मेम साहब से मिलाने लाएगी। नित्य कली माँ का नाश्ता निबटने पर रेशमी चूड़ीदार पाजामा और कमीज़-ओढ़नी में, इत्र में बसी, सजी-धजी गुड़िया-सी उससे मिलने आई थी। दोनों बहनों के बीच उसकी छोटी कुर्सी लगी रहती। बड़ी माँ के साथ नाश्ता कर वह आया के साथ घूमने जाती। लौटने पर मौलवी साहब उर्दू पढ़ाते और मैगी आंटी अंग्रेज़ी। फिर छोटी माँ उसे स्वयं एक घंटे तक कत्थक नृत्य की कठिन घुरनियों में चरखी-सी घुमाती रहती।

"एक-दो दिन कली का रियाज बन्द रखना होगा बड़ी दी, रोज़ी को शायद यह सब अच्छा नहीं लगेगा," खिसियाए स्वर में पन्ना ने बड़ी दी से कहा तो वह आश्चर्य से उसे देखती रही थी।

"क्यों, दो दिन के लिए कहीं से तेरी रोज़ी आई है तो लड़की का नाचना-गाना ही बन्द कर देगी? लड़की तेरी है या उसकी? तुझे पता है पन्ना, कच्ची मिट्टी को ही चतुर कुम्हार जैसा चाहे वैसा मोड़ सकता है, पक्की मिट्टी को नहीं। एक बार इन मिशनरियों के हाथ में लड़की सौंप दी तो समझ लेना, गई। वह उसे अपनी ही विद्या सिखाएँगी, हमारी बिल्कीज़ नहीं भूल गई आपा को?"

बिल्कीज़ मुनीर की बड़ी बहन की लड़की थी। देखने में उजली-चिट्टी मेम, पर एकदम दुबली-पतली। पता नहीं किसने बिल्कीज़ की माँ से कह दिया कि भक्तिन स्कूल में भेजने पर, उसकी बिटिया निखर आएगी। शायद स्वयं बिल्कीज़ के विदेशी पिता का भी आग्रह था। चौदह वर्ष के वनवास के पश्चात् बिल्कीज़ घर लौटी तो स्वयं उसकी माँ ही उसे नहीं पहचान पाई और फिर क्या बिल्कीज़ उसके साथ रहना चाहती थी?

न वह मिर्च-मसाले का सालन खा पाती, न रोटी-चपाती। काँटे-छुरी के बिना उसके कंठ के नीचे ग्रास नहीं उतरता। लाख चेष्टा करने पर भी उसकी माँ न उसे गाना सिखा पाई, न नाच। दिन-रात माँ-बेटी में खनकती रहती और एक दिन बिल्कीज़ किसी मेल गाड़ी के ऐंग्लो इंडियन ड्राइवर के साथ भाग गई थी।

"तुम भूलती हो बड़ी दी," पन्ना ने कहा, "रोज़ी की ऐसी कोई शर्त नहीं है। बिल्कीज़ आपा की मेम ने तो पहले ही लिखत-पढ़त करवा ली थी कि पढ़ाई पूरी होने तक उसे एक बार भी घर नहीं आने देंगी। पर रोज़ी का कहना है, कली हर छुट्टी में यहाँ आ सकती है और चाहने पर मैं भी उससे मिलने जा सकती हूँ। और फिर क्या तुम सोचती हो, हमें इस ज़िन्दगी में बड़ा भारी सुख है जो कली को भी उसी ज़िन्दगी के लिए तैयार करूँ?"

"कहती क्या है छोटी, तुझे यहाँ दुःख है? कौन-सी ऐसी तकलीफ़ है, ज़रा मैं भी तो सुनूँ? क्या मैंने कभी कोई ज़बरदस्ती की है? जब वह मुँहजला मजूमदार महीनों यहाँ बिना कुछ दिये मेरी हज़ार-हज़ार रुपये की बोतलें ख़ाली करता पड़ा रहता था, तब भी मैंने कुछ नहीं कहा तुमसे..."

"चुप करो बड़ी दी, रोज़ी सुनेगी तो क्या कहेगी!" पन्ना ने द्वार भिड़ा दिया था।

"भाड़ में जाए तेरी रोज़ी! एक-से-एक ग्राहक उठकर लौट जाते थे, पर मजाल है जो मैंने कभी तुझसे कुछ कहा हो। फिर एक दिन तेरे गले में यह ढोल लटकाकर नासपीटा भाग गया, तो तू इतनी बड़ी बात मुझसे ही छिपा गई! जिसके आँचल से मैं आँखों की तिजोरी की चाबियाँ लटकाकर गई, वही मुझसे धोखाधड़ी कर स्वयं सटक सीताराम! और फिर जब नाक कटवाकर लौटी तो किसने शरण दी तुझे? तब कहाँ थी यह रोज़ी?"

दोनों बहनों में आज तक कभी ऐसे उच्च स्वर में बहस नहीं हुई थी। पन्ना ने देखा, मैगी, वाणी, सोनिया, लिज—सब ऊपर की मंजिल पर झुंड बनाकर, एक-दूसरे पर गिर-पड़ रही थीं।

"क्या सीन क्रिएट कर रही हो बड़ी दी! कली मेरी लड़की है, मैं जहाँ चाहूँ उसे भेज सकती हूँ।"

"अच्छा? जब मरियल-सी उस कलूटी को लेकर यहाँ आई थी, तभी क्यों नहीं भेज दिया उसे गिरजे में? कलूटी ईसाइनों के बीच में ठीक लगती। तब उसकी औक़ात थी हमारे बीच रहने की? छूने में भी घिन लगती थी हरामज़ादी को..."

पन्ना और नहीं सुन सकी। क्रोध से उसका चेहरा तमतमा उठा। वह पता नहीं क्या कहने जा रही थी कि परदा उठाकर शान्त मूर्ति रोज़ी खड़ी हो गई।

"पन्ना माई प्रेशियस," उसने हँसकर कहा, "तुम्हारी बहन तुम्हारी कली को कितना चाहती हैं! शायद उसे स्कूल भेजने में इसी से उन्हें इतना कष्ट हो रहा है। कोई बात नहीं, मैं कली को नहीं ले जाऊँगी।"

"तुम ले जाओगी," तड़पकर माणिक रोज़ी की ओर मुड़ गई, "कली को ही नहीं, उसकी माँ को भी। मैंने आज तक आस्तीन में साँप पाला था, यही समझकर सन्तोष कर लूँगी। फिरंगी की दोग़ली बिटिया भला मेरी सगी होगी? इसी से तो आज अपनी ही बेवफ़ा कौम का दामन पकड़कर चल दी है।"

"ठीक है बड़ी दी, इतना चीखने-चिल्लाने से गला बैठ जाएगा। तुम्हें आज रात की बैठक का ध्रुपद भी तो अब अकेले ही गाना होगा।" मर्मस्थल पर तीर का अचूक निशाना साध पन्ना रोज़ी का हाथ पकड़कर बाहर निकल गई।

यही तो बड़ी दी की एकमात्र दुर्बलता थी। पन्ना के बिना उसके सधे कंठ का सँवरे से सँवरा आलाप भी बेसुरा होकर बिखर जाता था। फिर उस दिन की बैठक क्या ऐसी-वैसी थी? संगीत का अनोखा जौहरी स्वयं सीप के मोती बीनने आ रहा था। क्या कहेगी अब नवाब शमशुद्दीन से? बयाना भी तो पहले ही ले चुकी थी।

इधर बढ़ते रक्तचाप ने हृदयहीन शत्रु की भाँति उसकी गरदन दबोच ली थी। कई बार जोंकें लगवा-लगवाकर सेरों खून निकलवा चुकी थी। फिर भी जब देखो, तब नाक का ग़ुस्सा होंठों पर उतर आता और जो जी में आता, वही बकने लगती। पर करती भी क्या? क्या पन्ना ने उसे यह दूसरी बार धोखा नहीं दिया था?

एक बात और भी थी। ज़माना देखते-ही-देखते बदल रहा था। जिन लड़कियों को वह जैसे चाहे नचा लेती थी, उन्होंने अब दुष्टा मैगी के संरक्षण में एक छोटा-मोटा यूनियन बना लिया था। सप्ताह में एक दिन की छुट्टी देनी होगी। पर उस दिन भी उन्हें दिन-भर का वेतन देना होगा। उस पर हरामज़ादियाँ कैसी छुट्टी मनाती हैं, खूब समझती थी माणिक!

इधर-उधर घूम-घामकर सौन्दर्य की फेरी लगाती छोकरियों को वह एक-दो बार रँगे हाथों पकड़ भी चुकी थी। जब तक गोरे फ़ौजियों की टुकड़ी छावनी में रहेगी, उन फेरी लगानेवालियों की बिक्री धड़ाधड़ होती रहेगी, और जब तक मैगी उनकी हैड बनी रहेगी, तब तक वह उनमें से एक से भी कैफ़ियत नहीं माँग सकेगी, यह भी वह खूब समझती थी।

इसी से सुन्दर कली को वह एक सुरक्षित जीवन बीमे की अटूट धनराशि के रूप में ही देखने लगी थी। यह ठीक था कि लड़की ने दुर्भाग्य से माँ का रंग नहीं पाया था, पर उसका अपूर्व अंग सौष्ठव, चपल दृष्टि, सुकुमार चेहरे पर पड़ रही समय से पूर्व आ गए अप्रत्याशित यौवन-अतिथि की स्पष्ट छाया उसे दिन-प्रतिदिन आश्वस्त करती जा रही थी।

सुरीले कंठ में स्वयं सरस्वती उतर आई थी। कभी-कभी माँ की गाई ठुमरी को वह ऐनमेन नक़ल उतारकर रख देती :

गोरी तोरे नैन—
बिन काजर कजरारे।

और सुननेवाले गुणी पारखी दाँतों तले अँगुली दबा लेते। उस नन्ही स्वर-लयनटिनी की मृगी-सी भयत्रस्त आँखों के सहारे ही वह अपना बुढ़ापा काट सकती थी।

विधाता प्रदत्त इस अनोखे मूलधन को वह किसी चतुर वणिक्‌पुत्र की ही भाँति, चक्रवृद्धि ब्याज पर चढ़ाकर, पल में चौगुना बढ़ा लेगी। न रहे सोनिया, लिज, न रहे

वाणी सेन और लिवीराना—एक अकेली कली ही झूम-झूमकर उसके नन्दन वन की शोभा द्विगुणित कर देगी। पर उसी कली का मूल्य क्या वह खूसट मेम पन्ना के कानों में आकर फुसफुसाकर गई थी? सारी रात माणिक सो नहीं पाई।

दूसरे दिन उठी तो पन्ना सामान बाँध चुकी थी। गैरेज में दो-दो मोटरें खड़ी थीं, पर पन्ना ने ताँगा मँगवा लिया है, यह भी वाणी सेन उससे आकर कह गई थी।

"बड़ी दी, छोटी दी बिना कुछ खाए-पिए ही चली जा रही हैं," डरती-डरती वह कह गई थी।

"मरने दे अपनी छोटी दी को! मैंने क्या दुनिया-भर के भिखारी-कोढ़ियों को जिमाने का ठेका लिया है?" माणिक के पुरुष-कंठ की गुरु गर्जना, दो-तीन दीवारों को भेदकर, पन्ना के कानों से टकरा गई थी। व्यंग्य रोज़ी पर था, यह वह समझ गई।

बड़ी दी जानती थी कि रोज़ी कुष्ठाश्रम की डॉक्टरनी है।

एक छोटे से सूटकेस में बड़ी दी के कली को दिये गए बहुमूल्य उपहार भरकर पन्ना फिर भी कली की अँगुली पकड़े बड़ी दी के कमरे में पहुँच गई। बहुत बड़े आईना-जड़े पलंग पर बड़ी दी चुपचाप लेटी थी। यह पलंग अम्माँ का था। और एक क्षण को पन्ना थमककर, खड़ी रह गई। उसे लगा, जैसे यह बड़ी दी नहीं, स्वयं अम्माँ ही लेटी हो। वैसी ही माथे पर हाथ धरकर लेटने की अम्माँ की चिर-परिचित मुद्रा! चेहरा उतरकर छोटा-सा निकल आया था। रेशम की गुलाबी नाइटी में बड़ी दी का सफ़ेद मक्खन-सा गोल चिकना शरीर और भी पृथुल लग रहा था। दोनों आँखें सूनी थीं। कितनी बीमार लग रही थी बड़ी दी! सहसा पन्ना का चित्त अनोखी ममता से भर आया।

"बड़ी दी, मैं जा रही हूँ," उसने धीमे स्वर में कहा।

न जाने किस दिवा-स्वप्न में डूबी माणिक चौंककर उठ बैठी।

"यह तुम्हारे दिये गहने हैं," उसने चुपके से सूटकेस माणिक के पलंग के नीचे खिसका दिया। बड़ी दी का चेहरा विवश हो गया। वह एक शब्द भी नहीं बोली।

"यह कली आई है बड़ी दी, तुम्हें प्रणाम करने," सहमी-सी कली को पन्ना ने बड़ी दी के सामने ढकेल दिया।

"निकल जा मेरे कमरे से!" बड़ी दी पहली बार गरजी।

पन्ना सहमकर पीछे हट गई। तमतमाए चेहरे पर सहमकर अंगारे-सी दहकती बड़ी दी की आँखें जैसे फटकर बाहर निकलने को उद्यत हो गईं। कली सहमकर बाहर भाग गई थी। अकेली पन्ना चुपचाप खड़ी रह गई।

"जिसने तुझे छाती से लगाकर पाला, तेरे लिए सजी-सजाई दुलहन की डोली को लात मारकर ठुकरा दिया, उसी को तू नागिन-सी डँसकर अब प्रणाम करने आई है?

''ठीक कहती थी अम्माँ। रंडी की औलाद अपनी सगी माँ की भी सगी नहीं होती। फिर तू तो उस फिरंगी की औलाद है जो अपने सगे बाप को भी बूढ़ा होने पर लात मार बाहर कर देता है।

''ख़बरदार जो इसके बाद मैंने तेरा और इस बंगाली की छोकरी का मुँह देखा। दफ़ा हो जा, समझी ?''

माणिक उत्तेजना से बुरी तरह हाँफने लगी थी। लग रहा था, उसके अन्तर में धधकती क्रोध की भट्ठी का अदृश्य धुआँ उसके कानों से भी निकलने लगा है।

''रुक जा,'' बाहर जाती पन्ना बड़ी दी की गर्जना सुनकर फिर रुक गई।

माणिक के कठोर आदेश की गर्जना सुनकर अपने-अपने कमरों से निकली कई लड़कियाँ एक साथ फिर डरी चुहियों-सी दुबक गईं।

''मैं तेरा और तेरी मेम का पूरा सामान देखूँगी। बिस्तरा भी खुलवाना होगा, समझी ? इन फिरंगियों की चालाकी मैं खूब समझती हूँ।''

पन्ना का चेहरा सफ़ेद पड़ गया। क्या यह सचमुच स्नेही बड़ी दी कह रही थी। उस पर अविश्वास ? जिस पन्ना ने कभी बड़ी दी का धेला भी नहीं छुआ, जो चलते समय बड़ी दी का दिया पन्ने का सतलड़ा हार तक खोलकर कली के गहनों के साथ लौटा गई है, उसी छोटी बहन की तलाशी लेगी बड़ी दी ? क्या कहेंगे पुराने नौकर-चाकर ? क्या कहेंगी वाणी सेन, मैगी, लिबी और सोनिया, लिज ?

सामान ताँगे पर लद चुका था पर कस्टम के हृदयहीन अधिकारियों की ही भाँति बड़ी दी ने उसकी एक-एक साड़ी को झटक-झटककर फैला दिया। वहाँ था ही क्या ? वाणी का दिया कली के अन्नप्राशन का सोने का गडुवा मंजीर-सा बजता-ठुनकता, लुढ़कता चला गया तो पन्ना ने उठा लिया। सब लड़कियाँ बड़ी दी के भय से सहमकर परदों से झाँक रही थीं, अकेली वाणी वहीं पर खड़ी थी। उसके जी में आ रहा था, माणिक को झकझोर कर रख दे।

''वाणी, यह गडुवा भी तुम रख लो,'' पन्ना ने गडुवा वाणी की ओर बढ़ाया तो अब तक होंठ काटकर रुलाई रोकती वाणी उससे लिपट गई।

''मरे को क्या मारती हो छोटी दी! मैं इसके बिना कैसे रहूँगी यहाँ ?'' वह बिलखने लगी।

सदा चुपचाप रहनेवाली शान्त प्रकृति की सौम्या पन्ना वाणी की एकमात्र सखी थी। फिर जब से कली आई थी, वाणी ही एक प्रकार से उसकी माँ बन गई थी। छोटी दी से छीन-झपटकर वह कली को अपने कमरे में उठा लाती। वह उसके मलिन जीवन-क्षितिज की एकमात्र क्षीण रेखा थी। कभी-कभी कमरा बन्द कर वह अपना स्तन उन क्षुधातुर नन्हे अधरों से लगा देती। अबोध कली कभी टुकुर-टुकुर उसे देखती, फिर सूखे स्तन से चिपट जाती। वाणी को लगता, नन्ही कली की समस्त स्फूर्ति उसके प्राणों में समा गई है। जो सुख उसे माणिक की सम्पन्न पीली कोठी

में कभी नहीं मिला था, वह उसे कली का क्षणिक सहवास पल-भर में दे गया था। कभी वह उसे गाल से चिपकाए, मीठी-मीठी लोरियाँ गाती, कभी नीले आकाश की ओर देखती। छुमक-छुमककर हाथ-पैर फेंकती कली की बालक्रीड़ा देखकर एकान्त में ही आनन्द-विभोर हो उठती। आज वही कली मृगतृष्णा की-सी क्षणिक बहार दिखाकर उससे सदा के लिए बिछुड़ी जा रही थी। वह जानती थी कि कली अब लौटकर कभी नहीं आएगी। मनोमालिन्य की लोहे की दीवार दोनों बहनों के बीच अभेद्य दृढ़ता से खड़ी हो गई थी। माणिक की स्वार्थपरता को वह कई बार परख चुकी थी। माणिक प्राण रहते कभी भी नेकी कर दरिया में नहीं डाल सकती थी। बड़ी दी की लोलुप दृष्टि क्या वह कई बार सुन्दर कली के एक-एक अंग पर निबद्ध नहीं देख चुकी थी?

"पन्ना, गाड़ी का समय हो गया है, अब चलो," रोज़ी ने कहा और पन्ना ने अपने को वाणी के बाहु-बन्धन से छुड़ा लिया।

एक बार उसने बड़ी दी की ओर बड़ी आशा से देखा। क्या पता, बड़ी बहन स्नेहपूर्ण आश्वासन देकर फिर कह उठे, 'जाने दे पन्ना, पता नहीं, गुस्से में तुझसे क्या-क्या भला-बुरा कह गई! न हो तो कली को रोज़ी के साथ भेज दे, तू मत जा।'

पर माणिक की आँखों से अभी भी चिनगारियाँ छूट रही थीं।

ताँगे में बैठकर पन्ना ने अन्तिम बार पीली कोठी को देखा। कैसी अद्‌भुत विदा की बेला थी! पाप से विदा, दुराचार से विदा, निर्लज्जता से विदा, पाखंड से विदा! गुलाबी नाइटी में अर्द्धनग्ना माणिक, कुर्सी के हत्थे पर माथा टेक सिसकती वाणी सेन, रेशमी परदों से झाँकती सोनिया, लिज, मैगी और पिंजरे में बन्द, सींकचों में चोंच मारता अफ्रीकी काकातुआ! उसके प्रेमी का एकमात्र वही स्मृति-चिह्न तो रह गया था। कितने वर्ष पूर्व उसके जन्मदिन पर विद्युतरंजन सोने के पिंजरे में बन्द कर वह अमूल्य भेंट उसके लिए नैरोबी से ले आया था। पाँवों में बँधी थी सोने की पतली-सी ज़ंजीर और उसी को थामकर विद्युतरंजन बड़े खिलवाड़ में उसे कन्धे पर चढ़ाकर दरबार में जाता था।

आज पन्ना चलने लगी तो काकातुआ ने तूफ़ान मचा दिया। कें-कें-कें-कें! जैसे कोई उसकी गरदन मरोड़ रहा हो! क्या पशु-पक्षियों को भी विधाता ने ऐसी अलौकिक सूक्ष्म दृष्टि दी होगी? क्या वह जान गया होगा कि उसकी स्वामिनी अब कभी लौटकर नहीं आएगी?

पन्ना ने धीरे-धीरे ओझल होती पीली कोठी को अन्तिम बार देखकर, आँखें बन्द कर लीं। स्मृतियों का सागर उमड़ उठा—जब वह, हीरा और माणिक उस झूले पर पेंग लेती-लेती आकाश छू लेती थीं; जब उस बड़े-से जामुन के पेड़ से रसीले जामुन गिरा-गिराकर, लोटे में हिला नमक-मिर्च से सान, माणिक गिन-गिनकर बहनों को जामुन बाँटती थी; जब तीनों बहनों के पैरों से बँधे घुँघरुओं की मीठी

झनकार से पीली कोठी गूँज उठती और मखमली कुर्सी में बैठी मुनीर अपनी नृत्य-प्रवीणा पुत्रियों को बाँहों में भर-भरकर चूम लेती थी। बड़ी दी की कीर्तिस्तम्भ पीली कोठी आकाश में गर्वीली गरदन उठाए कुछ देर तक दिखती रही, फिर ओझल हो गई।

रोज़ी चुपचाप बैठी थी। अब तक वह एक शब्द भी नहीं बोली थी। धीरे-से उसने पन्ना का हाथ पकड़कर थपथपा दिया।

अचानक उस मैत्रीपूर्ण स्पर्श ने पन्ना की मूक वेदना को प्रगल्भ बना दिया। चेष्टा करने पर भी वह अपनी सिसकी को नहीं घुटक पाई।

पाँच

"अब क्या होगा रोज़ी, कहाँ रहूँगी मैं?"

"चिन्ता क्यों करती हो पन्ना! सच्चा आनन्द केवल सेवाव्रत में है, जब तक मैं हूँ, तुम्हें चिन्ता किस बात की है?"

पर पन्ना को आज पहली बार अपने दायित्व का भास हुआ था—वह क्या अब अकेली थी? फिर अकेली भी होती तो क्या रोज़ी के साथ कुष्ठाश्रम में रह पाती? क्या वह उस रोज़ी की भाँति महान हो सकती थी, जिसे स्वयं अपने हाथों से बीभत्स कुष्ठ रोगियों के हाथ-पैरों के व्रण धोते वह कई बार देख चुकी थी... ?

एक बार रोज़ी ने बड़ी स्वाभाविकता से कहा था, 'पार्वती की आँखों में दवा डाल देना तो पन्ना।'

और वह बैठी नाक, झड़ी अँगुलियों और पलकहीन उन बड़ी आँखों को देखकर घृणा से सिहर उठी थी। बड़ी चेष्टा से उसने बिना पलकों की उन आँखों में दवा डाली थी, और घर आकर अँगुलियों को खूब रगड़कर डेटॉल से धोने पर भी उसकी सिहरन नहीं गई थी। आज उसी पार्वती की पुत्री के लिए भोग-विलासपूर्ण समस्त सामग्री को स्वेच्छा से ही ठुकराकर वह चली गई थी।

"रोज़ी," उसने कहा, "मेरे पास बैंक में बीस हज़ार रुपये पड़े हैं। शायद पाँच-सात हज़ार का गहना निकल आए। क्या तुम सोचती हो, इतने में मैं कली को लिखा-पढ़ाकर ठिकाने लगा सकूँगी?"

"बहुत समय है पन्ना, अभी क्यों घबरा रही हो?" रोज़ी ने उसकी पीठ थपथपाकर, एक बार फिर उसे अपने मृदुल आश्वासन में बाँध लिया था।

रोज़ी का आश्वासन व्यर्थ नहीं था। वह चतुरा विदेशिनी पहले ही दोनों बहनों के सम्भावित मनोमालिन्य को सूँघ चुकी थी।

पन्ना तो उसकी सूझ–बूझ देखकर दंग रह गई थी। नैनीताल के सीमान्त पर बसी 'देवदार' कोठी को, पूरे साल–भर का किराया देकर रोज़ी ने उसके लिए दो महीने पहले ही बुक करा लिया था।

"मैं जानती थी, एक–न–एक दिन तुम मेरे पास ही आओगी और फिर अपनी इस सुन्दर धरोहर को मैं क्या कुष्ठाश्रम में रख सकती? इस एकान्त में, तुम स्वयं चाहने पर ही किसी से मिल सकती हो—उसके लिए भी तुम्हें एक मील नीचे उतरना होगा। तुम्हारे सबसे निकट 'रोज़ विले' है। वहाँ मेरे मित्र बिशप लियाँ रहते हैं। उसके नीचे उस लाल छतवाले बँगले में एक पहाड़ी परिवार रहता है। बड़े भले लोग हैं। मैंने उनसे भी कह दिया है, तुम्हें देखती रहेगी मिसेज़ जोशी।"

"पर मैं यहाँ अकेली कैसे रहूँगी रोज़ी?" पन्ना को उस विराट् बँगले के किसी बड़े जहाज़ के केबिन–जैसे कमरे काट खाने को दौड़ रहे थे। कली का स्कूल इतनी दूर था और रोज़ी का कहना था कि वह लाड़-प्यार में इतनी बिगड़ चुकी थी कि उसे बोर्डिंग में ही रखना पड़ेगा। कभी–कभी होम लीव मिलने पर वह पन्ना के पास आकर रह सकती थी।

"कुछ दिनों तक मैं तुम्हारे पास आकर रहूँगी। और यदि तुम मेरे पास ही आकर रहना चाहो, तो तुम्हारा स्वागत है। मैंने तुमसे पहले भी कहा था पन्ना, उस सेवाव्रत से बढ़कर तुम्हारे कठिन असाध्य मानसिक रोग की और कोई औषधि नहीं हो सकती।"

उत्तर में पन्ना ने सिर झुका लिया था। क्या रोज़ी के उस महान सेवाव्रत के लिए वह कभी अपने अविवेक लम्पट चित्त को मना पाएगी?

कली के जीवन का इतिहास रेवरेंड मदर से छिपा नहीं था। रोज़ी उन्हें सब कुछ बता चुकी थी।

"उन तापसियों के दरबार में मिथ्या भाषण नहीं चलता पन्ना। मैं बात बनाकर कह देती, तो शायद स्वयं मेरा ही चित्त गवाही नहीं देता। मदर ने सरनेम के लिए पूछा तो समझ में नहीं आया, क्या लिख दूँ—खान या मजूमदार?"

"मजूमदार ही लिखाना रोज़ी! क्या पता, कभी यह खान नाम ही उसके विवाह–मार्ग में रोड़ा बनकर अटक जाए?"

रेवरेंड मदर ने केवल एक ही कड़ी शर्त रखी थी। बिना कली की रक्त परीक्षा के वे उसे बोर्डिंग में नहीं लेंगी। किन्तु कली का रक्त भी उसके सुन्दर निर्दोष चेहरे की भाँति निर्दोष निकला था।

कली के बोर्डिंग में जाने पर पन्ना को उस भाँय-भाँय करती विराट् कोठी की रिक्तता का आभास हुआ। आस–पास कहीं भी कोई बँगला नहीं था। कोई रात–आधी रात आकर गला भी घोंट दे तो किसी को कानोंकान खबर नहीं होगी।

"यह सब पहाड़ में नहीं होती पगली," रोज़ी ने उसे आश्वासन दिया था, "मैंने जान–बूझकर ही तुम्हारे लिए यह बँगला छाँटा है। जिस दलदल से तुम निकलकर

आई हो, और जिन्होंने तुम्हें वहाँ से निकलते देखा है, उनमें से किसी की भी दृष्टि तुम पर नहीं पड़े, यही सोचकर तुम्हें यहाँ लाई हूँ। मैं जानती हूँ कि जिस कोलाहल में तुम्हें रहने का अभ्यास है, उसके बाद तुम्हें यहाँ मौत का-सा सन्नाटा लगेगा। पर एक नये जीवन का सृष्टि के लिए माँ को कितनी मर्मांतक यातना सहनी पड़ती है, इसका तो तुम्हें अनुभव है न?''

काँच के नीले बटन की-सी उस विदेशिनी की स्नेह-स्निग्ध नीली आँखों में कैसी अनुभूत वेदना की झलक थी! क्या रोज़ी ने भी ऐसी वेदना सही होगी? क्या उसने भी कभी किसी निष्ठुर प्रेमी की ठोकर खाकर सेवाव्रत की उस 'क्षुरस्य धारा' पर चलना स्वीकार किया होगा? आज तक कभी भी पन्ना ने उसके जीवन के अन्तरंग कक्ष का परदा उठाकर झाँकने की धृष्टता नहीं की थी।

'क्यों रोज़ी, क्या कभी भी तुम्हें अपने स्वदेश की याद नहीं आती?' एक ही बार उसने पूछा था।

'मेरा स्वदेश मेरा आश्रम है पन्ना,' हँसकर दिये गए उस उत्तर ने ही पन्ना की जिज्ञासा का अन्त कर दिया था।

जाने से पहले रोज़ी ने उसे अपने साथ चलने का प्रस्ताव भी दोहराया था, ''तुम चाहो तो अल्मोड़ा शहर में भी आकर रह सकती हो। पर यहाँ रहने पर तुम्हें एक-एक क़दम फूँक-फूँककर धरना होगा। अब तुम पीली कोठी की पन्नाबाई नहीं, कली की माँ हो।''

''मैं यहीं रहूँगी रोज़ी। मुझे तो अब लगने लगा है, जैसे विधाता ने इस अरण्यस्थित 'देवदार' की सृष्टि मेरे ही लिए की थी।''

कुमाऊँ के नरभक्षियों को पिस्सुओं की भाँति मसलनेवाले प्रख्यात शिकारी जिम कोरबेट का बनाया वह बँगला उसी के दुस्साहसी व्यक्तित्व का आवास बनने के उपयुक्त था। सन्ध्या होते ही वहाँ सियारों की पूरी बिरादरी जुट जाती। पहाड़ में मोटे अजदहे नहीं होते, यही रोज़ी सुनती आई थी। पर एक दिन वह पन्ना के साथ टहलने निकली तो रोडीडेंड्रान के मोटे तने से लिपटे विकराल पायथन को देखकर थर-थर काँपने लगी थी। पेड़ के तने से भी मोटी चिकनी देह को वह पहाड़ की क्षणिक धूप-छाँह में उलट-पुलटकर सुखा रहा था।

''मैं तुम्हें यहाँ नहीं छोड़ सकती पन्ना, बाप रे बाप! लगता है, जिम कोरबेट अपनी पुस्तक के जीते-जागते सब 'इलस्ट्रेशंस' यहीं छोड़ गया है!''

कोई भी चौकीदार वहाँ आने को राज़ी नहीं हुआ था।

''नहीं, मेमसाहब, कोरबेट साहब के बँगले में तो पाँच ही बजे से भालू नाचने लगते हैं, और वैसे डराना तो नहीं चाहिए,'' बूढ़ा माली रोज़ी को बँगले का पूरा अभिशप्त इतिहास बता गया था, ''बँगला भुतहा भी है। एक बार सौ रुपये महीने पर मैं यहाँ की चौकीदारी करने को आया। एक पंजाबी ने यह बँगला ख़रीदा था।

बोला, जिस कमरे में जैसे चाहो, वैसे रहो। कोई काम न धन्धा, बस, दिन-भर खाना-पीना और सोना। सिर्फ़ दो महीने के लिए गरमियों में सूद साहब आता, पर बाप रे बाप, पहले ही दिन रात के नौ भी नहीं बजे थे कि हाथ में बन्दूक लिये शिकारी साहब का परेत और पीछे-पीछे चिंघाड़ते तराई के हाथी, हिमालय के भालू और कुमाऊँ के आदमखोर! कौन करेगा इस बँगले की चौकीदारी?''

पर पन्ना की निर्भीक हँसी देखकर रोज़ी दंग रह गई।

''क्यों घबरा रही हो रोज़ी! कैसे-कैसे अकड़बाज साहब लोगों से पाला पड़ चुका है, तुम निश्चिन्त रहो, मैं खूब मज़े से रह पाऊँगी।''

सचमुच ही उस बीहड़ वन में पन्ना ने सुदीर्घ दस वर्ष काट दिए। न वह किसी से मिलती-जुलती, न भूल से भी किसी को चिट्ठी लिखती। कभी-कभी रोज़ी का मित्र, बूढ़ा फ्रेंच पादरी बिशप लियाँ, उससे मिलने चला आता। महीने में एक बार रोज़ी आकर उसके साथ दो-तीन दिन की छुट्टियाँ मना जाती।

''इस वर्ष कली सीनियर कैम्ब्रिज कर लेगी। और मैं चाहती हूँ पन्ना, कि अब वह तुम्हारे साथ रहकर यहीं पढ़े,'' रोज़ी ने कहा था। वह कली की प्रगति से बहुत सन्तुष्ट नहीं थी। देखने में असाधारण रूप से सुन्दरी होने के गर्व का विष ही शायद उस दम्भी लड़की की रक्त-मज्जा में घुल गया था।

कुछ ही दिन पहले रेवरेंड मदर ने रोज़ी को एक लम्बी चिट्ठी लिख भेजी थी : 'यह तुम्हारी वार्ड न होती, तो मैंने इसे कब का हटा दिया होता। लड़की की बनने-सँवरने में जितनी रुचि है, उसकी आधी भी यदि पढ़ने में होती, तो यह हमारे कॉन्वेंट का नाम उज्ज्वल करती। ऐसी प्रखर बुद्धि की छात्रा हमारे कॉन्वेंट में अरसे से नहीं आई। पर इस नन्हे प्रखर मस्तिष्क की कुटिल चाल देखकर मैं सहसा विश्वास ही नहीं कर पाती कि यह भोली वर्जिन मेरी के-से चेहरेवाली बच्ची ऐसा कर कैसे सकती है? हमसे कहाँ यह त्रुटि हो गई? क्योंकि अपने बचपन से लेकर अपनी किशोरावस्था तक की एक-एक सीढ़ी यह हमारी ही अँगुली पकड़कर चढ़ी है। मुझे लगता है, जैसा अस्वाभाविक रूप से प्रखर इसका मस्तिष्क है, वैसी ही दैवी सूक्ष्म दृष्टि भी इसे विधाता ने दी है। शायद उसी अद्‌भुत शक्ति से इसने जान लिया है कि इसके जन्म के पीछे कोई रहस्य अवश्य है। जब यह छोटी थी, तब बार-बार मुझसे पूछती थी—मदर, सबके डैडी स्कूल स्पोर्ट में आते हैं। हर बार मेरी मम्मी ही अकेली क्यों आती हैं?

मैं उसे क्या उत्तर दे सकती थी? मैंने तुमसे उसी दिन कहा था रोज़ी, एक-न-एक दिन यह प्रश्न वह अवश्य पूछेगी। फिर धीरे-धीरे उसने जैसे स्वयं ही उत्तर पा लिया है। एक बात और भी है, मिसेज़ मजूमदार से उसे सब कुछ मिला, थैला-भर चॉकलेट, पुस्तकें, फ्रॉक, गुड़िया और भी बहुत कुछ, पर एक ही वस्तु उसे तुम्हारी सखी नहीं दे पाई—माँ का प्यार। घर जाने की होम लीव मिलने पर भी वह विचित्र

लड़की घर नहीं जाना चाहती। अपने जन्म की अनजान पिता की इस उलझी गुत्थी को सुलझाना चाहती है, पर सुलझा नहीं पाती। और वही तनाव इसे अस्वाभाविक रूप से क्रूर, हृदयहीन, विद्रोहिणी बना रहा है। कई बार इसके बक्से से साथ की लड़कियों की घड़ियाँ बरामद हुई हैं। लिपस्टिक, रूज, विदेशी परफ्यूम, पता नहीं कहाँ-कहाँ से यह जुटा लेती है! मुझे लगता है, इस सुन्दर कठपुतली की कमर में बँधे दो धागों में से एक मेरे हाथ में है और दूसरा स्वयं विधाता के। चाहने पर भी उसे खींचकर न तुम इसे अनुशासन में बाँध सकती हो, न मैं, और न इसकी माँ। इस वर्ष मेरा कठिन दायित्व तुम्हारे और इसकी माँ के कन्धों पर पड़ रहा है, ईश्वर तुम्हें धैर्य और इसे सद्‌बुद्धि दे।

—रेवरेंड मदर'

पत्र पढ़कर रोज़ी ने फाड़कर फेंक दिया। पन्ना से उसने कुछ भी नहीं कहा। क्या पता, इसी पत्र को पढ़कर माँ-बेटी के बीच पल-पल बढ़ता जा रहा मनोमालिन्य और भी बढ़ उठे! वर्षों पूर्व की पार्वती की लोलुप दृष्टि की स्मृति रोज़ी को दंश दे उठी। मेज़ पर लापरवाही से पड़ा उसका रुपया, टॉर्च, रोगिणियों की सुप्तावस्था में गले से ग़ायब हो गई चाँदी की जंजीर; यहाँ तक कि रोगियों के कोटों के बटन और सेफ्टीपिन भी वह चतुर दस्युकन्या एक आलिंगन में साफ़ कर देती थी। और जब अपराधिनी को पकड़कर रोज़ी के पास लाया जाता, वह अपनी निर्दोष हँसी और निष्पाप बड़ी आँखों की मूठ चलाकर सबको परास्त कर देती।

'हाय राम, मेम साहब! मैं भला क्या करूँगी चाँदी की जंजीरों का? लो, तलाशी ले लो न!' और कड़ी-से-कड़ी तलाशी लेने पर भी एक धेला भी कभी बरामद नहीं हो पाता था।

आज उसी पार्वती का इतिहास क्या उसकी पुत्री दोहराने लगी थी? कई बार रोज़ी के जी में आया, वह पन्ना से सब कुछ कह दे। पर क्या कहने पर भी पन्ना उसे साध पाएगी?

बोर्डिंग से कली अपनी पढ़ाई समाप्त कर लौटी, तो उसने आते ही मुँह फुला लिया, "इतनी दूर से भला कोई रोज़ नीचे उतर सकता है? पता नहीं, तुम यहाँ कैसे अकेली रह जाती हो, माँ! मैं यहाँ नहीं रहूँगी। मैं फ़ैजाबाद चली जाऊँगी।"

"फ़ैजाबाद?" आश्चर्य से पन्ना उसे देखती ही रह गई थी। "वहाँ कौन है भला?"

"वाह, विवियन के पापा वहाँ के डी.एम. हैं। खूब मज़ा आएगा। हम दोनों पापा के साथ दौरे पर जाएँगी। उसके पापा शिकार के भी शौकीन हैं। लिखा है, हमें डक शूटिंग के लिए भी ले चलेंगे!"

पन्ना स्वभाव से ही शान्त थी, पर उस उद्‌दंड किशोरी की मनमानी योजना सुनकर वह बौखला गई, "कली, जिस-किसी से ऐसे वायदे तुमने कर कैसे लिये?

कौन है तुम्हारी यह विवियन, और कौन हैं उसके पिता ? ऐसे अनजान लोगों के बीच मैं तुम्हें क्या कभी भेज सकती हूँ ?''

''अच्छा, माँ, विवियन के पिता कौन हैं, यह तो तुम नहीं जानतीं, पर मेरे पिता कौन हैं, तुम यह भी क्या नहीं जानतीं ?''

सामने कुर्सी पर बैठी यह अबाध्य उद्दंड किशोरी दोनों पैर कुर्सी पर खींचकर दुष्टता से मुसकराने लगी।

पन्ना का चेहरा सफ़ेद पड़ गया। क्या किसी ने कुछ कह दिया था इस छोकरी से ? पर कहेगा कौन ? उसके जीवन का रहस्य केवल चार ही प्राणियों तक सीमित था—रोज़ी, स्वयं वह, रेवरेंड मदर और रोज़ी की बहन मदर ओनीला। उन चारों में से कोई भी कभी उस रहस्य को प्राण रहते उद्घाटित नहीं होने देगी। तब ?

''कली, क्या तुमने स्कूल में यही सब सीखा है ? गुरुजनों से कैसे बोलते हैं, यह क्या अब तक नहीं सीख सकीं तुम ?''

''पहले मेरे प्रश्न का उत्तर दो माँ, आज मैं बिना सुने नहीं उठूँगी। रोज़ी आंटी से पूछना व्यर्थ है। बड़ी घुन्नी है बुढ़िया। साथ की लड़कियों के अलबम देखती हूँ तो जल-भुनकर रह जाती हूँ। एक-एक पेज पर उनके माँ-बाप जड़े हैं, और तुम्हारे कमरे में तो आज तक मैंने अपने अभागे बाप की एक भी तसवीर नहीं देखी।

''कृष्णकली मजूमदार! —नाम तो तुमने इतना सुन्दर रख दिया माँ, पर यह मुझे मजूमदार बनानेवाला आख़िर है कौन ?''

''कली,'' पन्ना ने बड़े साहस से उसकी बड़ी-बड़ी विद्रोही आँखों की ओर अपनी गम्भीर दृष्टि निबद्ध कर दी, ''तुम्हारे नाम के पीछे कोई मरीचिका नहीं है। तुम्हारे पिता से मेरी नहीं बनी और हम दोनों अलग हो गए। वह अब कहाँ हैं, क्या करते हैं, मैं कुछ नहीं जानती। तुम आज तक बोर्डिंग में थीं, इसी से न कभी यह प्रसंग उठा, न उठाया गया। पर कली, सच कहना बेटी, क्या मैंने कभी तुम्हें पिता का अभाव खटकने दिया ? कौन-सी ऐसी चीज़ थी, जो तुमने माँगी और मैंने नहीं दी ?

''स्वयं तुम्हारी रेवरेंड मदर कहती थीं—मिसेज़ मजूमदार, इतना दे-देकर लड़की को आप बिगाड़ रही हैं। तुम्हारे प्रत्येक जन्मदिन पर क्या दस-दस पौंड का केक बनाकर नहीं भेजा मैंने ?

''तुमने घड़ी माँगी, मैंने अपनी घड़ी खोलकर तत्काल तुम्हें भिजवा दी। फिर भी तुम बराबर बड़बड़ाती ही रहीं...''

कुर्सी पर बैठी दोनों सुडौल पैर हिलाती कली दुष्टता से मुसकरा उठी, ''अच्छा माँ, तुम्हीं बताओ, वह घड़ी थी या घड़ा ? न जाने कहाँ से बाबा आदम के जमाने की घड़ी तुमने निकालकर भेज दी और फिर यह सोचने लगीं कि मैं घड़ी की तारीफों के पुल बाँध दूँ ? यह कली से कभी नहीं होने का।''

"मैं पिछली बार मदर से मिलने गई, तो मुझे लगा, वे तुम्हारे स्वभाव से कुछ रुष्ट हैं। कहने लगीं—मिसेज़ मजूमदार, आपकी लड़की बड़ी 'डिफ़ाएंट' होती जा रही है!"

"अच्छा, ऐसा कहा मदर ने?" कली की शोख आँखों में विद्रोह की तरंगें नाचने लगीं। "यह कोई दुर्गुण है क्या माँ? मदर क्या चाहती हैं कि मैं चुपचाप उनकी धमकी सहती रहूँ? छोड़ो भी, माँ! क्यों इस सड़ियल बँगले की मनहूसियत बढ़ा रही हो। सोच रही हूँ, क्यों न थोड़ा घूमघाम लिया जाए!" वह निर्लज्जता से हँसकर शरीर से चिपकी जींस के ऊपर स्पोर्ट्स शर्ट की सिलवटें हाथ से ठीक कर सर्र से बाहर निकल गई।

कहाँ जा रही है, कब लौटेगी, कुछ भी पूछना व्यर्थ था। पन्ना खिड़की पर खड़ी-खड़ी उसे देखती रही। नीली जींस और ग्रे शर्ट में वह नितान्त बालिका-सी दीखती उद्दंड कली को क्या किसी अंकुश से साध पाएगी? अभी तो वह सत्रह की भी पूरी नहीं हुई थी। ऐसे जंगली स्वभाव को एक ही व्यक्ति के अनुशासन का कड़ा चाबुक साध सकता था—बड़ी दी। काश, आज बड़ी दी के सम्मुख वह इसे हाथ-पैर बाँधकर डाल सकती! एक ही गरज से बड़ी दी उसका नशा हिरन कर देती। पर उसका छूटे गाँव से अब रिश्ता ही क्या रह गया था? कई बार जी में आता, हाथ झाड़ ले इस छोकरी से! चली जाए, जहाँ उसे जाना है। अब बैंक की धनराशि भी दिन-प्रतिदिन क्षीण होती चली जा रही थी। रामगढ़ के एक विदेशी परिवार ने उसे अपने साथ अरविन्द आश्रम ले चलने का वायदा किया था। कई दिनों से जी में आ रहा था कि यह बँगला छोड़-छाड़कर वहीं चली जाए। पर फिर कली का क्या होगा?

जैसे-जैसे वह लड़की बड़ी हो रही थी, माँ के प्रति उसका अविश्वास बढ़ता जा रहा था। कितनी गोरी थी उसकी माँ! एकदम अंग्रेज़। नीली आँखें, सुनहले बाल और लाल होंठ। उसकी सूरत तो माँ से एकदम ही नहीं मिलती, तब क्या वह अपने पिता पर पड़ी थी?

"माँ, तुम तो इतनी गोरी हो फिर मैं साँवली कैसे हुई?" उसने बहुत पहले एक बार रोज़ी की उपस्थिति में ही पन्ना से पूछा था।

"साँवली होने पर भी क्या तुम अपनी माँ से सुन्दर नहीं हो?"

रोज़ी आंटी ने माँ को उत्तर ही नहीं देने दिया था। रोज़ी आंटी को वह वैसे भी फूटी आँखों नहीं देख सकती थी। जब-जब बुढ़िया आती, माँ को कुछ-न-कुछ पट्टी पढ़ा जाती : यह कली कहाँ घूमने चली जाती है? इतनी देर तक इसका घूमना ठीक नहीं। रोज़-रोज़ कैसे पिक्चर देखती है! फ़ैजाबाद नहीं जा सकती

कली, उसे दिल्ली और आगरा जाना होगा। रोज़ी आंटी न होती तो माँ का अनुशासन भी उतना कड़ा नहीं रहता।

आज तो वह और भी रात को लौटेगी। मज़ा चखाएगी माँ को। बड़ी आई है उसके पिता से अलग रहनेवाली! कैसे होंगे उसके पिता? क्या पता, खूब बड़े अफ़सर हों! द्वार पर शायद नई फ़ियेट खड़ी रहती होगी! विवियन के पापा की भाँति शायद शिकार के भी शौक़ीन होंगे! उसकी सूरत माँ से नहीं मिलती, तो निश्चय ही अपने पिता से मिलती होगी। तब तो उसके पापा निश्चय ही सुन्दर होंगे। ऐसे सुन्दर पिता को भला माँ ने क्यों छोड़ दिया होगा? निश्चय ही दाल-भात में मूसलचन्द बनी खूसट रोज़ी आंटी ही ने झगड़ा करवाया होगा। खुद तो बुढ़िया कोढ़ियों के बीच में रहती है। जब-जब रोज़ी आंटी उसके गालों को चूमती, वह ग़ुसलखाने भागकर रगड़-रगड़कर गाल धो डालती। पता नहीं, बुढ़िया कब उसे भी 'इन्फ़ेक्शन' दे डाले!

उस दिन कली मन भरकर इधर-उधर डोलती रही। पहले किश्ती में बैठकर खूब देर तक तल्लीताल से मल्लीताल की सैर की। ताल के पानी में हाथ डाल-डालकर पंक्तिबद्ध तैरती बतखों को डराकर दूर भगा दिया। फिर ठोंगा-भर मूँगफलियाँ खाकर बेंच पर बैठ गई। अँधेरा घिर आया तो वह घोड़ा लेकर घर को चली। घर पहुँचते-पहुँचते रात के नौ बज गए थे। चिन्तातुर पन्ना बरामदे में खड़ी थी।

"कली, कितनी रात कर दी बेटी! अभी तीन दिन पहले माली की बँधी गाय को खूँटे से खोलकर आदमख़ोर खींच ले गया।"

"तुम भूल जाती हो माँ, मैं किसी खूँटे से नहीं बँधी हूँ। मुझे खानेवाला आदमख़ोर अभी पैदा नहीं हुआ।"

और वह धड़धड़ाती अपने कमरे में चली गई थी।

"खाना नहीं खाओगी, कली?"

"नहीं, मुझे भूख नहीं है। फ़्लैट जाने पर मैं क्या आज तक कभी बिना चाट खाए लौटी हूँ?"

पन्ना ने खाना ढककर रख दिया और भूखी सो गई।

जिस अनाथ बालिका को अपने स्नेहपूर्ण वात्सल्य से वह एक दिन अपना बनाकर अपने अभिशप्त जीवन की समस्त व्याख्या को भूलने का स्वप्न देखती आई थी, उसकी मृगतृष्णा अब उसे और नहीं छल सकती थी।

पराये रक्त-मांस से बनी देह भी सदा परायी रहती है, यह कटु सत्य उसे अब कंठ तले घुटकना ही होगा। प्रकृति से विरोध सम्भव है, पर उसे सम्पूर्ण रूप से पराजित नहीं किया जा सकता। कली यदि उसकी सगी बेटी होती तो क्या ऐसी हृदयहीनता से कमरा बन्द कर अकेली ही सो जाती? क्या उसके घर रहने पर पन्ना

कभी अकेली खाने की मेज़ पर बैठी है? कली उद्दंड थी। वाणी सेन के प्रारम्भिक लाड़-दुलार ने उसे बचपन से ही सिर चढ़ा लिया था। पर ऐसी रूखी तो वह नहीं थी!

'यह उम्र ही ऐसी होती है पन्ना, स्वयं ठीक हो जाएगी,' रोज़ी कहती रहती, पर पन्ना उसके लाख समझाने पर भी आश्वस्त नहीं हो पा रही थी।

उस रात पन्ना बेचैन करवटें बदलती रही। कैसी मूर्खता कर बैठी थी वह! उसी दिन झाड़कर क्यों नहीं लौट आई? उस एकान्त बँगले में उसके विस्मृत प्रेमी की स्मृति उसे रह-रहकर दग्ध कर उठती थी।

विद्युतरंजन अब मिनिस्टर ही नहीं, लक्षाधिपति भी बन गया था, यह वह अख़बारों में पढ़ती रहती थी। कैसे अब विरोधी दल के सदस्य उसकी देश-सेवा के नाम पर कमाई गई अटूट धनराशि पर थुड़ी-थुड़ी करते, विधान सभा में प्रश्नों की बमबारी से उसकी धज्जियाँ उड़ा रहे थे, पन्ना पढ़-पढ़कर मन-ही-मन चिन्तित भी हो उठती थी। अब तक वह अपनी सरकार को टैक्स न देकर छलकपट की चकरघिन्नियाँ खिलाता गया था, पर अब विरोधी पक्ष का पाया मज़बूत होकर उसकी छाती में धँसा जा रहा था। जिस खद्दर की टोपी ने उसे कभी बिना ताज का बादशाह बना दिया था, वही अब पत्थर की शिला बनी उसे धरातल में धँसा रही थी। पन्ना अख़बार का एक-एक पन्ना चाट लेती थी।

जिसे वह अपने सुख के क्षणों में नहीं सुमिर सका, उस पन्ना को वह क्या अपने दुर्भाग्य के क्षणों में कभी याद करता होगा? क्या पीली कोठी में बिताए गए भाव-भीने रंगीन दिवसों की स्मृति उसे भी कभी विह्वल करती होगी?

पर पन्ना जितनी अच्छी तरह उस व्यक्ति को जानती थी, शायद स्वयं उसकी पत्नी भी उसे उस अन्तरंगता से नहीं जानती होगी। दुर्भाग्य को वह व्यक्ति पूरी शक्ति से पीछे ढकेल सकता था। आज यह कली न होती, तो शायद एक बार फिर उस मोहक व्यक्तित्व के मोहपाश में बँध गई होती। और वह भी क्या उसे एक बार देख लेने पर सहज में छोड़ पाता? इतने वर्षों में भी पन्ना उन्नीस से बीस-भर ही बदली थी।

जिन चिकने घने बालों को वह यत्न से पंक्तियाँ बना-बनाकर, कलिंग पिंस में दबाकर रखती थी, अब उनमें स्वयं ही स्वाभाविक पंक्तियाँ बन आई थीं। गौर वर्ण को पहाड़ के एकान्तवास ने और भी निखार दिया था। नीली आँखों में गहरे विषाद की रेखा उभर आई थी। वह कभी नीचे घूमने उतरती, तो लोग मुड़-मुड़कर देखने लगते। लगता, कोई मेम ही साड़ी पहनकर घूम रही है।

कभी-कभी पन्ना के जी में आता, वह कली को कह दे कि उसका पिता फ़लाँ मंत्री है, और फिर क्या वह कली को नहीं जानती? गरदन पर सवार होकर वह पिता का सारा मंत्रीपना निकाल देगी।

पर क्या वह स्वयं ऐसा कर सकती थी?

बड़ी रात तक पन्ना सो नहीं पाई। सुबह आँखें खुलीं, तो दिन चढ़ आया था। वह हड़बड़ाकर उठी। कली को बेड टी का अभ्यास था। वहीं मेज़ पर स्टोव धरा रहता, एक प्याला चाय बनाकर पन्ना नित्य उसके सिरहाने धर आती थी। आज वह गई तो कमरे में कोई नहीं था। मेज़ पर धरा बेड-लैम्प वह शायद जान-बूझकर ही जलता छोड़ गई थी, ताकि माँ की दृष्टि उससे दबे पत्र पर पड़ सके। कली के गोल-गोल अक्षरों में लिखी चिट पन्ना ने उठा ली।

'माँ, मैं दिन-भर के लिए नीचे जा रही हूँ। मुझे मेरी एक दोस्त ने लंच पर बुलाया है। तुम सो रही थीं, फिर कल रात भी मैं बड़ी देर तक तुम्हारे कमरे की जलती बत्ती देखती रही थी, मैंने इसी से तुम्हें नहीं जगाया। मैं रात तक लौटूँगी। —कली।'

कली को घर आए एक महीना हो चला था, और इस बीच उसके ऐसे नित्य के निरर्थक आदेश पढ़कर निःशब्द ग्रहण करने की पन्ना अभ्यस्त हो चुकी थी। अकेली ही खाना खाकर वह बरामदे में कुर्सी डालकर अख़बार पढ़ने लगी।

महीने का आख़िरी शनिवार था। दोपहर की बस से रोज़ी भी आती ही होगी। और उसके आने पर वह आज कली के उद्दंड स्वतंत्रता-प्रेमी स्वभाव के विषय में सब-कुछ कह देगी। यह भी अच्छा है कि कली स्वयं ही दिन-भर के लिए बाहर चली गई है। उस चतुरा छोकरी का क्या कुछ ठिकाना रहता था? कब किस दीवार से लगी बातें सुन रही है, पता नहीं चलता था।

अचानक अख़बार पढ़ते पन्ना का चेहरा फ़क पड़ गया।

नहीं, इस नाम का क्या कोई अन्य व्यक्ति भी हो सकता है? उसने कई बार पढ़ा। जितनी ही बार वह पढ़ती, उतनी ही बार उस व्यक्ति का सुदर्शन चेहरा जैसे हँसता-मुसकराता सामने आ जाता। 'हाँ, जी हाँ, मैं ही हूँ, और कौन ठहर सकता है यहाँ भला? आकर देख लो न!'

राजभवन के सम्मानित अतिथियों की सूची में प्रथम दो नाम तीखे भालों की भाँति पन्ना के हृदय में धँस गए।

'श्री एवं श्रीमती विद्युतरंजन मजूमदार।'

आज वह इतने वर्षों का प्रतिशोध ले सकती थी। कली का हाथ पकड़कर वह आज राज्यपाल के दरबार में अपनी सत्रह वर्ष पुरानी फ़रियाद की फ़ाइल खोलकर रख देगी।

'लो, सँभालो अपनी धरोहर। रोज़ यह मुझसे पूछती थी, मेरा पिता कौन है माँ? आज ईश्वर ने स्वयं ही तुम्हें यहाँ भेज दिया है।'

कैसा चेहरा बनेगा दोनों का? चार बजे तक कली आएगी। क्यों न उसके आने से पहले ही एक बार रंजन से फ़ोन पर ही बातें कर ले?

उत्तेजना से पन्ना का सर्वांग काँप रहा था। फ़ोन पर बातें करने में तो कोई दोष नहीं था, बँगले में था ही कौन, जो उसकी बातें सुन सकता था?

''हैलो!'' उसने अपने उत्तेजित कंठस्वर को यथाशक्ति संयत करने की चेष्टा की, फिर भी उसकी आवाज़ काँप गई, ''मैं क्या विद्युतरंजन मजूमदार से बात कर सकती हूँ?''

छह

मृदुभाषी ए.डी.सी. ने उसका नाम पूछा तो वह क्षण-भर को चुप रह गई। फिर हँसकर बोली, ''आप कहिएगा, उनसे एक महिला कुछ पूछना चाहती है।''

बड़ी देर तक फ़ोन का चोंगा हाथ में लिये पन्ना खड़ी रही। फिर उसने कुर्सी खींच ली और बैठकर पसीना पोंछने लगी। ओफ़, बिना देखे ही उसका यह हाल था, कहीं रंजन और वह आमने-सामने खड़े होते, तो शायद मूर्च्छित पन्ना धरा पर लौटती नज़र आती।

''हैलो,'' फ़ोन में वर्षों पुराना परिचित स्वर उसी नम्रता से गूँज उठा।

पन्ना का गला घुट गया, वह चाहने पर भी दो-तीन बार पुनरावृत्ति की गई 'हैलो' का उत्तर ही नहीं दे पाई।

''मैं बोल रहा हूँ, विद्युतरंजन मजूमदार। कहिए, क्या कहना है?''

''मैं...मैं...'' पन्ना की आँखें बरसने लगीं। हाथ काँप रहा था। लगा, फ़ोन अब गिरा, तब गिरा।

''जी, मैंने पहचाना नहीं, आप कौन हैं?''

''मैं पन्ना हूँ,'' और उत्तर के साथ ही एक दबी सिसकी सुननेवाले के कानों तक पहुँच गई।

अब उसकी बारी थी।

कुछ क्षणों तक वह भी शायद अपनी सारी राजनीतिक प्रगल्भता भूलकर रह गया।

''रंजन, मैं हूँ पन्ना,'' पन्ना ने अब अपने स्वाभाविक धैर्य को फिर पा लिया था, ''मैं तुमसे मिलना चाहती हूँ। क्या तुम चाहोगे कि मैं ही राजभवन चली आऊँ? शायद नहीं, तब क्या तुम अभी ऊपर आ सकते हो?''

अचानक उस नम्र प्रणयी के परिचित मीठे कंठ-स्वर ने पन्ना की यत्न से बनाई गई योजना क्षण-भर में चौपट कर दी थी। मूर्खा पन्ना उसे अपना पता-भर देकर रह गई थी। जब वह नहीं आएगा तब? क्या पता, चुपचाप वहीं से आज ही खिसककर

उसे घिस्सा दे दे! फिर भी वह धड़कते हृदय से उसकी प्रतीक्षा करने लगी! जिन उपेक्षित बालों का उसने वर्षों से ढंग से जूड़ा भी नहीं बनाया था, उन्हीं को यत्न से सँवारकर उसने ढीला जूड़ा बनाया। वैसे ही कन्धे पर ढलने को तत्पर ढीला जुड़ा, जैसे वह पहले बनाया करती थी और जिसे रंजन खिलवाड़ में बार-बार खोलकर उसके कन्धों पर फैला दिया करता था। 'तुम हमेशा गुलाबी साड़ी पहना करो पन्ना,' वह कहता था। 'गुलाबी रंग में तुम मुझे खिले शतपत्र-सी लगती हो।'

हल्के गुलाबी रंग की चँदेरी साड़ी पहनकर उसने दक्षिण कुंकुम का बड़ा-सा टीका लगाया। उसकी अँगुली में अभी भी रंजन की दी माणिक की अँगूठी दमक रही थी।

आईने में उसने अपना प्रतिबिम्ब देखा और स्वयं ही लजा गई। छी:-छी:, बुढ़ापे में क्या ऐसा श्रृंगार उसे शोभा देता है? कहीं छोकरी कली आ गई तो आफ़त कर देगी। पर कली एक बार जाने के बाद क्या कभी दिन डूबने से पहले लौट सकती थी?

सामान्य-सी आहट होने पर ही पन्ना चौंककर धड़कता कलेजा कसकर दाब ले रही थी। दूर-दूर तक की पगडंडियों पर जब वह कहीं भी घोड़े या डाँडी को नहीं देख पाई, तो निराश होकर भीतर चली आई।

रंजन अब क्या आएगा? दो घंटे बीत चुके थे। इस बीच एक बार फ़ोन की घंटी बजी, तो उसका कलेजा बुरी तरह धड़क उठा था। निश्चय ही रंजन कहेगा, वह आज नहीं आ सकता। पर फ़ोन रोज़ी का था। उसकी एक रोगिणी की अवस्था बहुत खराब हो गई थी। वह इस शनिवार को पन्ना के साथ छुट्टी मनाने नहीं आ पाएगी।

फ़ोन सुनकर पन्ना द्वार बन्द करने जा रही थी कि ऊँचे भूरे घोड़े से उतरती क़द्दावर आकृति को देखकर ठिठक गई।

उस व्यक्ति ने बटुए से निकालकर घोड़े के साईस को किराया दिया और उसकी ओर मुड़कर वैसे ही मुसकराया, जैसे पहली बार उसे देखकर मुसकराया था।

"पन्ना, क्या तुम इजिप्शियन ममी के-से किसी ताबूत में बन्द रही थीं? मुझे देखो, एकदम बूढ़ा हो गया हूँ न?"

बूढ़ा होने पर भी वह व्यक्ति अभी भी सुन्दर प्रौढ़ा के हृत्पिंड को घड़ी के पेंडुलम-सा हिला रहा था, वह क्या स्वयं इससे छिपा था? पन्ना के आरक्त कपोल कितनी बार उन विलासी अधरों के निर्मम प्रहार से और भी आरक्त हो उठे थे, यह क्या वह कभी भूल सकता था? शायद पन्ना के काँपते होंठों और भीगी पलकों को उसने कनखियों से ही देख लिया था। ओह, तो अभी भी वह उसे क्षमा नहीं कर पाई है?

"वाह, ख़ासा बँगला है तुम्हारा! पर यहाँ कैसे आ गईं पन्ना?" दिन-रात विरोधी पक्षों से जूझनेवाला राजनीति का कुटिल खिलाड़ी मर्मस्थल पर चोट करना खूब जानता था।

पन्ना ने अपनी नीली आँखों की करुण दृष्टि उसके चेहरे पर गड़ा दी। उसकी मूक दृष्टि के उपालम्भ से रंजन तिलमिला गया।

अभी भी कितनी सुन्दर थी वह! इसी सौन्दर्य-पात्र की मादक मदिरा वह कभी चाहने पर ही तृषित अधरों से लगा सकता था। वह मरालग्रीवा, नीली आँखें, सुनहले बाल, शतदल कमल की पंखुड़ियों-सी चम्पक अँगुलियाँ—सब, कभी उसी की थीं। आज इतनी पास होकर भी वे पकड़ से इतनी दूर कैसे चली गई थीं?

"पन्ना," विद्युतरंजन उठकर उसके पास बैठ गया। बड़े लाड़ से उसने उसके घुटने पर धरी सफ़ेद कलाई को उठा गालों से लगाकर आँखें बन्द कर लीं, "पन्ना, मैं जानता हूँ, तुम मुझे आज भी क्षमा नहीं कर सकी हो। पर मुझसे दूर भागकर क्या तुमने बहुत बड़ी मूर्खता नहीं की? क्या तुम मेरी विवशता, मेरे वंश-परिवार के प्रति मेरे कर्तव्य, और सबसे बड़ी बात, मेरी माँ को नहीं जानती थीं? क्या तुम बड़ी दी के ही पास बनी रहतीं, तो मैं तुम्हारे पास नहीं आ सकता था? क्या हम उसी स्वतंत्रता से बेरोक-टोक नहीं मिल सकते थे?"

पन्ना चुपचाप सिर झुकाए बैठी थी। विद्युतरंजन का एक हाथ अब उसके कन्धे पर था, दूसरे हाथ में वह पन्ना की कलाई थामे, बार-बार गालों से लगाता, कभी कसकर छाती से सटा देता।

"मैं कई बार बड़ी दी के पास गया, वह तुम्हारा नाम भी नहीं सुनना चाहती थी। एक बार उसने मेरा ऐसा अपमान किया कि यदि तुम्हारी बहन न होती, तो मैं उसे जड़ से उखाड़कर बंगाल की सरहद के बाहर फेंक देता।"

अब तक प्रस्तर मूर्ति-सी बनी पन्ना अब वर्षों से बिछुड़े प्रणयी के कन्धे पर ढुलक गई थी। अपना मान-अपमान, उपालम्भ, पीड़ा—सब कुछ एक ही स्पर्श को पाते वह जैसे भूल गई थी।

"पन्ना," विद्युतरंजन ने उसे कठोर बाहुपाश में जकड़ लिया, "मेरी ओर देखो पन्ना, क्या अभी भी तुमने मुझे क्षमा नहीं किया?"

पन्ना ने पहली बार आँखें उठाईं। कहाँ बूढ़ा हुआ था रंजन? क्या उन लाल डोरीदार आँखों में अभी भी रसवन्ती फुहार मन्दी पड़ी थी? कनपटी के आसपास बालों का गुच्छे का गुच्छा सफ़ेद हो गया था और तिरछी खद्दर की टोपी ने ललाट पर झुककर प्रशस्त माथे की परिधि थोड़ी सीमित कर दी थी, बस, इतना ही तो बदला था वह!

"मेरी बच्ची कितनी बड़ी हो गई पन्ना? वाणी सेन कह रही थी कि बहुत ही सुन्दर है कली," उसने बड़े दुलार से पन्ना के कान के पास होंठ सटाकर पूछा। प्रश्न के साथ-साथ जैसे अदर्शी बिटिया के प्रति उसका समस्त ममत्व, शराब के झाग की भाँति झलक उठा।

"मैंने उस सन्तान को निर्ममता से त्याग दिया और उसकी सज़ा भी मुझे मिल चुकी है," विद्युतरंजन का गला भर्रा गया। क्षण-भर वह कंठ के गह्वर को घुटकता

रहा, फिर कहने लगा, "दोनों को उसने सात महीने के भीतर–ही–भीतर छीन लिया। मुनिया प्रथम प्रसव में जाती रही। चुनिया खाना बना रही थी, स्टोव फट गया, झुलसी देह को न मैं पहचान सका, न उसकी माँ।"

पन्ना उसके पार्श्व में गूँगी बनी बैठी थी।

"जब वाणी सेन ने कहा कि तुम कली को लेकर कहीं चली गई हो और अपना कोई अता–पता भी नहीं छोड़ गई हो, तो भी मैं तुम्हें ढूँढ़ता रहा। वाणी से ही पता लेकर उस मेम को दो–तीन चिट्ठियाँ लिखीं, जो अल्मोड़ा के किसी कुष्ठाश्रम में थी और जिसके साथ ही तुम पीली कोठी छोड़कर गई थीं। पर पता शायद ठीक नहीं था, किसी भी चिट्ठी का उत्तर नहीं आया। मैं चाहता था, तुम्हें प्रत्येक माह कुछ रुपया भेज दूँगा पर चारा ही क्या था! पन्ना, क्या कली अभी भी बोर्डिंग में ही रहती है?"

"नहीं, कहीं घूमने गई है, आती होगी।"

रूखे उत्तर से भी विद्युतरंजन ने हार नहीं मानी।

"क्या वह अपनी माँ–सी सुन्दर है या पिता–सी तेजस्वी?" विद्युतरंजन ने सामान्य–सी रसिकता की चुटकी लेकर, अस्वाभाविक रूप से तनी रूठी प्रेयसी को गुदगुदाने की चेष्टा की।

"यही तो दुःख है रंजन," एक लम्बी साँस खींचकर पन्ना बोली, "न वह तुम–सी है, न मुझ–सी। चलो, भीतर के कमरे में चलें। पता नहीं, कली कब आँधी की तरह आकर हम दोनों को उड़ाकर दूर पटक दे। इतने वर्षों से जो तूफ़ान मेरे तन–मन को विक्षिप्त कर रहा है, वह आज तुम्हें भी दिखा दूँ।"

अपने बेडरूम में विद्युतरंजन को ले जाकर, पन्ना ने हाथ पकड़कर उसे पलंग पर बिठा दिया।

"आज कितने वर्षों बाद मेरे पलंग पर बैठे हो, ठीक से बैठो न! अजी वाह, दोनों पैर क्या ऐसे ही लटकाए बैठे रहोगे? निश्चिन्त होकर बैठो। तुम्हारे जाने के बाद कोई इस पर नहीं बैठा रंजन, इसी से कह रही हूँ, निश्चिन्त होकर बैठो। मेरा पेशा तुम्हारे साथ ही मुझे छोड़कर चला गया था।"

झुककर पन्ना ने उसी भाँति उसके जूते खोले, आँचल से दोनों लम्बे पैर पोंछे, और तकिया उठाकर पीठ के पीछे लगा दिया।

"कुछ भी नहीं भूली हूँ, देखा?" एक बार वह पुनः इठलाती चतुरा वारवधू बन गई थी।

"पन्ना," मत्तप्रणयी ने उसे हाथ पकड़कर अपने पास खींचना चाहा, पर वह परिचित कटाक्ष से उसे बींध पैरों के पास बैठ गई।

"अभी नहीं, पहले तुम्हें मेरी पूरी कहानी सुननी होगी।"

फिर पन्ना सब कुछ कह गई।

उस अरण्य स्थित भुतहे देवदार में बिताए गए लम्बे ग्यारह वर्ष, उद्दंड कली के अभिशप्त जीवन का पूरा इतिहास, असदुल्ला, पार्वती, रोज़ी, अल्मोड़ा प्रवास, आधी रात को उसकी गोदी में डाल दी गई कली, बड़ी दी की स्वार्थपरता—एक-एक बात वह कहती गई और स्तब्ध विद्युतरंजन सुनता रहा।

''आज वही अकृतज्ञ मुझे दूध की मक्खी-सा निकालकर दूर फेंक रही है। बार-बार अविश्वास से पूछती है, मेरे पिता कौन हैं? एक बार जी में आता है, साफ़-साफ़ कह दूँ—छोकरी, अपने को हूर समझती इठलाती फिरती है, तेरा पिता है कोढ़ी, और माँ है कोढ़िन, जाने किन गलियों में भीख माँगते फिर रहे होंगे! क्या पता, यहीं नैना देवी के मन्दिर के बाहर बैठी कोढ़ियों की पंगत में ही तुझे तेरा पिता अँगुलियों के डुंठ चमकाता मिल जाए, या नन्दा देवी के मेले में कोढ़ियों की भीड़ में तुझे तेरी अन्धी माँ ही दिख जाए! रोज़ी बता रही थी कि अभागिनी को रोग ने पंगु ही नहीं, अन्धी भी बना दिया है। एक दिन रोज़ी के बक्स का ही सफ़ाया कर, लम्पट भाग गई और फिर नहीं लौटी। कैसी मूर्खता कर बैठी हूँ मैं! ऐसे माता-पिता की इस दुर्दमनीय सन्तान को मैं क्या कभी सुधार पाऊँगी?''

''चिन्ता मत करो माँ, तुम्हें नहीं सुधारना होगा,'' हाथ का बटुआ झुलाती कृष्णकली द्वार पर खड़ी थी। अधलेटा विद्युतरंजन हड़बड़ाकर उठ बैठा। पन्ना का चेहरा फक पड़ गया। यह कहाँ से आ गई? इतनी जल्दी तो वह कभी लौटती ही नहीं थी!

''वाह, अच्छा किया, जो बिना पिक्चर देखे ही लौट आई, नहीं तो आज अपने घर में ही चल रही ऐसी 'इंटरेस्टिंग मैटिनी' मिस कर जाती।''

वह हँसती, हाथ का बटुआ मेज़ पर पटक धम्म से कुर्सी पर बैठ गई।

कली को सहसा द्वार पर आविर्भूता देख, दोनों सँभलकर बैठ गए थे, पर रंजन हड़बड़ी में पन्ना की कलाई छोड़ना भूल गया था। उसकी मजबूत पकड़ में पन्ना की कलाई काँप उठी और उस मुँहफट छोकरी का दुस्साहस देखकर रंजन और भी बौखला गया।

''क्यों बेटी, क्या अपनी माँ से तुम हमेशा ऐसे ही बोलती हो?''

''मेरी माँ? बंगला की एक कहावत है, सुनी नहीं क्या आपने—'सात कांड रामायण पोड़े, सीता कार बाप'? किसी ने सात कांड रामायण पढ़कर पूछा था कि सीता किसका बाप है, वही हाल आपका भी है। इतनी बढ़िया रामायण बाँची गई और आप पूछते हैं कि क्या मैं माँ से ऐसे ही बोलती हूँ? माँ मेरी है ही कहाँ मौशाई?''

बचपन में वाणी सेन से सीखी बंगला कली अभी भी नहीं भूली थी। फिर कॉन्वेंट में भी दो-तीन बंगाली सखियाँ जुट गई थीं। इसी से उसकी बंगला में अभी भी जंग नहीं लग पाया था।

"अब आप लोग इतने सालों में मिले हैं। दाल-भात में मूसलचन्द नहीं बनूँगी, चल दिया जाए!" वह फिर उसी बेहयाई से हँसकर उठ गई। "अब देरी नहीं करूँगी, थोड़े-बहुत कपड़े रख रही हूँ माँ, तलाशी लोगी क्या अपनी बड़ी दी की तरह?"

पन्ना ने आहत दृष्टि से रंजन की ओर देखा, जैसे कह रही हो, 'देख रहे हो न? यह मुझे रोज़ ऐसे ही जलाती है।'

रंजन को उस उद्दंड छोकरी की अभद्रता असह्य हो उठी। वह स्वयं अपने बच्चों को सदा कड़े अनुशासन में साधता चला आया था। उसकी एक ही गर्जना से दाढ़ी-मूँछ निकल आने पर भी जवान लड़के सहमकर रह जाते थे।

"जाना है तो चली क्यों नहीं जाती?" उसका चेहरा तमतमा उठा, "क्या जन्म से अब तक जला-जलाकर उसे तुमने अधमरी नहीं बना दिया है?"

"वाह!" कली ने बटुआ उठाकर कन्धे पर लटका लिया, "मुझे लगता है, आप मंत्री से अधिक, किसी बम्बइया फ़िल्म में फ़िल्मी पिता के रूप में चमकते। वैसे मैं आपसे बहुत छोटी हूँ, और सच पूछिए तो दो घंटे पहले तक आपकी पुत्री ही थी, पर क्यों नहीं आप दोनों सचमुच किसी फ़िल्मी माता-पिता की भूमिका निभाने बम्बई चले जाते?

"मैं स्वयं उसी लाइन में जाने की सोच रही हूँ, पर अभागे माँ-बाप का रोग पता नहीं कब गरदन दबोच ले! अच्छा, सो लांग माँ, थैंक्स फ़ॉर एवरी थिंग, और मंत्रिवर," वह अपनी पतली कमर को बेंत के लचीले धनुष-सी मोड़ती दुहरी हो गई, "थैंक्स फ़ॉर गिविंग मी योर सरनेम! कृष्णकली मजूमदार ही आपने बना दिया है, तो क्यों न स्वदेश की ओर चल दूँ?"

वह अपना सुडौल पृष्ठभाग लयबद्ध ताल में साधती कमरे से बाहर हो गई। पन्ना ने उठकर शायद उसके पीछे जाने की चेष्टा की, पर रंजन ने उसे खींचकर बिठा दिया। "जाने दो," वह फुसफुसाया, "स्वयं ही फोड़ा फूट रहा है, तो उसमें चीरा लगाकर क्या करोगी? जब सब सुन ही चुकी है, तो अब उसका तुम्हारे साथ रहना ठीक नहीं है। तुमने उसके लिए जितना किया, और कोई नहीं कर सकता। तुम अपना कर्तव्य कर चुकी हो, अब मेरी बारी है।"

विद्युतरंजन पत्नी से बिना कुछ कहे ही निकल आया था। वह भूखी बैठी होगी, यह ध्यान आते ही वह उठ बैठा। क्लान्त पन्ना उसकी छाती से लगी चुपचाप पड़ी थी। रंजन कल चला जाएगा, फिर वह उस एकान्त बँगले में अकेली रह जाएगी। रंजन के हास्यास्पद प्रस्ताव को वह स्वीकार नहीं कर सकती थी। दार्जिलिंग में रंजन के तीन-चार बँगले थे। वह चाहता था, पन्ना वहीं चलकर रहे। बीच-बीच में वह आकर उससे मिलता रहेगा। रंजन की चतुरा माँ अब नहीं रही थी। उसकी मूर्खा मोटी

पत्नी को पति के मंत्रिपद एवं वैभव ने और भी मोटी, थुलथुली और आलसी बना दिया था। दोनों पुत्र अपनी-अपनी पत्नियों में मग्न थे।

"तुम्हें कभी कोई चिन्ता नहीं रहेगी। मैं असम के दौरे और भी बढ़ा दूँगा, चाहने पर महीने में दो बार भी आया जा सकता है।"

पन्ना के निर्विकार चेहरे पर उत्साह की एक भी रेखा नहीं उभरी।

"नहीं रंजन," वह आँचल सँभालकर उठ बैठी, "जैसे फाँसी दिये जाने से पहले अभियुक्त की प्रत्येक इच्छा पूरी कर दी जाती है न," वह हँसी, "ऐसे ही मैंने अपनी मनचाही वस्तु कलेजे में सँजोकर छिपा ली है। अब मैं आगे नहीं बढ़ूँगी। एटकिंसन का पूरा परिवार अब भीमताल छोड़कर अरविन्द आश्रम जा रहा है, उसने मुझे साथ ले चलने का वायदा किया है।"

"कौन है एटकिंसन?" झल्लाकर प्रश्न पूछते ही रंजन स्वयं खिसिया गया।

कोई भी हो एटकिंसन? उसे क्या अधिकार था पन्ना की गतिविधि पर रोक-टोक रखने का, जिसकी मरे-जिए की सुधि भी उसे आज तक कभी नहीं आई थी?

"एटकिंसन मेरे घनिष्ठ मित्र हैं। अरविन्द आश्रम की एक ज़मीन का मुरब्बा भीमताल में भी है, उसी की देख-रेख का भार आश्रम ने उन्हें सौंप दिया था। दोनों पुत्रों ने संन्यास ले लिया। एक अरविन्द आश्रम में है, माँ के पास, दूसरा न जाने हिमालय की किन गहन कन्दराओं में जाकर खो गया है! तुम मेरी चिन्ता मत करो रंजन," प्राणाधिक सुन्दर चेहरा रंजन के गालों के पास आकर सट गया, "न मुझे अब तुम पर क्रोध है, न प्रतिशोध की ही भावना। कैसा आश्चर्य है! सच, कुछ घंटों पहले जब मैंने तुम्हें फ़ोन किया, तुम्हें पाने पर कच्चा चबा सकती थी, पर अब जैसे स्वयं ही सब कुछ धुलकर साफ़ हो गया है।

"कली को भी क्या दोष दूँ! जब रक्त-मांस की बनी सगी बड़ी दी ही मेरी शत्रु बन बैठी तो उस परायी लड़की के लिए यह सोचना कि वह कभी मेरी बनेगी, सचमुच ही मेरा बचपना था। फिर भी एक बार आश्रम जाने से पहले बड़ी दी से मिलने की बड़ी इच्छा है।"

"तुम्हारी बड़ी दी क्या वहाँ अब बैठी है?" रंजन ने सिगार की राख झाड़कर, मुँह में दबा लिया। दोनों हाथ पीठ-पीछे बाँधकर वह फिर लेट गया।

"क्यों? पीली कोठी?" पन्ना ने पूछा।

"पीली कोठी में अब प्लानिंग का दफ़्तर है। बड़ी दी पाकिस्तान चली गई। कोई रहमतुल्ला हैं, उन्हीं से निकाह पढ़ लिया। मैत्री ने कलकत्ते में ब्यूटी क्लिनिक खोल लिया है। वाणी सेन दिल्ली में है। उसी ने तो बताया मुझे यह सब।"

"दिल्ली में? वहाँ क्या कर रही है वाणी?"

"मोटी स्त्रियों को तन्वी बनाती है। 'स्लिमिंग सेंटर' में अपनी पत्नी को लेकर गया, तो देखा, दफ़्तर में बनी-ठनी वाणी सेन बैठी है। वैसी ही धरी है अभी भी—

दुबली-पतली, छरहरी। मुझे देखा, पहचाना, पर पट्ठी ने चेहरे पर पहचान की एक रेखा भी नहीं उभरने दी। एकान्त में मिली, तो पहला प्रश्न उसने यही पूछा, क्या मैंने उसकी कली को देखा है?

"मैंने जब कहा कि न मैं कली से मिला हूँ, न उसकी माँ से, तो वह उदास हो गई। उसी ने मुझे बताया कि कैसे नये कानून बनते ही बड़ी दी का कारोबार एकदम ठप्प हो गया। वाणी दिल्ली चली आई और वहाँ उसने किसी योगी के साथ साझे का क्लिनिक खोल लिया। वह बता रही थी कि जितना पैसा उसने उस क्लिनिक से कमाया उतना उस धन्धे में कभी नहीं कमा पाई थी। वाणी झूठ नहीं बोल रही थी पन्ना! ओफ़, कैसी-कैसी कारों की लम्बी कतार खड़ी थी! कितनी ही विदेशी दूतावास की मेमें सिर के बल खड़ी योगाभ्यास कर रही थीं।

"गेरुए रेशमी वस्त्रों में वाणी के रँगीले स्वामी को देखा तो दंग रह गया। हाथ में थीं हीरे की अँगूठियाँ, गले में रुद्राक्ष की माला और सिर के बाल तो, लगता था, 'फ़िक्सो' लगाकर खड़े किए हैं। 'वाह, वाणी', मैंने कहा, 'तुम और तुम्हारे योगिराज दोनों इस क्लिनिक के जीते-जागते विज्ञापन हो।' गाजर, मूली, टमाटर का रस पिला और सिर के बल खड़ी कर सचमुच वाणी ने मेरी पत्नी का वजन पूरा एक स्टोन घटा दिया था। वाणी सेन से यदि मिलना चाहो, तो अलबत्ता मिला सकता हूँ..."

"नहीं, अब किसी से नहीं मिलूँगी। जिससे मिलना चाहती थी, उससे मिल चुकी हूँ और जिससे बिछुड़ना चाहती थी, उससे भी बिछुड़ चुकी हूँ। देख आऊँ, क्या सचमुच ही चली गई?"

उसके पीछे-पीछे उठकर रंजन भी चल दिया। दोनों ने बँगले का कोना-कोना छान मारा, कली कहीं नहीं थी।

"हो सकता है, कहीं मिलने-मिलाने चली गई हो! दिमाग़ ठंडा होगा तो खुद ही चली आएगी।"

"नहीं, अब वह कभी नहीं लौटेगी, मैं उसके स्वभाव को क्या नहीं पहचानती? मुझे और किसी की चिन्ता नहीं है, बस, यही भय होता है कि रोज़ी न जाने क्या सोचेगी! उसे आज ही फ़ोन पर यह सब बताना होगा।"

"क्यों अपना दिमाग़ ख़राब कर रही हो पन्ना?" रंजन ने टोपी उतारकर हाथ से उसकी मुड़ी-तुड़ी भाँज ठीक की, तिरछी कर माथे पर टिकाया, फिर अपना 'ब्रीफ़केस' उठाकर खड़ा हो गया।

"मैं अब चलूँ, कल सुबह फिर आऊँगा।"

पाँच ही घंटों में उसके सम्मुख खड़ी पन्ना की वयस के जैसे दस वर्ष घट गए थे।

"क्या मुझे छोड़ने थोड़ी दूर तक भी नहीं आओगी, पन्ना?"

प्रणयी के आतुर आह्वान को पन्ना कैसे टालती?

कोठी का द्वार बन्द कर उसने ताला लगाया और रंजन के साथ मन्थर गति से पगडंडी उतरने लगी।

कल तक कौन सोच सकता था कि नित्य एक ही गति से बहते उसके जीवन में ऐसी उथल-पुथल मच जाएगी? क्या वह कभी स्वप्न में भी सोच सकती थी कि रंजन उसे अचानक मिल जाएगा, और कली ऐसी हृदयहीनता से उसे ठुकराकर अकेली छोड़ जाएगी?

निःशब्द दोनों कितनी दूर तक उतर आए।

"अब तुम लौट जाओ पन्ना," रंजन थमकर पलट गया, "बहुत दूर आ गई हो। मैं कल सुबह नौ बजे तक आ पाऊँगा, तब फिर निश्चय करेंगे, मैं तुम्हें यहाँ अकेली नहीं छोड़ सकता।"

पन्ना ने हँसकर दोनों हाथ उसके कन्धे पर धर दिये। देवदार के लम्बे पेड़ के तने से उसने अपनी पीठ टिका ली, "अब तुम्हें कोई निश्चय नहीं करना है रंजन, निश्चय मैं कर चुकी हूँ। हमें अभी आज ही विदा लेनी होगी, कल नहीं।

"तुम्हारी पत्नी है, युवा पुत्र हैं, उनसे मैं तुम्हें छीन लूँगी, तो कभी तुम स्वयं ही मुझे क्षमा नहीं कर सकोगे। मैं जा रही हूँ रंजन।"

इससे पहले कि रंजन उससे कुछ कहता, वह बिजली की गति से मुड़कर पगडंडियों में यंत्र-सी घूमती, तिरोहित हो गई।

बड़ी देर तक विद्युतरंजन खड़ा सोचता रहा : क्या करे? लौट चले पन्ना के बँगले में? फिर उसके कर्तव्य-बोध ने उसे सहसा झकझोरकर रख दिया : मूर्ख! अभी तक केवल देश-सेवा के बहाने देश का रुपया लूटने-खसोटने का ही कलंक लगा है, अब क्या चरित्र-हत्या भी करवाएगा? फिर राजभवन में मुख्यमंत्रियों की सभा है ठीक पाँच बजे, चार यहीं बज गए हैं। तू उस पतिता वेश्या के पीछे भागने की सोच रहा है?

स्वयं अपनी अन्तरात्मा की एक ही धमकी से रंजन सहम गया। उसने टोपी सीधी की, रूमाल से पसीना पोंछा और 'ब्रीफ़केस' बगल में दबाकर तेजी से उतार उतरने लगा।

सात

'ए मैन ईटिंग टाइगर इज़ ए टाइगर दैट हैज़ बीन कम्पेल्ड थ्रू स्ट्रैस ऑफ़ सरकम्स्टान्सेज़ बियांड इट्स कंट्रोल, टु एडॉप्ट ए डाइट एलाइन टु इट' —जिम कोरबेट।

किशोरी कुमाउँनी शेरनी परिस्थितियों से बाध्य होकर अब सचमुच ही जिम कोरबेट की-सी खूंख़ार आदमखोर शेरनी बन चुकी थी। गोल चेहरा अब लम्बोतरा

पान के आकार का बन और भी सलोना हो गया था। तीन वर्ष के कलकत्ता-प्रवास ने उस तन्वी के लचीले शरीर को दुबला बना दिया था या कसे शरीर से सिले कपड़ों की चुस्त काट-छाँट का जादू था? शायद पन्ना भी उसे पहली झलक में नहीं पहचान सकती थी। पहचानती भी कैसे? टाटा टेक्सटाइल के लिबास में वह पहली बार मॉडल बनी तो स्वयं डायरेक्टर ने आकर उसे बधाई दी थी। विलक्षण मॉडल थी वह। जैसे विधाता ने ही उस अपूर्व मॉडल को स्वयं अपने हाथों से गढ़कर इसी अभिप्राय से धरा पर अवतरित किया था! पेशेवर मेकअप करनेवाली की तूलिका कर ही क्या लेती? क्या उन अस्वाभाविक रूप से बड़ी आँखों, लम्बी ऊपर को मुड़ी पलकों या नन्हे अधरों की 'क्यूपिड' गढ़न में कहीं भी काट-छाँट की कोई गुंजाइश थी? सबसे अधिक आकर्षण था कली के बच्ची के-से मासूम चेहरे का। हँसती तो गालों में पड़ते गहरे गढ़ों को जान-बूझकर विलम्बित स्मित में देर तक गहरे खोदकर रख देती।

धीरे-धीरे वह सलोना चेहरा, साबुन के विज्ञापन से उठकर बहुत ऊपर चला आया। हैंडलूम एक्सपोर्ट कॉर्पोरेशन के इक्जीक्यूटिव डायरेक्टर ने स्वयं पत्र लिखकर उससे अनुरोध किया था कि वह भारतीय वस्तुओं के प्रदर्शन में, विदेशी मार्केट को अपनी उपस्थिति से धन्य करे। न्यूयॉर्क के 'सोना' इम्पोरियम में लाखों अमरीकियों के हृदय वह अपनी साड़ी के एक-एक भाँज में बन्द कर हाल ही विदेश से लौटी थी। पर अब उसे नित्य मोटी बदसूरत चमकती-दमकती स्त्रियों की भीड़ में घूम-घूमकर नित-नवीन साड़ी, चूड़ीदार मिनी स्कर्ट के प्रदर्शन से ऊब होने लगी थी। अब उसी की एक परिचित ने उसे मोटी तनख्वाह पर 'रिसेप्शनिस्ट' के पद पर रखवा दिया था। सप्ताह में चार दिन ही उसे काम पर जाना होता। न भाग-दौड़, न नित्य की सज्जा, लेप-थोप। पर जिस बंगाली परिवार के साथ वह रहती थी, उसकी गृहिणी अब उसके लिए विशेष सिरदर्द बनती जा रही थी।

'इतनी रात तक कहाँ रहती हो?

'कैसी नौकरी है भई तुम्हारी? कहती तो खाना-पानी सब वहीं मिलता है, उस पर सप्ताह में चार दिन पड़ी-पड़ी खाट तोड़ती हो! हमसे तो तुम्हीं भली।

'जैसी धनेखाली डूरे साड़ी पहनकर तुम कल दफ़्तर गई थीं, ऐसी ही एक मेरे लिए भी ला देना भाई कली, पैसे किराये में काट लूँगी।'

बेला सेन की फ़रमाइशें पूरी करते-करते कली को मकान का किराया बहुत भारी पड़ने लगा। एक कमरा और साझे का गुसलखाना उसे बहुत महँगा पड़ रहा था। किराये की भी उसे चिन्ता नहीं थी, चिन्ता थी उस आवश्यकता से अधिक मुखरा स्त्री के कौतूहली सदा जागरूक स्वभाव की। वह कहीं जाए, कुछ भी करे, उसका क्या? फिर ऐसे जासूसी-भरे वातावरण में वह आश्वस्त होकर ठीक से सो भी नहीं पाती थी। पहले तो उसका व्यवसाय ही ऐसा था कि उसे सदा प्राण अपनी नन्ही हथेली पर धरकर नट की-सी रस्सी पर चलना पड़ता था।

पहले-पहल कलकत्ता आई तो विवियन की ही दूर के रिश्ते की मौसी के यहाँ टिकी थी। मौसी का बहुत बड़ा पॉल्ट्री फ़ार्म था। लेगहॉर्न मुर्ग़ियों के साथ-साथ विवियन की लौरीन आंटी, और भी बहुत-सी सोने के अंडे देनेवाली मुर्ग़ियों का व्यापार करती है, यह समझने में कली को विलम्ब नहीं हुआ। ऐसी सुन्दरी, लुभाविनी मुर्ग़ी सहसा छप्पर फाड़कर लौरीन के फ़ार्म पर फड़फड़ा उठी तो उसने लपककर हथेली पर बिठा लिया। आसपास चीनियों के कई परिवार रहते थे। उन्हीं के बीच, एक चीनी जूतेवाले के दरबे-से गन्दे मकान में रहती थी लौरीन। बाहर से एकदम रिकेटी दिखते उस मकान का बरामदा भी किसी बूढ़े के हिलते दाँत-सा नीचे लटक आया था। जाली से घिरे अहाते में कई मुर्ग़ियाँ दिन-रात फड़फड़ाती रहतीं और तीन-चार कलंगीवाले मोटे ताज़े मुर्ग़े अकड़ से नये दूल्हे का-सा सेहरा उठाए घंटाघर की घड़ी से स्वर मिलाते बड़े तड़के ही बाँग देकर कली की नींद तोड़ देते। टूटे मकान की श्रीहीन कान्ति देखकर कली का कलेजा काँप गया था। यहाँ कैसे रहेगी वह? कहाँ 'देवदार' का वैभव, सेंट मेरीज़ कॉन्वेंट की जीभ से चाटी गई स्वच्छ सज्जा और कहाँ मुर्ग़े-मुर्ग़ियों और पंखविहीन घिनौने चूज़ों का सान्निध्य!

लौरीन बड़ी-बड़ी छातियों, चौड़े जबड़ों और घोड़ी के-से चेहरेवाली अनोखी स्त्री थी। वह अपने घने बालों की चोटी को तिब्बती स्त्रियों की केश-सज्जा में चपटे सिर के चारों ओर दुहरी लड़ में लपेटकर रखती थी। चौड़ी कमर में बँधा उसका ऐप्रन, हंगेरियन कढ़ा ब्लाउज़ और स्वच्छ स्कर्ट देखकर कोई भी नहीं कह सकता था कि वह दिन-भर मुर्ग़ियों के दरबे में हाथ में झाड़ू लिये सफ़ाई करती रहती है। सफ़ाई के पीछे बुढ़िया दीवानी थी। इसी से उसके जीर्ण-शीर्ण मकान का भीतरी कलेवर बाहरी गन्दगी से एकदम अछूता था, ठीक जैसे कोई रूपसी मुसलिम युवती गन्दा बुर्का ओढ़े बैठी हो! बंगाल की वर्षा से भीगी पीली दीवारों पर कहीं-कहीं पुराने मक़बरे की-सी काई जमकर वहाँ घास के नन्हे गुच्छे उग आए थे, पर स्वयं लौरीन का कमरा सदा स्वच्छ दर्पण-सा चमकता। कमरे की सज्जा प्रत्येक ऐंग्लो इंडियन के कमरे की-सी सज्जा थी। मेंटलपीस पर सजाए क्रिसमस कार्ड, चित्रों में वधू वेश में हाथ में बड़ा-सा गुलदस्ता लिये लौरीन। पुत्री के बपतिस्मा पर उसको गोद में लिये लौरीन! उसी के पास सुनहले फ्रेम में महारानी विक्टोरिया का एक बहुत बड़ा-सा चित्र और धरा रहता, जिसे लौरीन नित्य बड़े यत्न से पोंछ-पाँछकर चमकाती रहती। लौरीन के साथ उसकी अनाथ भतीजी सूजन भी रहती थी। बचपन में मोटर के नीचे दब जाने पर उसकी पूरी टाँग काट दी गई थी। पर अपनी लकड़ी की टाँग को बैसाखी के बल घसीटती वह आश्चर्यजनक तेजी से चल सकती थी।

"सूजन, मुझे यहाँ आए आठ दिन हो गए हैं, कब तक ऐसे बैठी रहूँगी? आंटी से कहूँगी, अब मुझे कहीं कुछ काम दिला दें।"

"काम ?" सूजन ठठाकर हँस पड़ी थी, "यहाँ तो काम-ही-काम है ईडियट! चिन्ता क्यों करती है? आंटी इतना काम लाद देगी कि सँभाले नहीं सँभलेगा। आज इसी चक्कर में तो बुढ़िया बाहर गई है। इधर आ," वह बैसाखी पटक अपने रेल के बर्थ के-से पलंग पर बैठ गई थी।

"मेरी यह टाँग देखती है न? यही तो आंटी की सोने के अंडे देनेवाली बतख़ है, देख।" उसने अपनी निर्जीव टाँग से लगी अदृश्य अर्गला खोलकर रख दी थी।

"इसी में एक साथ तीस-तीस सोने की पट्टियाँ स्मगल कर सकती हूँ। बुढ़िया के असली फ़ार्म की नित्य बड़े अंडे देनेवाली लेगहॉर्न मुर्ग़ी हूँ मैं, समझी ?"

असदुल्ला और पार्वती का रक्त सचेत हो गया। सूजन के साथ-साथ कली भी फिर बड़ी स्वाभाविकता से पर फड़फड़ाती घूमने लगी—कभी कलकत्ता, कभी बम्बई और कभी मद्रास। यू.ए.आर. और चीन का मनों सोना तब मद्रास में ही उतर रहा था। मद्रास की सीमा के पास ही कली की कार को उस बार तीन-चार 'रेवेन्यू इंटेलिजेंस' के धृष्ट कर्मचारियों ने घेर लिया था। सूजन का लकड़ी का पैर भय से ठक-ठक काँप उठा। स्वयं कली की मुट्ठी-भर की कमर में शिव के गले में लिपटी पतली नागिन-सी सोने की कई पत्तियाँ एक क्षण को विचलित हो उठी थीं।

गुजराती लड़की रश्मि दवे, आंटी के पाल्ट्री फ़ार्म की सबसे नई और फूहड़, डरपोक मुर्ग़ी थी।

"हाय, मैं मर गई, अब क्या होगा? मेरे पिता मुझे गोली से उड़ा देंगे," वह काँपने लगी थी।

"चुप कर मूर्ख," कली फुसफुसाई थी, "तेरे पिता मंत्री हैं, और वर्षों से यही काम कर रहे होंगे। ख़बरदार जो तूने चेहरे पर शिकन भी आने दी!"

कार से उतरकर वह बड़ी मस्ती से मुसकराती सींग घुसेड़ने को तत्पर क्रोधी साँड़-से चारों अफ़सरों की ओर बढ़ गई।

"कहिए, आप लोगों ने हाथ ऊँचे कर क्या हमें ही कार रोकने का आदेश किया था?" वह बड़ी दुष्टता से मुसकराने लगी।

"जी हाँ," चारों में सबसे गम्भीर और मोटे-तगड़े पुलिस की वर्दी पहने अफ़सर ने रूखा-सा उत्तर दिया।

"ओह!" कली माइलस्टोन पर बैठ, धूप का फ़ेंटम चश्मा उतारकर रूमाल से चेहरा पोंछती हँसकर बोली, "मैंने सोचा, शायद 'हैंड्स-अप' करके, हम चारों के सौन्दर्य से डरकर आप चारों स्वयं ही हथियार डाल रहे हैं।"

चारों में सबसे छोटा और चुलबुला-सा छोकरा अफ़सर 'खु-खु' कर हँसने लगा, पर दूसरे ही क्षण वरिष्ठ गम्भीर अफ़सर की कठोर दृष्टि से सहमकर वह अटेंशन की मुद्रा में खड़ा हो गया।

"हमें सूचना मिली है कि कुछ सोना स्मगल कर आज यहाँ लाया जा रहा है। आप ही की नहीं, हर आने-जाने वाली गाड़ी की हम तलाशी ले रहे हैं।"

"ओ, आई सी!" कली फिर हँसी। उसके गालों के गहरे गड्ढों में वर्दीधारी वरिष्ठ अधिकारी को छोड़कर शेष तीनों छोकरे अफ़सर वर्दी सहित गले तक धँस गए। "ले लीजिए न तलाशी, पर तलाशी किसकी लेंगे? हमारी या हमारी कार की? सूजन डार्लिंग, तुम लोग सब नीचे उतर जाओ, ये महाशय हमारी तलाशी लेंगे। कहते हैं, हम सोना स्मगल करने आई हैं।"

तीनों लजाती-मुसकराती अप्सराएँ नीचे उतर आईं, अकेला घनी मूँछोंवाला घाघ सरदार ड्राइवर व्हील पकड़े निर्विकार मुद्रा में सीट पर जमा ही रहा था।

कली हँसकर कहने लगी, "वाह, सरदारजी, आप भी उतर आइए न! सबसे कड़ी तलाशी इन्हीं की लीजिएगा सर, क्या पता घनी दाढ़ी और जुट्टे के जटाजूट में सोने की कोई भागीरथी छिपाए बैठे हों!"

अचानक न जाने कहाँ से पास के कॉलेज के छोकरों की भीड़ कार को घेरकर खड़ी हो गई।

"माला सिन्हा है, आई कैन बेट," एक स्वर फुसफुसाया। फिर वही छुतही गूँज पूरी भीड़ में गूँज उठी।

"देखा न?" कली को वही स्पष्ट फुसफुसाहट नई प्रेरणा दे गई। उसने अपनी भुवनमोहिनी हँसी के दर्पण में गालों के गहरे गढ़े फिर चमकाए, "आप नहीं पहचान सके, मेरे 'फैन' ने मुझे पहचान लिया। महाशय, हम सोना स्मगल करने नहीं, अपितु नीरस दक्षिण प्रदेश में सुवर्ण-वृष्टि करने आई हैं, समझे?"

अब तक खिलवाड़ करती परिहास-रसिक कली ने गिरगिट का-सा रंग बदल दिया। उसके पतले नथुने क्रोध से फड़कने लगे, "यहाँ हम फ़िल्म की शूटिंग के लिए आई हैं। सोचा था, आपका मद्रास हमारे स्वागत में पलक-पाँवड़े बिछा देगा, पर देखा न रश्मि, कैसे मूर्ख जाहिल लोगों का देश है! चाहने पर आपको सू कर सकते हैं, यह जानते हैं क्या आप?"

"कहा था न मैंने, माला है! मिस, ऑटोग्राफ!"

"इसी कॉपी पर दे दीजिए मिस, इन्हें अभी भगाते हैं। आप चिन्ता मत करिए।" और चारों रौबदार अफ़सरों को विद्यार्थियों की भीड़ ने दूर तक खदेड़ दिया।

'रेवेन्यू इंटैलिजेंस' के चारों अधिकारी दूर से ही विद्यार्थियों की कॉपियों और पाठ्य-पुस्तकों पर हस्ताक्षर करती चार अप्सराओं को विवशता से हाथ बाँध देखते रहे थे। चलते-चलते कली ने एक फ्लाइंग किस चारों की ओर उड़ा दिया और विनोद-प्रिया तारिकाओं का रहस्यमय दल, तेजी से कार भगाता मद्रास के गन्तव्य स्थान पर सोना उँड़ेल रात-ही-रात कलकत्ता लौट गया था। इसके बाद

कली ने स्वेच्छा से ही धन्धा छोड़ दिया। अब उसके पैर स्वयं ही महानगरी में जम गए थे, किसी के कन्धे का सहारा लेने की अब उसे आवश्यकता नहीं थी।

जिस फ़्लैट में कली रहती थी, उसके सामने ही एक लाल ईंटों का बना बड़ा सुन्दर-सा मकान था। कली को वह कलकत्ते के आधुनिक कलात्मक फ़्लैट्स की भीड़ में खड़ा ऐसा लगता, जैसे बनी-ठनी उसकी-सी आधुनिकाओं की खोखली प्रतिमाओं के बीच, कोई घूँघट काढ़े सलज्ज ग्राम-वधू ही खड़ी हो! न उसके द्वारों में परदे थे, न खिड़कियों में। तनिक निकट जाने पर ही भीतर के कमरों की अन्तरंग छवि का स्पर्श करती कली की उत्सुक दृष्टि सीधे रसोईघर तक पहुँच जाती, जहाँ गृह की सज्जा से मेल खाती सरल और प्रौढ़ गृहस्वामिनी कभी कड़ाही में ठेठ उत्तर प्रदेशी मसालों में पालक का साग छौंकती, और काल्पनिक स्वाद लेते कली के नथुने फड़क उठते।

'देवदार' में माँ के पड़ोस में रहती थीं मिसेज़ जोशी। कली ने उन्हें कभी हँसते नहीं देखा। जब छुट्टियों में घर आती, देखती, उदास जोशी चाची रसोई में कड़ाही में कुछ-न-कुछ घोट रही हैं। लगता, हाथ कही हैं, चित्त कहीं। कभी स्वयं बड़बड़ाने लगतीं, कभी चुप हो गुमसुम बैठ जातीं। स्वयं उन्हीं की पुत्री ने एक दिन कली को बताया था, तीन पुत्रियों के बाद जन्मा उनका सुकुमार पुत्र घोड़े से गिरकर मर गया था। तभी से माँ ऐसी हो गई हैं। कली जब भी जाती, वे बड़े प्रेम से उसे चौके में बिठाकर स्वयं अपने हाथों से नाना प्रकार के स्वादिष्ट पहाड़ी व्यंजन बनाकर खिलातीं।

कलकत्ते के उस लाल ईंटों के मकान की गृहस्वामिनी को देखकर कली को जोशी चाची की ही याद हो आती। वैसी ही उदास दृष्टि, बड़ा-सा टीका, यहाँ तक कि दबे होंठों का संयमित स्मित भी एकदम चाची का-सा था। एक दिन वह दफ़्तर जा रही थी, नित्य के अभ्यास से उसकी दृष्टि स्वयं ही लाल कोठी की ओर उठी। बरामदे में ही वह सौम्य महिला खड़ी थी।

"क्यों बेटी, कहीं नौकरी करती हो क्या? रोज़ इसी समय तुम्हें जाते देखती हूँ!"

"जी हाँ," कली उस सीधे पल्ले में एकदम अबंगाली महिला के मुख से सुस्पष्ट बंगला सुनकर अवाक् हो गई।

"क्या यहीं रहती हो?"

"जी हाँ। बस, तीन फ़्लैट छोड़कर चौथे में।"

"कभी आना, मैं अकेली रहती हूँ। मन बहल जाएगा।"

और फिर तीसरे दिन, नियति ने कली को किसी जादुई गलीचे में बिठाकर वहाँ सामान सहित पहुँचा दिया था।

रेवतीशरण तिवारी को कलकत्ता में रहते दो पुश्त बीत चुकी थी। उनके दादा को काली मन्दिर में शतचंडी का पाठ करने कलकत्ता के प्रसिद्ध ज़मींदार ने पहाड़ से बुलवाया था। धीरे-धीरे कलकत्ता में उनकी यजमानी में उत्तरोत्तर वृद्धि होती गई। उस निष्ठावान् तेजस्वी ब्राह्मण के दमकते ललाट, सुमधुर कंठ, सुस्पष्ट संस्कृत-उच्चारण ने उन्हें बंगाल के समृद्ध वैष्णव परिवारों का पुरोहित बना दिया। पुत्र को भी उन्होंने इसी आशा से संस्कृत पढ़ने काशी भेजा था कि शास्त्री की परीक्षा पास कर पिता की यजमानी सँभाल लेगा। पर शास्त्री पुत्र ने पिता का प्रस्ताव अस्वीकार कर दिया। कलकत्ता के ही एक मारवाड़ी कॉलेज में वह संस्कृत पढ़ाने लगा, फिर स्वयं अपने पुत्र रेवतीशरण को भी उसने अंग्रेज़ी स्कूल में दाखिल करा दिया। ऊँची शिक्षा प्राप्त कर, रेवतीशरण ने सर्वोच्च सरकारी पद पर पहुँचकर अपने शास्त्री पिता का, पुत्र को अफ़सर बने देखने का, स्वप्न पूरा कर दिया था। अब वे अवकाश ग्रहण कर, पुश्तैनी मकान में रहते थे। दोनों पुत्रियाँ अपने ही समाज में ब्याह दी थीं, बड़ा पुत्र प्रवीर काबुल दूतावास में उच्च पदस्थ अफ़सर था, छोटे पुत्र सुवीर की दो वर्ष पूर्व भारत-पाकिस्तान युद्ध में मृत्यु हो चुकी थी। शायद उसी सुदर्शन युवा पुत्र की अकाल मृत्यु ने वृद्ध दम्पती को अस्वाभाविक रूप से गुमसुम बना दिया था।

फिर पिछले वर्ष उसी परिवार में एक दुर्घटना घट चुकी थी। परिवार का ज्येष्ठ पुत्र जब माता-पिता के लाख सिर पटकने पर भी विवाह के लिए राज़ी नहीं हुआ तो हारकर बड़ी बहन ने छोटे भाई के लिए ही सुन्दर-सी बहू खोज दी। उसी के रिश्ते की ननद लगती थी।

विवाह को साल-भर भी नहीं हुआ था कि सुवीर को युद्ध में जाना पड़ा। कभी बाड़मेर, कभी जोधपुर, कभी कश्मीर। जहाँ-जहाँ पाकिस्तानी बम गिराते, वहीं जैसे जान-बूझकर ही उसे जाने का आदेश मिलता। फिर भी कोई उसका बाल बाँका नहीं कर सका। पर जैसे ही युद्धबन्दी की घोषणा हुई, किसी विश्वासघाती पाकिस्तानी की एक ही गोली ने उसे ठंडा कर दिया।

रेवतीशरण तिवारी तत्काल बहू को कलकत्ता ले आए। इतना बड़ा मकान था, और भी सब सुविधाएँ थीं—विधवा बहू उन्हीं के पास रहकर पढ़ेगी। फिर वे स्वयं बहू को कॉलेज में भर्ती करा आए। कॉलेज जाने लगी तो स्वयं सास ने ज़िद कर हाथ में सोने की चूड़ियाँ डाल दीं।

सीधी-सादी डरपोक सुन्दरी पहाड़ी बहू की झुकी गरदन, धीरे-धीरे सर्पगन्धा के फन-सी उठने लगी। अब वह कभी-कभी रोली की छोटी-सी बिन्दी भी धर लेती। गृह की बड़ी पुत्री जया मायके आई तो एक वर्ष की ताजी विधवा बहू का श्रृंगार देखकर चकित रह गई। हाथों में सोने की चूड़ियाँ, गले में चेन, आँख में धूप का चश्मा और बगल में दबी पुस्तकें!

जया बड़ी बुद्धिमती थी। माँ के भोले निरीह स्वभाव को वह जानती थी।

"अम्माँ," उसने माँ को एकान्त में खींचकर समझाया भी था, "तुम क्या एकदम ही सठिया गई हो? सुवीर की बहू को पढ़ा-लिखाकर उसके पैरों पर खड़ी करना चाहती हो, यह सब ठीक है, पर तुम तो उसे धकेलकर दौड़ना भी सिखा रही हो! कौन कहेगा, यह नाक सुड़कती चम्पा है? तुमने तो इसका हुलिया ही बदल दिया है!"

"तो क्या हो गया बेटी, सुवीर होता तो कितना पहनती-ओढ़ती! अभी उमर ही क्या है!"

"वह ठीक है अम्माँ, पर ऐसा भी क्या लाड़! परसों सिनेमा गई थी, आज फिर किसी सहेली के साथ चल दी।"

"क्या करूँ जया! घर में रहती है तो गुमसुम बैठी न जाने क्या-क्या सोच-सुमिरकर रोती रहती है, बच्ची तो है अभी।"

और फिर उसी बच्ची ने एक दिन सबके कान काट लिये।

सुवीर की मृत्यु के पश्चात् लाल बँगलिया में भजन-कीर्तन आए-दिन होता रहता। कभी नवद्वीप से कोई कीर्तन मंडली आ रही है, कभी विष्णुपुर से। रात-रात भी झाँझ-करताल और मृदंग की संगत के साथ कभी माँ के सुमधुर गाने गूँजते, कभी भजन-कीर्तन गाते-गाते स्वयं रेवतीशरण सुधबुध खो बैठते।

वर्षों से बंगाल में रहने से तिवारी परिवार के रहन-सहन, बोलचाल, यहाँ तक कि पहनावे में भी सुदीर्घ बंग-प्रवास की स्पष्ट छाप पड़ गई थी। स्वयं गृहस्वामिनी के व्यक्तित्व में कुमाऊँ एवं बंगाल की संस्कृति का अद्‌भुत सम्मिश्रण था। वह गले में पहाड़ी मंगलसूत्र पहनती, पर हाथ की चूड़ियों के बीच रहती शंख की चूड़ी और 'नोआ'। पैरों में बिछुए रहते पर माँग में रहती प्रगाढ़ सिन्दूर की रेखा। सीधे पल्ले की साड़ी के आँचल में झूलता बंगाल की गिन्नी का-सा चाबी का गुच्छा। हिन्दी बोलती तो लगता, कोई बंगाली महिला हिन्दी बोल रही है। पुत्र-पुत्रियों के काम भी ठेठ बंगाली थे, पर रूप-रंग था निरा पहाड़ी। दोनों पुत्रियाँ बंगाल में ही जन्मीं और वहीं की जलवायु में पलकर बड़ी हुई थीं। फिर भी उनका गौर-वर्ण, निर्दोष गठन देखकर दूर से कोई भी कह सकता था कि वे पहाड़ी हैं। छोटे पुत्र की आदमक़द तसवीर को देखकर कली मुग्ध हो गई थी। ऐसे जवान पुत्र की मृत्यु से बड़ा दुःख माँ-बाप के लिए और क्या हो सकता था? और फिर इसी युवा पुत्र की स्मृति में घर की बहू भी तो कालिख पोतकर चली गई थी।

रेवतीशरण तिवारी के यहाँ साधुओं का समागम कोई नवीन घटना नहीं थी। नित्य कोई-न-कोई बाबा आते रहते। उनके घनिष्ठ मित्र घोषाल बाबू ही पहले-पहल स्वामी विद्रुरानन्दजी को उनके यहाँ लाए थे। कद्‌दावर पठान-से थे स्वामी जी। गाल जैसे लाल सेब धरे हों! कन्धे तक झूलते घुँघराले केश और किसी नादान बालक की-सी दूधिया हँसी। तिवारी दम्पती उन्हें देखते ही उनके दासानुदास बन गए थे। सुरीले कंठ में गाए गए भजन दूर-दूर से लोगों को खींचने लगे। सन्ध्या

होते ही अगरु चन्दन के सुगन्धित धुएँ से आवेष्टित मृगचर्म पर बैठे स्वामी जी की भव्य मूर्ति जो देखता, उसी के चित्त का समस्त कलुष, संशय स्वयं धुल जाता। कोई कहता, सौ वर्ष के हैं; कोई कहता, परब्रह्म हैं भाई, उम्र का क्या ठिकाना! क्या पता, दो सौ वर्ष के हों!

एक दिन चम्पा की सास ने स्वामी जी के दोनों पाँव पकड़ लिये, ''महाराज, आप तो बद्रीनाथ जा रहे हैं। पता नहीं, कब लौटेंगे। जाने से पहले मेरी इस अभागिनी बहू को दीक्षामंत्र देना ही होगा।''

पता नहीं, कैसा दीक्षामंत्र दिया स्वामी जी ने। सुबह सास उठीं तो न बहू थी, न स्वामी। सारे कपड़े ढूँढ़े, पागलों की भाँति भागते वृद्ध दम्पती दक्षिणेश्वर गए। कभी स्वामी जी वहाँ भी चले जाते थे, क्या पता, बहू भी उनके साथ चली गई हो! वह पाखंडी उनकी सुन्दरी बहू को लेकर कहीं भाग भी सकता है, यह कल्पना भोले दम्पती के निष्कपट मस्तिष्क में नहीं आ सकती थी।

एक दिन बीता, रात भी बीत गई, तो दोनों अर्द्ध-विक्षिप्त-से हो गए। बड़ी लड़की को ट्रंक मिलाया, तीसरे दिन जमाता-पुत्री आए। दामाद पुलिस विभाग का वरिष्ठ कर्मचारी था।

''जया ने आपसे पहले ही कह दिया था अम्माँ, आपने बहू को बहुत छूट दे दी थी। चाहने पर मैं अभी लम्पट को पकड़कर आपके पैरों में डाल सकता हूँ, पर क्या अब आप उसे ग्रहण कर सकेंगी?''

दो-तीन दिन तक स्वामी जी के असंख्य दर्शनार्थी भक्त आ-आकर लौट गए।

स्वामी जी बद्रीनाथ चले गए।

और बहू?

वह मायके चली गई है, अब वहीं पढ़ेगी। कलकत्ता में उसका मन नहीं लगा।

इस प्रकार तिवारी परिवार का कलंक केवल परिवार के कुछ ही सदस्यों तक सीमित रहा।

''प्रवीर को लिखकर क्या होगा—आने पर स्वयं ही जान जाएगा,'' कहकर शान्त प्रकृति रेवतीशरण ने बड़ी पुत्री की लिखी लम्बी चिट्ठी फाड़ दी थी।

अम्माँ ने सुवीर का कमरा ही कली के लिए ख़ाली कर दिया था।

''यह कमरा सबसे हवादार है और एकदम कोने पर है। इसी से किसी के आने-जाने से भी तुम्हें कभी कोई असुविधा नहीं होगी। पर बेटी, कहीं तुम अकेली डरोगी तो नहीं?''

चिन्तित स्वर में पूछे गए अम्माँ के भोले प्रश्न ने कली को मन-ही-मन गुदगुदा दिया।

वह भला डरेगी!

"मैं और बाबूजी, दो कमरे छोड़ तीसरे कमरे में ही सोते हैं और महावीर रात-भर कसकर पहरा देता है। इस कमरे का द्वार एकदम सड़क के मुहाने खुलता है, तुम इसी से आ-जा सकती हो।"

कली खाना प्राय: बाहर ही खा लिया करती थी और जब घर पर रहती, अम्माँ उसे ज़बरदस्ती अपने साथ बिठाकर खिलातीं।

स्वदेश से इतनी दूर थीं, इसी से पहाड़ की चिड़ियाँ भी उन्हें प्यारी लगतीं। लाख बंगाली हो, कली का जन्म भी पहाड़ में हुआ था और वहीं रहकर बड़ी हुई थी। फिर बेचारी लड़की की न माँ थी, न बाप था। दोनों ही उसे बहुत छोटी छोड़कर दिवंगत हो चुके थे। किसी मौसी ने ही उसे पाला है, यही सब बातें बना-बनाकर कली ने भोली अम्माँ को ऐसा पटा लिया था कि वे उसे किराये की बात ही नहीं उठाने देती थीं।

आठ

जिस कमरे में कली रहती थी, उसकी काँच-लगी अलमारी में अभी भी सुवीर की शादी के बरतन सजे थे—वैसे ही साधारण पीतल, काँसे और मुरादाबादी कलई के थाली-परात, लोटे, पीकदान—जैसे हर मध्यवर्गीय पहाड़ी कन्या को दहेज़ में मिला करते हैं। एक कोने में एक जोड़ी पीले रंग में रँगी खड़ाऊँ रखी थीं, हल्दी से रँगे पीले पटले पर बने दो लाल रंग के बेडौल तोते लाल चोंचों से नींबू लटकाए ज़रा भी धुँधले नहीं पड़े थे।

जिस नक़्क़ाशीदार आईना-लगे पलंग पर कली सोती थी, वह भी सुवीर की शादी का पलंग था। उस जहाज़-से पलंग पर कली की-सी बीस कलियाँ एक साथ लोट-पोट सकती थीं। धीरे-धीरे कली ने कमरे की कायापलट कर दी। दहेज़ के बरतनवाली अलमारी को उसने आकर्षक लेंस के परदे से ढक दिया। एक कोने में उसने बक्से-सूटकेस को ही ढाँप-ढूँपकर, छोटा-सा दीवान भी बना लिया था। सूने कमरे की बदली सज्जा को देखकर अम्माँ प्रसन्न हो गई थीं। वैसे दीवान पर टँगे दो मनहूस चित्रों को हटाकर वह कमरे को कुछ अंश में और भी सँवार सकती थी, पर वह मन-ही-मन समझती थी—मृत युवा पुत्र के कमरे में लगे उस चित्र को कली की आँखें बचाकर अम्माँ नित्य ममता से निहार जातीं। उतनी बड़ी कोठी में कम-से-कम बारह कमरे थे, फिर भी अम्माँ ने उसे उस कमरे में क्यों रखा होगा? शायद कमरे की रिक्तता से स्वयं मुक्ति पाना चाहती होंगी!

उठते-बैठते, सोते-जागते, पतली मूँछों के बीच अपने बंकिम स्मित के प्रेत-से निर्जीव चित्र कली को बुरी तरह सहमा देता। कभी-कभी तो वह मेज़पोश उठाकर उसे ढाँप देती।

दीवार पर दूसरी ओर पूरे परिवार का एक ग्रुप चित्र लगा था, जिसके सदस्यों के आधे अंग दीमक चौखट के भीतर पहुँचकर चाट चुके थे। चित्र शायद पचीस-तीस वर्ष पूर्व का था। पीले रंग के चित्र पर चारों ओर रंगीन बेलबूटे बने थे। गृहस्वामी उस युग की साहबी वेशभूषा में तनकर बैठे थे। पारसी ढंग से, खूब-लम्बा आँचल लटकाए, घुटनों पर दोनों हाथ बिछाए अम्माँ मुसकरा रही थीं। आस-पास घुटनों तक की स्कर्ट और बीच में जापानी गुड़िया-सी दोनों पुत्रियाँ और सेलर सूट में जुड़वाँ-से लगते दोनों भाई एक-दूसरे का हाथ पकड़े सहमे-से खड़े थे। दोनों चित्रों को हटा देने पर कमरा निश्चय ही बहुत-कुछ उजला बन सकता था, पर कली ने जान-बूझकर ही दोनों को वहीं रहने दिया था। एक तो वह घर पर रहती ही बहुत कम थी। इधर कई विदेशी अतिथियों को लेकर उसे लम्बे दौरे पर जाना पड़ा था। आगरा, दिल्ली, नागार्जुन, भाखड़ा आदि घुमा-फिराकर पूरे महीने-भर बाद लौटी थी।

आते ही उसने देखा, गोल कमरे के द्वार पर आकर्षक परदे झूल रहे हैं। न जाने कहाँ से क़तार-की-क़तार गमलों की आकर बिछी है। एक दस-बारह वर्ष की गोल-गोल-सी गोरी लड़की, लोहे के फाटक में दोनों पैर रखकर, झूला झूल रही थी। कली की गाड़ी देखते ही कूदकर भीतर भाग गई।

ऑफ़िस की लम्बी गाड़ी कली का सूटकेस उतारकर चली गई।

उसकी अनुपस्थिति में शायद अम्माँ की बड़ी पुत्री का परिवार आ गया होगा। साल में एक बार जाड़ों की छुट्टियों में अम्माँ की दोनों पुत्रियाँ पहाड़ से आती थीं। झूला झूलनेवाली लड़की शायद अम्माँ को कली के आने की सूचना दे आई थी। कली ने पहले सोचा, स्वयं ही जाकर अपने आने की सूचना अम्माँ को दे आए। उसे अभी फिर दोपहर की गाड़ी से लखनऊ जाना था। चिकन की साड़ियों की किसी नुमाइश में मॉडल बनने के अनुबन्ध पर उसने तब बिना सोचे-समझे ही दस्तख़त कर दिये थे। तब क्या पता था कि इस एक महीने के भीतर उसकी हड्डी-हड्डी दुखने लगेगी!

"अरे, तू आ गई! एक तार ही कर देती तो महावीर स्टेशन चला जाता, गाड़ी तो गैरेज में ही दिन-रात पड़ी रहती है," कहते हुए अम्माँ आकर मोढ़े पर बैठ गईं।

"नहीं अम्माँ, ऑफ़िस की स्टाफ़ कार आ गई थी। मुझे अभी फिर तीन दिन के लिए बाहर जाना है।" एक महीने निरन्तर घूमने-फिरने से कली का मुँह उतर गया था।

"हद है यह नौकरी," अम्माँ असन्तुष्ट स्वर में कहने लगीं। "यह भी क्या कि लड़की को घुमा-फिराकर मार ही डालो! जया-माया दोनों आ गई हैं। माया तो आज अपनी सहेली से मिलने चली गई, तू नहा-धोकर आ, तुझे सबसे मिला दूँ।"

पुत्रियों के परिवार के आ जाने से अम्माँ के चेहरे पर जैसे नई रौनक आ गई थी।

कली ने नहा-धोकर आईना देखा और स्वयं अपना चेहरा उसकी आँखों से अनजान बना टकरा उठा। क्या गत बन गई थी चेहरे की—सूजी-सूजी आँखों के नीचे झाईं, रूखे बाल!

शरीर पर सचमुच ही वह घोर अन्याय कर रही थी। रात-दिन का घूमना, उस पर बदपरहेज़ी!

ऐसे वह भला अम्माँ की पुत्रियों से मिल सकती थी! कई रात्रियों का समवेत जागरण पूरे चेहरे पर उभर आया था। वह पहले खूब देर तक पूरे वेग से नल खोलकर उसके नीचे बैठी रही। बिजली से बाल सुखाकर कलिंग पिन खोली और गुच्छे-के-गुच्छे मुलायम मुड़े-तुड़े बाल कन्धे पर बिखर गए। टेढ़ी माँग निकलने पर उसका चेहरा और बचकाना बन जाता था। फिर उसने अपनी सबसे सोबर साड़ी निकाली। आन्ध्र खद्दर की ऑफ-व्हाइट वही साड़ी जिसे पहन उसने मद्रास हैंडलूम एम्पोरियम में देश-विदेश से एकत्रित हुई पचीस मॉडलों की सलोनी सूरत पर झाड़ू फेरकर रख दिया था। एक ओर लाल ज़री की कन्नी, दूसरी ओर काले मिट्टी पाड़ में, ज़री की चमकती विद्युत् वह्नि, जो किसी बिजली की ही भाँति गिरनेवाले को विस्फोट से पहले ही भस्मीभूत कर देती थी। कानों में वह केवल हीरे के दमकते कर्णफूल ही पहनती थी। इन्हीं कर्णफूलों की स्वामिनी बनने के लिए उसे जान हथेली पर रख, चलती ट्रेन से कूदना पड़ा था।

कैसा दुस्साहसी कलेजा था तब!

और अब?

एक लम्बे अरसे तक वह धधकती भट्ठी में हाथ डालकर खेलती रही थी, पर अब एक सामान्य-सी चिनगारी उसे भयभीत कर देती थी। चिड़िया का कलेजा बन गया था उसका। कभी-कभी अचानक वह नींद में ही ज़ोर से चीखकर काँपने लगती। लगता, कोई छाती पर चढ़ उसका गला घोंट रहा है। अपने कंठ से निकली, गोंगों करती अस्वाभाविक डरावनी आवाज़ से वह स्वयं ही जग खिसियाकर उठ बैठती। पसीना-पसीना बनी, वह फिर बड़ी देर तक सो ही नहीं पाती।

अपनी कम्पनी के डॉक्टर गुप्ता के पास वह गई, तो उन्होंने हँसकर कहा था, 'नर्वस, मिस मजूमदार, नर्वस! शादी कर लो, बस, फिर कोई छाती पर चढ़कर गला नहीं घोटेगा।'

हाथ की नन्ही घड़ी को सहलाकर कली ने कलाई पर बाँध लिया। चारों ओर हीरों की वर्तुलाकार पंक्ति में घिरी घड़ी के भीतर टेढ़े-मेढ़े रोमन अक्षर चींटियों-से चमक रहे थे। यह घड़ी लौरीन आंटी की भेंट थी। एक बार एक साथ तीन सौ घड़ियाँ स्मगल करने का कठिन भार लौरीन ने कली को सौंपा था और वही भार सफलतापूर्वक

वहन करने के पुरस्कार-स्वरूप उसे यह अनूठी घड़ी प्राप्त हुई थी। गोदी में था भाड़े का एक गोल-मटोल शिशु और उसी शिशु के नैपकिन में रुई के भीतर ठुँसी थीं विदेशी घड़ियाँ। ऐसा ट्रेंड शिशु कली ने अपने जीवन में पहली बार देखा था। बम्बई से कलकत्ता तक की यात्रा, और मजाल जो पट्ठा एक बार भी रो दे!

देखने में ऐसा गुलगुथना, जैसे मोम का डला हो! उसी डिब्बे में लड़कियों की एक हॉकी टीम बम्बई से कलकत्ता जा रही थी। लम्बे-लम्बे मर्दाने चेहरेवाली सब लड़कियाँ वैसी ही रूखी-सूखी, जैसी प्रायः हॉकी खेलनेवाली लड़कियाँ हुआ करती हैं। उन अश्वमुखियों का दल अपने कोच और मोटी मैनेजर सहित कली की गोद के शिशु के पीछे जैसे दीवाना हो गया था।

"यह आपका बच्चा है? सच, कौन विश्वास करेगा!" उनके लम्बे कोच ने कहा था।

"क्यों?" कली ने सहमकर पूछा था। कहीं सी.आई.डी. ने तो नहीं सूँघ लिया?

"नहीं जी, माफ़ कीजिएगा, आप तो खुद ही बच्चा लगती हैं," और अपनी बत्तीसी दिखाकर वह ही-ही कर हँसने लगा था।

टीम की हर लड़की ने उसे बारी-बारी से गोदी में ले लिया। हॉकी स्टिक-सी ही बन गई कड़ी ठूँठ-सी बाँहों में उछाला, गुदगुदाया, चूमा-चाटा, पर एक सौ बीस विदेशी घड़ियों का लँगोट बाँधे वह नन्हा पहलवान, कैलेंडर के बच्चेवाली हँसी से सबका मन मोहता रहा। लौरीन आंटी का यही अन्तिम काम किया था कली ने। उसी रात को आंटी ने उसकी कलाई चूमकर उसे घड़ी पहना दी थी।

"सोने में मढ़कर रखने लायक हैं ये दक्ष कलाइयाँ, और यह चेहरा! यही तुम्हारा सबसे बड़ा अस्त्र है कली!"

"क्यों आंटी?" अनजान बनकर कली ने पूछा था।

"क्यों? इसलिए मेरी बच्ची, कि किसी का खून भी कर दोगी, तब भी अदालत तुम्हें छोड़ देगी—ऐसा निर्दोष चेहरा, ऐसी निष्पाप आँखें और देसी उस्तरे की धार-सी तेज अँगुलियाँ।"

कली ने गर्व से दर्पण को चुनौती दी। हाथ में बटुआ और कन्धे पर एअर बैग लेकर वह अम्माँ के परिवार से मिलने चल दी।

"लो, आ गई कली! अभी-अभी तेरी ही बातें कर रही थी। बड़ी लम्बी उमर है तेरी। ये हैं मेरे बड़े दामाद दामोदर और ये छोटे हैं नवीन। यह जया है, माया तो पता नहीं कब लौटेगी!"

बड़ी नम्रता से झुककर कली ने भरतनाट्यम् की नर्तकी की-सी मुद्रा में नमस्कार किया और अम्माँ के पास कुर्सी खींचकर बैठ गई।

"मैं अभी-अभी इनसे कह रही थी कि इन तीन महीनों में कली मुश्किल से डेढ़ महीना मेरे पास रही होगी। फिर भी मुझे ऐसा लगता है, जैसे बरसों से मेरे साथ रही हो!" अम्माँ पान का बीड़ा मुँह में गुलगुलाती बड़े अपनत्व से कली की पीठ थपथपाती कहने लगीं, "और इस भगोड़ी का यह हाल है कि जब देखो तब हवाई बैग कन्धे पर लटकाए चिरैया-सी उड़ने को तैयार! लगता है, आज फिर उड़ने जा रही हो, क्यों बेटी?"

"नहीं अम्माँ," कली हँसी। अपनी एक ही हँसी के घातक प्रहार से उसने अम्माँ के दोनों ठसकेदार दामादों को ढेर कर दिया है, यह समझने में उसे देर न लगी।

उसने आश्वस्त होकर अब अपना दूसरा प्राणघातक अस्त्र छोड़ा। विलम्बित स्मित के दर्पण में वह जान-बूझकर दोनों आकर्षक गालों के गढ़ों की चमक से दोनों पुरुषों की आँखों को चौंधियाने लगी।

"इस बार उड़ नहीं रही हूँ अम्माँ, ट्रेन से ही जाना है।"

"कब लौटेगी?"

"पता नहीं अम्माँ! मेरी इस बेतुकी नौकरी में तो हमेशा जाना अपने पैरों का होता है और लौटना पराये पैरों का!"

अम्माँ के बड़े दामाद दामोदर प्रसाद कली को आँखों-ही-आँखों में पिए जा रहे हैं, यह शायद उनकी तुनकमिज़ाज पत्नी ने देख लिया था।

"क्यों जी, आज नहाना-धोना नहीं है क्या? अम्माँ भला कब तक तुम्हारा खाना लिये बैठी रहेंगी?"

जया का रूखा कंठ-स्वर सुनते ही कली ने पल-भर में भाँप लिया कि उसकी अनुपस्थिति में मातृगृह में अचानक टपक पड़ी सुन्दरी कली को देखकर वह निश्चय ही प्रसन्न नहीं हुई है।

"अभी तो दस ही बजे हैं दीदी," छोटे दामाद ने हमजुल्फ की पैरवी की, "ससुराल आए हैं हम लोग, यहाँ ऐश-आराम नहीं करेंगे तब भला कहाँ करेंगे?" फिर वह कली की ओर देखकर हँसने लगा।

उसके परिहास से चिड़चिड़ी जया और भी सुलग उठी।

"जी हाँ, माया नहीं है न, इसी से चहक रहे हैं। वह होती है तो बोल नहीं फूटता इनका!"

दामोदर प्रसाद की क्षुधातुर दृष्टि अब तक कली का अर्धांग लील चुकी थी। अब वह बड़े मनोयोग से उस मन्दोदरी की क्षीण कटि को अपनी आँखों के इंचीटेप से नाप रहा था। पर वह क्या पहला ही पुरुष था जिसकी आँखें कली की इस सुडौल कटि पर नग-सी जड़ गई थीं?

'लगता है, हमारी विदेशी उक्ति तुम्हारी ही इस मुट्ठी-भर की कमर के लिए लिखी गई है मिस मजूमदार,' फ्रेंच परफ़्यूम की बोतल को गाल से सटाकर वह

विज्ञापन बनी चित्र खिंचवा रही थी कि विदेशी फ़ोटोग्राफ़र उसके कानों के पास आकर फुसफुसा गया था, 'जानती हैं, कौन-सी विदेशी उक्ति—यू शुड आलवेज़ होल्ड ए बॉटेल बाई नेक एंड ए वूमेन बाई हर वेस्ट?'

आज दामोदर प्रसाद को उसी उक्ति की मूक पुनरावृत्ति करते देख कली मन-ही-मन हँसने लगी। एक टीनएजर पुत्री का पिता है यह व्यक्ति, कौन कहेगा?

और जो हो, अम्माँ ने दामाद ख़ूब कस-कसकर छाँटे थे। रंग साफ़ न होने पर भी दामोदर प्रसाद के शरीर और चेहरे की बनावट में कुछ राजपूती झलक थी। पर गम्भीर चेहरे से मिलान करने पर चंचल दृष्टि एकदम ही अनमेल लगती थी। लगता था, स्वभाव से यह व्यक्ति ऐसा नहीं था, जैसा वह बनने की चेष्टा करता रहता था। एक अनुसन्धानी दृष्टि का फ़ोकस ही उस कच्चे धागे से बँधे मुखौटे को बड़ी सुगमता से उतार सकता था। बड़े यत्न और नियमित अभ्यास से ओढ़ी-पहनी गई गम्भीरता, सामान्य-सी ही उत्तेजना से प्लास्टिक के फिसलते आवरण-सी ही फिसल जाती, कली को देखकर वह स्वयं ही मुखौटा उतारकर उसे घूरे जा रहा था। एक तो अरसे से उसकी नियुक्ति सभ्यता से पिछड़े एकदम जंगली इलाक़ों में होती चली आई थी। उत्तराखंड के सीमावर्ती इलाक़े में मोटी नाक और चुँधियाती आँखोंवाली भोटिया स्त्रियों को देखते-देखते उसकी आँखें दुखने लगी थीं। वह एक ही साल वहाँ रहकर बुरी तरह उकताने लगा था। इसी से कलकत्ता आने पर उसे यामिनी राय की चित्रांकित आँखोंवाली साँवली-सलोनी सामान्य-से चेहरे की बंगाली लड़कियाँ अप्सरा-सी लगतीं। उस पर कली क्या साधारण सौन्दर्य की श्रेणी में आती थी?

अम्माँ का छोटा दामाद नवीन भी दो पुत्रों का पिता था, फिर भी चाहने पर अभी भी सेहरा बाँधकर दूल्हा बन सकता था। उसका चेहरा लाखों की भीड़ में देखकर भी कली पहचान लेती कि वह नैनीताल या अल्मोड़ा का है। एकदम साफ़ चिट्टा रंग...लड़कियों की-सी बड़ी रसीली गहरी लिपस्टिक लगाई हो मानो!

"ए अम्माँ, इस तुम्हारे कलकत्ता में साले मच्छर बहुत हैं, सारी रात सो नहीं पाया," उसने पहली बार मुँह खोला और अपनी गोरी-गोरी बाँह खुजलाने लगा।

"पता नहीं, तुम्हें कैसे मच्छर लगते हैं नवीन," जया चिढ़े स्वर में कहने लगी, "हम भी तुम्हारे ही बगल के कमरे में हैं, कहीं भी एक मच्छर ढूँढ़े से नहीं मिलता।"

उसके स्वर को सुनकर कली को लगा कि वह आज शायद उसी की उपस्थिति से चिढ़कर हवा से लड़ने को तैयार है।

कली ने पहली बार उसे ठीक से देखा। रंग उज्ज्वल होने पर भी आवश्यकता से अधिक लम्बी नाक ने पूरे चेहरे की रंगत बिगाड़ दी थी। ग़ौर से देखने पर गले में सामान्य रूप से उभरा वह गलग्रह भी स्पष्ट दीखने लगता, जिसे जया ने मंगल-सूत्र की तिहरी लड़ से छिपाने का प्रयत्न किया था। फिर भी कली ने तीखी दृष्टि उस पर गड़ाकर रख दी।

“अरे,” वह अनजान-सी बनकर कहने लगी, “यह गले में क्या हो गया है? क्या किसी ज़हरीले कीड़े ने काट दिया है?”

अब तक गर्व से तनी बैठी जया प्रश्न के साथ ही छुई-मुई बन सकुचा गई। कुछ उत्तर न देकर उसने सकुचाकर गरदन झुका ली।

अम्माँ ने अस्वाभाविक चुप्पी भंग की, “न जाने कहाँ से यह गलग्रह इस साल इसके पीछे लग गया है! असल में जहाँ दामोदर की नौकरी है, वहाँ के पानी में, सुना है, आयोडीन की भारी कमी है। इसी का इलाज कराने तो यहाँ आई है!”

“ओह!” कली के स्वर में बनावटी सहानुभूति की खनक जया से छिपी नहीं रही। यहाँ यह अकड़ू छोकरी नहीं आई होती, तो क्या उसके गलग्रह का बुलेटिन अम्माँ जिस-किसी को देती फिरतीं?

“मैं चलूँ अम्माँ,” हँसती हुई कली उठी तो गृह के दोनों दामादों की मुग्ध दो जोड़ी आँखें उसकी मुट्ठी में बन्द थीं।

“लगता है, मुझे लेने दफ़्तर की स्टाफ़ कार भी आ गई है।”

गाड़ी का शब्द निकट आता, गृह की बरसाती में पहुँचकर थमक गया।

कली उठकर बाहर आई तो दफ़्तर की गाड़ी कहीं नहीं थी। लगता था, पड़ोस के जस्टिस मुकर्जी की कार का ही शब्द था। प्रायः ही ऐसा होता कि वह उसी गाड़ी के धोखे में तैयार होकर बाहर निकल आती। लगता, उन्हीं की बरसाती में कार रुकी है।

‘क्यों न पिछवाड़े के मार्ग से घूमकर, बँगले की गैलरी में दीवार से कान सटा थोड़ी देर अम्माँ की गलग्रहधारिणी दम्भी पुत्री और ठसकेदार जामाताद्वय पर उसकी उपस्थिति से हुई प्रतिक्रिया का आनन्द लिया जाए?’ वह मन-ही-मन अपनी योजना पर प्रसन्न हो उठी। ऐसा हो ही नहीं सकता कि वहाँ उसके विवादास्पद व्यक्तित्व को लेकर गरमागरम बहस न चल रही हो। निश्चय ही अकड़ू पुत्री अम्माँ को कृष्णकली को गृह में शरण देने के लिए कोस रही होगी।

वैसे भी कली को बचपन से ही दीवार से कान सटा, गोपनीय बातें सुनकर रस लेने की बुरी आदत पड़ गई थी। एक प्रकार से वाणी सेन ही उसकी इस कुटेव के लिए उत्तरदायी थी।

‘ज़रा कान लगाकर सुनना तो कालोचाँद, तेरी हरामख़ोर आया किस मूँडी-कटे से बातें कर रही है,’ उसने कली के नन्हे कानों को बचपन से ही दक्ष बना दिया था।

स्कूल जाने पर वह नन्स की डॉरमेटरी की दीवारों से सटकर लुकछिप उनकी बातें सुनती रहती—कौन मदर उसके लिए कैसा विष-वमन कर रही है, किस लड़की को आज स्कूल के कठोर नियम भंग करने की सज़ा मिलनेवाली है—सब कुछ उसे पहले ही पता हो जाता।

हाथ का बैग लिये कली पर्शियन बिल्ली के-से मखमली क़दम रखती कॉरीडोर में छिपकर खड़ी हो गई। उसी से लगी अम्माँ के कमरे की दीवार भेद कर जया का उच्च उत्तेजित स्वर कली के कान के पूरे परदे फाड़ने लगा :

''तुम भी अम्माँ, निरी मिट्टी का लोंदा ही रह गईं,'' वह कह रही थी। ''पहले उस खबीस चोट्टे स्वामी को कहीं से पकड़ लाई, जब तुम्हारी बहू को लेकर भाग गया तब तुम्हें कहीं होश आया। अब न जाने कहाँ से इस छोकरी को पकड़ लाई हो! किराया-विराया भी देती है, या फिर मुफ़्त का ही सदाव्रत खोल बैठी हो?''

अम्माँ ने धीमे स्वर में क्या कहा, कली सुन न पाई।

''हूँ! मैं तो पहले ही समझ गई थी कि ऐसी चालाक लड़की क्या ख़ाक किराया देगी! पर अम्माँ, तुम्हें क्या हो गया है? सच, ऐसी सुन्दर कुँआरी लड़की को तुमने तीन ही दिन की जान-पहचान में न्योतकर घर में बसा लिया। क्या बाबूजी से पूछ लिया था?''

अम्माँ का स्वर अब झुँझला उठा, ''जया, वह बेचारी लड़की यहाँ रहती ही कितने दिन है! खाना बाहर खाती है, और अक्सर दौरे पर। आज लखनऊ तो कल दिल्ली-बम्बई। मुझे तरस आ गया, एक तो पहाड़ी-सी ही।''

''अच्छा, अम्माँ, मजूमदार भला पहाड़ी कब से होने लगे?'' जया की हँसी ने शायद छोटे दामाद को उकसा दिया।

''ठीक कह रही हैं अम्माँ, चेहरा सेंट-परसेंट पहाड़ी लगता है। है न दामोदर दा?''

''अरे, ऐसी मीठी पहाड़ी बोलती है नवीन,'' अम्माँ छोटे दामाद की शह पाकर बड़े उत्साह से कहने लगीं, ''कह रही थी, उनके पड़ोस में कोई जोशी की तीन लड़कियाँ थीं, उन्हीं से सीखी। अब हम-तुम पहाड़ियों से तो वह बंगाली ही भली। हमें तो पहाड़ी एकदम ही नहीं आती। बेला सेन को तो तुम जानती ही हो जया, अपने सगे भाई को भी पेइंग गेस्ट बनाकर रखती थी। वह भला कली को छोड़ती? एक छोटे-से कमरे के एक सौ बीस दे रही थी, उस पर दिन-रात की तिक-तिक। इसने तो मुझे कुछ भी नहीं बतलाया, वह तो उसी की महरी उन दिनों हमारे भी बरतन मलती थी, उसी ने कहा, तो मैं ही इसे ज़बरदस्ती यहाँ ले आई। और फिर बेटी, तुम और माया अभी चार दिन रहकर ससुराल चली जाओगी, कली यहाँ रहेगी, तो मेरा भी घड़ी-दो घड़ी जी बहल जाया करेगा। अभी पिछले महीने मुझे और तेरे बाबूजी को एक साथ ऐसा फ्लू हो गया था कि पलंग पर बेहोश पड़े रहे। यही परायी लड़की दुर्दिन में अपनी हो गई। ऐसी सेवा की इसने बेटा दामोदर कि क्या अपनी सगी लड़की करती!''

''हाँ, हाँ, तुम्हारी सगी लड़कियाँ जैसे कुछ काम ही नहीं करतीं!'' जया माँ को शायद चिढ़ाने पर तुली थी।

''बस करो यार,'' दामोदर की भारी आवाज़ ने झुँझलाकर जया को डपट दिया, ''अम्माँ का घर है, जिसे चाहे रखें, तुम्हारा यहाँ अब क्या हक़ है?''

"हाँ, जी, हाँ," जया तुनककर बोली, "कैसे हक़ नहीं है, सुनूँ भला? नये क़ानूनों ने हिन्दू-घर की पुत्री को भी पितृगृह में समान अधिकार दिये हैं, फिर देख लेना, बड़े दा काबुल से आते ही इसे लाठी लेकर खदेड़ आएँगे।"

कली चुपचाप बाहर निकल आई।

स्पष्ट था कि अब घर में उसका निर्वाह नहीं हो सकेगा। वाई.डब्ल्यू.सी.ए. की वार्डन, लिंडा एंडरसन को वह रैमनी से जानती थी। अपने उसी रैमनी स्कूल के परिचय-सूत्र को पकड़ वह उससे पहले भी दो-तीन बार मिल आई थी। वहाँ एक कमरा मिलने में उसे परिश्रम नहीं करना पड़ेगा, यह वह जानती थी। पर चतुर लिंडा शायद मिशनरियों की मुँहलगी एजेंट भी थी। जब भी कली उससे मिलने जाती, वह अपना कौशल से तैयार किया मुट्ठी-भर चुग्गा बिखेर देती।

जया की कटूक्ति सुन, वह सीधी लिंडा के पास चली गई।

"बहुत पहले तुमसे मैंने एक कमरे के लिए कहा था लिंडा, क्या अब भी मुझे वह कमरा दे सकोगी?" कुछ खिसियाकर ही कली ने पूछा। पहली बार बड़ी उदारता से दिये गए कमरे को स्वयं ही ठुकरा दिया था।

"दे क्यों नहीं सकती डार्लिंग," उसने हँसकर कहा, "पर मेरी बात पर विचार क्यों नहीं करती? क्रिश्चियन बन जाओ और एक साथ तुम्हें कई सुविधाएँ उपलब्ध हो जाएँगी। हर साल हमारा मिशन कई प्रतिभाशाली छात्राओं को 'इंटरनेशनल लिविंग स्कीम' में बाहर भेजता है। तुममें जन्मजात प्रतिभा है, चाहो तो फ्रांस के अच्छे-फैशन स्कूल में शिक्षा पा सकती हो। रहना, खाना-पीना सब किसी विदेशी परिवार के साथ और भाग्य अच्छा रहा तो 'यू कैन आलवेज़ हुक समवन'।"

ठीक ही कह रही थी लिंडा। न उसे पिता का पता था, न माँ के कुल-गोत्र का। क्या कोई भी निष्ठावान् हिन्दू-परिवार उसे कभी घर की बहू बनाने को तैयार होगा?

माता-पिता दोनों कुष्ठ रोगी, पली चकले में और वेश्या का स्तनपान किया। वाह, क्या बढ़िया 'क्रिडेंशियल्स' थे! कली को भी कभी-कभी हँसी आती और कभी चित्त में उमड़ते तीव्र विद्रोह की तरंगें उसे उद्वेलित कर देतीं। जिस परिवार में तीन ही महीने रहकर वह अपने को बहुत अंशों में उसकी मर्यादा के अनुकूल बना चुकी थी, उसी का ज्येष्ठ पुत्र अब उसे लाठी लेकर खदेड़ने चला आ रहा था! वह गृह क्या अब उसके लिए निरापद स्थान रह गया था?

संसार का कोई भी पुरुष उसे लाठी लेकर नहीं खदेड़ सकता, इतना वह जानती थी। अम्माँ के दोनों दामादों को जब उसने अपनी सामान्य-सी सज्जा से ही चारों खाने चित कर दिया तो वह काबुलीवाला आख़िर किस खेत की मूली था? वह वैसे अम्माँ से उनके पुत्र के विषय में बहुत कुछ सुन चुकी थी। वही पुत्र अब अम्माँ का दुखता घाव था। रूप में और स्वभाव में, दोनों में अपने अन्य भाई-बहनों से भिन्न।

'खाटो बाँगाली छेले जन्मे छे तोमार माँ,' उसके पृथ्वी पर आते ही बंगाली दाई ने कहा था। सचमुच ही निखालिस बंगाली लड़का ही जन्मा था और वैसा ही चपटा सिर, घने काले बाल और ऐसा साँवला रंग कि 'बचपन में तो एकदम कहार लगै था लल्ला,' अम्माँ कहतीं।

नौ

अम्माँ का वह ज्येष्ठ पुत्र महाक्रोधी और ज़िद्दी स्वभाव का होगा, यह कली उनकी बातों से ही समझ गई थी। बहनों से प्राय: ही इस भाई की भिड़ंत होती रहती। छोटी माया किसी नाट्य संघ की सदस्या थी। भाई को यह सब एकदम नापसन्द था। उसने बहन का वहाँ जाना एक ही धमकी में बन्द कर दिया। बस, फिर भाई-बहन में तीन साल तक बोलचाल बन्द रही। पढ़ने में तेज तो बचपन ही से था, एकदम ऊँची नौकरी की परीक्षा पास कर ली। एक-से-एक अच्छे समृद्ध परिवारों से रिश्ते भी आने लगे, पर उसकी ऊँची पसन्द के चौखट में किसी विवाहाकांक्षिणी सुन्दरी कन्या का चित्र ठीक नहीं बैठता था। अम्माँ और बहनें बहुत पीछे पड़तीं, तो हँसकर बस यही कह देता, 'अम्माँ, हमारे लायक लड़की अभी भगवान सिरज नहीं पाए।' हारकर अम्माँ चुप रह जातीं।

एक बार जया ने ही कहा, "क्या पता अम्माँ, कोई अपनी ही नौकरी की लड़की पसन्द कर ली हो। हमारे अल्मोड़ा के दक्षिणी कलक्टर हैं, उनकी भी बीवी उन्हीं के साथ की पढ़ी आई.ए.एस. है। नैनीतालवाले की भी पत्नी उन्हीं के साथ की पढ़ी कोई लड़की है। पूछती क्यों नहीं, शायद बड़े दद्दा ने भी कोई छाँट-छूटकर धर ली हो!"

जब चार-पाँच साल प्रवीर को मना-मनाकर अम्माँ हार गईं तब उन्होंने एक दिन हथियार डाल दिये। "प्रवीर बेटा, अपने समाज की न सही, क्या किसी और समाज की लड़की तुझे पसन्द है? अगर ऐसा है, तब भी हमें अब कोई आपत्ति नहीं है। तेरे मामू का लड़का भी तो पिछले साल मेम लाया है। चल, वंश तो चलेगा।" पर प्रवीर ने अम्माँ के इस उदार प्रस्ताव के उत्तर में भी केवल हँस-भर दिया था।

"कहा था न मैंने," अम्माँ ने बड़े गर्व से जया से कहा था, "मेरा लल्ला, मेरा संस्कारी बेटा है। जब देश-विदेश घूमकर भी उसका जनेऊ उसके साथ रहा, तो क्या वह अपनी देहरी में लौटकर उसे तोड़ देगा?"

दोनों पुत्रों का यज्ञोपवीत संस्कार एक साथ हुआ था, पर जहाँ छोटे पुत्र ने तीसरे ही दिन जनेऊ उतारकर खूँटी पर टाँग दिया था, वहाँ बड़े पुत्र का नियमित सन्ध्या-

पूजन एक दिन को भी नहीं छूटा था। अंग्रेज़ी साहित्य में एम.ए. करने पर भी वह संस्कृत का प्रकांड विद्वान था। प्रपितामह की बृहत् संस्कृत की लाइब्रेरी को कुछ दीमकों ने चाट लिया था। जो कुछ भी बचा था, उसे वह चाट गया था। जब वर्षों तक भी विनती-चिरौरी करने पर वह विवाह के लिए राज़ी नहीं हुआ, तो हारकर उसके छोटे भाई का विवाह उसी रूपवती कन्या से कर दिया गया, जिसका रिश्ता कभी गृह के ज्येष्ठ पुत्र के लिए आया था।

"जिन-जिन लड़कियों की कभी इस निगोड़े से बात चली थी, सबके बच्चे होकर स्कूलों में पढ़ने लगे, और यह अभी भी लँडूरा ही बना फिर रहा है। पैंतीस बरस का हो जाएगा, अब क्या आशा करूँ इसकी?" एक लम्बी साँस खींचकर अम्माँ आँसू पोंछ लेतीं।

छोटी बहू भी चली गई थी। उस पर विपत्ति भी तो कनखजूरे की भाँति सैकड़ों पैरों से चलकर आती है। सुवीर की मृत्यु के आघात को अभी वृद्ध दम्पती भूले भी नहीं थे कि घर की बहू भाग गई। लाख छिपाने पर भी उसकी कलंक-कथा क्या छिप सकती थी? लोग इधर खोद-खोदकर भगोड़ी बहू की ही कुशल पूछने लगे थे। पढ़ाई छोड़-छाड़कर एकदम मायके क्यों चली गई? स्वामी जी कब लौट रहे हैं? आजकल तो बद्रीनाथ के पट बन्द रहते हैं, कैसी यात्रा पर गए हैं, आदि-आदि। रेवतीशरण तिवारी अत्यन्त सरल स्वभाव के थे। कब उनके मुँह से कटु सत्य निकल पड़े, इसी भय से प्रवीर की माँ उनके साथ छाया-सी लगी रहतीं।

इधर बड़ी पुत्री जया के गलग्रह के साथ-साथ उस पर भी विपत्ति का पहाड़ टूट पड़ा था। एक तो गले पर उपजा गलग्रह पल-पल, गैस के ग़ुब्बारे-सा बढ़ता जा रहा था, उस पर लज्जा, क्षोभ एवं चिन्ता ने उसे घुलाकर रख दिया था। गलग्रह के साथ-साथ वह अपने दूसरे गलग्रह को लेकर एक अनिश्चित काल के लिए मायके में रहने को आ गई है, यह उसकी छोटी बहन माया को छोड़ और किसी को पता नहीं था। दामोदर प्रसाद भी किसी अंश में उसके गलग्रह से कुछ कम नहीं था। माता-पिता ने कुछ स्नेही आत्मीय स्वजनों के कहने पर ही दुलारी बड़ी पुत्री को इतनी दूर, एक ऐसे अनजान व्यक्ति की चादर से बाँधकर भेज दिया था। तब क्या जानते थे कि लम्बे-चौड़े डीलडौल और आकर्षक चेहरे के स्वामी इस युवक की कलई उतर जाने पर वह मुरादाबादी लोटा-सा ही श्रीहीन लगने लगेगा!

दामोदर प्रसाद के पिता दारोगा थे और मामा कोतवाल। माता और पिता के वंश ने पुलिस विभाग की कुटिलता का पाठ बड़े यत्न से पढ़ा था। पिता और मामा के ओहदे से बहुत बड़ा ओहदा पाने पर दामोदर ने अपनी कुटिलता में आवश्यकतानुसार ढील देकर उसे बरगद की जड़ों की भाँति ही दूर-दूर तक फैला लिया था। शुद्ध घृत,

कार्तिकी पहाड़ी मधु और भेड़ के कच्चे गोश्त को छोड़कर उसके शुष्क इलाके में कुछ नहीं मिलता था। पर फ़ौजियों की एक बहुत बड़ी टुकड़ी उधर, धारचूला के पास आकर बिखर गई। सामान्य-सी चेष्टा करने पर ही उसने अपने बँगले में एक छोटा-मोटा सेलर बना लिया था। रिश्वत लेने में उसने अब अपने पेशे की दक्षता प्राप्त कर ली थी। जया जब कभी मायके जाती, वह एक साथ कई नियुक्तियाँ कर लेता। बरतन मलनेवाली, महाराजिन, जमादारनी—सब बँगले में पटरानियों-सी स्वेच्छाचारिणी बनी घूमती रहतीं। दुराचारी गृहस्वामी की आड़ में हरामखोर नौकर-चाकर भी मनमाना शिकार खेलने लगे। वैसे तो उन पहाड़ी इलाकों में नियुक्ति होने पर हर सरकारी अफ़सर श्रवणकुमार बना, अपने माता-पिता को सरकारी जीप में बद्रीनाथ-केदारनाथ की यात्रा करा ही लेता था, पर दामोदर प्रसाद की जीप इधर पेशेवर ट्रिप लगाने लगी थी। तीर्थयात्रियों के ऐसे ही एक जीपयात्री ने जासूस बनकर अचानक दामोदर प्रसाद का पटरा बिठा दिया। उस बूढ़े यात्री का पुत्र एक राजनीतिक विरोधी दल का सदस्य था और शायद जान-बूझकर ही चतुर पुत्र ने पिता को इस यात्रा के लिए भेजा था। पिता पुत्र की सूझ-बूझ देखकर प्रसन्न हो गए। हाजी भी बन गए और चोर भी पकड़ लिया। हींग लगी न फिटकरी रंग चोखा। उस पर एक बात और भी थी। उसी दामोदर प्रसाद के घमंडी साले ने एक बार उनकी पुत्री का रिश्ता फेर दिया था। प्रतिशोध क्या छुरा मारकर ही लिया जाता है? पर इस अदृश्य 'गुप्ती' का वार दामोदर प्रसाद के लिए सचमुच ही घातक बनकर रह गया।

उन दिनों देश के मंत्री ताश के बावन पत्तों की भाँति फेटे जा रहे थे। पुराने घाघ मंत्रियों ने तो दुनिया देखी थी—प्रत्येक विभाग में उनका एक-न-एक घिसा-मँजा 'खड़पेंच' मूँछों पर गर्व से ताव देता, अखाड़े की देखभाल करता। हर अखाड़े की फिज़ा बेईमानी, चुग़लखोरी और मिथ्या भाषण से बोझिल रहती। जो मुट्ठी-भर अफ़सर ईमानदार बने रहने का प्रयत्न करते, उन पर दिन-रात कीचड़ उछाला जाता और उनके इहलौकिक सरकारी चित्रगुप्ती लेखे-जोखे में ऐसे-ऐसे अमिट स्वर्णाक्षरों की पंक्तियाँ लिख दी जातीं कि उनका पूर्वकृत उजला चिट्ठा धुलकर स्लेट पर लिखे अक्षरों-सा ही धुँधला बनकर रह जाता। यदि उन्होंने फिर भी सत्य एवं सदाचरण का दुस्तर पथ नहीं त्यागा, तो उन्हें विभाग के यमदूत प्रान्त के मनचाहे कुम्भीपाक में सड़ने डाल सकते थे—गोरखपुर, गोण्डा या बलिया। प्रजातंत्र की व्याख्या यदि कहीं साकार हो पाई तो इन्हीं सरकारी विभागों में। द्वार पर चपरासी ऊँघता रहता, कुर्सी पर अफ़सर!

दामोदर प्रसाद की उन दिनों और बन आई थी। कुछ ही दिन पूर्व वह अपने अफ़सर के माता-पिता, सास-ससुर—सबको ब्रदीनाथ-केदारनाथ घुमा ही नहीं लाया, उनके साथ प्रचुर मात्रा में शुद्ध घृत, शहद और आठ ऐसे मोटे-मोटे पहाड़ी

थुल्मे पहुँचा आया था, जिन्हें ओढ़कर साहब का पूरा परिवार कम-से-कम अट्ठाईस जाड़े काट सकता था। साहब उससे बहुत ही प्रसन्न होकर गए थे। एकान्त में उसे बुलाकर उन्होंने आश्वासन भी दिया था, ''अब तुम्हें इसी साल कहीं का बड़ा चार्ज देकर भेज देंगे। हमारी सास तुमसे बहुत खुश हैं।''

दामोदर मूँछों-ही-मूँछों में मुसकराकर कृतज्ञता से दोहरा हो गया था। वह चतुर अफ़सर जानता था कि प्रभु को प्रसन्न करने से पहले अब उनकी सास को प्रसन्न करना अधिक फलदायी है। उसकी पिछली पदोन्नति के लिए भी उसे डी.आई.जी. की सास ने ही आशीर्वाद दिया था। जब कहीं बासमती का एक दाना भी ढूँढ़े नहीं मिल रहा था, तब हनुमान की ही भाँति उड़ता पूरा पर्वत ही हथेली पर धर लाया था। बुढ़िया के चरणों में उसने चार मन ऐसी बासमती एक साथ उँड़ेलकर रख दी कि जिसका एक-एक दाना शमातुलम्बर की-सी सुगन्ध से साहब की पूरी कोठी सुवासित कर देता।

पर इस बार दामोदर प्रसाद का भाग्य टेढ़ा होकर रह गया।

इधर नया मंत्रिमंडल सजग, सचेत बना हाथों में हथकड़ियाँ छिपाए घूमने लगा था। हर मंत्री हारूँ उल रशीद बना रात-आधी रात दाएँ-बाएँ चोर पकड़ रहा था। बेईमानी, चोरबाज़ारी, घूसख़ोरी का आमूल विध्वंस करने के उत्साह में कई बिना तिनकों की दाढ़ियाँ भी नुच गई थीं। फिर दामोदर की दाढ़ी का तिनका तो कोई अन्धा भी बीन लेता। जब तक वह सँभलता, उसे एक उपमंत्री ने ही लँगड़ी देकर चारों खाने चित कर दिया। उसके कलंक की कथा इतनी लम्बी थी कि विजिलेंस ने एक छोटे-मोटे रोचक उपन्यास की ही सृष्टि कर दी थी। सस्पेंड होने पर वह उस ज़िले में रहता ही कैसे? जहाँ का वह अभी कल तक एक एकच्छत्र सम्राट था, जहाँ के प्रत्येक दारोगा की ऐंठी मूँछें उसकी तर्जनी के इशारे पर उठती-गिरती थीं, वहाँ अब क्या वह नंगा होकर खड़ा रह सकता था?

उसी रात को वह रूठी पत्नी को लेकर कलकत्ता आ गया था। जितनी बार अम्माँ बड़ी पुत्री का उतरा चेहरा देखतीं, उनकी आँखें भर आतीं। छोटी पुत्री माया, उन्हें अपने जीजा की दुष्कीर्ति का पूरा चिट्ठा एक दिन एकान्त में सुना गई थी।

''मैं तो मारे शरम के मर गई अम्माँ,'' वह रुआँसे स्वर में कहने लगी थी, ''जीजाजी की एक विधवा महाराजिन ने भी तो इन पर नालिश की है। कहती है, इन्हें उसके पुत्र की पलाई देनी होगी, वह उन्हीं का पुत्र है। एक और कोई भोटिया घिनौनी-सी औरत मेरे पास आई थी, दीदी का पता पूछने। कहने लगी, उसके मायके के पते पर चिट्ठी लिखकर सब कुछ कहेगी। साहब ने तो उसे कहीं का नहीं रखा। स्कूल में अध्यापिका थी, सातवाँ महीना है। अब नौकरी भी गई, नाम भी और स्वयं साहब भी।...छीः-छीः, मुझे तो अब जीजा जी से बात करने में भी घिन आती है। तुमने इस दानव को यहाँ कैसे रख लिया, अम्माँ?''

पर क्या उसे अम्माँ बाहर निकाल सकती थीं? कितने आयोजन-उत्सव, बाजे-शहनाई के बीच कभी जिसके पैर पूजकर कन्यादान किया था, उसे क्या अब घर छोड़कर निकल जाने को कह सकती थीं? कैसा सुदर्शन सौम्य चेहरा था और कैसा कलुषित आचरण!

पिछले दस वर्षों में इस परिवार में कितना कुछ बदल गया था। यह घर, जो कभी जया-माया के क़हक़हों से गूँजता था, जहाँ सुवीर का छत फोड़नेवाला ठहाका सुनकर अम्माँ कभी-कभी पूजा से उठकर डपट देती थीं—'बाप रे बाप, रावण की-सी हँसी क्यों हँसता हैगा रे तू छोटे, पूजा भी नहीं कर सकूँ हूँ मैं'—आज वही गृह कैसा बियाबान जंगल-सा भाँय-भाँय करने लगा था! बाबूजी अपने कमरे में ही बन्द दिन-रात पेंशन के काग़ज़ों में डूबे रहते। दोनों दामाद और दोनों पुत्रियाँ एक साथ बैठते, तो एक अस्वाभाविक चुप्पी सबको घेर लेती। कोई-न-कोई बहाना बनाकर माया कभी अपनी सहेली से मिलने चली जाती या अकेली ही पिक्चर देखने चल देती।

"अकेली जा रही है, जया को भी लेती जा न," अम्माँ कहती।

"क्या पिक्चर देखेंगी अब दीदी? अभी तो वह यहीं रहेंगी अम्माँ, देखती रहेंगी। मैं तो पन्द्रह दिन में चली जाऊँगी।" और मुँहफट माया सचमुच पल्ला झाड़कर चली जाती।

कई बार अम्माँ दामोदर से पूछना चाहतीं—क्या सचमुच ही अब उनकी नौकरी छूट गई है? क्या कोई केस-वेस चल रहा है? पर जया प्राय: घर ही पर रहती और उसका सूखा मुँह देखकर अम्माँ को फिर कुछ पूछने का साहस नहीं होता। पर इधर जब से छोटी पुत्री ने उन्हें दामोदर प्रसाद के चरित्र के विषय में भद्दी बातें बताई थीं, वे मन-ही-मन बेहद घबरा गई थीं। ऐसे व्यक्ति को जब इसी गृह में रहना था तो वह सब जान-बूझकर अब कली को यहाँ नहीं रख सकती थीं।

कली ने अपना दौरा इस बार स्वेच्छा से ही लम्बा कर लिया था। वैसे चाहने पर वह कलकत्ता लौट सकती थी, पर विवियन अब इलाहाबाद में अपनी मौसी के पास रहकर यूनिवर्सिटी में पढ़ने लगी थी। उसी ने उसे कई बार इलाहाबाद आने के लिए लिखा था, 'कब से तुम्हें नहीं देखा है, यहाँ ख़ूब घूमने-फिरने की जगह है, नैनी में अंकल डेविड भी बड़ी अच्छी नौकरी पा गए हैं। जब आइसक्रीम खाने का जी होता है, वहीं चल देती हूँ, और हर ठंडी गप्प के साथ तुम्हारी याद को घुटकती हूँ। मुझे अभी भी याद है, नैनीताल के उस सड़े-से होटल की सड़ी आइसक्रीम पर ही तुम मरी-मिटी जाती थीं। नैनी का आइसक्रीम खाकर फिर तुम यहाँ से जाना नहीं चाहोगी। एक बार चली आओ कली, फ़ॉर ओल्ड टाइम्स सेक़...'

और कली आठ दिन की लम्बी छुट्टी लेकर सीधी इलाहाबाद चल दी।

कली पहली बार इलाहाबाद आई थी। कलकत्ता, दिल्ली और बम्बई के बाद उसे यह शहर अजीब सूखा, बंजर गाँव-सा लगा।

विवियन अपने कज़िन के साथ स्टेशन पर खड़ी थी। कली को देखते ही वह उससे लिपट गई, "आई से, यू आर मच-मच..." वह जैसे कली का बना-सँवरा आपादमस्तक बदला सौन्दर्य देखकर गूँगी बन गई थी। 'मच-मच' के बाद कोई विशेषण उसे मिल ही नहीं रहा था।

"कौन कहेगा कि यह कली मजूमदार है? तू तो बड़ी ही ठाठदार बन गई है कली! बाप रे बाप, कौन-सा सेंट है री? रैक्लौन? शैनेल? आई मस्ट से, यू आर मच-मच..." वह फिर मचमचाने लगी और कली ने उसे हाथ पकड़कर झकझोर दिया।

"विवियन, मारे भूख के आँतें निकल रही हैं, क्या इस इलाहाबाद आनेवाली लाइन पर लोग एकादशी करते चलते हैं? कहीं एक खोमचेवाला तो दीखता..."

"अरे वाह, क्या हरनामगंज के छोले भी नहीं मिले तुझे? हम तो अक्सर हरनामगंज के स्टेशन तक जा, छोले खाकर लौट आते हैं," विवियन काल्पनिक चटखारे लेकर कहने लगी, "क्या बढ़िया बनता है, है न रॉबर्ट? ओह, इसे तो मिलाया ही नहीं! इससे मिलो, मेरा कनिज बॉबी और मेरी परमप्रिय सुन्दरी सखी कृष्णकली मजूमदार।"

साँवला, दुबला-पतला युवक बालों के फुग्गे को यत्न से नचाता हाथ मिलाने बढ़ आया। उसकी लम्बी अँगुली पर पड़ी सिग्नेट रिंग को बार-बार उसकी आँखों के नीचे घुमाया जा रहा था, यह कली ने देख लिया। बॉबी की तंग पैंट शरीर से सिली लग रही थी। उसमें किसी पतली, किसी बैले डांसर की-सी टाँगों को नचाता वह अपनी अठारहवीं शताब्दी की मोटर गाड़ी का द्वार खोलने लपका और ऐसी अदा से द्वार खोलकर अटेंशन में खड़ा हो गया, जैसे किसी लिमोसीन का द्वार खोले खड़ा हो!

"इस बार बॉबी की इस गाड़ी को इनाम मिला है कली," विवियन ने आँख मारकर कली की बाँह में चिमटी काटी।

"पहला इनाम," बॉबी ने बड़े गम्भीर स्वर में विवियन को टोक दिया।

"अच्छा!" कली ने अपनी सुन्दर आँखों की रेशमी पलकें झपकाकर कहा।

" 'मोस्ट वेल केप्ट कार'—कार का सर्टिफ़िकेट भी मिला है इसे।"

"माई डियर ओल्ड गर्ल!" बॉबी ने कार को बड़े प्यार से थपथपाकर स्टार्ट किया, पर 'डियर ओल्ड गर्ल' रूठी बैठी रही। उसकी मशीन में सामान्य-सा स्पन्दन भी नहीं हुआ।

"आज कुछ ठंड भी है, शायद इंजन इसी से गर्म नहीं हो रहा है, विवियन," वह खिसियाए स्वर में कैफ़ियत देता नीचे उतर आया।

"ए ब्वायज़," उसने पास खड़े तीन-चार छोकरों को पुकारा, "थोरा धकेलेगा, बख़्शीश देगा।"

"मैंने इससे पहले ही कह दिया था कि बॉबी, रिक्शा में चलेंगे, गाड़ी रहने दो पर माना ही नहीं। अब कम-से-कम तीन दर्जन आदमी धकेलेंगे, तब इसका खटारा चलेगा!"

पर शायद सुन्दर कली के सम्मुख अपदस्थ होने की स्वामी की खिसियाहट अचल गाड़ी ने भाँप लिया था। एक हड्डी-तोड़ झटके के साथ वह स्टार्ट हो गई।

"थैंक गॉड बॉबी, तुम्हारी हौंकर आज शायद घर तक पहुँचा ही देगी।"

"ऐसी बात तो नहीं है सिस," और बॉबी ने शायद कली पर अपने रोब का सिक्का जमाने को हौंकर की स्पीड अचानक तेज कर दी।

कली कभी सँकरी और कभी आश्चर्यजनक तेजी से प्रशस्त बनती जा रही इलाहाबाद की बहुरंगी सड़कों को देखती जा रही थी। कभी गन्दी झोंपड़ियों के झुरमुट के सम्मुख बँधी, कीचड़-गोबर से सनी भीमकाय भैंसें जुगाली करती दीख जातीं, कभी चमचमाती आलीशान अट्टालिकाओं की बरसाती में खड़ी रैमल और नई फ़ियेट गाड़ियाँ।

"बस, अब हम पहुँच ही गए हैं। वह रहा आंटी का बँगला," विवियन ने कहा।

बॉबी कुशल चालक की मुद्रा में केवल बाएँ हाथ की कुहनी से व्हील को साधे, झुककर सिगरेट जला रहा था। साथ ही पार्श्व में लगे नन्हे दर्पण के माध्यम से कनखियों से कली को भी देखता जा रहा था। उसके सर्वथा बनावटी व्यक्तित्व की क्षणिक झलक कली ने भी उसी दर्पण में देख ली। किसी विदेशी चलचित्र के नायक की उस मुद्रा को बॉबी ने बड़े यत्न से कंठस्थ किया होगा, यह वह मन-ही-मन समझ गई।

"आई होप, आंटी नहा-धोकर तैयार हो गई होंगी। उन्हें नहाने में भी तो पूरा दिन लग जाता है," विवियन ने कहा।

बॉबी ने एक साफ़-सुथरे बँगले के सामने गाड़ी रोक दी और फटाक् से गाड़ी का द्वार खोलकर, फ़ौजी क़दम रखता, एक बार फिर अटेंशन की मुद्रा में खड़ा हो गया।

"बड़ी साफ़-सुथरी कॉलोनी है। कलकत्ता में तो हम आध गज़ आसमान की झलक देखने को ही तरस जाते," कली ने प्रशंसापूर्ण दृष्टि से आंटी के बँगले को परखकर कहा।

"जी हाँ, जी हाँ, यू आर राइट," बॉबी जैसे अब तक बातें करने को छटपटा रहा था, "कलकत्ता मैं भी काफी रहा हूँ, यहाँ तो सब एंग्लो इंडियन परिवार रहते हैं। वैसे आंटी का बँगला शायद इस बस्ती का सबसे पुराना बँगला है पर लगता एकदम नया है, है न?"

कली के गृह-प्रवेश के पूर्व बॉबी महाउत्साह से अपने बँगले की सरस भूमिका बाँधता उसे भीतर ले चला।

बँगला छोटा होने पर भी, सचमुच पूरी क़तार में सबसे आकर्षक लग रहा था। घोड़े की नाल के आकार के बने बरामदे में तीन-चार रंगबिरंगी सूप के आकार की कुर्सियाँ पड़ी थीं। उन्हीं के बीच एक बाबा आदम के ज़माने की, वैसी ही आरामकुर्सी लगी थी, जैसी प्राय: रेलवे वेटिंग रूम में धरी रहती है। उस पर धरे नीले छींट के त्रिकोणी कुशन को ठीक कर विवियन बोली, "ले, तू यहाँ बैठ। मैं देखती हूँ—आंटी ने नहा लिया या नहीं।"

सहसा ठंडी हवा के झोंके के साथ ही मौलसिरी की खुशबू से बरामदा भर गया।

"वाह, कितनी बढ़िया खुशबू आई—पास में कहीं मौलसिरी का पेड़ है शायद!" कली ने नथुने मींचकर क्षण-भर आकर अलोप हो गई सुगन्ध को सूँघकर कहा।

"जी हाँ," बॉबी मोढ़ा खींचकर उसके पास खिसक आया, "तीन-तीन पेड़ हैं। कभी-कभी तो छोटे-छोटे फूलों की चादर ही-सी बिछ जाती है।"

कली उसके उत्तर को बिना सुने ही दीवार पर लगे बारहसिंगा के निर्जीव मुंडों को देख रही थी। उनके सींगों पर किया गया काला वार्निश ऐसा चमक रहा था, जैसे अभी-अभी कोई ब्रुश फेरकर गया हो!

"यह सब कौरवेट के आंटी को दिये गए उपहार हैं। आंटी के परम मित्र थे, कौरवेट। उनके मारे मैनईटर के बघनखों का एक दर्शनीय नेकलस भी है आंटी के पास।"

उसकी अनवरत बकर-बकर से कली का सर दुखने लगा था। एक तो रात-भर सो भी नहीं पाई थी, उस पर भूख के मारे आँतें कुलबुला रही थीं।

"ये लो," विवियन चप्पल फटफटाती पूरे बँगले की परिक्रमा कर, फिर उनके सम्मुख खड़ी होकर हँसने लगी, "हम सारा बँगला ढूँढ़ आए कि आंटी कहाँ हैं और आंटी सामने लेटी सनबाथ ले रही हैं।"

हरी दूब से सँवरे मखमली लॉन में, एक इन्द्रधनुषी विराट् छाते के नीचे, पिकनिक मैट्रेस पर, साधुओं की-सी दो गिरह की लँगोट, और पट्टी-सी पतली कंचुकी में, विवियन की पूतना-सी आंटी, आँखों पर धूप का चश्मा लगाए चित पड़ी सूर्यस्नान कर रही थीं।

"बॉबी!" विवियन ने बॉबी को हाथ पकड़कर उठा दिया। "अभी तो आंटी नहाईं भी नहीं, उनके सनबाथ का ही रिच्युअल चल रहा है। तुम जाकर साइमन से कह दो, हाज़िरी लगा दें। कली बेचारी बहुत भूखी है..."

आंटी की भूधराकार देह देखकर कली सहम गई। यह औरत थी कि गैंडा?

एक तो शायद आंटी के धराशायी होने की विचित्र मुद्रा में, उनका बेडौल मुटापा, किसी अँटे-सँटे सीमेंट के फटे बोरे से झरे सीमेंट की ही भाँति ज़मीन पर गिरकर चारों ओर फैल-सा गया था। दोनों मोटी-मोटी बाँहों और पुराने बरगद के मोटे तने-सी पुष्ट टाँगों को फैलाए, वे किसी मोटर के पहिए के नीचे पिचकी मोटी मेढकी-सी अचल पड़ी, सनबाथ ले रही थीं।

"इधर आंटी स्लिमिंग के चक्कर में हैं।" विवियन ने शायद कली की आश्चर्यचकित सहमी दृष्टि के चोर को पकड़ लिया था। "एक तो हाई ब्लडप्रेशर है, उस पर यह मुटापा! डॉक्टर का कहना है कि कभी यही मुटापा इनके प्राण ले सकता है। पर आंटी की वीकनेस ही खाना है। दिन-भर सब्ज़ियों का पानी पीकर काट लेंगी, पर शाम को हम सबकी नजर बचाकर क्वालिटी में बैठ, एक-साथ डेढ़ दर्जन पेस्ट्री ही खा लेंगी। इसी बदपरहेज़ी से तो इस हफ़्ते आंटी ने अपना वज़न फिर तीन पौंड बढ़ा लिया है। चल, तू हाथ-मुँह धो ले। तुझे तो बहुत भूख लगी है न?"

सचमुच ही भूख के मारे कली के प्राण कंठगत हो आए थे। गुड़िया के घरौंदे-से छोटे-छोटे कमरों की सज्जा देखकर कली अपनी भूख और थकान भूल गई थी।

"यह मेरा कमरा है, यहीं मैंने तेरा पलंग भी लगवा लिया है। कितना मज़ा आएगा कली," विवियन ने उसे खींचकर, अपने गुदगुदे पलंग पर बिठा दिया। "ठीक, जैसे रैमनी की डौर्म में पहुँच गई हूँ! पता नहीं, तू क्यों कलकत्ता चली गई! मैं तो कहती हूँ, फिर यहीं चली आ। तू मेरी इस आंटी से मिलेगी तो फिर कभी इलाहाबाद छोड़कर जाने का नाम भी नहीं लेगी। ले, लगता है, आंटी आ गईं।" अधलेटी कली सँभलकर बैठ गई।

"ओ माई डियर, क्या ताक़त है सूरज में! लग रहा है, एक बार फिर सोलह साल की हो गई हूँ।" मुसकराती आंटी द्वार पर खड़ी थीं।

"अच्छा, यह है तुम्हारी कली! वाह, एकदम वही नक्शा है, जो जवानी में कभी हमारा था।"

एक लम्बी साँस खींचकर आंटी ने कली के आकर्षक अंगों पर अपनी मुग्ध दृष्टि का फ़ोकस ऐसे बाँधकर रख दिया कि जो कली कभी पुरुषों की ऐसी ही प्रशंसात्मक दृष्टि को भी अपने धृष्ट स्वभाव की ढाल से झेल लेती थी, वह आज एक स्त्री की ही मुग्ध दृष्टि के वार के नीचे लाल पड़कर रह गई।

"थर्टीफ़ोर, नाइनटीन, थर्टीसिक्स, आई कैन बेट, यही इस नक्शे का माप-दंड होगा। क्यों, है न कली? वाह, बहुत दिनों बाद एक सुन्दर चेहरा और सुन्दर फ़िगर देखने को मिला।" बड़े-बड़े गुलाब बने ड्रेसिंग गाउन में आंटी की विराट् देह और भी चौरस लग रही थी।

"विवियन बेटी," आंटी कहने लगीं, "आज मैं देर में नहाऊँगी। चलो, पहले नाश्ता निबटा लें, कली तो भूखी होगी!" खाने के कमरे की चमकती मेज़ के सिरे पर, सबसे चौड़ी कुरसी पर आंटी बैठती कहने लगीं, "अपनी इमारत की पूरी लम्बाई-चौड़ाई का क्षेत्रफल देकर मैंने यह कुरसी बनवाई है कली, देख रही हो न? इसमें तुम्हारी-सी सात कलियाँ एक साथ समा सकती हैं! और, तुम मेरे पास बैठोगी!" कली का हाथ खींचकर आंटी ने उसे अपने पास बिठा लिया।

दस

दलिया, उबले अंडे और टोस्ट सजाकर साइमन गृहस्वामिनी के लिए एक सूप-प्लेट में उबली सब्जियों का मटमैला पानी रख गया, तो आंटी ने किसी सिर चढ़े, बीमार, अबोध बालक की तरह मुँह लटका लिया।

''देख रही हो विवियन, इस साइमन के बच्चे ने आज इस सूप में फिर मुझे जलाने के लिए शलजम डाल दिया है। तुम्हीं देखो बेटी कली, लगता है, अपनी बीवी की धोती धोकर उसी का पानी गरम कर ले आया है। एक टमाटर ही डाल देता। ही कुड हैव पुट सम कलर।''

''आंटी, तुम्हें पता है कि तुम्हारा वजन इधर फिर बढ़ने लगा है। डॉक्टर मोज़ेज़ ने जो सूप बताया है, तुम्हें, इस हफ़्ते वही पीना पड़ेगा।'' विवियन ने पुचकारने के स्वर में कहा और प्लेट आंटी के सम्मुख धरकर चम्मच उनके हाथ में पकड़ा दी।

एक प्लेट में दो रूखे टोस्ट उसमें डुबोकर मरे मन से खाती आंटी, लोलुप दृष्टि से मेज़ पर धरी मक्खन की गोल बट्टी को एकटक देखती कहने लगीं, ''अगली बार उस चोट्टे मोज़ेज़ की कलेजी ही भूनकर खा लूँगी, देख लेना! आप तो मुटका खा-खाकर दिन-रात मुटा रहा है। अब तू ही बता बेटी कली, इस शरीर में भला इन दो रूखे टोस्ट और इस चुल्लू भर गँदले गुनगुने पानी से कुछ गरमाहट आएगी? रोज़-रोज़ यही खाना, उस पर भी वज़न बढ़ता जा रहा है! मुझे तो लगता है, जान-बूझकर ही उसने वज़न तौलने की मशीन की सुई बिगाड़ दी है। असल में जवानी में मुझ पर मरता था मुटका, मैंने इसके प्रपोज़ल को हँसकर ठुकरा दिया था। वही बदला तो ले रहा है अब,'' आंटी ने हँसकर कहा और झपट्टा मारकर मक्खन की पूरी बट्टी मुँह में धरकर गप्प से निगल, किसी चतुर बाज़ीगर की भाँति गर्व से मुसकराने लगीं।

''देख रहे हो बॉबी, कभी-कभी तो आंटी बच्चों को भी मात कर देती हैं—कल आप ऐसे ही झपट्टा मारकर पूरी डबल रोटी खा गईं।''

विवियन की धमकी से सहमकर आंटी नैपकिन से मुँह पोंछती खिसियाकर उठ गईं, ''पता नहीं क्या हो जाता है मुझे! इधर मुझे भूखी मारकर तुमने मेरी नीयत बेहद बिगाड़ दी है। खाना देखकर अपने को रोक नहीं पाती। ले विवियन, आज से पक्का क्रिश्चियन रिज़ोल्यूशन ले रही हूँ। बिना तुझसे पूछे खाने की एक चीज़ भी जीभ पर नहीं रखूँगी।''

''मेरा क्या बनता-बिगड़ता है आंटी,'' विवियन काँटे-छुरी से ऑमलेट का टुकड़ा मुख में रख बोली, ''तीन-तीन घंटे तक बन्द गोभी की तरह स्टीम में उबलती हो, गिन-गिनकर हज़ार-हज़ार रस्सी कूद की छलाँगें लगाती हो, पर एक छह इंच की जीभ को नहीं रोक पातीं!''

आंटी नहाने चली गईं तो कली बड़ी स्वाभाविकता से नाश्ते पर टूट पड़ी। अब तक आंटी की क्षुधातुरा दृष्टि के नीचे वह एक गस्सा भी नहीं तोड़ पाई थी।

''वी कांट एफ़ोर्ड टु लूज हर,'' विवियन की आँखें स्नेहाश्रु से आर्द्र हो उठीं। ''तुम नहीं जानतीं, यह मेरी कैसी हीरा आंटी हैं। मम्मी की सबसे छोटी बहन हैं। मुझे आज तक कभी यह लगा ही नहीं कि मेरी माँ नहीं हैं। बोर्डिंग में जाने से पहले जन्म के दस वर्ष तक मैं इन्हीं के पास रही। बॉबी तो जन्म के तीसरे ही साल इनके पास आ गया था। यह ससुरा तो डेज़ी आंटी को जन्मते ही भकोस गया।''

वह बड़े स्नेह से बॉबी की ओर देखकर मुसकराई—आँखें नीची किए, बॉबी लड़कियों की-सी नज़ाकत से क्रिस्प टोस्ट को चूहे-सा कुतर रहा था।

''अब परसों ही डॉक्टर मोज़ेज़ कह गए हैं कि आंटी का रक्तचाप बेहद बढ़ गया है, कभी भी स्ट्रोक हो सकता है। इसी से मैं यहाँ आ गई। सोचा, पढ़ाई के साथ-साथ आंटी की देखभाल करती रहूँगी, पर नाउ आई फाइंड, इट इज़ इम्पॉसिबुल।''

तीन-चार घंटे बाद, स्टीम-बाथ में उबल-धुलकर आंटी जैसे चोला ही बदल आईं। रंग-रूप में तो वह निखालिस ऐंग्लो इंडियन थीं ही, साज-सज्जा भी वैसी ही थी। एक हलके धानी लतापत्र बने, कैम्ब्रिक के गाउन में उन्होंने अपना फैला मुटापा शायद यत्न से कसे गए किसी कोर्सेट में बाँधकर रख लिया था। कटे काले बालों में लगा एलिस बैंड गोल गालोंवाले भोले-से चेहरे को और भी भोला बना रहा था। नीली आँखें, काले बालों से ज़रा भी मेल नहीं खाती थी, पर नन्हे-से अधरपुट से झाँकते आंटी के मोती-से दाँत देखकर कली समझ नहीं पाई कि सौन्दर्य किसी प्रसिद्ध डेंटिस्ट के डेंचर का है या स्वयं विधाता का!

''ओ माई डियर कली, तुम्हें मैं किस भी नहीं कर पाई, सारे बदन में हरामी आया ने ढाई सेर ओलिव ऑयल मलकर रख दिया था! तुम्हें चूमकर स्वागत करती भी कैसे? मोस्ट वेल्कम माई ब्यूटी!'' आंटी ने अपनी गुदगुदी हथेली में कली का चेहरा थाम, दोनों गालों को ऐसी तबीयत से चूमा कि कली को लगा, मक्खन की बट्टी की भाँति, आंटी उसके दोनों गालों को भी निगल गई हैं। लैवेंडर की मादक सुगन्ध से कली की आँखें मुँद गईं। किसी विदेशी सेंट की खुली बोतल-सी ही आंटी कुर्सी खींचकर बैठ गईं।

''पर यह क्या सुन रही थी मैं अभी कि तुम इस इतवार को ही चली जाओगी! क्या सात ही दिन में तुम तड़पाकर कलकत्ता चल दोगी? क्यों विवियन, तब तो इसे आज ही पैक कर वापस भेज दो...''

बड़े प्रेम से कली के दोनों हाथ पकड़कर आंटी ने बनावटी क्रोध से झकझोर दिये।

''मेरी छुट्टी ही नहीं है। वह तो एक नुमाइश में आई थी, इसी से इधर चली आई—कभी-कभी तो दो घंटे भी नहीं सो पाती हूँ।''

"पता नहीं, क्या सोचकर तू इस लाइन में चली गई!" विवियन कहने लगीं। "अच्छी-ख़ासी थी पढ़ने में। क्यों, 'सिक्स प्वाइंट्स' थे न तेरे एस.सी. में? मैंने तो इससे कई बार कहा था आंटी, कि चलना ही है तो इलाहाबाद चल, पर इसे तो कलकत्ता की धुन लगी थी। हारकर मैंने इसे लौरीन आंटी का पता दे दिया था।"

"हाय, मैं मर गई!" आंटी ने दोनों बेलन-सी बाँहें आकाश की ओर उठा दीं, "अरी कम्बख़्त, तूने इसे लौरीन के पास भेज दिया? इससे तो शेरनी के पिंजरे में डाल दिया होता। क्यों कली, उस चुड़ैल ने कहीं तुझसे वही काम तो नहीं लिया, जो सूजन की लकड़ी की टाँग से लेती है?"

"क्या कह रही हो आंटी?" आश्चर्य से विवियन आंटी की ओर मुड़ गई। "कितनी अच्छी हैं लौरीन आंटी! मुझे सोलहवीं सालगिरह पर यह घड़ी उन्हीं ने तो भेजी थी कली, याद है न?"

"हाय, मेरी भोली बेटी! मुफ़्त में उपहार दे, ऐसी मूर्ख नहीं है लौरीन। उसका बस चले तो वह दुनिया की हर सोलह साल की सुन्दरी लड़की की कलाई में हीरे की घड़ी बाँध दे। मुझे जैसे ही पता चला कि उसने तुझे कॉन्वेंट में घड़ी भेजी है, वो मरम्मत की थी मैंने चुड़ैल की कि पैर पकड़कर रोने लगी। तुम दोनों से मैंने कभी कुछ नहीं कहा। बॉबी ऐसी बातें देर में समझता है और तुम समझने के लिए बहुत छोटी थीं। और हाय! ऐसी प्यारी बच्ची को तुमने वहाँ भेज दिया? कली, मेरी बच्ची, मुझसे कुछ मत छिपाना!"

आंटी की चिन्तातुर मुद्रा में बनावटी स्नेह का स्पर्श भी नहीं था। कली मन-ही-मन अचरज में डूबी जा रही थी। जिसे उसने कल तक देखा भी नहीं था, वह आज उसे कितनी सगी लग रही थी!

"उस बुढ़िया ने कहीं तुझे इसी धन्धे में तो नहीं लगा दिया?"

"नहीं आंटी," कली ने मुसकराकर कहा, "मैं तो वहाँ कुछ ही महीने रही। जैसे ही माथा ठनका, मैंने आंटी का फ़ार्म छोड़ दिया था।"

"फ़ार्म इंडीड," आंटी ने उसकी पीठ थपथपा दी। "तभी तो मैं मन-ही-मन कह रही थी, लौरीन के धन्धे में होती तो यह चेहरा क्या ऐसा भोला दिख सकता था?"

उसी चेहरे की मरीचिका के लिए लौरीन आंटी के प्रशंसा के शब्द यदि कली दोहरा दे, तब? पर उन शब्दों को दुहराने पर भी शायद कोई उन पर विश्वास नहीं करता।

सात दिनों में इलाहाबाद ने कली की काया पलटकर रख दी थी। उसे लग रहा था कि जीवन में पहली बार उसके पैर जीवन के यथार्थ धरातल का स्पर्श कर रहे थे। अब तक क्या वह जीवनदोले की दिशाहीन पेंग ही लेती शून्य आकाश में झूलती रही थी? शायद! सरस स्नेह से छलकती आंटी की स्निग्ध मातृवत् चावनी कभी-कभी उसकी आँखें गीली कर देतीं। पन्ना की आँखें भी तो ऐसी ही नीली थीं, तब अन्तर कहाँ था?

एक दृष्टि थी, नीले आकाश-सी ही उदार—और दूसरी में थी चित्रांकित आकाश की-सी नीलाभ शून्यता! एक ने उसकी अभिशप्त नन्ही देह को ठोकर लगाने पर दया की भीख देकर गोदी में लिया था, दूसरी ने अनजान होने पर भी बिना कुछ पूछे ही अपनी उदार बाँहें फैला दी थीं।

इन सात दिनों में कली के चेहरे ने मेकअप की एक सामान्य तूलिका का भी स्पर्श नहीं किया था। चेहरे की स्वाभाविक लुनाई में किसी दक्ष कलाकार के पेंसिल स्केच की-सी लाइट एंड शेड की स्निग्ध छाया उतर आई थी।

"बड़ा आश्चर्य है, कली!" विवियन एक दिन कहने लगी, "बंगाल में रहती है पर आज तक क्या सत्यजित रे की अनुसन्धानी दृष्टि तुझ पर नहीं पड़ी? एकदम उसी के चलचित्र की नायिकाओं से मिलता-जुलता चेहरा है तेरा—क्यों, है न रे बॉबी?"

बॉबी सात दिनों में ही उस सौन्दर्य-उदधि में कंठ तक डूब चुका था। कली को लेकर पूछा गया सामान्य-सा स्वाभाविक प्रश्न ही उसे लाल कर देता, यह विवियन भी समझने लगी थी। इसी से जान-बूझकर वह कभी-कभी उसे छेड़ने लगती।

"ऐ बॉबी, देखूँ, कितने मिनट में तुम्हारा हेलीकॉप्टर हमें फाफामऊ पहुँचाता है!" वह कहती और किसी रेस कार के उत्तेजित प्रतियोगी की ही भाँति बॉबी प्राण हथेली पर धर पूरी स्पीड में गाड़ी भगा देता।

फाफामऊ की ओर जाती निर्जन सड़क के वक्ष पर अमानवीय दुस्साहस से विराट् जहाज-सी ठेला-ट्रकों को पछाड़ती बॉबी की जर्जर गतयौवना गाड़ी सहसा षोड्शी बनी भागने लगती, तो कली और विवियन चीखें मारती हँसती-हँसती दुहरी हो जातीं।

"बस करो, बॉबी, अब बस!" लगता, किसी कार्निवल की कार रेस में ही दोनों बच्चा-मोटर भगा रही हों!

अपनी बचकानी हिस्टिरिकल चीख़ें कली के कानों में स्वयं ही अनजान बनकर टकरा उठतीं। एक अरसे से वह इतना नहीं हँसी थी। उसे लगता कि बहुत दिनों से अस्वाभाविक अभिनय की क़वायद में 'जाम' हो गए उसके शरीर के अंजर-पंजर किसी तेल-ग्रीज़ से चमकाई गई मशीन के अवयवों की ही भाँति एक बार फिर नये बन गए हैं।

घर लौटती तो आधी-आधी रात तक विवियन यूनिवर्सिटी के कथा-पुराण का पोथा खोलकर बैठ जाती। एक-एक रोचक अयर कली को कंठस्थ हो गए थे।

'हाय कली, तू हमारी यूनिवर्सिटी में आती तो क्रेज़ बन जाती, सच!' विवियन कहती तो उसका मन ललच उठता, पर अपनी खोखली बनावटी ज़िन्दगी की केचुली क्या वह अब चाहने पर भी उतारकर फेंक सकती थी?

"अब मुझे लौटना ही होगा विवियन," उसने आठवें दिन कहा।

"वाह, वाह, अभी तो तुझे माघ मेले की सैर ही नहीं कराई, अभी कैसे जाएगी?"

स्वयं आंटी ने तार देकर उसकी छुट्टी बढ़वा ली थी।

"कल अमावस का नहान है, खूब बढ़िया मेला जुटेगा," आंटी हँसकर कहने लगीं, "आज तक कली देश-विदेश के इंडियन पैवेलियन की मॉडल बनी है, इस बार इसे माघ के मेले की मॉडल बनाएँगे, अच्छा, विवियन! बॉबी, अपना कैमरा 'लोड' कर लेना, कल तड़के ही चल देंगे। साइमन से मैंने कह दिया है, बजरा निकालने वह आज ही संगम चला जाएगा।"

आंटी ने कभी बड़े शौक़ से अपना बजरा बनवाया था। नाम था : 'गोल्डन ऐरो'। अब वह बजरा एक पंडे के गोदाम में ही बन्द रहता, पर कभी-कभी आंटी के अतिथियों के सम्मान में किसी उजड़ी रियासत के हाथी की ही भाँति सज-धजकर संगम के नीलाभ जल में तैरता, तो सबकी दृष्टि आकर्षित कर लेता। बजरे को विशेष रूप से नक्शे में बाँधकर तराशा गया था। उसके वेनीशियन गोंडोला की-सी छरहरी देह के दोनों ओर दो नुकीले सुनहले तीर, सूर्य की प्रखर किरणों में स्वयं भी दीप्त अग्निशिखा की-सी ही किरणें छोड़ने लगते।

"माघ मेला देखना ही है तो बहुत तड़के चलेंगे," आंटी के उत्साह का अन्त नहीं था, "दुर्भाग्य से इस साल का कुम्भ नहीं है, फिर भी संगम का माघी मेला 'इज़ क्वाइट समथिंग' देखना कली, तेरे 'वर्ल्ड फ़ेयर' में भी ऐसी स्वाभाविक चहल-पहल नहीं रहती होगी। और फिर बजरा रोककर बीच संगम में डुबकियाँ लेने में जो आनन्द आता है, आहा-हा!" आंटी आँखें मूँदकर सचमुच ही काल्पनिक डुबकियों में डूबने-उतराने लगीं।

"आंटी की नानी पक्की ब्राह्मणी थीं," विवियन हँसकर कहने लगी, "किसी चतुर्वेदी की इकलौती बेटी थीं। नाना उन्हें भगा लाए थे, इसी से तो माघ मेले में आंटी हर साल बौरा जाती हैं।"

"सच?"

कली की विस्फारित दृष्टि ने बॉबी को अजगर की भाँति मुँह फैलाकर निगल लिया। आश्चर्य की मुद्रा ही क्या इस अलौकिक रूपसी की सबसे मोहक मुद्रा नहीं थी? किसी सर्पिणी द्वारा 'हिप्नोटाइज़्ड' पक्षी-सा बॉबी उसी से पूछे गए प्रश्न का उत्तर देना ही भूल गया।

"और क्या झूठ कह रही हूँ, पूछ लेना आंटी से!" विवियन ने बॉबी को ठसकाकर चेतना-जगत् में खींच लिया। "ए सिली, हाउ यू स्टेयर?" वह फुसफुसाई बॉबी अचकचाकर कसी-तनी पतलून को अपनी नटिनी की-सी कमर पर खींचता, तीर-सा बाहर निकल गया।

"बड़ी लम्बी कहानी है नानी के इलोपमेंट की, कभी फुरसत से सुनाएँगे," आंटी बोलीं, "पहले शर्मा को फ़ोन कर दूँ गाड़ी के लिए, संगम का पास भी तो बनवाना होगा।"

आंटी फ़ोन करने चली गईं, तो विवियन बोली, "चल, यह अच्छा है कि कल बॉबी की गाड़ी में नहीं जाना पड़ेगा। शर्मा साहब की गाड़ी तो एकदम मखमल पर फिसलती है, देंगे ज़रूर।" उसने एक आँख मींचकर कहा, "ही डेयर नाट रिफ़्यूज़, क्योंकि आंटी की ओल्ड फ्लेम हैं। देख लेना, सुबह होने से पहले ही गाड़ी हमारे पोर्च में होगी।"

सचमुच ही आंटी के मुर्ग़े ने सुबह की बाँग दी ही थी कि शर्मा साहब की काली लम्बी खुशनुमा गाड़ी, बिना किसी आवाज़ के ही सर्र से आकर पोर्च में लग गई।

आंटी के उत्साह की छूत अब घर के सब सदस्यों को लग गई थी। साइमन बजरा सजाने पहले ही दिन चला गया था। भीड़ के रेले में चींटी की गति से रेंगती शर्मा जी की स्लीक गाड़ी के काँच से मुँह सटाए कली मुग्ध दृष्टि से भीड़ के रामधुन को देख रही थी। रंग-बिरंगी गोट लगे ऊँचे अवधी लहँगे, दक्षिणी साड़ियाँ, जोधपुरी पगड़ियाँ, पगड़ियों पर पोटलियाँ और पोटलियों पर सधे सरकसी बच्चों-से जमे अर्द्धनग्न काले चमकते बच्चे! थके छिले पाँव पर कंठ की स्वर-लहरी में गूँजता अदम्य उत्साह। किसी-किसी कन्धे पर एक साथ बैठे तीन-तीन, चार-चार बच्चे, ठीक जैसे कोई होटल का दक्ष बैरा दोनों हाथों में एक साथ कई जोड़ा प्लेटों का अम्बार बनाए मुसकराता बड़े इत्मीनान से चला जाता है, ऐसे ही वे ग्रामीण किलकते बन्दरों से अबाध्य बालकों को स्वाभाविक सन्तुलन में कन्धे पर बाँधे चले जा रहे थे। एक साथ चार-पाँच बैलगाड़ियाँ सहसा कार ही के साथ दुस्साहसी क़दम रखती आगे-पीछे चलने लगीं। बैलगाड़ियों में तीन-चार मूँज की उलटी चारपाइयों पर ढोलक के साथ गाती-बजाती मुखरा ग्राम्याओं का दल कार की खिड़की के पास ही सटकर रेंगने लगा। सबकी कँकरेजी, लाग लगाई गई एक-सी मिलती-जुलती साड़ियाँ थीं, हाथों में कुहनी तक चमकती लाख की चूड़ियाँ और पटेला, नाक में सोने की सर्चलाइट-सी चमकती पुगनियाँ और पैरों में बेड़ियों-सी पड़ी पैंजनी!

"ये सब बुन्देलखंडी हैं, यह इनका ख़ास पहनावा है," आंटी कली से कह रही थीं, "मैं तो बरसों रीवा-छतरपुर में रही हूँ...माई! व्हट वॉयस!"

उनकी तीख़ी आवाज़, शहनाई की-सी बुलन्द गूँज की नौबत बजा रही थी :

गाड़ीवारे मसक दे बैल
चले पुरवैया के बादर...

बाद का 'र' एक मोहक सधी मरोड़ के साथ मुड़ता और तरुण रंगीला पगड़ीधारी गाड़ीवान अधूरी पंक्ति को पकड़कर, पहली पंक्ति को फिर दोहराने लगता। सहसा गीत की लय में झूमते गाड़ीवान से एक धृष्टा नवयुवती ने न जाने क्या कहा, और वह कली की कार के काँच के चौखटे में बन्द, बड़ी आँखों में आँखें डाल, गीत

की अधूरी पंक्ति दोहराता कार को पछाड़ता चला गया। उसकी रंगीनी से साथ की स्त्रियों का पूरा दल खिलखिला उठा और कली ने खिसियाकर मुँह फेर लिया।

जो देश-विदेश के समृद्ध समाज की भीड़ के सम्मुख दिन-रात सीना तानकर नित्य नवीन वेश-भूषा के रंगरस का जाल बुनती, इठलाती चली जाती थी, उसी को प्रयाग की धूल-भरी सड़क पर एक गँवारू ग्रामीण लोकगीत की एक ही पंक्ति ने छुई-मुई बना दिया। क्या हो गया था उसे?

"संगम का पास बना है कली, बस, क़िले तक ही चलना होगा हमें।"

कार के रुकते ही विवियन बड़े उत्साह से नीचे कूद गई और कली का हाथ पकड़कर भीड़ को चीरती चलने लगी। कभी-कभी बालू में दोनों के पैर धँस जाते। ऊपर उठातीं तो चप्पलें वहीं रह जातीं।

उधर बहुत पीछे पिछड़ गई आंटी अधैर्य की हाँक लगाने लगतीं, "तुम्हारी यह आदत ही हमको नापसन्द है विवियन। मैं पूछती हूँ, कौन-सी रेलगाड़ी छूटी जा रही है, जो ऐसी भागदौड़ मची है? रुक जा, मुझे आने दे, साथ चलेंगे।"

"ओ माई गॉड," विवियन अधैर्य से बालू पर ही बैठकर फुसफुसाई, "देख रही है न आंटी को, अब अगले माघ मेले तक यहाँ पहुँचेंगी।"

"चुप कर, आंटी सुनेंगी तो क्या कहेंगी?" कली स्वयं बड़ी चेष्टा से अपनी हँसी रोक रही थी।

जींस पहनकर आंटी और भी विराट् लग रही थीं। उस पर उस हो-हल्ले में भी किसी का क्रूर रिमार्क, जिसे शायद विवियन नहीं सुन पाई थी, कली ने सुन लिया था :

'देख यार, आज हाथी पैंट पहनकर गंगा नहाने को निकला है!'

होंठ काटकर कली ने हँसी रोक ली।

बड़ी देर बाद हाँफती, पसीने से लथपथ आंटी उन तक पहुँचीं और पूरा दल एक बार फिर साथ-साथ चलने लगा।

सामने फूस की छाई झोंपड़ियों की पूरी क़तार बिखरी थी। उजाला निखर आया था। कुछ तीर्थयात्री हाथ में निचुड़ी, टपटप पानी टपकाती धोतियाँ लटकाए लौट रहे थे, कुछ सूखी धोतियाँ कन्धे पर लटकाए नहाने जा रहे थे। विभिन्न पंडों के चिह्न-तोरणद्वारों से मीठी प्रभाती गूँजने लगी थी। दक्षिण के वेंकटेश्वर की सुमधुर स्तुति के लयबद्ध छन्दों की रूपक ताल के साथ जवाबी संगत-सी देती घंटाध्वनि को कली चकित मृगी-सी ठिठककर सुनने लगी कि आंटी ने लपककर उसे अपने पास खींच लिया। फायर ब्रिगेड की ही भाँति भीड़-भरी सड़क के ट्रैफिक की ओर से एकदम उदासीन नागा साधुओं का एक जत्था कली की कनपटी से गोली-सा सनसनाता निकल गया।

"लुक एट दीज़ ब्यूटीज़ माई डियर," आंटी उसके कान के पास सिर सटाकर फुसफुसाई, "कुछ कहना मत, अफ्रीका के रैटल स्नेक-से ही ग़ुस्सेबाज़ होते हैं ये!

मैंने जब इन्हें पहली बार देखा तो दुर्भाग्य से जोर से हँस पड़ी थी। बाप रे बाप! खजूर के पेड़-से लम्बे एक ऐसे ही नंग-धड़ंग खबीस ने अपना पूरा चिमटा ही मेरी पीठ में घुसेड़ दिया था।''

सारे शरीर में भस्म पोते, पेरिस की लेटेस्ट हेयरस्टाइल के 'बुफ़ों' में जटा-जूट सँवारे अपनी भयावह नग्नता की ओर से एकदम उदासीन, नंगे साधुओं का वह जत्था ऐसी अकड़ से सीना ताने चला जा रहा था, जैसे सब-के-सब किमख़्वाब की अदृश्य अचकन और ज़री के साफ़े बाँधे चले जा रहे हों!

''अभी तूने कुम्भ का मेला देखा होता तो शायद पगला ही जाती,'' आंटी कहती जा रही थीं, ''लगता है, सारी दुनिया के मुंड यहीं आकर जुट गए हैं। चल, अब चूड़ियों की दुकान पर चलें। आज तो मैं कलाई-भर काले लच्छे पहनूँगी और चार-चार चूड़ियाँ सुहाग की लिये बिना उठूँगी ही नहीं।''

''अब देखना कली,'' विवियन कहने लगी, ''बिसातियों की दुकान के सामने जाकर आंटी पगला जाएँगी। हर साल न जाने क्या-क्या ख़रीदकर बटोर ले जाती हैं—तुलसी की माला, चूड़ियाँ, गंगाजली!''

''और इलायचीदाना?'' बॉबी ने पूछा।

''अरे हाँ, वह तो आंटी की वीकनेस है! बस चले तो सेर-भर एक साथ मुँह में डाल लें! इस बार इन्हें उस ओर एकदम मत जाने देना बॉबी।''

देखते-ही-देखते आंटी ने नीली-हरी चूड़ियों से अपनी गोल-गोल गोरी कलाई ही नहीं भरीं, कली और विवियन को भी रंगीन लच्छे पहना दिये।

कली आज तक चूड़ियों की मीठी खनक से एकदम ही अपरिचित थी। कॉन्वेंट में कभी तीज-त्योहार पर उसकी कोई सहपाठिनी लुक-छिपकर चूड़ियाँ पहन भी आती, तो रेवरेंड मदर की एक ही घुड़की से सहम तत्काल उतार आया को दे देती।

''अभी तो नहा-धोकर पंडे से चन्दन का तिलक लगवाऊँगी,'' आंटी बोलीं, ''तब देखना मुझे कली, पक्की हिन्दुआनी बनूँगी आज!''

''डोंट बी सिली आंटी,'' विवियन बोली, ''इस जींस के साथ चन्दन लगाकर पूरी कार्टून लगोगी। वैसे ही हमारी यूनिवर्सिटी के लड़कों का वह झुंड तुम्हें घूर रहा है।''

''इस उमर में इस दुमंज़िले ओल्ड.फैशंड मकान को अब यूनिवर्सिटी के लड़के नहीं घूर सकते विवियन, तुम निश्चिन्त रहो। वह तो आज साथ में यह जो लिज़ टेलर को ले आई हूँ, उसे ही घूर रहे होंगे। चलो, तुम्हें कैसा डर लग रहा है, मैं तो हूँ साथ में।''

आंटी तेजी से हाँफती दोनों को खींचती दौड़-सी लगाने लगीं।

“हे बॉबी,” जान-बूझकर ही शायद छोकरों की भीड़ में से एक पतली-पतली टाँगों और बीटनीक के-से बालोंवाले लड़के ने चीखकर बॉबी को पुकारा।

उसकी हाँक को अनसुनी कर बॉबी तेजी से चलता रहा।

“आई से, हे लकी बग,” एक अश्लील ठहाका बॉबी का पीछा करने लगा।

“देख रही हो आंटी, सब पीछे-पीछे आ रहे हैं! अब जल्दी से बजरे पर चलो,” विवियन बुरी तरह घबरा रही थी।

पर कली नपे-तुले क़दम रखती ऐसे आत्मविश्वास से चली जा रही थी, जैसे किसी फ़ौजी टुकड़ी की सलामी ग्रहण कर रही हो। यह तो उसके लिए नित्य का दाल-भात था।

रंगीन बजरे पर खड़े साइमन की विचित्र फ़िल्मी वेशभूषा देखकर पहले कली पहचान ही नहीं पाई। जब निकट पहुँचकर पहचाना, तो होंठों पर हाथ धरकर ज़ोर से हँस पड़ी।

विवियन बार-बार पीछे मुड़कर भीड़ में भटक गई। उद्दंड सहपाठियों की भीड़ को न देख, आश्वस्त होकर बड़ी ललक से बजरे पर चढ़ने लगी। एक मोटा-सा काठ का तख़्ता, जो उसकी लचीली देह के भार से रोप ब्रिज-सा काँपने लगा था, बजरे तक सीढ़ी के रूप में मोटी रस्सी से बँधा था।

काँपते डगमग होते तख़्त पर पैर रखने में सहमती कली किनारे पर ही खड़ी रह गई, तो बॉबी उसे सहारा देने ऐसे बढ़ आया, जैसे बाँहों में भरकर ही उठा लेगा! उसका हाथ पकड़कर वह डगमगाती बजरे तक पहुँच गई। रंगीन लहरदार जोधपुरी साफ़े में साइमन किसी रियासत के रजवाड़े का दमकीला भृत्य-सा चमक रहा था।

“यह पोशाक इसे आंटी ने पिछले साल बनवा दी थी। कुछ भी कहो बॉबी, हमारा साइमन इस ड्रेस में एकदम विदेशी चलचित्र के किसी इंडियन हीरो-सा लगता है। क्यों, है न कली?”

अकड़ से साइमन और भी तेज बजरा चलाने लगा। आंटी अपनी चौरस कमर पर दोनों हाथ धर, उसके पीछे खड़ी होकर बोलीं, “ठीक संगम में जाकर बजरा लगाना साइमन, जहाँ सब नहा रहे हैं, समझे?”

“वह तो समझ गया आंटी, अब तुम भी समझ लो। वहाँ पर यह साइमन-साइमन कर अपने फ़ौजी कमांड मत देना। नहीं तो घाट के हिन्दू हमें लाठी लेकर घाट के बाहर खदेड़ देंगे। साइमन का नाम इस घाट के भीतर बदलना ही होगा। साइमन, कुछ घंटों तक तुम रहोगे श्याम कुमार,” विवियन ने कहा।

और बच्चों की भाँति सबने तालियाँ बजाकर नये नाम का स्वागत किया।

“हाय, कैसा रोमांटिक नाम है—श्याम कुमार! मैं तो कहती हूँ, अब इसका यही नाम रहने दिया जाए। क्यों, क्या ख़याल है साइमन? इट गोज़ विद योर टरबन।”

ग्यारह

श्याम कुमार ने अपना बजरा कस-कसकर पास खड़े दूसरे बजरे से बाँध दिया। 'गोल्डन ऐरो' की चमक-दमक के सम्मुख वह दुअन्नीवाली सवारियों से भरा भारी जर्जर मटमैला बजरा एकदम भिखारी लग रहा था।

एक-एक को खींचकर आंटी ने ज़बरदस्ती डुबकियाँ लगवाईं। बड़ी स्वाभाविकता से आंटी सीधा पल्ला मारे, इकलाई धोती में लिपटी सिर-मुँह ढापे बजरे से पानी में उतरीं, तो हँसी के मारे विवियन और कली का बुरा हाल हो गया।

आंटी को डरी बच्ची की भाँति पुचकारता एक वाचाल पंडा गहरे पानी में खींच ले गया तो विवियन बोली, "आई एम श्योर, ही इज़ फ़्लर्टिंग विद आंटी।"

बड़ी भक्ति में डूबी आंटी बार-बार पानी में मुँह डुबोतीं और फिर किसी विराट व्हेल मछली की भाँति छपाक् से ऊपर निकल आतीं।

बड़ी देर तक डुबकियाँ लेकर आंटी का पूरा दल किनारे पर लौट आया।

"न जाने कैसा जादू है इस पानी में, लगता है, एक साथ चार स्टोन वज़न चार डुबकियों में डुबो आई हूँ, आई एम फ़ीलिंग सो लाइट! चलो, अब तिलक लगवा लिया जाए..."

पृथुल शरीर से चिपकी गीली धोती, गोल चेहरे पर चिपक गए बाल और बालक की-सी दूधिया हँसी देखकर कली को लगा, वह आंटी को नहीं, किसी और को देख रही है।

बजरे ही में एक कोने में चादर तानकर सबने गीले कपड़े बदल लिये। आंटी एक बार फिर अपनी जींस पहनकर बाहर निकल आईं।

"साड़ी ससुरी पैरों में फँसती है। बस, साल में एक बार पहनती हूँ गंगा-नहान को।"

धीमी मन्थर गति से बजरा घाट की ओर बढ़ रहा था। कितनी सारी नावें थीं एक साथ! किसी में गाती-बजाती स्त्रियाँ, किसी में 'गंगा मैया की जय, जमुना मैया की जय' से आकाश गुँजाते यात्री, जल में बहती कुम्हलाई पुष्पमालाएँ, चीर और पत्ते। कली और विवियन को भी आंटी ने ज़बरदस्ती डुबकियाँ लगवा दी थीं।

"आल योर सिंस इन दा होली गैजेज़," उन्होंने मुसकराकर कहा तो कली का उत्फुल्ल चन्द्रमुख जैसे क्षण-भर को कुम्हला गया था। तब से वह अनमनी-सी बजरे पर बैठी कभी गहरे पानी में कुहनी तक हाथ डुबोती हुई सोचने लगती, कभी स्वयं ही अपनी बेचैनी की कैफ़ियत ढूँढ़े नहीं ढूँढ़ पाती। क्या यह पतित पावनी सर्वतीर्थमयी भागीरथी का प्रभाव था? क्यों उसकी अन्तरात्मा बार-बार नंगी होकर उसे आज ऐसे लज्जित कर रही थी?

खचाक् से बजरा आकर नियत तख़्ते से टकराया और वह अचकचाकर तटस्थ हो गई। विवियन भी आँखें मलती उठ बैठी।

"मुझे तो अच्छी-ख़ासी झपकी ही आ गई थी। लगता है, इस बार साइमन की स्पीड कुछ धीमी पड़ गई थी—तीन बज गए हैं आंटी।"

"कोई बात नहीं! चलो, अब आराम से बैठकर तिलक लगवाएँगे और फिर गरम-गरम कचौड़ियाँ। इन कचौड़ियों की काल्पनिक सुगन्ध को सालभर से सूँघती आ रही हूँ। आज तुम मुझे नहीं रोक पाओगी विवियन।"

कली और विवियन का हाथ खींचती आंटी लकड़ी के चौड़े तख़्ते पर पालथी मारे बैठे एक गोल-गोल चिकने-चुपड़े चेहरेवाले पंडे की छतरी के सामने खड़ी हो गईं। "खूब बढ़िया चन्दन की बुन्दकियाँ लगाना पंडा जी, पिछली बार तुम्हीं से तिलक लगवाया था, याद है न?"

"वाह, वाह, याद क्यों नहीं होगा मेम साहब," किसी गाइड-सा वाचाल पंडा एक साथ दो सुन्दरी कबूतरियों को हाथ पर बैठते देख निहाल हो गया। "इस बार मेला कुछ जमा ही नहीं," वह कहने लगा, "न जाने कहाँ-कहाँ से भुखमरे तीरथजात्री परयागराज में आकर जुटने लगे हैं! चन्दन-रोली भी घर से साथ लेकर चलते हैं। सुबह से बैठा हूँ और अब तक कुल जमा सात त्रिपुंड बनाए हैं। हाँ, बेटी, कौन-सी त्रिपुंड बनवाओगी—वैष्णवी?"

अनजान-सी कली ने अपनी बड़ी आँखें आंटी की ओर उठा दीं।

"हाँ-हाँ, पंडा जी, वही ओवल शेपवाला बड़ा फबेगा इसके चेहरे पर। क्यों, है न?" आंटी बड़े उत्साह से तख़्त के कोने पर जम गईं।

"क्यों नहीं, क्यों नहीं!" पंडाजी ने अपनी घुइयाँ के चौड़े पत्तों-सी हथेलियों में कली का दुधमुँहा चेहरा थाम लिया, "एकदम बाल बैरागिन का चन्द्रमुख है माता!"

घुटने टेककर बैठी कली के ललाट पर पंडे की मलय-रोली की कटोरियों में डूबती तूलिका चिड़िया के पंख से दी गई गुदगुदी की-सी सिहरन देने लगी। कैसा विचित्र अनुभव था यह भी!

जिसने विदेश के अनेकानेक 'वोटीक़ को अपनी उपस्थिति से धन्य किया था, वर्ल्ड फेयर के इंडियन पैवेलियन में जिस सुन्दरी की एक झलक देखने को जुटी विदेशी भीड़ अपनी सारी सभ्यता, शिक्षा एवं सुरुचि ताक में धर सहसा देशी नौटंकी की सस्ती भीड़ की-सी ही सीटियाँ बजाने लगती थी, वही आज एक अपढ़ पंडे के सम्मुख गँवारू बाल वैष्णवी की ही भाँति घुटने टेककर बैठ गई थी।

कंठ में झूलती चवन्नी की तुलसीमाला, खुले गीले बालों से टप-टप कर टपकता पानी, दो कर्णचुम्बी आँखों के बीच सुभग नासिका से प्रशस्त चिकने ललाट तक खिंचा वैष्णवी त्रिपुंड! क्या रसशास्त्र के पृष्ठ यहीं साकार नहीं हो गए थे? आंटी मंत्रमुग्ध होकर उसे एकटक देख रही थीं। बहुत पहले कमिश्नर शर्मा के साथ वे खजुराहो की ऐतिहासिक यात्रा पर गई थीं। आज उन्हें बार-बार यही लग रहा था

कि उसी खजुराहो के अस्सी चन्देल मन्दिरों से किसी सुर-सुन्दरी की मूर्ति जीवन्त होकर पंडे से त्रिपुंड लगवा रही है।

'द सेम अनसोफ़िस्टिकेट गर्ल ऑफ़ खजुराहो,' वह मन-ही-मन ऐसे बुदबुदाने लगीं, जैसे वहाँ और कोई भी न हो, 'ठीक जैसे उन मन्दिरों की नग्न मूर्तियाँ अंग के एक-एक मोड़-मरोड़ के साथ अपने सौन्दर्य का प्रदर्शन अनजान बनी करती दर्शकों को मोह लेती हैं—कभी हाथ में दर्पण लेकर, कभी गेंद से खेलकर, कभी भव्य ग्रीवा के मरोड़ से—शी डिस्प्लेज़ हर न्यूडिटी फ्रॉम ऑल साइड्स ऑफ़ दी बॉडी।'

"क्या बक रही हो आंटी? अब उठ भी कली, एकदम हरद्वार की जोगन लग रही है।" विवियन उकताकर उठ गई।

हाथ में दर्पण लिये अपने चेहरे की बदलती रंगत देखकर कली खिलखिलाकर हँस ही रही थी कि किसी ने पीछे से आकर उसकी पीठ पर ठंडी हथेली धर दी।

"हाय, मैं मर गई! ज़रा देखो तो इसे बीबी जी, एकदम तुम्हारा ही-सा त्रिपुंड लगवाकर कैसी बनी है? आज ही तुझे याद कर रही थी और तू मिल गई।"

कली हड़बड़ाकर उठी और उसके हाथ से पंडा जी की दो-तीन रंगरोली-भरी कटोरियाँ टन-टन करती लुढ़क गईं।

"नारायण, नारायण! सवा रुपये का चन्दन गिरा दिया, बेटी।" वह बड़बड़ाने लगा।

त्रिपुंड रचित चेहरा लिये कली अम्माँ से लिपट गई। वह अब भी उसकी बदली सूरत देखकर हँसे जा रही थीं।

"हाय, अम्माँ, आप यहाँ कैसे आ गईं?"

"जैसे तू आ गई," अम्माँ ने हाथ की गीली धोती तख़्त पर रख दी।

"हमसे तो तू कहके आई थी कि लखनऊ जा रही हूँ और यहाँ बैरागन बनी हमसे भी पहले गंगा नहा ली?" अम्माँ ने हँसकर चुटकी ली और कनखियों से कली के साथियों की विचित्र भीड़ को देखा। हतप्रभ-सी आंटी सकपकाकर एक ओर खड़ी हो गई थीं। उस तेजस्वी नवागन्तुका के स्निग्ध ललाट पर चमकती रोली के सामने उन्हें अपने ललाट पर बना त्रिपुंड एकदम नक़ली बनकर चुभने लगा।

"बीबी जी बहुत दिनों से आग्रह कर रही थीं कि इलाहाबाद आकर गंगा नहा लूँ, पर गृहस्थी में ऐसी फँसी कि चौदह साल से बीबी जी यहाँ हैं और आज आ पाई हूँ। लल्ला छुट्टी पर आया था, उसे ही ज़िद कर खींच लाई। पर मरी, तू कैसे आ गई यहाँ?"

"यह मेरी सहेली है अम्माँ—विवियन, और ये इसकी आंटी हैं, यह भाई—इसी ने बड़ी ज़बरदस्ती यहाँ रोक लिया।"

हठात् सहेली के किरंटी नामोच्चार और आंटी की लाल पैंट देखकर अम्माँ की विधवा बीबी जी भैंस-सी बिदक उठीं, "चलो भी बोज्यू, नहा-धोकर अभी तिल-पात्र किया है, कहीं फिर न नहाना पड़े।" एक क्षण में ही उस फ्रस्ट्रेटेड बाल विधवा

का कर्कश स्वभाव पानी में तेल-सा तैरने लगा। वह बड़बड़ाती आगे बढ़ गई, "इन मरे मुस्टंड पंडों की भी मति मारी गई है। धेले-पैसे के लिए धर्म भरस्ट हरामी ईसाइयों के कपाल रँग रहे हैं।"

आंटी ने सुनी अनसुनी कर बड़ी नम्रता से दोनों हाथ जोड़कर अम्माँ का अभिवादन किया, पर विवियन का चेहरा अपमान से तमतमा उठा।

"इनके कहे का बुरा मत मानना बेटी," अम्माँ ने खिसियाकर कली के कन्धे पर हाथ धर दिया, "पता नहीं, क्या देखकर तुझे ईसाई समझ बैठीं। मैं कार से ही आई हूँ। परसों चली जाऊँगी। तू साथ चलना चाहे तो चलना!"

"पर अम्माँ, हमें दो-तीन दिन नवीन चाचा के यहाँ लखनऊ भी तो रुकना है," अचानक कली की दोनों आँखें, अम्माँ के पीछे आकर खड़े हो गए लम्बे साँवले युवक की ओर उठ गईं।

अच्छा, तो यही था अम्माँ का लल्ला? अब तक कहाँ छुपा था यह? क्या पेड़ की डाल से अचानक कूदकर खड़ा हो गया?

कैसा हिंट दे रहा था ससुरा! इतना भी न समझे, ऐसी थिक स्किंड गैंडे की खाल नहीं है कली की!

स्पष्ट था कि लखनऊ के दो दिन के सम्भावित पड़ाव के उल्लेख से वह कली को सहमाना चाह रहा था।

एक बार कली के जी में आया, वह हँसकर कह दे, 'तो क्या हो गया अम्माँ, मैं भी दो-तीन दिन नवीन चाचा के यहाँ रुक जाऊँगी!' पर आँखें चार होते ही उसका चेहरा विवर्ण हो गया।

केवल धोती की परिधान के ऊपर पॉलिश की गई टीक लकड़ी-सी चमकती नग्न चौड़ी छाती, किसी अरण्य जनशून्य वन में धूप सेंकते नरव्याघ्र की-सी किसी को कुछ न समझनेवाली तेजस्वी आँखें, और पतले क्रूर अधरों का व्यंग्यात्मक बंकिम स्मित!

पहले कुछ क्षणों तक जैसे वह रोली, त्रिपुंड और खुले गीले बालों के बनावटी जाल में उलझकर रह गया, पर फिर वही व्यंग्यात्मक बंकिम स्मित, तीखी पतली छुरी की भाँति कली के धड़कते कलेजे में मूठ तक धँस गई।

"हैवंट वी मेट बिफ़ोर?" उसने हँसकर पूछा।

चौड़ी सिल-सी छाती पर पड़ी यज्ञोपवीत की पीली डोरी कली के गले में फ़ाँसी का अदृश्य फन्दा बनकर लटक गई।

"नहीं तो," कली ने दूसरे ही क्षण अपने को सँभाल लिया। एक बार वह फिर वही दूधिया भोले चेहरे की कली बन गई जो आबकारी के वरिष्ठ अधिकारियों को अपनी नन्ही तर्जनी पर बड़ी सुगमता से नचा लेती थी।

"कुछ चेहरे ऐसे ही होते हैं सनी," आंटी हँसकर कहने लगीं, "जिन्हें देखकर हमेशा यही लगता है कि उन्हें कहीं देखा है। शायद हमारी कली का चेहरा भी ऐसा

ही है। मैंने भी जब इसे पहली बार देखा तो दिन भर याद करती रही—या मेरे मसीह, कहाँ देखा होगा मैंने इसे ?''

''चलो अम्माँ, बड़ी बुआ बहुत आगे निकल गई हैं।'' बिना कुछ कहे ही वह दम्भी युवक माँ की गीली धोती उठा, एक बार भी बिना विदा की कर्टिसी किए चलने लगा।

''चलूँ बेटी, अब कलकत्ता में ही फुरसत से बातें करूँगी।''

बहुत आगे निकल गए पुत्र के साथ चलने को अम्माँ लम्बी-लम्बी डगें भरती निकल गईं तो विवियन बोली, ''ब्लास्ट हिम, क्या इन्हीं के साथ तू रहती है कली ? बाप रे बाप, इससे तो कलकत्ता के चिड़ियाघर के शेर पिंजरे में रहने क्यों नहीं चली जाती ? क्या करते हैं ये हज़रत ? समझते तो अपने को बहुत कुछ हैं !''

''हूँ, एम्बेसी में हैं, सुना। मैं तो इन्हें आज ही देख रही हूँ और कहता है कि हम कहीं मिले हैं, माई फ़ुट !'' कली मुस्कराकर विवियन की बाँह पकड़कर चलने लगी।

बॉबी के जी में आ रहा था, वह लपककर कली के बालू में पड़ते चरण-चिह्नों को चूम ले। अचानक उस पिकनिक की सलोनी-साँझ में मूसलचन्द बनकर कूद गए उस सुभग व्यक्तित्व के स्वामी को देखकर बॉबी का चित्त किसी अज्ञात आशंका से काँप उठा था। इसी के गृह में कली पेइंग गेस्ट बनकर रहती है। फिर बॉबी के लिए आशा ही क्या रह जाती थी ? पर चलो, अच्छा हुआ। पहली ही मुलाक़ात में दोनों ने नंगी तलवारें खींच ली थीं।

''मैं तो कहता हूँ, आप ऐसे नैरो माइंडेड लोगों के बीच में रहिए ही मत मिस मजूमदार,'' बॉबी लपककर कली के क़दम से क़दम मिलाता फ़ौजी मार्च-सा करने लगा, ''आपने सुना न, वह ऊँचे दाँतोंवाली औरत क्या कह रही थी ? ईसाई क्या तिलक नहीं लगा सकते ? अभी पिछले ही महीने मैंने बनारस में कितने ही अमरीकियों को धोती-कुर्ता पहने त्रिपुंड लगाए घूमते देखा है।''

''मारो गोली, हमें क्या लेना-देना ! हम वहाँ रहते ही कहाँ हैं !'' कली हँसकर कहने लगी, ''महीने में पचीस दिन तो बाहर रहती हूँ।''

पर बँगले में पहुँचकर, जब कली के पार्श्व में लेटी, दिन-भर की थकी विवियन नींद में डूब गई तो वह बड़ी देर तक करवटें बदलती रही।

कैसा आश्चर्य था कि क्षण-भर को भी वह व्यक्ति नहीं भूल पाया था ! पर स्वयं वह शायद उसे पहले बड़ी देर तक नहीं पहचान पाई थी और यदि वह कुछ नहीं कहता, तो शायद पहचानती भी नहीं। धोती की लाँग लगाए इस व्यक्ति में और विदेशी वेशभूषा में सँवरे उस साँझ के धुँधलके में मिले उस व्यक्ति में क्या धरती-आकाश का अन्तर नहीं था ?

फिर भी वह सन्ध्या शायद पलक झपकाते ही उसके लिए घातक बन सकती थी।

कली की ही भाँति एक व्यक्ति और भी वैसी ही करवटें बदल रहा था। कर्नलगंज में बुआ जी का अपना पक्का मकान था। इलाहाबाद के अधिकांश पर्वतीय परिवार कर्नलगंज में ही बसे थे। उन्हीं मुर्ग़ी के दरबों के-से, छोटी-छोटी खिड़कियों, सँकरे द्वारों और सामने खुले निर्लज्जता से गन्धाते संडासों के बीच बुआ जी का लाल ईंटोंवाला मकान छोटी-मोटी हवेली-सा ही दीखता था। नीचे की तीन-चार कोठरियों में दर्जी, लांड्री और हलवाई की दुकानों से ही काफ़ी किराया आ जाता था। फिर बुआ जी अकेली जान थीं, उस पर वर्षों से धेला-पाई दाँत से पकड़कर सेंतती चली आ रही थीं। मकान के ठीक नीचे के कमरे में आटे की एक विराट् चक्की दिन-रात कोयल-सी कुहुक मारती मनों ज्वार, चना-गेहूँ पीसती रहती। और उसी के निरन्तर सहवास का प्रभाव शायद बुआ की तीखी जिह्वा पर भी रिस गया था। कभी महरी, कभी किरायेदार, कभी जमादारनी को वे बेमतलब अपने दंगल पर खींचकर भिड़ती रहतीं।

"मुझे एकदम ही राँड बेसहारा समझ लिया है इन हरामियों ने। चार महीने से इस संड-मुसंड हलवाई ने एक पैसा किराया नहीं दिया है। क़सम खाकर कह रही हूँ बोज्यू," वे दो दिन के लिए मिलने आई गऊ-सी सीधी भावज को दंगल पर खींचकर सुना रही थीं, "तुम लोगों ने तो मेरी ओर से आँखें मूँद लीं। तभी तो यह मुसंडा शेर बन गया है। कभी-कभी जी में आता है, इस गैंडे को इसी की कड़ाही में खोए के साथ भूँज दूँ।"

बहुत बड़ी कड़ाही में स्तूपाकार खोए को भूँजते मोटे हलवाई के कानों में शायद बुआ के हृदयहीन प्रस्ताव की भनक पड़ गई थी। वह वहीं से हँसकर कहने लगा, "ज़रूर भूँज डालो बुआ जी, पर कड़ाही ज़रा बड़ी चढ़ाना। ऐसा न हो कि नीचे गिर पड़ूँ।"

"देख रही हो न बोज्यू, मरा कैसी ठिठोली कर रहा है मुझ राँड़ रँडकुली औरत से, जैसे मैं इसी की भौजी लगती हूँ!" पर बुआ का रुँधा कंठ-स्वर कुछ ही क्षणों बाद बदलकर मीठी हाँक लगाने लगता, "अरे राधाकिसन, मेरे लिए आधा सेर उसी खोए की बरफी भिजवा देना ऊपर, जो अभी भूँज रहा था। जिस दिन खाने के बाद मीठा न खाऊँ, लगे है, खाना ही नहीं खाया। ऐसा मिष्ट दन्त है निगोड़ा!"

"अभी लो बुआ, आध सेर क्या, तीन पाव तौलकर भेजता हूँ!" और किराये की एक छोटी किस्त राधाकिसन फ़ौरन ऊपर भिजवा देता। फिर शायद सन्धिपत्र पर दोनों के हस्ताक्षर भी हो जाते, क्योंकि सबसे ऊपर की मंजिल पर लेटे प्रवीर के कानों में हलवाई के साथ देर से चल रहे बुआ के वाक्युद्ध की बकर-बकर नहीं सुनाई देती।

कुछ देर तक वह बुआ का कर्कश कंठ-स्वर, चक्की की घर्र-घर्र और अम्माँ की नरम आवाज़ सुनता रहा फिर सब शान्त हो गया। कितनी भोली थीं अम्माँ! कोई

भी मीठी बातों के जाल में उन्हें फाँस सकता था। शायद ऐसी ही वाक्-चातुरी और भोली सूरत से उस लड़की ने भी अम्माँ को फाँसा होगा। नहीं, उसे धोखा नहीं हुआ था। ठीक ही कहा था उस सरदार ने, 'एक बार उस चेहरे को देखने पर कोई भूल नहीं सकता भाई साहब।' दो वर्ष पहले, कुछ ही पलों तक देखे गए उस चेहरे को वह सच नहीं भूल सका था। तभी तो बहुरुपियों के चातुर्य से रँगे-पुते, ज़बरदस्ती पावन बनाए गए त्रिपुंडरचित चेहरे के बीच भी उसने दो वर्षों की फ़रार अभियुक्ता को सहज ही में पकड़ लिया था।

उस बार अम्माँ-बाबूजी को बिना सूचना दिये ही वह काबुल से कलकत्ता आ गया था। घर पहुँचा तो द्वार पर बड़ा-सा ताला लटक रहा था। पड़ोस के जस्टिस साहब से पता लगा, अम्माँ-बाबूजी दोनों जगन्नाथपुरी की रथयात्रा देखने गए हैं। हफ़्ता-भर बाद लौटेंगे। प्रवीर वैसे ही सूटकेस लटकाए लखनऊ चला गया था। नवीन कक्का उसके समवयसी थे और मित्र ही अधिक थे, चाचा कम। छोटी उम्र में ही काकी क्षयरोग में जाती रहीं। फिर कक्का ने दूसरी शादी नहीं की। सेक्रेटेरियट में अच्छी नौकरी पा गए थे। नया गाँव में बाप की बनाई दर्शनीय दुमंज़िली कोठी थी। जब भी प्रवीर छुट्टियों में घर आता, नवीन कक्का से मिलने का प्रोग्राम अवश्य बनता। होने को तो पिता के चचेरे भाई थे, पर बहुत वर्षों तक दोनों भाई यह जान ही नहीं पाए थे कि नवीन कक्का उनके सगे चाचा नहीं हैं। कपड़ों के ऐसे शौकीन थे कि बस सारी तनख़्वाह ही कभी-कभी कपड़ों और जूतों में फूँक डालते। ऐसा आमोदी स्वभाव कि गाने की महफ़िल जुटती, तो आधी-आधी रात तक चलती रहती। मलमल का चम्पे की कलियोंवाला गोटदार लखनवी कुर्ता, इकबर्रा पाजामा, कन्धे तक झूलते बाल और पर्शियन बिल्ले की नरम मोटी पूँछ-सी पुष्ट मूँछें। अनोखा व्यक्तित्व था नवीन कक्का का। भतीजा आता, तो कक्का उदार मेज़बान बनते, फंड से रुपया निकाल लाते। कभी कुल्हड़ों में कुल्फ़ी फ़ालूदा चला आता, कभी रबड़ी का दोना। पर उस बार जब प्रवीर लखनऊ पहुँचा तो दुर्भाग्य से नवीन कक्का को अचानक किसी आत्मीय का श्राद्ध करने पहाड़ जाना पड़ा। घर की चाबी प्रवीर को थमाकर वे दूसरे ही दिन अल्मोड़ा चले गए।

दिन-भर उनकी अलभ्य पुस्तकों से ठसी अलमारियों को प्रवीर दीमक बना चाटता रहता था। सन्ध्या को वह अपने एकान्तवास से स्वयं ही ऊबकर बरामदे में खड़ा हो गया। इतने वर्षों में भी लखनऊ बहुत नहीं बदला था। नवीन कक्का के नया गाँव की उस गली की एक-एक रेखा वैसी ही धरी थी। सामने लगा छोटा-सा पार्क, पार्क से लगी बड़ी-सी कोठी, दाईं ओर मुड़ गई गली के सिरे पर लकड़ी का वही टाल, और टाल के टीले पर बैठी हुई बीनती टाल की स्वामिनी वही बुढ़िया। दूसरी

टेढ़ी-मेढ़ी गली जो सीधे अमीनाबाद के चौराहे पर जाकर मिलती थी और जिस नुक्कड़ के बिसाती के यहाँ से वह मीठी रंगदार गोलियाँ, पतंग और माँझा लाया करता था, वह अब भी वैसी-की-वैसी ही धरी थी। चुचके-से गालोंवाला वह बूढ़ा बिसाती अब भी वही लँगड़ा चश्मा वैसे ही पीली डोरी से बाँधकर कान पर लटकाए रहता था। हल्की बूँदाबाँदी के साथ-साथ अचानक उस दिन घर का फ़्यूज उड़ गया। हल्का अस्पष्ट धुँधलका चीरता कभी-कभार एक-आध ताँगा निकल जाता और फिर सड़क सूनी हो जाती। नवीन कक्का स्वयंपाकी थे। भतीजे को भी वह अपना स्टोव, रसद सब कुछ निकालकर सौंप गए थे। पर प्रवीर उनकी अनुपस्थिति में नित्य क्वालिटी में ही जीम रहा था। वह सोच रहा था कि ताला मारकर गंज की ओर निकल चले कि वह लड़की बंगाल की आँधी के अप्रत्याशित झोंके की भाँति आकर उससे लिपट गई थी।

''प्लीज़, मुझे कहीं छिपा दीजिए, वह मुझे मार डालेगा! पीछे-पीछे आ रहा है! देर मत कीजिए, प्लीज़!''

प्रवीर ठिठककर हतप्रभ-सा खड़ा रह गया।

कौन थी यह? कौन पीछा कर रहा है? कहाँ छिपा दे? कहीं यह नवीन कक्का की वही स्टेनो तो नहीं थी?

सेक्रेटेरियट की एक ईसाई स्टेनो को लेकर नवीन कक्का को इधर खूब लपेटा जा रहा था। अम्माँ ने ही उसे बतलाया था, 'इससे तो नवीन कक्का कोई पहाड़ी सद्‌गृहस्थ की बिटिया ले आते। सुना, दफ़्तर की वह छोकरी उन्हें खूब गोश्त खिला-खिलाकर भ्रष्ट कर रही है, नवीन के बहन-बहनोई सबको खिला-पिलाकर फाँस लिया है छोकरी ने! दुर्गी के बच्चे तो उसे अब मामी कहकर पुकारने लगे हैं। नवीन कक्का शायद स्वयं भी उससे विवाह करना चाहते थे, पर वृद्ध पिता ने आत्महत्या की लाल झंडी दिखा दी थी।'

निश्चय ही यह वही होगी, पर शायद कुछ पूछने का न समय था, न उस आँधी-सी आ गई लड़की ने उसे अवकाश ही दिया। वह पत्ते-सी काँपती चली जा रही थी।

प्रवीर ने उसका एक हाथ खींचकर नवीन कक्का के वारड्रोब में अपने ट्वीड के कोट के पीछे धकेल दिया और स्वयं पीछा करनेवाले रहस्यमय व्यक्ति को देखने बरामदे में खड़ा हो गया। उसे लगा, जैसे क्षण-भर को उससे लिपटी वह काँपती लड़की उसके शरीर पर तेज सुगन्ध की कोई अदृश्य सेंट की बोतल ही उड़ेल गई है। ऐसे सुगन्धित प्रसाधनों का उसे अभ्यास नहीं था, इसी से तेज खुशबू उसे और भी तेज लगी।

''क्या मैं अन्दर आ सकता हूँ?''

आकस्मिक स्वर से चौंककर प्रवीर ने आँखें उठाईं। परदा उठाकर एक सहमा-सा लम्बा सरदार झाँक रहा था।

"आइए," प्रवीर ने कुर्सी खींच दी और बिना धन्यवाद दिये ही वह धम्म से बैठकर बुरी तरह हाँफने लगा।

बारह

"एक्सक्यूज़ मी...पर इधर कोई दुबली-पतली लड़की तो नहीं आई? बेहद दुबली, कन्धे तक कटे बाल, टेढ़ी माँग, बहुत बड़ी आँखें, हलकी गुलाबी साड़ी और..."

"जी नहीं," प्रवीर का संयत कंठ-स्वर स्वयं ही अनजान बना उसके कानों से टकराने लगा।

"सचमुच ही पैरों में स्केटिंग व्हील बाँधकर भागती है वह शायद। ज़रा सोचिए, इन लम्बी टाँगों को भी पछाड़ गई!" वह हँसा।

सरदार सचमुच ही साढ़े छह फ़ीट से कम नहीं था।

चमकता जूता, क़ायदे से पहना गया सूट और टाई, मोती-से चमकते दाँत, जो उसके हँसते ही अँधेरे चेहरे को अचानक जला दी गई तेज पावर की बत्ती की भाँति उज्ज्वल कर बैठे थे, पर जिसकी चाल-ढाल, फुर्ती और इकहरे शरीर के गठन से प्रवीर उसे युवक समझ बैठा था, दियासलाई के क्षणिक आलोक में उसका प्रौढ़ चेहरा देखकर वह दंग रह गया। सँवरी दाढ़ी के बाल खिचड़ी थे और सुदर्शन चेहरा झुर्रियों से भरने लगा था।

"वैरी स्ट्रेंज," वह कहने लगा, "मुझे दूर से बिलकुल यही लगा कि वह इन्हीं लोहे की छल्लेदार सीढ़ियों पर बिल्ली-सी कूदती चढ़ रही है। शायद धोखा हुआ हो—पर क्या आप मेहरबानी कर मुझे एक बार अपनी कोठी का ओना-कोना देखने देंगे? वह जंगली बिल्ली की तरह कहीं भी छिप सकती है।"

"आप शौक़ से देख सकते हैं, पर पूरे घर का फ़्यूज़ उड़ गया है और मेरे पास टॉर्च भी नहीं है," प्रवीर ने कहा था।

पर सरदार को जैसे विश्वास ही नहीं हो रहा था कि वह छलनामयी कोठी से कहीं बाहर गई है।

"मैं समझ रहा हूँ जी," वह बड़े खिसियाए स्वर में कहने लगा, "एक तो उचक्के की तरह आपके अनजान बँगले में कूद आया हूँ, उस पर ओना-कोना छानने के लिए आपकी इजाज़त माँग रहा हूँ। पर एक बार ढूँढ़ लूँ, तो शायद तसल्ली हो जाएगी।" सरदार को जैसे उस दुबली लड़की को ढूँढ़े बिना चैन नहीं पड़ रहा था।

वह प्रवीर के साथ दियासलाई की तीलियाँ जलाता उचक-उचककर छत की बल्लियाँ तक छान आया। एक बार वारड्रोब के अधखुले पट की ओर पीठ कर वह झुककर पलंग के नीचे झाँकने लगा, तो प्रवीर का कभी न धड़कनेवाला लोहे का कलेजा भी धड़क उठा था। कहीं उसे देख लिया, तो क्या कहेगा वह सभ्य सौम्य सरदार? वह प्रवीर जो कभी झूठ नहीं बोलता, एक अनजान रहस्यमयी छोकरी के लिए इतना बड़ा झूठ कैसे बोल गया?

सरदार एक बार फिर बाहर आकर हताश हो उसी कुर्सी पर बैठ गया।

"क्या बताऊँ, भाई साहब, बात भी ऐसी है कि कहते भी शर्म से सिर झुक जाता है। हमारे आज़ाद हिन्दुस्तान में अब ऐसी लड़कियाँ भी जन्मने लगी हैं। क़रीब एक साल होने को आया, मेरी बीवी शिमला अपनी बीमार माँ को देखने गई। मैं फ़ौज में हूँ, मुझे ब्रिगेडियर वेदी कहते हैं," वह अपने इसी संक्षिप्त परिचय के साथ तपाक् से कुर्सी से उछल, प्रवीर से हाथ मिला, फिर बैठकर कहने लगा था, "गुरु की मरजी ऐसी हुई कि माँ तो ठीक हो गई, उसकी बीमारी का हाल पूछने गई बेटी चल दी! एक कार एक्सीडेंट में ही मेरी बीवी का इन्तकाल हो गया। मैं लद्दाख में था, लड़की दिल्ली में मेरी माँ के पास थी और बेटा खड़गबासला में। दोनों को यही ख़बर देने मैं शिमला से लौटकर दिल्ली जा रहा था। चलने लगा तो सास ने मेरी बीवी का सारा गहना थमा दिया। मेरी बीवी को अपने गहनों से अजीब लगाव था। कितनी बार समझाया कि बैंक में रख दे, पर जहाँ भी जाती, उसका छोटा-मोटा लॉकर साथ ही चलता। अब आपसे क्या कहूँ, वैसे अनमोल हीरों का सेट शायद अब सवा लाख में भी नहीं जुटेगा। मेरी बीवी फ़िरोज़पुर के वेदियों की बेटी थीं और मेरे ससुर लन्दन, कनाडा और अमरीका के गुरुद्वारों में प्रबन्धक रह चुके थे। पहले मैंने सारे गहने अपनी सास को लौटा दिये, 'मेरा तो अनमोल हीरा चला गया, बीबीजी, मैं अब इनका क्या करूँ?' मैंने कहा तो वे रोने लगीं, 'तुम्हारी लड़की की सगाई हो गई है, अब इनकी ज़रूरत पड़ेगी, बेटे।' और अटैची खोल उन्होंने मुझे पूरी लिस्ट से मिलान कर एक-एक चीज़ समझा दी थीं।

"ट्रेन चली, तो मैंने अटैची तकिए के नीचे दबा ली और लेट गया।

"उस कूपे में मेरे साथ एक लड़की भी सफ़र कर रही थी। वही, जिसका पीछा करने मैं यहाँ तक भागता चला आया हूँ। पहले मुझे बड़ा इमबैरेसिंग लगा, भाई साहब, इतना लम्बा सफर और साथ में अकेली वह जवान चुलबुली छोकरी। लड़की बेहद चुलबुली थी। कभी लेटती, कभी झटके से कटे बाल पीछे की ओर फेंकती, कभी खिड़की बन्द करती, कभी खोलती। मुझे लेटे-लेटे उसकी नटखट हरकतें देखकर अपनी लड़की तेजेन्दर की ही याद आ रही थी। वह भी एक जगह चुपचाप नहीं बैठ सकती, जैसी बीसियों पिस्सू एक साथ काट रहे हों! कुछ देर तक मैं उसे देखता रहा, फिर मेरी आँखें नींद से खुद-ब-खुद झपकने लगीं। एक तो कई रातों

से नहीं सोया था। एक हलकी-सी झपकी के बाद मैंने करवट बदली तो देखा, वह लड़की सीट से नीचे टाँगें लटकाए सिगरेट पर सिगरेट फूँके चली जा रही है। मैं उसे देखकर दंग रह गया। फ़ौज में रहा हूँ—वह भी लद्दाख, लेह और सिक्किम में, जहाँ सिगरेट और रम के बिना कोई भी फ़ौजी नहीं जी सकता। कैसे-कैसे चेन स्मोकर्स भी देखे हैं! पर यह बच्ची तो सबको पछाड़ रही थी। एक बार जी में आया, पूछूँ, 'बेटी, क्यों अपने को ऐसे तबाह कर रही हो,' पर फिर चुप रह गया—आजकल की लड़कियों का क्या ठिकाना, कौन बारूद के ढेर में आग लगाए! कहीं कुछ उलटा-सीधा कह बैठी तो खिसियाकर ही लम्बा सफ़र काटना होगा। अपनी ही तेजेन्दर को कभी टोक दूँ, तो वह टके-सा जवाब धर देती है। फिर यह तो अनजान, परायी बेटी थी।

"मैं करवट बदलकर सो गया। आधी रात को मुझे ऐसा लगा, जैसे किसी ने मेरे सिरहाने से कुछ खींच लिया है।

"मैं हड़बड़ाकर उठा और स्विच टटोलने लगा। ऐसे मौक़ों पर हमेशा ट्रेन का स्विच बाज़ीगर की काठ की कटोरियों के नीचे छिपी गोलियों की ही तरह दाएँ-बाएँ लुकाछिपी खेलने लगता है। जहाँ हाथ टटोलता, वहीं खिड़की की चिटकनी हाथ आती।"

किसी पेशेवर चतुर कहानी कहनेवाले की ही भाँति सबसे रहस्यमय मोड़ पर आकर ब्रिगेडियर वेदी अचानक चुप हो गया था। प्रवीर को भी अब उस कहानी में रस आने लगा था।

"फिर?" न चाहने पर भी पूछ बैठा था।

"बस, साहब, फिर बड़ी देर के बाद स्विच मिला, बिजली जलाई तो देखता क्या हूँ कि वह छोकरी हाथ में मेरी अटैची लिए दरवाजे के पास खड़ी है। मैंने आव देखा न ताव, नीचे कूदा और लपककर उसकी बाँह पकड़ ली। 'ज़रा सोच-समझकर सरदारजी,' वह छोकरी बेहयाई से मुसकराने लगी, 'ऐसा न हो कि आपको अटैची छीनकर पछताना पड़े।'

" 'अटैची मेरी है। तुमने इसे मेरे सिरहाने से निकाला कैसे?' मैं शायद ग़ुस्से में बुरी तरह बौखला गया था। एक तो हाई ब्लड प्रेशर का मरीज़ हूँ, उस पर उस छोकरी की चोरी और सीनाजोरी से मैं आपे से बाहर हो गया।

" 'देखिए,' उसने ज़ंजीर की ओर हाथ बढ़ाया, 'आपने अटैची छीनी और मैंने ज़ंजीर खींची। मैं एक ही चीख़ से पूरी ट्रेन के यात्रियों को यहाँ जुटा लूँगी और कहूँगी, यह दढ़ियल मेरी इज़्ज़त पर डाका डाल रहा था। अटैची तो आपको मिल जाएगी, पर इज़्ज़त चली जाएगी। ऐसे मौक़ों पर लोग औरत की ही बातों पर विश्वास करते हैं, मर्द की नहीं—ज़रा अपनी उम्र देखिए। इस उम्र में इस बेइज़्ज़ती और बदनामी के धक्के को क्या आप सह लेंगे?'

''ठीक कह रही थी छोकरी। शायद लोग उसी की भोली सूरत का एतबार करते। मैं अगर यह भी कहता कि मैं अपनी बीवी की तेरही कर लौट रहा हूँ, तब भी शायद मेरी दागी गई गोली मेरे ही .ीने में लगती।

'' 'बीवी नहीं है, इसी से ख़ूबसूरत अकेली लड़की को देखकर बौरा गया है रँडुआ,' शायद लोग यही कहते।

'' 'क्या आप नहीं सोचते सरदार जी, वह बहुत ही भोलेपन से ऐसे हँसने लगी, जैसे अभी उसके दूध के दाँत भी नहीं टूटे हों, 'कि बजाय इसके कि मैं आपकी इज़्ज़त पर डाका डालूँ, अच्छा यह हो कि ख़ाली आपकी अटैची पर ही डाका डालकर चल दूँ?'

''मुझे तो जैसे लकवा मार गया था। इतने ही में शायद सिगनल न पाकर गाड़ी किसी बियाबान जंगल के बीच खचाक से रुककर सीटियों से कान फोड़ने लगी।

''मैं उसी की कही बातों में उलझा था, हो सकता था कि मेरी तेजेन्दर की महीना-भर पहले हुई मँगनी भी इसी झूठी बदनामी से टूट जाए! मैं सँभलता, इससे पहले ही वह बित्ते-भर की छोकरी मेरी अटैची लटकाए मुसकराती उतरकर अँधेरे बियाबान में खो गई। गाड़ी जैसे उसी के लिए रुकी थी। मैं बुत-सा खड़ा रह गया—खुला दरवाज़ा, चलती गाड़ी के साथ फटाफट खुल-खुलकर बन्द हुआ, तो मुझे होश आया। पुलिस में ख़बर करता भी तो क्या होता! आज इतने दिनों बाद वह मुझे फिर चारबाग़ के स्टेशन पर दिखी। सामान वहीं छोड़, मैं इसके पीछे भागा पर देखिए न, जिसके रिक्शा का इतनी दूर तक पीछा करता आया, वह इस गली में उतरते ही फिर जादुई परी-सी उड़न-छू हो गई। आज अगर मिल जाती, तो छोकरी की गरदन वहीं दबोच देता।''

सरदारजी का ब्लड प्रेशर उनकी लाल डोरीदारी आँखों में उतर आया था।

''क्राइम डज़ नॉट पे ब्रदर,'' वह सिगरेट के टुकड़े को फेंककर उठ गया, ''देख लीजिएगा, एक-न-एक दिन कुत्ते की मौत मरेगी।''

''हो सकता है, यह आज की लड़की कोई और हो और आपको पीछा करते देख सहमकर भागने लगी हो! कभी-कभी कोई चेहरा धोखा भी दे जाता है।''

''नहीं जी, ऐसी बात नहीं है। वह चेहरा धोखा नहीं दे सकता। उसे एक बार देख लेने पर शायद आप भी नहीं भूल सकेंगे—वेरी ओरिजिनल आइज़—अब मैं चलूँ, सामान चौकीदार को सौंप आया था, आपका बहुत-बहुत शुक्रिया,'' सरदार ने बड़ी नम्रता से झुककर प्रवीर के दोनों हाथ पकड़कर फ़ौजी झटकों में झटका दिया था। ''आपका बहुत वक़्त जाया किया, पर आपसे सब बातें कहने से एकदम लाइट फ़ील करने लगा हूँ।''

चलते-चलते ब्रिगेडियर वेदी उसे अपने चमकते ब्रीफ़केस से निकालकर अपना चमकता विज़िटिंग कार्ड भी दे गया था।

उसके जाने के बाद भी प्रवीर कुछ देर तक कुर्सी पर ही बुत-सा बैठा रहा। फिर उसे अपनी वारड्रोब में बन्द उस दुबली-पतली लड़की की याद आई, तो वह हड़बड़ाकर अलमारी खोलने लपका। उसी क्षण कमरा बिजली से जगमगा उठा। क्या पता, इतनी देर तक गरम कपड़ों के साथ बन्द लड़की दम-वम घुटकर बेहोश ही हो गई हो।

कुछ देर तक तो अँधेरे की अभ्यस्त उसकी आँखें बिजली के आकस्मिक प्रकाश से चौंधियाकर रह गई थीं, पर ठीक से पलकें झपकाकर उसने देखा। जादूगर हुडूनी के-से ही बाज़ीगरी चातुर्य से बन्द वारड्रोब का द्वार खोल वह छलनामयी अदृश्य हो चुकी थी। पर गई किधर से होगी?

पिछवाड़े का एकमात्र मार्ग नवीन कक्का स्वयं ही ताला मारकर बन्द कर गए थे। ऊँचे-ऊँचे रोशनदानों में कितनी ही लम्बी मानवी टाँगें क्यों न हों, कभी नहीं पहुँच सकती थीं। तब क्या वह छत की टंकी पर लगी पाइप को ही पकड़कर सर्पिणी-सी रेंग गई थी?

और कहीं हाथ की पकड़ फिसलती तब? कल्पना से ही प्रवीर सिहर उठा था। वह निश्चय ही उसी पाइप लाइन को पकड़कर उतरी थी। क्योंकि टंकी के पास ही उस नाज़ुक छोटे पैर की एक बालिश्त-भर की लाल स्वेड की चप्पल औंधी पड़ी प्रवीर को मिल गई थी। उसने चप्पल उठाकर उलट-पुलटकर देखी भी थी, फिर खीझकर नीचे सड़क पर फेंक दी थी।

क्या करेगा उस अनजान सिन्ड्रौला की चप्पल सेंतकर? उनकी चतुर स्वामिनी क्या सहज ही में पकड़ में आएगी? नवीन कक्का से कुछ कहना व्यर्थ था। उन्हें प्रवीर जानता था। ऐसी जासूसी हरकतों में उन्हें बड़ा आनन्द आता था। शायद चप्पल उन्हें दिखाता तो वे पुलिस के कुत्तों को बुलाकर सुँघा भी देते और बेकार ही में एक तूफ़ान उठ खड़ा होता। फिर प्रवीर न जाने क्या सोचकर भागता, वारड्रोब में लटके अपने ट्वीडकोट की जेबें टटोलने लगा था। उसी में उसका बटुआ धरा था। क्या पता, चलते-चलते छोकरी जेब ही काट गई हो! पर बटुवा ज्यों-का-त्यों धरा था।

नवीन कक्का लौटकर आए तो उसने उनसे एक शब्द भी नहीं कहा था। कहता तो निश्चय ही कक्का उसी की खिल्ली उड़ाते।

अस्पष्ट अँधेरे में जिन बहुत बड़ी सहमी तरल आँखों को उसने पल-भर को ही देखा था, आज संगम तट पर उन्हीं को उसने बड़ी सुगमता से पहचान लिया। कलकत्ता पहुँचते ही अम्माँ को सावधान करना होगा। उनकी बातों से उसे ऐसा लगा था कि वह अज्ञात रहस्यमयी अम्माँ के दुःख के क्षणों में उनकी बहुत अपनी बन गई है।

जया को लेकर अम्माँ इधर बहुत दुखी हो गई थीं। माया भी ससुराल में बहुत प्रसन्न थी, ऐसी बात न थी। फिर भी उसका आनन्दी स्वभाव अपने को परिस्थितियों के अनुकूल बना लेता था। संयुक्त परिवार की वह भी बड़ी बहू थी। विवाह के पश्चात् एक दिन भी पति के साथ स्वतंत्रता की मुक्त उड़ान में पर नहीं फड़फड़ा सकी थी, फिर भी वह माँ-भाई के पास पल-भर रो-धोकर अपनी वर्ष-भर की संचित व्यथा क्षण-भर में भूल-भालकर रह जाती थी। भाई काबुल से क्या-क्या लाया है, अम्माँ ने उसके लिए कितनी नई साड़ियाँ ली हैं, इसका सन्तोषजनक उत्तर पाते ही वह अपने श्वसुर-गृह की मर्मान्तक पीड़ा को बड़ी सुगमता से पचा लेती थी। पर जया मायके में भी गुम-सुम रहती थी। पति का चंचल छिछोरा स्वभाव उस दम्भी गम्भीर लड़की को भीतर-ही-भीतर क्षय के घातक कीटाणुओं की भाँति घुला रहा है, यह प्रवीर मन-ही-मन खूब समझता था। दामोदर के सस्पेंशन की ख़बर पाते ही प्रवीर ने अपने सहपाठी मित्र को पत्र भी लिखा था। सौभाग्य से वह होम डिपार्टमेंट में ही सेक्रेटरी के पद पर था। दोनों आई.ए.एस. में एक साथ ही निकले थे, फिर प्रवीर से उसकी प्रगाढ़ मैत्री भी हो गई थी। उसने प्रवीर के पत्रोत्तर में अपना ही दुखड़ा रोकर पन्ने रँग दिये थे।

'तुमने तो मेरी वही हालत कर दी है प्रवीर,' उसने लिखा था, 'कि आप मगन्ते बाभना द्वार खड़े जजमान। यहाँ की अफ़सरी में अब सिवाय काँटों के ताज के कुछ भी नहीं रह गया है। अफ़सरी कुर्सी के नाम पर यहाँ कीलों से भरी, हठयोगी की-सी कंटक-शैया मात्र रह गई है। उसी पर दम साधे लेटा रहता हूँ। कब, एसेम्बली का कौन-सा ऊटपटाँग प्रश्न, किस उच्चपदस्थ अफ़सर के लिए विषबुझा घातक बाण बन बैठे, इसका ठिकाना नहीं। कुछ दिन पहले दुर्भाग्य से मेरी पत्नी ने मेरे एक धृष्ट चपरासी को क्रोध में आकर शायद कुछ बुरा-भला कह दिया था। फ़िलहाल उसी की मूँछों में ताव है, मेरी मूँछें नीची हैं। तुमने लिखा है—तुम बड़े भाग्यवान् हो कि स्वदेश में नौकरी कर रहे हो, कम-से-कम आत्मीय स्वजनों का भला तो कर सकते हो। —तुम्हारी चिट्ठी पढ़कर मुझे हँसी आती है, बड़ी अनिच्छा से ही तुम्हें उत्तर में आज से अस्सी वर्ष पूर्व मेरीडिथ टाउनशेंड की लिखी पंक्तियाँ भेज रहा हूँ—वुड यू लाइक़ टु लिव इन ए कंट्री ह्वेयर ऐट एनी मोमेंट योर वाइफ़ वुड बी लाइबिल टु बी सेंटेंस्ड ऑन ए फ़ाल्स चार्ज ऑफ़ स्लैपिंग ऐन आया टु थ्री डेज़ इम्प्रिजनमेंट'!'

स्पष्ट था कि डूबते दामोदर को अब एकमात्र तिनके का सहारा भी वह नहीं पकड़ा सकता था। फिर भी उस अकर्मण्य निठल्ले व्यक्ति का निर्लज्ज आचरण देखकर प्रवीर दंग रह गया था। जहाँ जया एक कोने में दुबकी, सूजी आँखें उठाकर घर आए भाई की ओर ठीक से देख भी नहीं सकी थी, वहीं दामोदर साले का गम्भीर स्वभाव जानकर भी अपनी वही सस्ती हरक़तें दोहराने लगा था।

"क्यों साले साहब, कुछ एक-आध बोतल स्मगल कर लाए हो मेरे लिए?" उसके आते ही दामोदर ने अपना पहला प्रश्न पूछकर बाईं आँख मींच ली थी।

दामोदर को शायद इस बार ससुराल में स्थायी घरजमाई बनने पर उतनी सुविधाएँ प्राप्त नहीं थीं, फिर भी उसके चेहरे पर एक शिकन नहीं उभरी थी।

"अरे भाई प्रवीर, अब तुमसे कुछ छिपा थोड़े ही होगा। माया-सी सतर्क प्रेस रिपोर्टर घर में रहने पर यही तो फ़ायदा है। क्यों, है न माया?"

भाई के पास बैठी माया का चेहरा क्रोध से तमतमा उठा था। कभी इसी सुदर्शन जीजा की ऐसी ठिठोली, उसके कुँआरे अल्हड़ जीवन के माघ को भी फागुन बना देती थी, आज वही जीजा उसकी आँखों में किरकिरी बनकर चुभने लगे थे।

"तुम्हारी तो बड़े-बड़े लोगों से जान-पहचान है। मैं जानता हूँ कि तुम मुझे उबार ही लोगे, पर हमारी अम्माँजी ने तो ऐसा पैंतरा बदला है कि बस! कहाँ पान के पत्ते-से फेरे जाते थे और अब उन्हीं रियासती रजवाड़ों की हालत है कि रियासत है, पर प्रिवीपर्स छिना जा रहा है। नाम के अब भी जमाई राजा हैं, पर कोई एक प्याला चाय को भी तो नहीं पूछता।"

माया ही उस दिन उसे एकान्त में समझा गई थी : जैसे भी हो, दौरे से लौटते ही उस अम्माँ की पाली गई छोकरी को हटाना होगा।

"मैंने तो उसे नहीं देखा है, पर उसके सौन्दर्य ने इन दोनों की आँखें चौंधियाँ दी हैं। इनका भी क्या कोई ठिकाना है! उस पर जीजाजी के रहते अम्माँ को यह दुस्साहस हो कैसे गया? जब देखो तब कली का ही बखान सुनते-सुनते कान पक गए हैं। अपनी बेटियाँ तो जैसे एकदम ही परायी हो गई हैं।"

जिस अपरिचिता ने गृह की रही-सही शान्ति भी नष्ट कर वैमनस्य की अदृश्य दीवार की नींव रख दी थी, उसे निकाल बाहर न करने पर, शायद गृह की उलझी गुत्थियाँ और भी उलझ जाएँगी—यह प्रवीर समझ गया था।

कलकत्ता पहुँचने पर दूसरे ही दिन उसने माँ को एकान्त में बड़ी देर तक पूरी बातें समझाने की चेष्टा की, पर वे बार-बार अपनी ही बात दोहराती रही थीं, "जिसे मैं मिन्नत कर, मनाकर इस घर में लाई थी, उसे आज बिना किसी बात के ही कैसे जाने को कह दूँ? और फिर बेटा, लाख हो, दामोदर क्या इतना ही गया-बीता है, जो अपनी बिटिया की उमर की लड़की के पीछे भागेगा?"

"ठीक है अम्माँ, तुम नहीं कह पाओगी, तो मैं ही उससे कह दूँ—कलकत्ता में क्या उसे कहीं और रहने को एक कमरा नहीं जुट सकता?"

जहाँ एक गृह में कली के आने से पूर्व ही उसे भगाने का षड्यंत्र रचा जा रहा था, वहाँ एक दूसरा सीमित परिवार, विदा लेती कली को स्नेहपूर्ण आग्रह से बार-बार

रोकता जा रहा था। न जाने कितनी बार कली का रिज़र्वेशन कैंसिल करा दिया गया, छोटा-सा बिस्तरबन्द दो बार बँधकर फिर शिथिल हो खुल गया।

एक सप्ताह के आमोद-प्रमोद एवं सर्वथा नवीन परिवेश में बीते मीठे दिनों की स्मृति कली मुट्ठी में कसकर सँजोये लिये जा रही थी।

ट्रेन छूटने लगी, तब भी आंटी अपना उदार प्रस्ताव दोहराती जा रही थीं, ''अभी भी मान जाओ कली, नौकरी क्या यहीं नहीं मिल सकती? कमिश्नर शर्मा हमेशा मेरी मुट्ठियों में बन्द रहते हैं। कहीं भी रखवा देंगे!''

उत्तर में कली फिकफिक कर हँसती रही थी। धीरे-धीरे तीनों स्नेही चेहरे ओझल हो गए। कल वह इस समय कलकत्ता पहुँच चुकी होगी। फिर वही मनहूस ज़िन्दगी! विदेशी अतिथियों की लोलुप दृष्टि के चाबुक की मार के नीचे, फिर उन्हें वही श्मशानघाट, अवधूतों के अड्डों की सैर करा, धतूरा, चरस की दम जुटाने की अजीब ड्यूटी या विदेशी संगीत की धुन के साथ किसी टेक्सटाइल का निर्जीव विज्ञापन बनकर निरर्थक मुसकान बिखेर, दर्शकों को रिझाने की थकानप्रद क़वायद! घर लौटने पर अम्माँ के विदेश से लौटे दम्भी पुत्र का नोटिस भी शायद उसे मिल जाए!

पर कली घर पहुँची तो अम्माँ परिवार सहित कहीं मिलने-मिलाने गई थीं। अकेले बाबूजी बरामदे में आराम-कुर्सी पर बैठे अख़बार पढ़ रहे थे। कली की आहट पाकर उन्होंने चौंककर देखा :

''अरे, आ गईं आप मिस मजूमदार! प्रवीर की अम्माँ तो आज सबको लेकर मिलने-मिलाने चली गई हैं। आपने तो खाना भी नहीं खाया होगा?'' बाबूजी अख़बार मेज़ पर रखकर उठ गए।

उस स्नेहप्रवण गम्भीर व्यक्ति के सम्मुख मुखरा कली सकुचाकर स्वयं ही सिकुड़ जाती थी। कई बार वह उन्हें टोकना चाहती थी, ''आप' कहकर क्यों मुझे शर्मिन्दा करते हैं बाबू जी? मैं क्या आपकी बेटी नहीं बन सकती?'

पर वह अपनी विवशता समझती थी। उसके अभिशप्त जन्म का इतिहास जानने पर क्या कोई सहज ही में उसे बेटी बना सकता था? और फिर, यह पावन व्यक्तित्व, सरल, उदार, बच्चे-सी निश्छल स्नेह-स्निग्ध हँसी, निष्कपट आँखों से फिसलता चश्मा, और संयमी जीवन का जीवन्त विज्ञापन-सा चमकता तेजस्वी माथा! बूढ़ा होने पर उनका तेज-तर्रार बड़ा बेटा भी शायद ऐसा ही लगेगा। किसी जीर्ण मन्दिर के प्रांगण में पहुँचते ही जैसे पैरों में पड़ी चमड़े की चप्पल स्वयं ही चुभने लगती हैं— बिना खोले देवमूर्ति के दर्शन की स्वयं चित्त ही अनुमति नहीं देता, ऐसे ही बाबूजी को देखते ही कली को लगता, उसकी अपावन उपस्थिति को उन्होंने किसी दैवी घ्राण शक्ति से सूँघकर नथुने सिकोड़ लिये हैं। वह दूर ही खड़ी रह जाती, कुछ भी नहीं कह पाती, ''नहीं, बाबूजी, आप मेरी चिन्ता न करें। मैं अभी दफ़्तर जा रही हूँ। वहीं कैंटीन में कुछ खा-पी लूँगी।''

कमरा खोलकर वह भीतर गई और बहुत दिनों से बन्द कमरे की घुटन के एक भभके ने उसे फिर बाहर धकेल दिया। लगता था, बिजली के झटके से कोई अभागी छिपकली ही मरकर सड़ गई थी। या शायद कोई मरा चूहा कहीं दबा रह गया था! नाक पर रूमाल रखकर वह बड़े दुस्साहस से आगे बढ़ी और लपककर खिड़की खोल दी। दुर्गन्ध के सूत्र को पकड़कर उसने बिजली के तार से अटकी गन्धाती निर्जीव छिपकली को लकड़ी से कोंचकर बाहर फेंका, और एक अगरबत्ती जलाकर दीवार पर खोंस दी।

उस सूने कमरे में उसे आंटी के स्नेही परिवार की स्मृति ने क्षण-भर को विचलित किया, फिर उसने हाथ की घड़ी खोलकर मेज़ पर धर दी। ऐसे ही समय गँवाने से काम नहीं चलेगा। नहा-धोकर मनहूस सूरत को सँवारना होगा। अपने क्लान्त चेहरे को दर्पण में देखकर वह मुसकराई। आज ज़रा जमकर ही शृंगार करना होगा। संगम तट की जिस वैष्णवी के निराभरण सौन्दर्य को शक्तिशाली शत्रु ने देखा था, उसी की बासी रूपरेखा को फिर खींचने से काम नहीं बनेगा। इस बार मोर्चा ज़रा डटकर लेना होगा। कैसे ही वीर योद्धा की तलवार क्यों न हो, जब तक सान में धरकर उसकी धार पैनी न बनाई जाए, क्या शत्रु की छाती में कभी धँस सकती है?

तेरह

ड्रेसिंग टेबल के सम्मुख खड़ी हो अपने चेहरे के दो-तीन आकर्षक क्लोज़अप देखकर उसने पहले अपनी सबसे लुभावनी हँसी कंठस्थ कर ली। फिर कलिंग पिंस की हथकड़ी-बेड़ियों में देर से बँधे बन्दी केशगुच्छ को एक झटके से अपने सुडौल कन्धों पर झटक लिया। नहा-धोकर चेहरे पर ताजगी आ गई थी। तन-मन स्वयं ही एक अनजानी पुलक से भर उठा था।

'आप हमेशा बिना बाँहों के ब्लाउज़ ही पहना कीजिए मिस मजूमदार।' कभी बॉबी ने कहा था।

'क्यों?' कली ने जान-बूझकर भी अनजान बनने की चेष्टा कर मुग्ध बॉबी को उकसाया था। फिर अपने सौन्दर्य की प्रशंसा सुनने में किस सुन्दरी को आनन्द नहीं आता?

'नहीं तो ऐसी सुन्दर बाँहों को देखने से संसार वंचित रह जाएगा,' बॉबी त्रिभंगी भंगिमा में दीवार से सटकर गले का स्कार्फ़ ठीक करता मुसकराने लगा था।

'ओह, हमारे बॉबी के पेट में दाढ़ी उग आई है! अरे मुए, तू ऐसा बढ़िया कम्प्लिमेंट देना कब से सीख गया?' आंटी न जाने कहाँ से आकर मुसकराती उसके पीछे खड़ी हो गई थीं और लड़कियों की भाँति लजाता बॉबी पसीना-पसीना हो गया था।

उसकी नंगी बाँहों पर फिसलती बॉबी की मुग्ध सिंसियर दृष्टि ने कभी झूठी चापलूसी नहीं की होगी।

कली ने बिना बाँहों का ही ब्लाउज़ पहन लिया। फिर ब्लाउज़ के बहुत नीचे तक खुले गले में आंटी का दिया बघनखा पेंडेंट झुलाकर वह दोनों हाथ पीछे बाँधकर खड़ी हो गई। दर्पण के प्रतिबिम्ब ने मुसकराहट का प्रत्युत्तर दिया, 'बस, ऐसे ही हाथ बाँधे खड़ी रहना और किला फ़तह!' कैसा सिम्बोलिक पेंडेंट लटका दिया था उसने! आंटी का दिया कोरवेट का अलभ्य उपहार, जिसे चाहने पर वे किसी भी म्यूज़ियम में मुँहमाँगी बोली पर बेच सकती थीं।

'आंटी, ऐसा रेयर बघनखा, सच, मुझे दे रही हो?' आश्चर्य से बड़ी-बड़ी आँखें फाड़ कली विश्वास से आंटी को निहारती उनके गले में दोनों बाँहें डाल बच्ची-सी झूलने लगी थी।

'तुम्हीं तो कह रही थीं, यह रुद्रप्रयाग के उसी खूँखार मैनईटर का बघनखा है, जिसने सत्रह गाँवों में आतंक फैलाकर दस औरतें, बीस पुरुष और न जाने कितने पाड़े निगल लिये थे।'

'यू आर राइट हनी,' आंटी ने अपने हाथों से क्लैस्प खटकाकर बघनखा कली की सुराहीदार ग्रीवा में झुला दिया था। 'इससे सुन्दर म्यूज़ियम भला इसे और कहाँ मिल सकता था? अब यह बघनखा हमारी कली को दूसरे नरभक्षियों से बचाता रहेगा। कली, माई लव, इसके साथ हमेशा पीली साड़ी पहनना। एकदम कुमाऊँ की खूँखार शेरनी लगोगी...'

काले ज़रीदार चौड़े कन्ने की पीली गढ़वाली साड़ी कली ने कभी बड़े शौक़ से ख़रीदी थी। पर जब भी वह उसे पहन इंडियन पैवेलियन में मुसकराती खड़ी होती, विदेशी ग्राहकों की दृष्टि दुकान से हटकर दुकान की स्वामिनी पर ही जड़ जाती। दो बार उसने वह साड़ी पहनी थी और दोनों ही बार खड़ी-खड़ी वह विदेश के टके में दो बिकते सस्ते विवाह-प्रस्तावों को हँस-हँसकर अस्वीकार करती रह गई थी।

आज कली ने सूटकेस के अतल तल से वही मारात्मक साड़ी निकाल ली। अफ़ीम के विष को सम्पूर्ण रूप से घातक बनाने के लिए लोग, सुना है, अचार का तेल मिलाकर चाटते हैं। आज यह बघनखा ही उसके लिए अचार का तेल बनेगा। यत्न से पहनी गई पीली साड़ी का चौड़ा ज़रीदार काला आँचल पीठ पर फैल गया। नग्न सुडौल बाँह में पड़ा साँप के मुँह का मोड़दार बाजूबन्द अब पीछे खड़े शत्रु को अनायास ही डँस सकता था, और यदि कहीं शत्रु से आमने-सामने मुठभेड़ हो गई तो आंटी का अपूर्व बघनखा चतुर कपटी अफ़ज़ल खाँ से सशक्त शत्रु का भी पेट फाड़कर रख सकता था।

आज वह भी देख लेगी, कौन अफ़ज़ल खाँ उससे बचकर निकल सकता है!

"अम्माँ कब तक आएँगी बाबूजी?" उसने कमरे की खिड़की से ही झाँककर पूछा। अपनी उस भड़कीली, बड़े छलबल से पहनी गई साड़ी में वह बाबूजी के सामने जाकर क्या खड़ी हो पाती?

"आती ही होगी बेटी, चार बजे उन सबको फिर अलीपुर जाना है।"

बड़ी देर तक कली अपने कमरे की एकमात्र कुर्सी पर मूर्ति-सी स्थापित बैठी रही थी, जिससे साड़ी का एक भाँज भी इधर-उधर न हो। उसे स्वयं लग रहा था कि वह प्रसिद्ध रंगमंच की पृष्ठभूमि में प्रस्तुत किए जा रहे किसी बहुचर्चित नाटक में महत्त्वपूर्ण नायिका का अभिनय करने के लिए सजी-धजी बैठी है, और किसी भी क्षण परदा उठ सकता है। दर्शकों में जिस कला-समीक्षक की आँखें वह बाँधना चाहती है, हो सकता है, वह अभिनय समाप्त होने पर दर्शकों के साथ तालियों की गड़गड़ाहट में योगदान देकर उसे आकाश में चढ़ाकर रख दे! और हो सकता है कि उसके सस्ते अभिनय का प्रपंच पकड़ लेने पर उसे 'हूट' कर मिट्टी में मिला दे!

हर कार की आवाज़ के साथ उसका धड़कता कलेजा मुँह को आ रहा था। साढ़े दस बज चुके थे और ग्यारह बजे उसे दफ़्तर पहुँचना था। भाड़ में जाए अफ़ज़ल खाँ! वह द्वार पर ताला मारकर गेट से बाहर निकल ही रही थी कि नई फ़ियट उससे सटकर भीतर चली गई। गाड़ी का छोटा कलेवर ठसाठस भरा था—अम्माँ, उनके दोनों दामाद, दोनों पुत्रियाँ और स्वयं चालक बना काबुलीवाला!

वाह-वाह, क्या बढ़िया नाम सूझ गया था अचानक! स्वाभाविक स्वच्छ हँसी का दर्पण चमकाती कली घर लौटे परिवार का स्वागत करने पलट गई।

"अम्माँ," गेट से ही उसने पलटकर हाथ हिलाया और अम्माँ को उनकी पोटली सहित चुम्बक की भाँति खींच लिया।

"अरे रे, तू कब टपकी? जब देखो तब छप्पर फाड़कर ही टपकती है तू! और आते ही फिर कहाँ चल दी?"

अम्माँ उसके पास पहुँचकर उसकी दमकती साड़ी को देखने लगीं। ऐसे सज-धजकर तो लड़की कभी दफ़्तर नहीं जाती थी, "क्यों बेटी, आज कहीं दावत-वावत खाने जा रही है क्या?" बड़े स्नेह से अम्माँ ने उसकी पीठ थपथपाकर पूछा।

"नहीं अम्माँ," कली हँसी, "आज अपनी दफ़्तरी दावत खाने जा रही हूँ।" स्वर को उसने जान-बूझकर ही अवरोह पर खींच लिया, जिसे मोटर की टंकी का पट उठाए उसे ठीक करने को झुका गम्भीर चालक भी सुन ले। "न जाने आज खाने को क्या-क्या मिले अम्माँ—डाँट-फटकार और धमकी। बड़े साहब से बिना पूछे ही इतनी लम्बी छुट्टी लेकर इधर-उधर घूमने का फल चखने जा रही हूँ।"

जया एक बार तीखी दृष्टि से उसे देखकर भीतर चली गई थी। दामोदर की निर्लज्ज मुग्ध दृष्टि का चाबुक सड़ासड़ कली की अधनंगी पीठ पर पड़ने लगा था। नवीन उस पेशेवर सुन्दरी मॉडल की छवि को देख खुला मुँह बन्द करना भी भूल गया। अपनी दिन-भर पहनी गई सिलवट पड़ी साड़ी की ज़रीदार कन्नी को हाथ से ही ठीक करती अम्माँ की पुत्री माया बनावटी हँसी की अभ्यर्थना बिखेरती उसकी ओर बढ़ आई।

"अम्माँ तो दिन-रात आपका ही बखान करती हैं—बड़ी इच्छा थी आपसे मिलने की!" पर सुन्दर चेहरे की बनावटी हँसी स्वयं ही उसके कथन का स्पष्ट खंडन कर रही थी, यह शायद अम्माँ की अभिनय कला में एकदम फूहड़ छोटी बेटी नहीं समझ पाई।

"मैं जिस दिन गई, उस दिन आप शायद कहीं चली गई थीं। अभी तो दफ़्तर जा रही हूँ, लौटते ही आपसे मिलने आऊँगी।" कनखियों से कली ने दम्भी चालक की पीठ को देख लिया। अभी भी टंकी में मूँड़ी घुसाए न जाने क्या कर रहा था—क्या एक बार भी नहीं देखेगा अभागा?

क्या अकड़ में तने कन्धे थे! और धूप का चश्मा लगाए पूरा इतालवी टूरिस्ट लग रहा था पट्ठा!

कली पैर की चप्पल का फीता ठीक करने झुकी ही थी कि परिचित मांसल कंठ-स्वर की खनक से थमक गई।

पटाक् से गाड़ी का बड़ी देर से उठा ढक्कन बन्द हुआ।

"मुझे घोष से मिलने जाना है अम्माँ, खाना वहीं खा लूँगा। चार बजे गाड़ी लौटा लाऊँगा, तब तुम्हें अलीपुर ले चलूँगा।"

कली के साथ ही साथ गाड़ी भी गेट से बाहर निकली।

कली ने जान-बूझकर ही 'अरे' कहकर चलती गाड़ी का रास्ता काटकर अपने साथ ही उसे भी रोक लिया।

न चाहने पर भी अप्रत्याशित ब्रेक के झटके के साथ चालक ने पहिए के नीचे जान-बूझकर ही आ गई दुस्साहसी सुन्दरी कली की हँसती आँखों को देख लिया। बिना कुछ कहे ही प्रवीर ने धीमी गति से गाड़ी फिर बढ़ा ली। कैटरपिलर की चाल से रेंगती गाड़ी के साथ-साथ नपे-तुले क़दम रखती कली भी हँसती चालक की खिड़की के पास खड़ी हो गई।

"एक्सक्यूज़ मी," वह बोली तो प्रवीर का चेहरा क्रोध से तमतमा उठा।

क्या खिलवाड़ कर रही है यह छोकरी! पीछे अम्माँ खड़ी है, दामोदर हैं, नवीन, जया हैं—क्यों वह बार-बार जान-बूझकर उसकी चलती गाड़ी के सम्मुख चतुर हड़ताली कर्मचारी की भाँति धरना दे रही है?

"आपने उस दिन पूछा था न, कि हम शायद कहीं मिले हैं।" गाल के आकर्षक गढ़ों की गहराई में अब शक्ति के गर्व में झूमता मस्त से मस्त जंगली हाथी भी धोखे में फँसकर डूब सकता था।

"ठीक कहा था आपने। आपको तो नहीं, पर आपके इस ट्वीड कोट को देखकर मुझे भी यह बहुत पहचाना-सा लग रहा है। लगता है, जैसे बड़ी देर तक किसी अलमारी में लटका देखा है।"

इस बार की हँसी, वह हँसी थी, जिसे दर्पण के सम्मुख किसी ओजस्वी नेता के भाषण की ही भाँति बार-बार आवृत्ति कर कली ने चमकाकर कंठस्थ किया था।

प्रवीर ने फिर वही उदासीन दृष्टि अपनी स्टियरिंग व्हील पर बाँध ली और धीमे से चतुर चालक की दक्षता से गाड़ी एक ओर निकाल तेजी से धूल उड़ाता चला गया।

कली मुसकराकर चलने लगी। उसका अनुभव ठीक था। इस व्यक्ति को इसकी अभद्रता का समुचित दंड देना ही होगा। अपने छोटे-से जीवन में उसने असंख्य पुरुष देख लिये थे और आज तक क्या एक भी ऐसा परिचित पुरुष था, जो उसके सौन्दर्य-स्तवन के लिए दोहरा न हो गया हो? 'कॉमन कर्टिसी' का भी तो एक महत्त्व होता है। देख रहा है कि वह पैदल चली जा रही है, पर फिर भी झूठे मुँह से भी क्या एक बार लिफ्ट देने का भद्र पुरुषोचित प्रस्ताव नहीं रख सकता था? ऐसी नम्र मिष्टभाषी अम्माँ का पुत्र ऐसा रूखा कैसे जन्मा?

उस दिन कली दफ़्तर पहुँची तो मि. शेखरन बहुत अच्छे मूड में थे।

शायद कली के द्वीपिचर्मपरिधान-सी पीली काली साड़ी की प्रशंसा ही नंगी बनकर उनकी क्षुधातुरा दृष्टि में स्पष्ट हो उठी। इतने दिनों तक यह लड़की नहीं थी तो लगता था, दफ़्तर की रौनक ही चली गई थी।

"बहुत लम्बी छुट्टी ले ली मिस मजूमदार! क्या बीमार पड़ गई थीं?"

"जी हाँ," कली ने क्षण-भर में उत्फुल्ल चेहरे पर अपनी अपूर्व अभिनय कला की तूलिका फिराकर म्लान बना लिया। "ज़बरदस्त फ्लू हो गया था सर, अभी भी एकदम ठीक नहीं हो पाई। फिर भी आज चली आई। सोचा, कहीं आप यह न समझ बैठें कि मैं बहाना बना रही हूँ।"

"नहीं-नहीं, भला मैं ऐसा क्यों सोचने लगा? आज तक क्या कभी आपने एक दिन की भी छुट्टी ली थी? यू नीडेड ए चेंज! पर इधर आपके लिए बहुत-सा काम आ गया।" वाचाल शेखरन की दृष्टि आकर्षक ग्रीवा को बाँधकर झूलते बघनखे पर निबद्ध हो गई थी, यह कली ने देख लिया।

एक अजीब घुटन उसका गला घोंटने लगी। इस व्यक्ति ने दफ़्तर के अन्य कई कर्मचारियों की भाँति कभी उससे खुलकर प्रणय-निवेदन किया होता तो शायद कली को उसकी उपस्थिति में ऐसी घुटन नहीं होती। पर कुछ न कहकर भी उसके एक-एक अंग को अपनी प्रखर दृष्टि के अदृश्य तेज से झुलसाकर रख देनेवाले उस साँवले युवक-से दीखते कपटी प्रौढ़ के सम्मुख वह छुईमुई बनकर सिकुड़ जाती।

शेखरन कम्पनी के जिस उच्च सिंहासन पर आरूढ़ थे, उस गद्दी पर अन्य कोई भारतीय अफसर कभी नहीं बैठा था। उस विलक्षण व्यवसायपटु मस्तिष्क को स्वयं कम्पनी के प्रभु निकोलसन साहब आन्ध्रप्रदेश से ढूँढ़कर लाए थे। मि. शेखरन आई.सी.एस. थे, पर विवाहिता सुन्दरी पत्नी की जीवनावस्था में ही उन्होंने एक अन्य सुलोचना से विवाह कर लिया था। उस प्रेम का उन्हें बहुत बड़ा मूल्य चुकाना पड़ा। किंग एडवर्ड की ही भाँति उच्च नौकरी का राजसिंहासन त्याग कर वे विदेश चले गए थे। वहीं उनका परिचय निकोलसन साहब से हुआ और उस हब्शियों-से काले युवक के चेहरे पर चमकती दो बुद्धिदीप्त आँखों के आकर्षण ने उन्हें बाँध लिया। तब से मि. शेखरन उसी कुर्सी पर जमे थे।

उनके दफ़्तर में एकमात्र कली ही रिसेप्शनिस्ट नहीं थी। अंग्रेज़ों-से उजले रंग और कंजी आँखोंवाली कॉन्वेंट-शिक्षिता सुन्दरी पर्वत-कन्या मिस जोशी, उर्वशी-सी नृत्यप्रवीणा रंग-रस का जाल बुनती उड़ीसा की मिस पटनायक, जो रिसेप्शनिस्ट बनने से पूर्व देश-विदेश में जाकर अपने अपूर्व कुचिपुड़ी नृत्य से लक्ष-लक्ष विदेशी हृदय रिझाकर मुट्ठी में बन्द कर लौटी थी और तीसरी मिस डटा, जो आकाश की उड़ान से क्लान्त होकर स्वेच्छा से गगनचारिणी एयरहोस्टेस का पद त्याग धरा पर उतर आई थी। पर फिर भी विशेष काम पड़ने पर कली की पुकार मचती। अन्य तीनों सुर-सुन्दरियों में इसी बात को लेकर आए-दिन नारी सुलभ ईर्ष्याग्नि की चिनगारियाँ चिटकती रहतीं, पर फिर भी मिस्टर शेखरन को लेकर कली का नाम खुलेआम लपेटने का दुस्साहस किसी का भी नहीं होता था। होता भी कैसे ? आज तक कभी किसी ने दोनों को एकान्त में घूमते भी तो नहीं देखा था।

''हमारे कुछ विदेशी अतिथि आए हैं,'' शेखरन ने दोनों हाथ बाँधकर मेज़ पर कुहनियाँ टेक लीं, ''अतिथि क्या, अतिथियों के लड़के हैं। साधारण स्तर के अतिथि होते, तो जोशी या पटनायक को सौंप देता, पर चारों छोकरे ऐसे पिताओं के पुत्र हैं जिनका हमारी कम्पनी के लिए बहुत बड़ा महत्त्व है। जब-जब स्वेदश के लिए फ़ॉरेन एक्सचेंज अर्न करने का प्रश्न उठता है, तो मैं सदा तुम्हें याद करता हूँ, यह तो शायद अब तक तुम जान ही गई होंगी।'' अपनी अप्रतिम संगिनी के मुखमंडल पर दृष्टिपात कर शेखरन ने काक-भंगिमा में ग्रीवा टेढ़ी कर ली।

प्रभु के मुखमंडल पर असन्दिग्ध रूप से अंकित प्रणय-क्षुधा को पढ़कर प्रशंसिका ने आँखें झुका लीं।

''यस सर,'' उसने आँचल सामने खींचकर बघनखा ढक लिया। घड़ी के पेंडुलम-से हिलते पेंडेंट से भूखे व्याघ्र की दृष्टि क्रमशः पीछे उतर उसकी पूरी रीढ़ की हड्डी को सुरसुरा गई।

''उन चार उद्धत छोकरों को बस तुम्हीं सँभाल सकती हो। विदेश में पता नहीं किस सिरफिरे अधकचरे योगी से योग की दीक्षा लेकर आए हैं! साथ में एक छोकरी

भी है। मैंने तो उसे भी पहले लड़का ही समझा। बनारस और काठमांडू जाना चाहते हैं। तुम मिस्टर ट्रैवेलियन को लेकर दोनों जगह जा चुकी हो, इन्हें भी समेटकर परसों ही चल दो।''

'ओह, फिर लम्बे दौरे?' मन-ही-मन कली सिहर उठी।

''बस, एक ही बात के लिए तुम्हें वार्न करना चाहता था,'' मिस्टर शेखरन गम्भीर स्वर में फुसफुसाने लगे, ''इन हिप्पीज़ का आजकल कुछ ठीक-ठिकाना नहीं रहता। समझेंगे-बूझेंगे कुछ नहीं—भाँग, चरस, गाँजे के दम लगाकर 'ओम्', 'ओम्' डकारा और बन गए योगी। कहीं तुम्हें भी कुछ लत न लगा दें, समझीं? ज़रा सावधान रहना। सुना है, ऐसी ही गोलियाँ जेब में लिये घूमते-फिरते हैं कि एक बार खिला दें, तो बस, फिर मुँह से लगी नहीं छूटती यानी अपनी दुम कटी तो सबकी दुम साफ़ कर दी!''

फिर अपनी रसिकता से स्वयं प्रसन्न होकर शेखरन थोड़ी देर तक हँसते रहे।

''आप निश्चिन्त रहें सर, तब मैं चलूँ?'' वह उठ गई।

शेखरन एक क्षण तक कुछ नहीं कह पाए। एक ही नारी में विधाता ने कितनी नारियों का विविध रूप भरकर रख दिया है! उसमें कभी किसी रानी की-सी तेजोमय गरिमा है, तो कभी दीन-सेविका का अनुरागपूर्ण सेविका-भाव। कभी वह लावण्यमयी श्रेष्ठ शृंगार से अपने को शृंगारित कर सम्मोहन-कौशल की पराकाष्ठा प्रस्तुत कर उठती है और कभी स्कर्ट-ब्लाउज़ में स्कूल की बालिका-सी बनकर दफ़्तर चली आती है।

''तुम्हारा एयर पैसेज बुक हो जाएगा। मिस मजूमदार, पूरा एक महीना तुम्हें बाहर रहना होगा। इस बीच कम्पनी का रुपया तुम अपने हाथ का मैल समझती रहना,'' मि. शेखरन ने कुछ क्षणों की चुप्पी स्वयं ही तोड़ी।

''यस सर, आपकी मुझ पर सदा बड़ी कृपा रही है।'' वह बाहर चली आई और क्षण-भर थमकर ललाट का पसीना पोंछने लगी।

बाप-रे-बाप! कहेगा कुछ नहीं, पर आँखों-ही-आँखों में उसके सारे परिधान उतारकर रख देगा!

''हैलो कली!'' पटनायक ने उसे हाथ पकड़कर जाफ़री के एक कोने में खींच लिया।

''फँस गई न जाल में! मुझे पता ही नहीं लगा कि तू लौट आई है। नहीं तो मैं पहले ही आगाह कर देती। हम तीनों को बारी-बारी से यह मायावी दल सौंपा गया था, पर जिस होटल में ये पाँच पांडव अपनी द्रौपदी को लेकर टिके थे, वह मेरे जीजा का है। पी-पिलाकर पहले ही दिन छोकरों ने ऐसा ऊधम मचाया कि मि. शेखरन रातों-रात अपने यहाँ ले आए। मीरा को तो एकदम मौल ही कर दिया था भूखे शेरों

ने। योगी से नहीं, किसी पहुँचे भोगी से दीक्षा लेकर आए हैं ससुरे! इसी से तो हम तीनों ने मना कर दिया। हम रिसेप्शनिस्ट अवश्य हैं, पर ऐसे रिसेप्शन का हमें अभ्यास नहीं है। वी ऑल कम फ्रॉम गुड फ़ैमिलीज़। समझ क्या लिया है इस शेखरन ने?''

''मेरी चिन्ता मत कर वासवी,'' कली ने बटुआ खोलकर छोटे दर्पण में म्लान पड़ गई लिपस्टिक की धूमिल रेखा को सँवारा और चलने लगी। ''मैं अपनी देख-भाल ख़ूब अच्छी तरह कर सकती हूँ। मुझे मौल करनेवाला व्यक्ति शायद अभी जन्मा नहीं है।'' कली ने बटुआ खटाक से बन्द किया, सहयोगिनी के कन्धे पर हल्की-सी आश्वासनपूर्ण थपकी दी और बाहर चली गई।

मिस पटनायक सिर से पैर तक सुलग गई। कली को वह फूटी आँखों नहीं देख सकती थी। कितनी ही बार पहले भी उसने उसकी ओर मैत्रीपूर्ण हाथ बढ़ाया था, पर हर बार वह उसे ऐसे ही नीचा दिखाकर लिपस्टिक सँवारती चली गई थी। ठीक है, भुगतेगी स्वयं। उसका कर्तव्य था, उसने आगाह कर दिया! 'समझाए समझे नहीं, धक्का दे दे और।'

कली घर लौटी तो द्वार पर ही अम्माँ खड़ी थीं।

''कितनी ही बार तेरे दरवाजे को देख गई। तेरा ताला मरा जब देखो, लटका ही रहता है।''

''क्यों घबरा रही हो अम्माँ,'' कली ने आगे बढ़कर बड़े लाड़ से दोनों बाँहें अम्माँ के गले में डाल दीं, ''परसों से यह ताला फिर पूरे एक महीने के लिए लटका रहेगा!''

''क्यों, फिर कहीं जा रही है क्या?''

''इस बार तो सचमुच ही उड़ी जा रही हूँ अम्माँ! पहले नेपाल, फिर बनारस।''

सरला अम्माँ की आँखें चमक उठीं। ''नेपाल जा रही है तू? कैसी भागवान् है री! यहाँ बरसों हो गए झींकते, प्रवीर के बाबूजी से कै दफ़े कह चुकी हूँ—पशुपतिनाथ के दर्शन करा दो।''

''चलो न मेरे साथ, परसों ही दर्शन करा दूँ तुम्हें।''

''पहले भीतर आ। आज तेरी पसन्द के करेले बनाए हैं। सुबह से लिये बैठी हूँ,'' अम्माँ उसे भीतर खींच ले गईं।

पहले कुछ झिझक से कली आगे बढ़ी, पर गृह की जनहीन शून्यता के आह्वान से वह दूसरे ही क्षण आश्वस्त होकर बड़े धड़ल्ले से डग भरती अम्माँ के पीछे चल दी और चौके में पहुँचते ही पीढ़ा खींचकर बैठ गई।

''अरे, आज क्या घर से सबको निकाल दिया, अम्माँ?'' हँसकर कली ने दामी साड़ी घुटनों के बीच दबा ली।

"अरी, उठ, न जाने कैसी लड़की है, सौ-डेढ़ सौ की साड़ी पहनकर फचाक से बिना धुले पटले पर ही बैठ गई! जा, उठकर खाने के कमरे में बैठ, मैं पराँठे गर्म कर लाती हूँ।"

"अरे छोड़ो भी अम्माँ, यहाँ मारे भूख के आँतें कुलबुला रही हैं। अब पेट में ही पराँठे गरम होंगे। लाओ इधर।" अम्माँ के हाथ से कटोरदान छीनकर कली ने करेले पराँठों में भींचकर रौल बना लिया और अपने सारे अदब-क़ायदे भूलकर गपागप खाने लगी। वह भूल ही गई थी कि वह आज सुबह ख़ाली एक प्याला चाय पीकर ही घर से निकल पड़ी थी।

शेखरन की भूखी दृष्टि उसके पुष्ट सौन्दर्य को ही देख पाई, लेकिन किसी ने उसकी भूखी आत्मा को कभी नहीं देखा। क्या कभी भी कोई उसके अन्तर् की व्यथा को नहीं जान पाएगा? कोई मुग्ध दृष्टि से उसकी बड़ी-बड़ी आँखों को ही देखता रहता है, कोई निर्लज्ज दृष्टि का अदृश्य भाला उसके सुडौल वक्ष के आरपार भेदकर उसकी बैकलेस चोली के बन्धन शिथिल कर देता है। जितने ही लोलुप पुरुष, उतनी ही विचित्र विभिन्न दृष्टियाँ! पर क्या आज तक एक भी दृष्टि में उसे सच्चे निश्छल स्नेह की ऐसी झलक मिल सकी है?

तवा रखकर अम्माँ उससे कटोरदान छीनकर पराँठे गरम करने लगीं तो कली की आँखें छलछला उठीं। उसकी ओर पीठ किए अम्माँ स्वयं ही कहने लगीं, "आज सब अलीपुर गए थे। वहीं पांडे जी ने बड़े आग्रह से सबको रोक लिया। जया, माया उन्हीं की लड़कियों के साथ खेल-पढ़कर बड़ी हुई हैं। बड़ा स्नेह करते हैं बेचारे! कहने लगे—पहाड़ की दो-तीन शादियों की मूवी बनाई है, वही दिखाएँगे। मैं तेरे बाबूजी के साथ घर चली आई। बच्चे रात का खाना वहीं खा-पीकर लौटेंगे। इसी से तो अपने दोनों के लिए दूध-गुँधे आटे के पराँठे-करेले बनाकर रख लिये थे। कैसे बने हैं री करेले, तूने तो कुछ कहा भी नहीं?"

"वाह, बढ़िया चीज़ खाने के बीच कुछ कहा जा सकता है भला!" कली ने चटखारे लेकर नींबू के अचार की फाँक मुँह में धर ली। "खानेवाला चुपचाप खाए चला जाए, तो समझ लो अम्माँ, चीज़ ऐसी-वैसी नहीं बनी है। वह तो अच्छी न बनी हो तभी खानेवाला उसे बातों के लच्छेदार जायके से स्वादिष्ट बनाता है।"

"बस, बातें करना तो कोई तुझसे सीखे!"

"नहीं अम्माँ, बातें नहीं बना रही हूँ। सच, पता नहीं क्या जादू है तुम्हारे हाथ में! ऐसे करेलों की जन्मजात कड़वाहट भी दूर कर देती हो—मुझे लग रहा है, सब करेले शायद मैं ही खा गई। देखूँ, तुम्हारे लिए कुछ बचा या नहीं?"

उचककर पथरौटे में झाँकती कली को अम्माँ ने स्नेह से दूर धकेल दिया, "परे हो, कहीं छू मत देना!"

"क्यों अम्माँ," कली का मुँह उतर गया। "क्या कोई किरिस्तान हूँ मैं?"

"नहीं-नहीं, बिटिया, तू भला क्यों किरिस्तान होने लगी! पर मैं तो जया, माया का छुआ भी नहीं खाती। इसी बात को लेकर प्रवीर से रोज़ लड़ाई होती है। अब लाख सिर पटको, उसे भला बातों में कौन हरा सकता है? चल, हाथ धोकर अन्दर चल। यहाँ तो चौका सब गीला पड़ा है।"

अम्माँ उसे लेकर बड़ी बेटी के कमरे में ही बैठ गईं।

चौदह

अस्त-व्यस्त कमरे की छटा देखकर ही कली समझ गई थी कि गृह-स्वामिनी बड़ी हड़बड़ी में ही निकलकर गई हैं। एक पलंग पर सिनेमा की पत्रिकाएँ बिखरी पड़ी थीं, दूसरी पलंग का पलंगपोश गुड़ी-मुड़ी कर बिछा एक कोने से ऊपर तक उठ गया था। उसी पर उतारकर फेंके गए साड़ी-ब्लाउज़, फ्रॉक बिखरे थे।

"इतनी बड़ी हो गई है जया, पर सलीका रत्ती-भर नहीं सीख पाई। कौन कहेगा, यह अंग्रेज़ी स्कूल की पढ़ी है?" अम्माँ फूहड़ पुत्री के अस्त-व्यस्त कमरे-भर में बिखरी चीज़ों को समेटती खिसियाए स्वर में स्वयं ही कैफ़ियत देने लगीं। "करे भी क्या, मन-चित्त ठिकाने पर हो तो काम में जी भी लगे! जया क्या ऐसी थी? अब तुझे क्या बताऊँ बेटी, छूने से मैली होती थी लड़की। पहन-ओढ़कर बंगालियों में उठती-बैठती तो सब कश्मीरन ही समझते थे।"

अम्माँ का गला भारी हो आया। बुद्धिमती कली ने कुछ भी नहीं पूछा, पर उस दिन कठिनता से मिले एकान्त के कुछ क्षणों में अम्माँ उसके सामने सब कुछ उगल गईं। जया के दशान्तर का फेर, बड़े जामाता के निर्लज्जतापूर्ण आचरण को लेकर कई बार सुलगकर दहक पड़ी गृहयुद्ध की चिनगारी—कुछ भी कली से छिपा नहीं रहा।

वह संकुचित होकर अनमनी-सी हो गई। यह शायद अम्माँ ने भाँप लिया।

"अरी तू कौन परायी है बेटी! कब से तेरी राह देख रही थी कि तू आए तो दो घड़ी बतियाकर जी हल्का करूँ। दोनों मेरी कोख की जाई सगी बेटियाँ हैं, पर दोनों का जैसे मुझसे विश्वास ही उठ गया है।

"माया कहती है कि मैं जया का ही पक्ष लेती हूँ और जया कहती है, मैं तुम्हें भारी हो गई हूँ। अब तू ही बता बेटी, भला भैंस के सींग क्या कभी उसे भारी होते हैं?"

आँचल से आँखें पोंछती अम्माँ ने खिड़की बन्द कर दी। बाहर बाबूजी बैठे कुछ पढ़ रहे थे। शायद कहीं कुछ सुन न लें, और सुन लेने पर वह अल्पभाषी अनुभवी गृहस्वामी कभी भी अम्माँ को घर का भेद एक सर्वथा अनजान विभीषण को बता

देने के लिए क्षमा नहीं कर पाएगा, यह कली खूब समझती थी। पर वह क्या स्वेच्छा से ही विभीषण बनी थी?

"जया का मन तो घावों से भरा है बेटी," अम्माँ कहने लगीं, "ज़रा किसी ने हिला भर दिया कि घाव दुःख गया! माया को लाख समझाती हूँ कि तू ही चुप रह जा, पर माने तब न! मैं इलाहाबाद गई, तो सुना, माया ने जीजा से कुछ ऐसी ही ओछी बात कह दी कि शर्म नहीं आती, ससुराल में पड़े-पड़े रोटियाँ तोड़ रहे हो! बस, सामान बाँध-बूँधकर जयुली निकल पड़ी। स्टेशन से मनाकर तेरे बाबूजी लौटा लाए। मेरा भाग्य ही खोटा है, और क्या! छोटी बहू के लिए इत्ता किया, वह हमारे मुख पर कालिख पोतकर चली गई। प्रवीर की ही शादी न करने की ज़िद टूटती, तो शायद कुछ मनहूसी कटती। अब इन्हीं अलीपुर के पांडे जी ने अपनी चारों बेटियाँ इसके सामने धर दी थीं कि भई ले, जो पसन्द हो, उसी से तेरे फेरे फिरवा दें। ऐसा भला कोई कर सकता है?"

उस उदार पिता का पूर्ण परिचय पाने को कली ललक उठी।

क्या उदार पांडे जी की चारों अविवाहित परियाँ अभी भी लल्ला के सामने हाथ बाँधे परेड कर रही होंगी?

किया करें! उसका माथा क्यों दुखा जा रहा था? पर कुछ क्षण चुप रहकर भी वह कंठ में अटके प्रश्न को नहीं रोक पाई।

"तो क्या चारों में से एक भी पसन्द नहीं आती?"

"अरी, अब क्या चारों धरी रह गई हैं बावली!" अम्माँ कटी सुपारी के लच्छों को निरर्थक काटने लगीं।

"चुन्नी, मुन्नी, सुन्नी तो एक से एक घर चली गईं। ऐसे ग्रह थे, सुना, उनकी लड़कियों के कि जहाँ जाएँ, वहाँ राज करें। किसी का बुधादित्य योग, तो किसी का केन्द्रस्थ बृहस्पति। अब सबसे छोटी कुन्नी बची है। ऐसी सलोनी छवि है कि बस, भूख भागे है देखकर। अभी तो देखकर लौटी हूँ। रंग-नक्शा सब एक-से-एक बढ़कर। बस, ज़रा तन्दुरुस्त है। असल में आज बड़ी मुश्किल से मना-मुनू कर उसे ले गई। पांडे जी का बड़ा आग्रह था कि एक बार कुन्नी को देख-भर लें।"

"तब क्या देखा?" कली को अब चौथी पांडेसुता के स्वयंवर की व्यूह-रचना में बड़ा आनन्द आ रहा था।

"खाक देखा!" अम्माँ आँचल को मफ़लर की तरह गले में लपेटकर बैठ गईं। "हम सब एक ही कमरे में बैठे रहे। कुन्नी ने ऐन-मैन बंगाली लड़कियों की तरह रवीन्द्र-संगीत गाकर सुनाया। स्पंज रसगुल्ले बनाकर हमें खिलाए, पर इसने एक प्याला चाय भी पीकर नहीं दी। मारे शर्म के मेरा सिर झुक गया। क्या सोचते होंगे वे लोग? लड़की बेचारी गाना पूरा गा भी नहीं पाई थी कि बीच से उठकर चला गया बेहया। कहने लगा, 'मुझे अपने किसी दोस्त से मिलने जाना है।' तब से ग़ायब है।"

कली अचानक बिना कुछ कहे ही उठ गई। बरसाती के निकट आती कार का परिचित हॉर्न शायद उसने सुन लिया था। पता नहीं, उसे एकान्त में अम्माँ से खुसुर-फुसुर करते देख गृह के विपक्षी सदस्य उसके विषय में क्या सोच बैठें!

"मैं चलूँ अम्माँ, सुबह से एक जगह स्थिर होकर दो घड़ी नहीं बैठ पाई हूँ। आपने ऐसे प्यार से बुलाकर खिलाया न होता, तो शायद भूखी ही सो जाती।" वह हँसी, पर उसके काँपते होंठों के दोनों अस्थिर कोनों को अम्माँ ने देख लिया।

आगे बढ़कर उन्होंने उसकी दोनों दुबली कलाइयाँ थाम लीं।

बाहर से ऐसी आनन्दी दिखनेवाली लड़की का इतने बड़े संसार में क्या कहीं कोई आत्मीय नहीं होगा?

एक बार बड़े संकोच से उन्होंने उसके अजान कुल-गोत्र के माता-पिता का अता-पता पूछने की चेष्टा की भी थी, पर हँसकर ही वह रहस्यमयी लड़की प्रश्न को टाल गई थी। फिर स्वयं अम्माँ का स्वभाव खोद-खोदकर बातें पूछने के पक्ष में नहीं था।

"घड़ी भर और सुस्ता ले न! उस निगोड़े कमरे में भी तो अकेली ही रहेगी।"

कली कुछ कहने जा रही थी कि जूते की चर्र-मर्र सुनकर चौकन्नी हो गई। पलक झपकाते ही प्रवीर द्वार पर आकर खड़ा हो गया। सारे चेहरे पर बिखरे धूल-भरे बाल और सूखा-सा मुँह। अम्माँ ने अचकचाकर कली के हाथ छोड़ दिये। अपने इस कुछ न कहनेवाले लड़के से वे बहुत डरती थीं। जिस लड़की को वे घड़ी-भर पहले बाँहों में भरकर बार-बार पलभर सुस्ताने का आग्रह कर रही थीं, उसी से निष्कृति पाने के लिए वे अब मन-ही-मन ठाकुरजी का स्मरण करने लगीं। यह उनकी मुँह-लगी नादान लड़की कहीं लल्ला से कुछ उलटा-सीधा मज़ाक़ न कर बैठे!

कली एक क्षण को उस लौहपुरुष की कठोर मुद्रा से सहम गई, पर दूसरे ही क्षण उसने अपने स्वभाव के विपरीत भागे जा रहे चित्त के भीरु अश्व को एक ही कड़े चाबुक से साध लिया।

वह मुसकराकर द्वार पर खड़े सामान्य-से परिचित प्रवीर को बड़ी अन्तरंग दृष्टि से देखकर कहने लगी, "आज सुना, आपने हमारी अम्माँ को बहुत परेशान किया! असल में बात ये है अम्माँ," वह फिर अम्माँ की ओर मुड़ती हँसकर कहने लगी, "आपके बेटे बहुत दिनों बाद कलकत्ता लौटे हैं। इसी से ये नहीं जानते कि अब यहाँ मुफ़्त में मिली मिठाई ऐसे नहीं छोड़ी जाती है। यहाँ तो छैना दूध की मिठाई को ही क़ानून ने निषिद्ध कर दिया है।" और वह उसी दर्पपूर्ण मुद्रा में सुडौल ग्रीवा को शुतुरमुर्ग़ की भाँति उठाती बाहर चली गई।

अम्माँ मन-ही-मन थर-थर काँपती जा रही थीं। कनखियों से उन्होंने प्रवीर के तमतमाए चेहरे को देख लिया था। अब हो न हो, आज ही इस अभागी लड़की का बोरिया-बिस्तर बाँधकर बाहर पटककर रख देगा। दोष तो उन्हीं का था। एकान्त में

कली को बतला दिया होता कि बेटी, मेरे इस दुर्वासा बेटे से कभी भूलकर भी हँसी-मज़ाक़ मत कर बैठना। अब तो जो होना था, हो गया।

क्रोध के मारे प्रवीर सचमुच काँप रहा था। ऐसी सस्ती लड़की के सामने अम्माँ ने घर का पूरा चिट्ठा खोलकर रख दिया।

"अम्माँ," वह माँ के एकदम पास आ गया, "मैं तुमसे पहले भी कह चुका हूँ, इससे कहो..." वह अपना वाक्य पूरा भी नहीं कर पाया था कि बाबूजी अख़बार लिये कमरे में आ गए।

"क्यों बिगड़ रहे हो बेटा," शान्त स्वर के ठंडे छींटों ने क्रोध के उफ़ान को एकदम बिठा दिया, "इतने दिनों से बेचारी लड़की यहाँ रह रही है, हमें पता भी नहीं रहता कि कोई रहता भी है। तुम नौकरी में इतनी दूर हो। लड़कियाँ पराये घर की हैं। आज हैं तो कल नहीं। तुम्हारी अम्माँ का भी जी बहला रहता है। वह भी क्या करेगी! बहू-बेटियाँ होतीं तो अलग बात थी।"

कभी टेढ़ी बातें न कहनेवाले पिता का तीखा व्यंग्य प्रवीर समझ गया। आज बाबूजी उससे वैसे ही बिगड़े होंगे। पांडे जी उनके एकमात्र मित्र थे। फिर उनकी अभागी पुत्रियों से लदे कल्पतरु की पत्तियाँ जैसे कभी झड़ती ही नहीं थीं। जब घर आता तब सुनता, पांडे जी की एक पुत्री का विवाह हुआ। यह दिया, वह दिया और भाग्यशाली जामाता को अपने खरचे से विलायत भी भेज दिया। फिर भी एक-न-एक अविवाहिता पांडेसुता का लुभावना फल उसकी प्रतीक्षा के कल्पतरु पर लटका ही रहता। इस बार की छुट्टियाँ चौपट करने को भी एक लड़की और बच गई थी। एक तो उस सुयोग्य सुपात्री की प्रशंसा सुन-सुनकर ही उसे चिढ़ हो गई थी। जब देखो तब दोनों बहनें, माँ, बहनोई उसी का पुराण खोलकर बैठ जाते। तीन विषयों में एम.ए. किया है। बाप के कोट-पैंट भी घर में सिलती है। आकाशवाणी से रवीन्द्र-संगीत गाती है। उस पर एकदम कच्चे वयस की न होने पर भी अल्हड़ लगती है।

"उससे कहो, अम्माँ, अपने बाप के ही कोट-पैंट का सत्यानाश करे। यहाँ मेरा कार्टून बनाने न पधारे। मुझे ऐसी ही योग्यता ढूँढ़नी होगी, तो दरज़ी की बेटी ले आऊँगा। वाह-वाह, घर के सिले कपड़े पहन, एम्बेसी में चले जा रहे हैं डिप्लोमेट! इतना भी नहीं जानतीं अम्माँ कि कोई भी समझदार आदमी बीवी के सिले कपड़े नहीं पहनता।"

अम्माँ बेचारी आँखें पोंछती भीतर चली गई थीं।

उस दिन प्रवीर गाने के बीच से उठ अवश्य गया था, पर चलते-चलते उसने कुन्नी की एक झलक देख ली थी। स्वस्थ, गोरी कुन्नी की कर्णचुम्बी आँखों के सधे कटाक्ष ने ब्रह्मचारी का अचल हृदयासन क्षण-भर को विचलित कर दिया था। लड़की का कंठ असाधारण रूप से मीठा था। यही नहीं, कमर से भी नीचे झूलती

मोटी वेणी, नितम्बिनी की मत्तगयन्द-सी चाल और चमचमाती दन्तपंक्ति पिता के वैभव की बैसाखियाँ लगाए बिना भी बड़ी सुगमता से किसी भी पुरुष के हृदय-द्वार की कठिन अर्गला खोलकर प्रवेश कर सकती थी। प्रस्ताव निस्सन्देह विचारणीय था। पहाड़ी समाज में ऐसी लड़कियाँ सहज में नहीं जुटतीं। पांडे जी के यहाँ उसके पूरे परिवार को किसलिए निमंत्रित किया गया है, वह खूब समझता था। दो-तीन वर्ष पहले की बात होती तो शायद वह भड़क उठता पर अब सम्पन्न गृह का सूर्य अस्तगामी दिशा की ओर डूबता जा रहा था। जया के पति की लज्जा स्वयं उन सबकी लज्जा बन गई थी। पांडे जी के साथ सम्बन्ध हो जाने पर वह दामोदर को समय रहते उबार सकता था। पांडे जी के पिता का प्रशासन में बहुत गहरा प्रभाव था।

''अभी भी आए दिन वे अपने प्रभाव का चेक भुनाते रहते हैं,'' पिता ने कहा था, ''उनकी लड़कियों के लिए कभी लड़कों का अभाव नहीं रहता।''

स्पष्ट था कि बाबूजी उसके काबुल जाने से पहले उसे सगाई के बन्धन में बाँधना चाहते थे। इसी से बार-बार अम्माँ के लड़की को एक बार देख लेने-भर के आग्रह को प्रवीर टाल नहीं पाया। एक तो जया के दुर्भाग्य को लेकर अम्माँ दिन-रात घुलती जा रही थीं। न हो, थोड़ा मनबहलाव ही हो जाएगा। फिर देखने में भला क्या दोष था? कोई आँखों की शक्ति तो कम नहीं हो जाएगी! आज तक क्या उसे एक भी पहाड़ी हूर पसन्द आई थी, जो यह आ जाएगी? एक बार देख लेने पर उसमें एक-न-एक नुक्स निकालकर वह प्रस्ताव के खोटे सिक्के-सा ही फेर देगा। बस, फिर छुट्टी! न पांडे जी की कोई पुत्री ही फिर रह जाएगी, न पैदा करने की उम्र। यही सोचकर वह माँ-बहनों के साथ बिना आपत्ति किए ही चल दिया, तो चतुरा जया का माथा ठनका।

''देख लेना अम्माँ, दद्दा हमें बुद्धू बनाने जा रहे हैं। पहले से ही तय कर लिया होगा कि लड़की नापसन्द कर देंगे।''

''छोड़ो भी दीदी,'' माया बड़ी बहन पर बरस पड़ी थी, ''तुम्हें तो अच्छी बात आजकल सूझती ही नहीं। मैं भी देखूँ, कुन्नी में क्या नापसन्द करते हैं। ओढ़नेवाले ओढ़ लें, बिछानेवाले बिछा लें, ऐसी लड़की है कुन्नी।''

बात माया ने पते की कही थी। लड़की में कहीं कोई दोष नहीं था। भरे-भरे अंगों का सौष्ठव उठते-बैठते गदराते यौवन की किरणें-सी छोड़ता था। गाने को वह रवीन्द्र-संगीत ही गाती थी, पर छठी-दष्टौन और घुड़चढ़ी के अनमोल गीतों से दिशाएँ गुँजाती वह अपनी स्वस्थ, पुष्ट हथेली की चोट से ढोलक को दमामे-सा गुँजा देती, तो पर्वतीय समाज की अधिकांश पार्श्वगायिकाएँ धराशायी हो जातीं। तब बुलन्द आवाज़ में किसी दक्ष क़व्वाल के-से तारसप्तक को छू लेने की प्रतिभा चमकने लगती। ऐसे मधुर कंठ की स्वामिनी, जो अतुलप्रसाद और रवीन्द्रनाथ के सुमधुर संगीत का मधु घोलकर बंगवासियों को भी सम्मोहित कर लेती है, 'बन्नी

की दादी को ले गया मुसल्ला, मुहल्ले में शोर मचा रे' गाकर किसी भी संस्कार-उत्सव को रंगीन बना सकती है, यह देखकर माया दंग रह गई थी। उसने प्रतिभाशालिनी कुन्नी के दोनों रूप देखे थे। रवीन्द्र-साहित्य वासर में कितनी तालियाँ बजी थीं उसके गाने पर! जब यहाँ राजेश्वरी दत्ता, कनिका देवी और सुचित्रा मित्रा-जैसे प्रसिद्ध रवीन्द्र-संगीत की सुगायिकाएँ भी उससे पहले गाना गा चुकी थीं। फिर तिवारी जी के बेटे की घुड़चढ़ी में उसके गाए बन्ने सुनने को पूरा जनवासा उलट पड़ा था और एक बाराती तो टेपरिकॉर्ड ही खोलकर बैठ गया था।

"रंग-रंग कर मरे जाते हो न दद्दा, देखना ज़रा उसका कम्प्लेक्शन! हम सब हब्शिनें न लगीं उसके सामने, तो मेरा नाम बदल देना। क्या हाइट है उस पर, एकदम पाँच फ़ीट चार इंच!"

"अच्छा-अच्छा, रहने दे," प्रवीर ने उसे झिड़क दिया था, पर फिर भी वह चुप नहीं हुई।

"हाइट ही से तो कुछ नहीं होता। मांस भी ठीक-ठीक चढ़ाया है भगवान ने। न एक इंच इधर, न एक इंच उधर, एकदम सतर चाल। हमारे पहाड़ की लड़कियों की तरह कन्धे झुकाकर नहीं चलती लड़की। हमें तो अम्माँ ने कभी सीधे होकर चलने भी नहीं दिया। फिर रही-सही क़सर ससुराल में पूरी हो गई।"

पति की ओर व्यंग्यपूर्ण कटाक्ष से देखकर वह साड़ी बदलने चली गई थी।

पांडेजी के विराट् गृह की शोभा दर्शनीय थी। उनकी महलनुमा कोठी किसी राजस्थानी नरेश ने बड़े शौक़ से अपनी नई पत्नी के लिए बनवाई थी।

पहले ही प्रसव में सुकुमारी रानी चल बसी और अधबनी कोठी को मिट्टी के मोल बेचकर नरेश विदेश चला गया था। दीवारों पर यामिनी रॉय के चित्रों की चौकोर बड़ी-बड़ी आँखों की एक लम्बी क़तार दूर तक चली गई थी। दूसरी ओर अत्याधुनिक चित्रकारों द्वारा चित्रित विचित्र शैली के तान्त्रिक प्रतीकों को प्रवीर ने देखते ही पहचान लिया। शायद गृहस्वामी स्वयं भी उनकी दुरूह रेखांकित विषम आकृतियों को नहीं समझते होंगे।

पांडे जी स्वयं उनकी आगमनी में नम्रता से दुहरे होकर रह गए थे।

"मैं अभी-अभी कुन्नी की माँ से यही कह रहा था कि आज यह निश्चय ही हमारे पूर्वकृत पुण्यों का फल है, जो आप सपरिवार यहाँ पधारी हैं।" झुककर उन्होंने ठेठ पहाड़ी क़ायदे से अम्माँ के चरण छूकर दोनों हाथ माथे से टिका लिये थे।

वाचाल, मुखर, बातों के इन्द्रजाल में अतिथियों को पल-भर में बाँध लेनेवाले, चिकने-चुपड़े चेहरे और चमकते माथे के स्वामी हँसमुख पांडे जी ने बड़े प्रेम से प्रवीर को अपने सोफ़े पर बिठा लिया।

प्रवीर को इस प्रकार बरबस खींचकर अपने पास बिठा लेने में पांडे जी को ज़रा भी संकोच नहीं हुआ, पर प्रवीर को ऐसे प्रेम-दर्शन का अभ्यास नहीं था। वह ज़रा हटकर बैठने की चेष्टा कर ही रहा था कि पांडे जी बड़े स्नेह से उसकी पीठ थपथपाकर कहने लगे, "अब के विदेश-मंत्रालय पर ज़ोर डलवाकर तुम्हें सेंटर में बुलवा लेंगे।"

उस व्यवसाय-पटु कुटिल व्यक्ति के चरित्र की सारी कुटिलता बड़े ही स्पष्ट अक्षरों में उसके चेहरे पर निखर आई थी। उसकी अस्थिर गतिविधि देखकर प्रवीर दंग रह गया था। जो एक क्षण भी सोफ़े पर स्थिर होकर नहीं बैठ सकता, वह दफ़्तर के नीरस बही-खातों में घंटों तक डूबा, दत्तचित्त होकर कैसे बैठा रहता होगा? जितनी देर प्रवीर वहाँ बैठा रहा, पांडे जी को जैसे सौ-सौ पिस्सू काटे जा रहे थे। कभी उछलते, कभी दोनों हाथों की मुट्ठियाँ बाँधे उछलकर सोफ़े पर पालथी मार बैठ जाते।

जब प्रवीर रसमयी गोष्ठी के बीच से अचानक उठकर चला आया, तो बहनों का दिल डूब गया। अकेली अम्माँ को कुछ विशेष निराशा नहीं हुई थी। अपने अकड़ू पुत्र की रुचि को वे उसे गर्भ में रखकर भी क्या नहीं जानतीं? पांडे जी की दुहिता कितनी ही गुणी, सुन्दरी, सौम्यानना क्यों न हो, ऐसे कुटिल व्यक्ति का जामाता बनना वह कभी स्वीकार नहीं करेगा। पर बड़ी देर तक इधर-उधर घूम-घामकर वह माँ को अपनी स्वीकृति के सरप्राइज़ का तोहफ़ा ही देने आया था।

घर आते ही अम्माँ के साथ उस विषकन्या को देखकर वह बिफर गया। ऐसी बेहया लड़की उसने कभी नहीं देखी। सबकुछ जानकर भी कैसी भोली, अनजान बनती है! अम्माँ न होतीं, तो शायद वह उसे वहीं पर मज़ा चखा देता। ठीक है, वह भी अम्माँ के सामने एक ही शर्त रखेगा। विवाह की स्वीकृति के साथ ही अम्माँ को इस दस्यु-कन्या को घर से बाहर कर देना होगा। जो चलती ट्रेन की राह चलते निरीह यात्रियों की जेब कतर सकती है, वह गृह की स्थायी सदस्या बनकर भोली अम्माँ को कभी भी दिन-दहाड़े लूट सकती है।

पर दूसरे दिन उठते ही जिसे बाहर निकालने का निश्चय प्रवीर ने किया था, वह स्वयं ही उसके कुछ कहने से पहले कहीं चली गई थी। द्वार पर लटके बन्द ताले को देखकर उसने चैन की साँस ली। अब वह अम्माँ के वर्षों से मुरझाए म्लान चेहरे पर अपनी अप्रत्याशित घोषणा से आह्लाद की रेखाएँ खिंची देखना चाह रहा था। कितने दिनों बाद उसे अपने गृह का एकान्त मिला था। अब वह जैसे चाहे वैसे गृह का निरंकुश सम्राट् बन, लुंगी बाँधे इधर-उधर घूम सकता था। सामने का ही कमरा उस दुरन्त छोकरी को देकर अम्माँ ने घर की प्राइवेसी ही ख़त्म कर दी थी।

जया और दामोदर का मनोमालिन्य भी इधर ख़तरनाक तीव्र गति से बढ़ता जा रहा था। जैसे दब्बू पालतू कुत्ता भी मालिक की शह पाकर अपने छेड़नेवाले की ओर दाँत दिखा-दिखाकर धमकी से गुर्राने लगता है, ऐसे ही जया भी अब मायके की देहरी में आकर दिन-रात निठल्ले पति पर गुर्राती रहती। उसके कमरे से ही सटा प्रवीर का कमरा था और एक सँकरी-सी गैलरी के व्यवधान के बाद पड़ता था कली का कमरा। जैसे वह बहन-बहनोई के क्रोध में ऊँचे उठते स्वर को सुन लेता था, वैसे ही निश्चय वह अपरिचिता भी सुनती होगी। मध्यरात्रि की निस्तब्धता में गूँजते बहन के अमानवी आरोप सुनकर कभी-कभी उसके जी में आता, वह दामोदर की गरदन पकड़कर बाहर निकाल दे। क्या यह सचमुच सम्भव था कि वह सुदर्शन व्यक्ति हृदय का ऐसा काला था?

और भला यह जया की भी कैसी मूर्खता थी! आठ-नौ वर्ष की पुत्री साथ सोती है। क्या माता-पिता की नित्य की चखचख वह नहीं समझती होगी? वह समझे या न समझे, एक सर्वथा परायी अनजान लड़की प्रवीर के अब तक सम्भ्रान्त प्रतिष्ठित कुल की क्रमशः मलिन पड़ती मर्यादा को देख ले, यह वह नहीं चाहता था। अपने विवाह की शर्त के साथ वह यही कड़ी शर्त रखेगा। तभी उस छोकरी से पीछा छूटेगा।

पर अम्माँ से कहेगा कैसे? वर्षों से विवाह के लिए ना-ना कहते-कहते अब अचानक माता-पिता की पसन्द की गई लड़की के लिए स्वीकृति देने में उसे बार-बार गहरी पराजय का परिताप संकुचित किए जा रहा था। क्या कहेंगी दोनों बहनें? जया कुछ कहे न कहे, माया निश्चय ही एकान्त में नवीन से कहेगी, 'देखा न, क्या कहा था मैंने, कुन्नी को एक बार देख लेने पर भला कोई ना कर सकता है?' पर पूरे घर में माया ही एक ऐसी थी, जिसके मध्य से वह अम्माँ तक अपनी स्वीकृति पहुँचा सकता था।

पहले उसने माया को एकान्त में बुलाकर अपना निश्चय सुनाया, तो उसकी आँखें विस्फारित हो गईं, "सच कह रहे हो या फिर अपना कोई ऊटपटाँग मज़ाक़ दोहरा रहे हो?"

"सच कह रहा हूँ। जा, अभी जाकर अम्माँ से कह आ। पर देख, अम्माँ से कहना, इसके साथ मेरी एक शर्त भी माननी होगी।"

माया को फिर किसी भी शर्त को सुनने का अवकाश ही कहाँ था! क्षण-भर में जैसे किसी ने पूरे घर की उदासी को उल्लास की अदृश्य जादुई छड़ी फेरकर दूर भगा दिया था। पांडे जी फ़ोन पर शुभ समाचार पाते ही मिनटों में मोटर भगाते कई टोकरियों में फल-मिठाई भरकर स्वयं चले आए थे।

"यह सब क्यों ले आए आप?"

अम्माँ ने सकुचाए स्वर में कहा, तो वे बनावटी क्रोध से तुनक उठे, "वाह जी वाह, यह तो 'वस्त्राभावे पुष्पं' है! भला ख़ाली हाथ अपनी समधिन के यहाँ चला

आता ? फिर कुन्नी की माँ ने झटपट पत्रा भी देख लिया, बोली, अच्छा दिन है, लगे हाथों सगुन भी कर आइए।''

लाल मखमली थैली में वे दो सोने की भारी मुहरें भी लेते आए थे—एक समधी के लिए, दूसरी जामाता के लिए। घर के दोनों दामादों की हथेलियाँ भी पर्याप्त धनराशि से गर्म कर चलते-चलते रविवार की दावत का निमंत्रण भी देते गए थे।

''तीनों लड़कियों को तार कर दिया है। सोचता हूँ, उस दिन कुछ मिलने-मिलानेवालों को न्योतकर सगाई की एक फ़ॉर्मल दावत दे डालूँ। असल में हमारी कुन्नी सब इष्ट-मित्रों की बेहद मुँहलगी है। इसी से सब बड़े कीन हैं कि हमारे भावी जमाई राजा को एक बार देख लें, कि हम उनकी दुलारी कुन्नी के लिए सुपात्र जुटा पाए हैं या नहीं। फिर उनकी आँखें चौंधियाने का कुछ हमारा भी ओछापन है।''

बड़े अपनत्व से उन्होंने सुदर्शन जामाता की चौड़ी पीठ थपथपाई और बार-बार सपरिवार पधारने का मीठा निमंत्रण देकर चले गए।

पन्द्रह

दिन-भर की भाग-दौड़ और आकस्मिक उत्तेजना ने अम्माँ को हँफा दिया था। उस पर माया चुपचाप आकर बड़े भाई की अनोखी शर्त के विषय में भी बता गई थी। तब से बेचारी मन-ही-मन घुली जा रही थीं। पता नहीं, कौन-सी अलबेली शर्त खड़ी करके रख दे, लड़का ! कहीं अब यह न कह दे कि शादी दो साल बाद करेगा। इसी फागुन में कर लेता, तो शायद पांडे जी दामोदर का भी ठीक-ठिकाना लगा देते।

''अब तुम कुछ मत पूछना अम्माँ,'' चतुर माया उसे बार-बार समझा गई थी, ''कुन्नी को एक-दो बार देख लेंगे तो सब शर्तें भूल जाएँगे।''

बड़ी-बड़ी आँखोंवाली बंगकन्या-सी सलोनी कुन्नी को वह फिर बड़े लुभावने अधिकार से इसी रविवार को देख सकेगा, यह कल्पना प्रवीर को सचमुच ही ऐसे गुदगुदा रही थी कि उसे कभी-कभी स्वयं ही खीझ उठने लगी थी। वह उस सुन्दरी आकर्षक लड़की को और भी निकट से एकान्त में देखना चाहता था। कहीं ऐसा न हो कि उस आकर्षण में प्रकृति का हाथ कम हो, स्वयं स्वामिनी का ही अधिक ! क्या आकर्षक क़द की ऊँचाई के ही अनुपात में उसके दिमाग़ ने भी वैसी ही ऊँचाई पाई होगी या ऊँची दुकान का वह फ़ीका पकवान बिना सोचे-समझे, परखे-बूझे जल्दबाज़ी में ख़रीदकर गप्प से मुख में धर लेने पर उसे जीवन-भर पछताना पड़ेगा ? वह अपनी परिमार्जित रुचि के सामने किसी को भी कुछ नहीं समझता था और कहीं गेहूँ-बिनौले के भाव रटनेवाली पत्नी उसके पल्ले पड़ गई तब ? यह ठीक था कि लड़की

के कंठ के माधुर्य को उसने निकट से ठोक-बजाकर परख लिया था, पर दिमाग़ी कोठा भी ठँसा है या एकदम ही खोखला? दिन-रात रवीन्द्र-संगीत सुनकर ही तो वह ज्ञान-पिपासु अपनी तृषा नहीं बुझा पाएगा। पर अब तो नाक में नकेल डालने के लिए छेद बन गए थे। वह आतुरता से रविवार की प्रतीक्षा करने लगा।

महीना-भर अपने शिव की बारात के गणों के साथ इधर-उधर घूमने का प्रोग्राम कली को पन्द्रहवें ही दिन स्थगित कर कलकत्ता लौटना पड़ा। पार्टी के सबसे छोटे सदस्य डिकी वेलहैम को वाराणसी के ढाबे में किए गए समय-असमय के कुपाच्य भोजन ने प्राणान्तक खूनी पेचिश से रक्तहीन बना दिया था। कितनी ही बार कली ने अपने हठीले, बिगड़े राजकुमारों को समझाने की व्यर्थ चेष्टा की थी, 'भारतीय खाना ही खाना है, तो वह उन्हें किसी साफ़-सुथरे होटल में ले चलेगा।' पर नहीं, उन्हें तो काशी की विचित्र वस्तुएँ ही सम्मोहन के जाल में बाँधे जा रही थीं। कन्धे तक फैले पीले बालों की अयाल झटकाते उसके विदेशी अवधूत ज़िद चढ़ने पर अड़ियल टट्टू-से दोनों पैर अड़ाकर खड़े हो जाते। बड़े-बड़े अल्यूमिनियम के पतीलों में घोटे जा रहे सुस्वादु भोजन की सुगन्ध की लपटों ने दिन-भर इधर-उधर भटके भूखे दल को रोक लिया।

"ओह, डिलिशस," दल की विदेशी छोकरी ने नटिनी की-सी फुर्ती से झुककर सुगन्धित वाष्प से कम्पित ढकने को सूँघकर ढाबे के स्वामी ठिंगने सरदार को अपने एक ही नीले कटाक्ष से चित कर दिया।

"सब कुछ एकदम ताज़ा है, मेमसाहब—नान करी, तन्दूरी मुर्ग़," सरदार को शायद इसके पूर्व भी काशी में दिन-रात आते रहते हिप्पियों की जजमानी निभाने का खासा अभ्यास था।

"टिपिकल इंडियन करी एंड टिपिकल इंडियन चेफ़," कहकर मुसकराती मंडली जम गई।

कली कटकर रह गई थी। जैसा घिनौना बदबूदार सरदार था, वैसी ही रिकेटी हिलती टीन की कुरसियाँ। गन्दी मोटे गैंडे के खालवाली क्रॉकरी और जाँघ खुजाते घिनौनी अनहेल्दी सूरत के छोकरे नौकर! पर दल के नक्कारखाने में पिछले पन्द्रह दिनों से उसकी तूती का स्वर क्रमशः अस्पष्ट होता एकदम ही विलीन हो गया था। हारकर वह भी एक कोने की कुर्सी पर बैठ गई थी। सरदार के बार-बार आग्रह करने पर भी वह एक प्याला चाय तक नहीं पी पाई थी, और छीः-छीः, उसके साथ ये विदेशी, एक-से-एक लक्षाधिपतियों के सभ्य पुत्र, मानवीय सभ्यता के सर्वोच्च शिखर पर पहुँचकर फिर किस वहशी सभ्यता के आदिम स्रोत को छूने स्वेच्छा से अनजान घाटियों की ओर लुढ़कते जा रहे थे!

चाहने पर वे काशी के दामी ब्रोकेड लेकर अपनी श्वेत काया को सजा सकते थे। उनके बटुओं की गरिमा को कली बहुत निकट से देख चुकी थी, पर उनके सिर पर बँधा था सवा रुपये का बनारसी गमछा, धोती-कुर्ता, और गौर ललाट पर वैष्णवी त्रिपुंड। चाहने पर शैम्पेन या वैट सिक्सटी नाइन की बोतलें सोडावाटर की बोतलों की भाँति ही वे सुगमता से जुटा सकते थे, पर घाट पर अवधूतों के अड्डे पर जमे, गाँजे-चरस की दम खींचकर करेंगे त्रैलोक्य दर्शन और बेचारी कली रेत पर दूर खड़ी-खड़ी घंटों तमाशा देखती रहेगी!

होटल के एक ही कमरे में पाँचों पांडव और उनकी द्रौपदी! पहले दिन कली को भी अपने कमरे में सुलाने का दुराग्रह हुआ था पर 'डोंट-बी चाइल्डिश' कहने पर शायद कली के ताम्रतेज ने उन्हें सहमा दिया था। किन्तु ढाबे में खाने के प्रस्ताव का अनुमोदन न करने पर भी कली उन्हें नहीं रोक पाई। उन्हें हाथ ही से चिंचोड़-चिंचोड़कर मुर्ग़ खाते और नान के बड़े-बड़े गस्से जंगली भिखारियों की भाँति निगलते देख कली दंग रह गई थी।

फिर वह क्या एक ही दिन की बात थी? धारीदार कच्छाधारी, धुएँ से पांडुजीर्ण बनियान और बिना साफ़े के कसकर बाँधी गई सरदारजी की जटा पर ही कली के अतिथिदल की भागीरथी झरझराकर निरन्तर कई दिनों तक बहती रही थी। तन्दूरी मुर्ग़, नान और कश्मीरी मिर्च से सँवरे लाल छोले ने, समय से कुछ पहले अपना प्रतिशोध ले लिया। काठमांडू का प्रोग्राम कैंसिल कर, मृतप्राय वेलहैम को एक प्रकार से गोदी में उठाकर ही कली मि. शेखरन को सौंप आई थी।

"ऐसे विचित्र दल का संचालन मुझसे नहीं होगा सर, आप दफ़्तर के किसी पुरुष कर्मचारी को ही इनका आतिथ्य सौंप दें।"

पर वे छोकरे क्या उसे इतनी आसानी से छोड़ देते?

"अपना प्रॉमिज़ भूल गई क्या केली!" दल के छह फ़ुटी पॉल ने उसकी सुघड़ कलाई थाम ली। "कलकत्ता के श्मशान हमें केली ही दिखाएगी। इसने प्रॉमिज़ किया था मि. शेखरन!"

उसकी आकर्षक मुसकान कली को किसका स्मरण दिलाती थी? अचानक कली के दोनों कान गरम हो उठे।

"ठीक है, मि. शेखरन, वेलहैम के ठीक होने पर मैं इन्हें वहाँ पहुँचा दूँगी।" फिर अपनी बड़ी ही नटखट हँसी से वह शेखरन की ओर देखकर चली गई।

पन्द्रह दिनों के बीच जिस घर को एक अटपटी उदासी में उलझा वह छोड़ गई थी, उसका नक्शा ही बदल गया है, यह वह गृहप्रवेश के साथ ही समझ गई। उसे देखते ही माया मुसकराती उसके कमरे में चली आई।

"अरे वाह, आपने तो पूरे कमरे की मनहूसी ही दूर कर दी! हम लोगों ने तो इस कमरे में आना ही छोड़ दिया था।"

बहुत दिनों से सफ़ाईहीन कमरा भी स्वच्छ-सुघड़ लग रहा था।

"लगता है, खूब थक गई हैं आप। बहुत लम्बा दौरा था क्या?"

कली ने पहली बार माया का आकर्षक चेहरा निकट से देखा।

लड़की अपने बड़े भाई का ही छोटा संस्करण थी एकदम। वही नाक, रसीली आँखें और चमकीले दाँत। गलग्रह से विकृत बन गई अपनी बड़ी बहन से स्वभाव और रूप दोनों में माया निश्चय ही भिन्न थी। दिन-भर गुमसुम रहनेवाली जया रात को प्रगल्भा बनी सुदर्शन पति के मधुर प्रस्तावों पर कैसी ठंडी छुरी फेरती थी, वह सब बिस्तर पर पड़े-पड़े कली सुनती रहती थी। बेचारा दामोदार! पत्नी के उस हिम-शीतल व्यवहार के कारण ही क्या वह क्षुधातुर व्यक्ति कँगले भिखारी की भाँति सुस्वादु व्यंजनों की सुगन्ध पाते ही लार टपकाने लगता था? किसी भी पुरुष की उपस्थिति कली को कभी भयावह नहीं लगी। किन्तु गृह के उस व्यक्ति के सम्मुख एकान्त में उसका दुस्साहसी कलेजा भी थरथरा उठता था।

"दौरे तो और भी लम्बे थे, पर लौटना पड़ा। जिन्हें साथ लेकर गई थी, उनमें से एक की तबीयत अचानक बहुत खराब हो गई थी। अम्माँ ठीक हैं न? नहा-धोकर तब उनसे मिलने जाऊँगी," कली हँसकर माया के पास ही कुर्सी खींचकर बैठ गई।

वह जैसे जान-बूझकर क्षण-भर की उस अतिथि को देर तक बैठाना चाह रही थी। सचमुच ही दोनों भाई-बहनों की सूरत में अद्‌भुत साम्य था।

"आपको देखकर तो हमेशा यही लगता है कि नहा-धोकर ही चली आ रही हैं," माया ने प्रशंसापूर्ण दृष्टि से उसे सिर से पैर तक देखकर कहा।

"ओह, धन्यवाद, पर देखिए," उसने घने केशगुच्छ के एक कुंडल को उठाकर अपना हीरे के कर्णफूल से जगमगाता छोटा-सा कान दिखा दिया, "देख रही हैं न? लगता है, इंजन ने अपने सारे कोयले के धुएँ का टार्जेट मेरे कान को ही बना दिया है!"

"आप नहा-धोकर जल्दी आइएगा, अच्छा? एक ज़बरदस्त सरप्राइज़ है आपके लिए," एकदम बच्ची की-सी दूधिया हँसी से कली को सराबोर करती वह चली गई।

क्या सरप्राइज़ हो सकता था भला? क्या पता, कुछ अनहोनी घटना ही इस बीच घट गई हो?

अपने रहस्यमय बचपन के अन्धकारपूर्ण कक्ष में अन्धी बनी वह घंटों तक अपने स्नेहालु अदर्शी अनजान पिता की ममतामयी आकृति को टटोलती रहती थी। सुदर्शन पिता, जो स्कूल की नीरस स्टडी में डेस्क पर झुकी, दिवास्वप्नों में डूबी विद्रोहिणी नन्ही पुत्री को अचानक आकर उसके कल्पनालोक में छाती से लगा लेते थे, अब कहीं खो गए थे।

आज उसी कल्पनालोक का वर्षों से बन्द जंग-लगा ताला जैसे स्वयं ही खटाक् से खुल गया था। अस्पष्ट अन्धकार में भटकती वह शून्य में बाँहें फैलाती फिर किसे खोजने लगी थी? क्या पता, उसकी अनुपस्थिति में उस दम्भी व्यक्ति ने उसके सौन्दर्य का लोहा मान लिया हो! उसे पाने के लिए शायद वैसे ही व्याकुल हो उठा हो, जैसे आज तक असंख्य पुरुष नतजानु होकर उसके सम्मुख व्याकुल हो लड़खड़ाकर बैठ गए थे! क्या पता, चुलबुली माया उसे यही सरप्राइज़ देने बुला गई हो! दूसरे ही क्षण उसके पैरों के तले से ठोस धरातल को उसकी कुशाग्र विवेक चेतना ने स्वयं ही खींच लिया। कैसा बचपना था उसका! जिस माया से वह पहली बार ऐसी घनिष्ठता से बोल पाई थी, वह क्या उसे ऐसा सरप्राइज़ देने बुला सकती थी? और फिर जिस व्यक्ति को लेकर वह निरर्थक रसीला ताना-बाना बुन रही थी, वह उसकी जीवन-पुस्तिका का एक-एक वर्जित परिच्छेद पढ़ उसे दूर नहीं पटक चुका है?

कमरा खुला ही छोड़कर वह अम्माँ से मिलने चली गई।

भारी परदे के व्यवधान से तीर की गति से आ रहे जिस व्यक्ति से वह पूरे वेग से टकराई, उसने 'अरे-अरे, सँभल के' कह, उसे बड़े यत्न से बाँहों में ऐसे भर लिया, जैसे मसलकर कीमा बना देगा। तीव्र टक्कर से मेज़ पर धरा एक फूलदान झनझनाता दूर तक लुढ़कता चला गया और शायद उसी आकस्मिक दुर्घटना का सशब्द आह्वान जया को वहाँ खींच लाया। सुन्दरी कली का सद्यःस्नाता सौन्दर्य पति के बाहुपाश में बन्दी देख वह उलटे पैरों लौट गई।

कली ने एक झटके से दामोदर के बाहुपाश से अपने को छुड़ा लिया तो वह बेहया बड़ी निर्लज्जता से मुसकराने लगा, "वाह-वाह, क्या सुगन्ध लगाती हैं आप! पल-भर को ऐसा लगा, जैसे कोई इम्पोर्टेड सेंट की शीशी ही साली हाथ में फूट गई हो!" फिर वह दोनों रिक्त हथेलियों की मुट्ठी बाँधकर सूँघने लगा।

तड़पकर कली भीतर चली गई। क्या सोचती होगी जया? कोई अनदेखी टक्कर उसे किसी की बाँहों में डाल दे, तो दोष क्या उसका था? पर इस दामोदर के बच्चे को कड़ा सबक सिखाना ही होगा।

माया के कमरे में ही चटाई डाले अम्माँ उससे कोई पोस्टकार्ड लिखवा रही थीं। उसे देखते ही अम्माँ ने बार-बार नाक पर फिसलता चश्मा उतारकर धर दिया।

"ला तो री माया, पहले इसका मुँह मीठा करा," उन्होंने हँसकर उसे हाथ से खींच अपने पास बिठा लिया।

"क्या बात है अम्माँ, कैसा मुँह मीठा करवा रही हो?" कली अभी भी जंगली दामोदर के काँटे चुभोते स्पर्श से सिहरी जा रही थी।

"ले, पहले पेड़ा खा," अम्माँ ने अपने हाथों से पेड़े का आधा टुकड़ा कली के मुख में ठूँस दिया। "अब सुन, हमारे लल्ला ने शादी के लिए 'हाँ' कर दी है।"

कंठ का पेड़ा कंठ ही में अटक गया। नादान शून्य में फैली बाँहें एक बार फिर किसी अनाड़ी तैराक की भाँति अगम जलराशि में किसी तिनके का अदृश्य सहारा टटोलने लगीं।

"अब पूछ, लड़की कौन है?"

एक डुबकी के साथ ही जैसे बहुत-सा पानी अनाड़ी तैराक की आँख, नाक, कान में घुसकर उसे मृतप्राय बना गया। कली को लगा, वह गिर पड़ेगी। ऐसी पहेली क्या अम्माँ कभी बुझाती थीं?

"अरी, बावली, अब भी न समझी? अपने पांडे जी की कुन्नी। ज़बरदस्ती ले गए थे न उस दिन? फिर ऐसी सोहिनी सूरत भला किसे पसन्द नहीं आती! अरी छोटी-सी थी यही कुन्नी तो एकदम मरियल, लिवर का इलाज कराने पांडे जी मद्रास ले गए थे। अब तो उसका नक्शा ही बदल गया है। क्यों, है न री माया?"

समग्र ब्रह्मांड कली को लिये गोल-गोल घूम रहा था।

"इसी इतवार को हमें समधियाने की दावत में जाना है। तू भी चलेगी बिट्टो? तू क्या मेरी जया, माया से परायी है?"

"और क्या, आपको तो चलना ही होगा, साथ ही एक काम भी आप ही को करना होगा," माया उसके कन्धे पर झुक आई।

"उसी दिन पांडे जी टीका भी चढ़ा रहे हैं। हमारी अम्माँ को भी दुहराना होगा। पहाड़ का यही क़ायदा है। एक बढ़िया-सी साड़ी आप ही को ख़रीदकर ला देनी होगी।"

"मुझे?" कली के सूखे होंठों से प्रश्न स्वयं ही फिसल गया।

"क्यों? दिन-रात आप मॉडल बनती रहती हैं। आपकी-सी बढ़िया च्वाइस भला और किसकी होगी? उस दिन कुन्नी भी शायद आपकी कोई फ़ैशन परेड देख आई थी। कह रही थी, 'तुम्हारी मिस मजूमदार तो डी.सी.एम. की सस्ती छींट का थान भी कन्धे पर डालकर निकल जाएँ, तो किमख़्वाब लगने लगता है। बस, इतना ध्यान रखिएगा कि साड़ी का रंग नीला या काला न हो। क्यों, है न अम्माँ?"

"अरी चटक लाल लइयो, बस। बहू तो उजली चिट्टी आ रही है।" अपनी गर्वोक्ति के मुँह से निकलते ही अम्माँ खिसिया गईं। साँवली कली के सम्मुख बार-बार गौरवर्णभावी पुत्रवधू के उजले रंग का बखान ही शायद कली को अनमनी कर गया था।

सरला अम्माँ ने चट से उसे रूठी बच्ची की भाँति फुसलाने के लिए बात पलट दी, "अरी, अब गोरे रंग से थोड़े ही न सबकुछ होता है। हमारी इस कली को ही देखो, लाल, नीला, पीला जो पहन ले, वही खिल उठता है। पर हमारे पहाड़ी व्याह-बरातों में राती-पीली चुनरी ही चढ़ती है बेटी।"

"ठीक है अम्माँ, मैं लेती आऊँगी।" कली उठ गई।

"अरे, रुपये तो लेती जा!" अम्माँ ने पास ही धरा कलमदान खोलकर सौ-सौ के चार नोट निकाल लिये।

"इत्ते सारे नोट लेकर क्या करूँगी अम्माँ?" कली साड़ी के मोल-तोल के मूड में थी भी नहीं।

"अरी, सौ में तो आजकल लट्ठे का एक थान भी नहीं आता। बढ़िया-सी ला देना बेटी। बड़े घर की लड़की आ रही है। हमेशा अच्छा खाया-पहना, ओढ़ा होगा।"

चारों नोट हाथ में दबाए कली लौटी, तो माया भी साथ-साथ चलने लगी। खिड़की के पास ही सिर झुकाए खड़ी जया की लाल सूजी आँखों को दोनों ने एक साथ देखकर दृष्टि फेर ली।

माया अपदस्थ-सी हो गई। क्षण-भर पूर्व का समग्र उल्लास न जाने कहाँ उड़ गया। धीमे स्वर में वह स्वयं ही कहने लगी, "पता नहीं, क्या हो गया है दीदी को! दिन-रात खुद ही नहीं रोतीं, घर-भर को रुलाती हैं। इतनी मनहूसी के बाद ऐसा शुभ दिन आया और इनका मुँह लटका ही रहता है।"

बड़ी बहन के प्रति उसके आक्रोश को सुनते ही कली ने उसे अपने कमरे में खींच लिया, "माया, तुमसे कुछ कहना है," और उसे अपने पलंग पर बिठाकर वह एक ही साँस में अपनी आकस्मिक मुठभेड़ का विवरण उगल गई।

"पता नहीं, तुम्हारी दीदी क्या सोचती होंगी! इससे पहले कि मैं तुम्हारे जीजा के बाहुबन्धन से अपने को छुड़ाती, दीदी पलटकर चली गई। तुम उन्हें सब समझाकर अभी कह दो माया, प्लीज़!"

कली की बहुत बड़ी आँखों को गीली देखकर माया मुग्ध हो गई। ठीक जैसे किसी चलचित्र के चतुर कैमरामैन ने सुन्दर नायिका की जलभीनी बड़ी आँखों पर फोकस का घेरा डाल उन्हें और भी सुन्दर बना दिया था।

"तुम क्या सोचती हो, दीदी जीजा को नहीं जानती?" एक लम्बी साँस खींचकर माया पल-भर को चुप हो गई। फिर उठकर उसने द्वार बन्द कर दिया। क्या पता, दीवार का कान बना कुटिल दामोदर यहीं कहीं छिपा दोनों की बातें सुन रहा हो! "तुम तो परायी हो। मैं तो दीदी की सगी बहन हूँ। मुझे ही उसने एक दिन ऐसे जकड़ लिया। मैंने तो कसकर एक तमाचा भी धर दिया। अब तुम्हीं सोचो, क्या ऐसी बात मैं अम्माँ, दीदी या अपने पति से कह सकती थी? मैं तो स्वयं ही सोच रही थी कली, तुम्हें आगाह कर दूँ। शायद इसी आशंका से बड़े दा भी विचलित हो गए थे। तुम्हें हटाने के लिए अम्माँ से दो-तीन बार कह चुके हैं।"

"अच्छा?" कली का कलेजा डूब गया। तो वह उसे यहाँ से खदेड़ना चाहता है। किन्तु चित्त का क्षोभ उसने चेहरे पर नहीं उभरने दिया।

"तुम्हारे बड़े दा को मेरी चिन्ता नहीं करनी होगी माया," वह हँसकर कहने लगी, "मैं खुद ही कलकत्ता से बाहर चली जा रही हूँ।"

"वाह, यह कैसे हो सकता है? बड़े दा की शादी के पहले आपको जाने ही कौन देगा?"

कुछ ही घंटों की परिचिता माया उससे किसी वर्षों की पूर्व परिचिता सखी की अन्तरंगता से लिपट गई।

"कहाँ जा रही हैं, आख़िर सुनूँ भी?"

"पिछले महीने ऐसे ही खेल-खेल में एक बड़ी अच्छी नौकरी की अर्जी डाल दी थी। उसमें सुना, बड़ी सिफारिश चलती है। सीलोन टी बोर्ड के सेक्रेटरी का पद केवल योग्यता की ही कैफ़ियत नहीं माँगता—यू मस्ट हैव लुक्स, बर्थ एंड ब्रेन। फिर इंटरव्यू देकर लौटी तो आशा ही छोड़ दी थी।"

"क्यों?"

"एक से एक सुन्दरी अप्सराओं का मेला जुटा था।"

"तुमसे भी सुन्दर?" माया की विस्फारित दृष्टि में मिथ्या चाटुकारी का लवलेश भी नहीं था।

"और क्या! देखती तो बस देखती ही रह जाती। मिनी साड़ी, मिनी स्कर्ट, फाल्स आइलैशेज़, फाल्स ब्रेस्ट-पैड्स और यहाँ अपना कुछ भी फाल्स नहीं था। जो था, सब एकदम विधाता का दिया—रॉ मैटीरियल!" कली हँसने लगी। "पर फिर भी बलिहारी उनकी रुचि को, पता नहीं कैसे मुझे ही छाँट लिया! देखो न!" बटुए से अपना एपाइंटमेंट लेटर निकालकर उसने माया को थमा दिया।

"हाय राम, मैं मर गई! इतनी दूर जा रही हो, एकदम रावण के देश में? देख लेना, दूसरे ही दिन भागकर चली आओगी। कलकत्ता की माया क्या सहज में छूटती है?"

"शायद।" दार्शनिक की-सी मुद्रा में कली ने मुसकराकर पत्र को बड़े यत्न से मोड़कर बटुए में धर लिया और कुहनियों को तकिये की टेक लगाकर पलंग पर ही औंधी हो गई।

"एक तो इस नौकरी में बाहर जाने का सुअवसर मिलता रहेगा। फिर सच पूछो तो मैं स्वदेश से कहीं दूर जाना भी चाहती थी माया। अब यह तो बतलाओ कि शादी है कब?"

"यही तो चिन्ता का घुन अम्माँ को परसों से चाटे जा रहा है," माया कली के खुल गए घड़ी के फीते को बाँधती कहने लगी।

"बड़े दा ने एक शर्त भी तो लगाई है। अब पता नहीं कौन-सी अनोखी शर्त है! कहीं अब ये अड़ंगा न लगा दें कि एक-दो साल तक शादी ही नहीं करेंगे। पर कुन्नी को ठीक से देख लेने पर फिर शर्त-वर्त सब भूल जाएँगे।"

"अच्छा? इतनी सुन्दर है क्या?" कली ने पूछा और फिर स्वयं ही खिसिया गई। अम्माँ की बात अलग थी। उनसे तो वह कुछ भी उल्टी-सीधी बातें पूछ सकती थी, पर माया कहीं कुछ सोच न बैठे। उसे भला क्या पड़ी है? हुआ करे सुन्दर!

"अब कैसे बताऊँ, तुम्हें," माया बोली, "शायद तुम्हें पसन्द न आए। यू नो, दैट समथिंग-समथिंग," दोनों हथेलियों की तालियाँ-सी बजाती वह अपनी उलझन में कुछ क्षणों तक उलझ गई, "शरीर थोड़ा भारी है, बल्कि ये तो कहने लगे, 'आहा, साउथ इंडियन एक्ट्रेस-सी लगती है एकदम।' मैंने डाँटा भी, 'कहीं बड़े दा के सामने यह मत कह देना।' पर हमारे समाज में अभी अच्छी लड़कियों का स्लम्प है। और फिर बड़े दा हमारे 'हाई ब्रोड' हैं। थैंक गॉड! ये पसन्द तो आई। अभी भी विश्वास नहीं होता।"

अचानक कार का शब्द सुनकर वह अचकचाकर खड़ी हो गई, "लगता है, ये आ गए। आज इन्हें लेकर बड़े दा बिना नाश्ता किए ही रामनवमी झलाने निकल गए थे।"

"रामनवमी? वह तो कोई व्रत होता है न?" कली भी उठकर बैठ गई।

"हाय राम, मैं कहाँ जाऊँ!" माया फिक से हँस पड़ी। "इतना भी नहीं जानतीं, तीन लड़ों की अम्माँ की रामनवमी झलाने ले गए थे, सोने का हार! उस उनतीस तोले की रामनवमी के लिए मैं और दीदी झींकती रहीं, पर हमें नहीं मिली। मिल रही है कुन्नी को। लकी बग, इट इज़ टेरिफिक! यह बड़े-बड़े दाने—ओकेज़नल बियर के लिए 'जस्ट द थिंग'। तुमसे इसी से तो ज़रीदार साड़ी लाने को कहा है। टीके में यही दो चीज़ें चढ़ेंगी। झलाकर ले आए होंगे, तो अभी तुम्हें दिखला जाऊँगी।"

पर माया के जाते ही कली छलाँग लगाकर बाहर निकल गई। न उसने रूखे, उलझे बालों पर कंघी फेरी, न दर्पण की ओर ही देखा। सुबह की भूखी थी, प्यास से गला सूखा जा रहा था। कहीं एक प्याला चाय का भी जुट जाता, तो शायद कनपटी पर चल रहे हथौड़े बन्द हो जाते। पर द्वार पर ताला मारकर वह निरुद्देश्य भटकने चल पड़ी। आज उसका हाफ डे था, पर दिन-रात धमा-चौकड़ी मचा, त्रैलोक्य दर्शन की एक-एक गोली मुख में धर अल्पकालीन मृत्यु की निश्चेष्ट करवट में सो जानेवाले अपने भूत-पिशाचों के दल में स्वयं डाकिनी बन सम्मिलित होने वह अचानक असमय ही उनके होटल में पहुँच गई।

पॉल ने एक चीख़ मारकर उसे बाँहों में उठा लिया, "हे केली, तुमने अपना पता दिया होता तो हम तुम्हें कब का किडनैप कर ले आए होते। वेलहैम आज एकदम ठीक है। कल डिस्चार्ज हो जाएगा। कृष्णपक्ष की चतुर्दशी को ही श्मशान-दर्शन का आदेश गुरुजी ने दिया था। बस, रविवार को श्मशान में दिन-भर पिकनिक और रात को साधना—प्यूनी-प्यूनी माई लव!"

वह बेतरतीब से फैले दो-तीन शेपलेस चोगों के ऊपर औंधी होकर मुरदे-सी पड़ी थी। कली को यह विदेशी लड़की बहुत पहले मुक्तेश्वर लैब में दिखी, क्षय-रोग के कीटाणुओं द्वारा जबरन रोगिणी बनाई गई सफ़ेद चुहिया-सी लगती थी।

दिन-भर वह मुरझाई खोई रहती, पर सन्ध्या की आगमनी के साथ-साथ अपनी गोली मुख में रखते ही वह बुलबुल-सी चहकने लगती।

'चौदह वर्ष की थी तब से ही एडिक्ट है यह,' वेलहैम ने कली को बताया था।

करोड़पति पिता की इकलौती पुत्री प्यूनी के नेतृत्व में ही यह दल भारत आया था। जिन प्रवासी योगीराज ने उसे शिक्षा दी थी, उन्हीं के प्रभावशाली सिफ़ारिशी पत्रों का पुलिन्दा उसे बार-बार कस्टम के दुरूह चक्रव्यूह से बचाकर सकुशल बाहर निकाल लाता। दल के पाँचों पांडव उसकी मुट्ठी में बन्द थे, जिन्हें समय-समय पर वह ढील देकर इधर-उधर घूमने छोड़ देती। पर अपोलो-सा सुन्दर नीली आँखोंवाला पॉल सदा उसकी मुट्ठी में बन्द रहता।

कली के प्रति अपने उस सर्वाधिकार सुरक्षित प्रेमी का आकस्मिक रुझान शायद इधर उसने देख लिया था। श्मशान-यात्रा के प्रस्ताव को उसने जान-बूझकर ठुकरा दिया, "तुम लोग जाओ, मेरी तबीयत ठीक नहीं है," वह पीठ कर लेटी ही रही।

फिर भी पॉल बड़े दुस्साहस से कली के कान के पास झुक आया और फुसफुसाकर कहने लगा, "तुम शनिवार को ही यहाँ आ जाना। फिर तड़के ही उठकर चल देंगे।"

फुसफुसाहट के साथ ही क्षुधातुर अधरों के स्पर्श से कली का कान सिहर उठा। वह झपक से उठ गई, "नहीं, मैं इतवार को ही आकर तुम्हें वहाँ ले चलूँगी, सिंस इट वाज़ ए प्रॉमिज़। नहीं तो हमारे यहाँ स्त्रियाँ श्मशान नहीं जातीं।"

"ओ माई स्वीट," पॉल ने सूली पर टँके ईसू की-सी ही निर्दोष मुद्रा से रूठी कली को मनाने की चेष्टा की।

"तुमसे कहा है न मैंने, हमारे दल में सेक्स इज़ नो बार। न हममें कोई स्त्री है, न पुरुष। थोड़ा बैठो न!"

"नहीं पॉल, मुझे कुछ शॉपिंग करनी है।"

होटल से निकलकर उसने महातृप्ति की साँस लेकर ललाट का पसीना पोंछा।

सोलह

उस विदेशी दल का क्षणिक सान्निध्य भी उसे ईश्वर का-सा नशा सुँघाकर झुमा देता था। फिर क्यों गई थी वहाँ? वह मन-ही-मन सोचती उत्तरपाड़ा की बस में चढ़कर बैठ गई। क्या करेगी उत्तरपाड़ा जाकर? कौन था वहाँ? कोई भी नहीं। फिर क्या करेगी वहाँ जाकर?...क्यों? उसी बस स्टॉप से अलीपुर वापस चली आएगी। पगली कहीं की, इससे तो कहीं और चली जाती! कहाँ?...वहाँ, जहाँ झलाकर नई बनाई गई रामनवमी की प्रदर्शनी चल रही थी, या लौरीन आंटी के

यहाँ...! कहाँ जा सकती थी वह? इतने बड़े शहर में क्या कहीं भी ऐसी दो आँखें थीं, जो उसे देखकर प्रसन्नता से चमक उठतीं?...क्या विधाता ने उसे इसीलिए बनाया है कि निर्दयी संसारी उसे अपने स्वार्थ के लिए निर्जीव शटलकॉक की भाँति इधर-उधर उछालते रहे? क्या वह जीवन-भर दूसरों के लिए ही विवाह की साड़ियाँ ख़रीदती रहेगी?...जिस रविवार को पूरा गृह आमोद-प्रमोद के मांगलिक उत्सव में आकंठ डूबा होगा, वह श्मशान में पिकनिक मना रही होगी!

चलती बस में वह स्वयं ही हँसने लगी। पास बैठी वृद्धा पारसी महिला उसे घूर-घूरकर देखने लगी। वह बीमार-सी पीली सुन्दरी लड़की उसे कुछ एब्नॉर्मल-सी लगी। कैसे हँसे जा रही थी! क्या पता, किसी पागलख़ाने से भागकर चली आई हो! पारसी महिला ने सहमकर पीठ फेर ली।

एक के बाद एक बस बदलती कली घर पहुँची, तो रात हो गई थी। बगल का पैकेट अभी जाकर ही अम्माँ को दे आएगी। एक अनजानी छोटी दुकान पर ही इतनी सुन्दर साड़ी मिल जाएगी, उसे आशा भी नहीं थी। एकदम फ्लेमरेड। उस पर चौड़ा ज़रीदार आँचल—न बेल, न बूटी। काउंटर पर एक-सी दो साड़ियाँ धरी थीं—ठीक, जैसे जुड़वाँ बहनें हो! कली को न जाने क्या सनक सवार हुई कि दोनों ख़रीद लीं।

वह साँवली है तो क्या हुआ, लाल रंग जितना साँवले पर खिलता है, उतना क्या कभी गोरे पर खिल सकता है? सन्थाल सुन्दरियों की काले कोबरा-सी चिकनी काली पीठ पर थिथिल जूड़े पर लगा रक्त जवा का पुष्प कितना सुन्दर लगता है! पिकनिक के दिन यही साड़ी पहनेगी और चलते-चलते उसे भी दिखा देगी, 'ए मिस्टर, अकेली तुम्हारी कुन्नी ही नहीं पहन सकती, ऐसी साड़ी। देख लो, कौन अधिक सुन्दरी लगती है—गोरी या काली?'

वह मन-ही-मन मुसकराती अपनी साड़ी कमरे में धर आई, फिर हाथ का दूसरा पैकेट नचाती, हँसती गोल कमरे में पहुँच गई। पूरे परिवार की गोष्ठी चल रही थी। प्रवीर न जाने किस बात पर ठहाका लगाकर हँस रहा था। उसे ऐसे हँसते देख कली आश्चर्य से ठिठककर खड़ी रह गई। अच्छा, यह क्रूर व्यक्ति ऐसे हँस भी सकता है?

पर अचानक कली को कमरे में आविर्भूता देखकर उसकी हँसी आरोह ही में सूखकर रह गई। वह फिर गुमसुम हो गया। चेहरे पर उभरी खीझ की रेखाएँ देखकर कली मुसकराकर बढ़ गई।

"लीजिए, अम्माँ," उसने साड़ी का पैकेट अम्माँ की गोदी में डाल दिया। "देखिए, पसन्द की चीज़ है या नहीं?"

"आओ-आओ बेटी," अम्माँ ने चश्मा लगा लिया और पैकेट खोलने लगीं, "मैं जानती थी कि तुम जरूर ले आओगी। वाह, एकदम ऐसा ही रंग चाह रही थी मैं—क्यों, है न जया?"

पर कली को देखते ही जया फिर अटेंशन में खिंचकर काठ का सिपाही बन गई थी। 'हूँ' कहकर वह चुप रह गई।

निर्लज्ज दामोदर उस क्षण-क्षण में नये रूप धरनेवाली अष्टभुजा की-सी तेजोमयी सुन्दरी को घूरे जा रहा था।

"चल रही है न इतवार को?" अम्माँ ने पूछा।

"नहीं अम्माँ," कली जान-बूझकर ही माया से सटकर बैठ गई। वैसे अम्माँ के पास भी बहुत-सी जगह ख़ाली थी, पर माया से सटकर उसका सुदर्शन भाई जो बैठा था। कली का आँचल क्षण-भर को हवा में फहराता माया की पीठ से होकर प्रवीर के कन्धे को छू गया। कली ने कनखियों से अपने बड़े यत्न से फैलाए गए आँचल की प्रगति देखी और मुसकराने लगी।

"बड़ी सस्ती मिल गई अम्माँ, पौने चार सौ की है—असल में अब बनारसी साड़ियों की खूब स्मगलिंग चल रही है, इसी से कुछ सस्ती मिल गई है।"

"पौने चार सौ को आप सस्ती कहती हैं?" नवीन की आँखें फटने लगी थीं, "इतने में तो हम साल-भर के कपड़े बनवा लेते। हमें तो आज ही पता लगा कि साड़ियाँ भी ससुरी इतनी महँगी होती हैं।"

"वाह," कली हँसकर कहने लगी, "पिछली बार कनाडा में ढाई हज़ार की एक साड़ी में तो मैं ही मॉडल बनी थी। कहिए तो अम्माँ, आपकी बहू के लिए वही साड़ी ला दूँ?" उसने मज़ाक़ किया।

"नहीं जी, माफ़ कीजिए," दामोदर बीच में ही बोल पड़ा, "हमारी अम्माँ ऐसी फ़िज़ूलख़र्ची में विश्वास नहीं करतीं। उनका बस चले, तो ढाई हज़ार में साड़ी सहित मॉडल ही ख़रीद लाएँगी।"

एक क्षण को कली का चेहरा लाल पड़ गया। इस व्यक्ति को देखते ही उसके शरीर में अजीब सुरसुरी होने लगती थी।

"अब मैं चलूँ," वह उठ गई, "यह लीजिए कैशमेमो और रुपये," उसने बटुआ खोलकर कुछ नोट अम्माँ को थमा दिये।

वहाँ से उठकर जाने की उसकी ज़रा भी इच्छा नहीं थी। जी कर रहा था, देर तक यहीं बैठी-बैठी गप्पें मारती रहे। पर वह चलने लगी, तो किसी ने भी उससे एक बार बैठने को नहीं कहा। लग रहा था, उसके सहसा आ जाने से उस पारिवारिक गोष्ठी में तनाव-सा आ गया है। हँसनेवाले ने हँसना बन्द कर दिया है और उसके आने से पहले बकर-बकर करनेवाली जया मुँह लटकाकर कोने में बैठ गई है। अम्माँ ने भी तो एक बार भी बैठने का आग्रह नहीं किया। वह चुपचाप उठकर अपने कमरे में चली आई।

बड़ी देर तक वह खिड़की की ठंडी सलाखें पकड़कर सूनी सड़क को देखती रही। पहले एक छोटी-सी दुर्घटना हुई—किसी स्कूटर की एक टैक्सी से टक्कर, फिर गाली-गलौज, पुलिस की भीड़भाड़ और फिर सब शान्त। थोड़ी देर में 'बोलो

हरि, हरि बोल' के आह्वान से दिशाएँ गुँजाती एक अरथी गई, दो-तीन शराबी गाते-खिलखिलाते निकले, फिर सड़क कुछ क्षणों के लिए जनहीन बन गई।

दिन-भर की थकान से कली का अंग-अंग दुःख रहा था, पर आँखों में नींद नहीं थी। आज इतने वर्षों में उसे अपनी माँ की याद क्यों आ रही थी? गुलाबी साड़ी, गौरवर्ण, उदास आँखों और उन आँखों में कली के प्रति कैसा विचित्र भाव! क्या वह सच्चा वात्सल्य था या करुणा थी? कभी-कभी कितनी ही अस्पष्ट आकृतियाँ, प्रेत-छायाओं-सी उसे अनिद्रावस्था में भी घेरकर नाचने लगती थीं। लम्बी, नाटी, गोरी, साँवली असंख्य लाड़-दुलार-भरी देशी-विदेशी मौसियाँ, रेशमी कपड़ों में झलमलाती दासियाँ, एक-दूसरे से टकराते झाड़-फानूस, दूध-सी धुली चाँदनी उस पर गावतकिया लगाए, कितने सारे सजे-सँवरे पुरुष, और गहनों से झलमलाती बीच में कान पर हाथ धरकर गाती माँ :

जोबनवा के सब रस
ले गइलै भँवरा
गूँजी रे गूँजी!

चौंककर कली उठ बैठती।

क्या वह प्रेत दरबार था? यदि कभी उसने देखा नहीं तो वह गाना भला उसे कैसे याद रह गया? एक बार हँसी-हँसी में उसने माँ से पूछ भी लिया था, 'क्यों माँ, तुम कभी यह गाना गाती थीं न?'

माँ का चेहरा सफ़ेद फक पड़ गया था। 'नहीं, पता नहीं कहाँ से सुन आई है,' उसने कहा था।

पर एक दिन स्कूल से अचानक ही होम लीव मिल गई और वह माँ को छकाने, दबे पैरों खिड़की से उचककर देखने लगी। पलंग पर बैठी माँ आँखें मूँद कान पर हाथ धरे वैसे ही मीठी आवाज़ में गा रही थी, वही गाना :

जोबनवा के सब रस
ले गइलै भँवरा
गूँजी रे गूँजी!

आँखों से बहती अविरल अश्रुधारा देखकर माँ को छेड़-छेड़कर दिन-रात जलानेवाली अबाध्य कली भी सहमकर रह गई थी।

आज माँ का वही गाना वह स्वयं गुनगुनाने लगी। कितनी सधी मीठी आवाज़ थी माँ की! 'तुझे अंग्रेज़ी स्कूल में न भेजा होता, तो आज तक तू भी टप्पा-ठुमरी गा सकती थी—क्या बढ़िया आवाज़ है! पर अब क्या ख़ाक सीखेगी?' सचमुच ही अपनी मीठी आवाज़ की मोहक गूँज पर कली स्वयं मुग्ध हो गई।

उसी स्वर के साथ सहसा बड़ी-बड़ी आँखोंवाली मुसकराती एक और प्रेत-छाया उसके तप्त ललाट पर हाथ धर देती—तानी मौसी! कितनी बार कली उस

कुछ-कुछ पहचानी स्नेही आकृति का पूरा चेहरा याद करने की कोशिश करती, पर कभी दो मुसकराती आँखें पल्ले पड़तीं, कभी छोटे-से रसीले, हँसी फड़कते अधर। बुरी तरह से उलझे बचपन के तानों-बानों में उलझकर वह फिर सो जाती।

उस दिन भी यही हुआ। सुबह उठी तो दिन चढ़ आया था। एक बार वेलहैम को लेने अस्पताल जाना होगा, फिर दफ़्तर। होटल जाने पर फिर अभागा पॉल नहीं आने देगा, इसी से वेलहैम को टैक्सी में ही भेजकर वह दफ़्तर से सीधी घर चली आएगी। पहले दफ़्तर जाना होता, तो अम्माँ से बिना कहे वह पाँव भी बाहर नहीं निकालती थी, पर अब नित्य प्रहरी बने दानव-से दामोदर के भय से वह हर परदा उठाने से पहले ऐसे झिझक-सहमकर भीतर झाँकती थी, जैसे कोई ज़हरीला बिच्छू परदे की परत में छिपा बैठा हो!

कमरे में ताला मारकर वह दबे पैरों निकल गई। वैसे चाहने पर वह शनिवार की आधी छुट्टी घर ही पर मना सकती थी, पर जान-बूझकर ही वह इधर-उधर डोलती रही। जिस घर में अम्माँ के पास पैर फैलाकर छुट्टी के दिन गप्पें मारने में उसे महाआनन्द आता था, वही घर अब उसे काट खाने को दौड़ता। लगता, सब उसे सन्दिग्ध दृष्टि से घूरे जा रहे हैं। कहीं सरला अम्माँ को भी तो उनके बेटे ने नहीं भड़का दिया? मन की व्यर्थ आशंका से त्रस्त कली दिन डूबे घर लौटी, तो द्वार पर ही कई ठोंगों से लदी-फँदी माया मिल गई।

"बाप रे बाप, क्या-क्या ख़रीददारी कर लाई हो?" हँसकर कली ने पूछा।

"क्या नहीं लाई, यह पूछो। मेवा-मिष्टान्न, कॉसमेटिक्स, रूमाल और फल। हाथ टूटे जा रहे हैं। उस पर भी नारियल लाना भूल ही गई। कल बड़े दा का टीका चढ़ रहा है न, चल रही हो न कली?"

'कल' का नाम सुनते ही कली का उत्फुल्ल चेहरा मुरझा गया, "नहीं माया, तुमसे कहा था न, कल एक ज़रूरी काम से दिन-भर बाहर रहना है और फिर बड़ा एम्बैरेसिंग लगता है माया! न वे मुझे जानते हैं, न मैं उन्हें। बेकार में 'दाल-भात में मूसलचन्द' बनकर क्या करूँगी? परसों लौटकर तुमसे सब सुनूँगी। कल सुबह तड़के ही उठकर जाना है, इसी से अभी जाकर लम्बी तान रही हूँ।" वह हँसकर कमरे का ताला खोलकर भीतर चली गई।

वैसे इतवार के दिन कली दस बजे तक सोती रहती थी। कभी-कभी तो अम्माँ ही आकर उसे उठा जातीं, पर उस दिन उसने चार ही बजे का अलार्म लगा लिया था।

नहा-धोकर उसने उस दिन अपने प्रमाणपत्र का नित्य का मुखौटा उतारकर दूर धर दिया। वही जुड़वाँ लाल साड़ी पहनकर वह दर्पण के सम्मुख खड़ी हुई, तो आत्मप्रशंसा की झलक बड़ी-बड़ी आँखों में उभर आई। वाह-वाह, यह साड़ी देखने

में जितनी सुन्दर लगी थी, पहनकर और भी सुन्दर लग रही थी। उगते सूर्य की अरुण रश्मियों का जाल स्वयं ही खिड़की की सलाखों से उतरकर उसके चौड़े आँचल पर बिखर गया। वैसे वह न बनारसी साड़ी देख सकती थी, न किसी बनारसी साड़ी पहननेवाली को। उसे ऐसी चटकीली साड़ी देखकर सदा कैलेंडर में बनी सस्ती तसवीरों का ही स्मरण हो आता था, या फिर अपने विचित्र दिवास्वप्न के धूमिल प्रेत दरबार का! झाड़-फानूसों के नीचे जगमगाते कितने ही बनारसी आँचल उसके स्मृति-खँडहर में केतुध्वज-से फहराने लगते।

एक बार पन्ना बक्स के तले से नेप्थलीन सुवासित कितनी ही रंगबिरंगी साड़ियाँ निकाल आई थी—एक-से-एक भारी बनारसी साड़ियाँ!

'अब तू पहनेगी इन्हें। अब यह सिल्क भला कहाँ मिलेगा और फिर ऐसी ज़री!' उसने बड़े लाड़ से कहा था।

पर तब तक कली ने उन भड़कीली साड़ियों की सभ्यता का इतिहास अपनी अद्‌भुत घ्राण शक्ति से बहुत कुछ सूँघ लिया था। इन्हीं साड़ियों को पहन-पहनकर माँ ने न जाने कितने पुरुषों को रिझाया-तड़पाया होगा। मुफ़्त में मिल रहे उस दामी गट्ठर को कली ने घृणा से नाक सिकोड़कर वापस माँ की गोदी में डाल दिया था, 'थैंक्स माँ, पर ये सड़ी बनारसी साड़ियाँ मैं कभी नहीं पहनूँगी।'

पन्ना की आँखों में आँसू छलक आए थे। जब-जब वह इसे हठीली छोकरी को छाती से लगाने बढ़ी थी, तब-तब वह उसे एक प्राणान्तक घूँसा मारकर दूर ढकेल देती।

'ठीक है बेटी,' उसने शान्त स्वर में कहा था, 'आज तुमने इन साड़ियों को ठुकरा दिया, पर एक-न-एक दिन हर लड़की की जिन्दगी में ऐसा दिन आता है, जब वह बनारसी साड़ी पहनकर ही सजने-धजने को स्वयं तरसने लगती है।'

शायद आज कली के जीवन का वही दिन आ गया था, जब वह अपने अवांछित कौमार्य के काल्पनिक मुक्ति-द्वार पर लाल बनारसी साड़ी में दुलहन बनी स्वयं ही अपने प्रतिबिम्ब पर न्यौछावर हुई जा रही थी। बहुत पहले नैनीताल के लन्दन हाउस की सीढ़ियों पर फैले एक तिब्बती लामा से उसने उसी के कान में पड़े लाल मूँगे का जोड़ा ख़रीदा था, और काठमांडू से उसके एक विदेशी मित्र ने उसे दो मूँगों के बीच गुँथा एक चौकोर ताँबे का तावीज़ ला दिया था। काले मोटे डोरे में गुँथा वही तावीज़ उसने कंठ में लटका लिया। कानों में मूँगे साड़ी के लाल रंग से होड़-सी ले रहे थे और वह रक्तिम आभा ताँबे के अठन्निया तावीज़ पर उतर आई थी। वास्तव में उसकी कलात्मक रुचि अनुपम थी। बीच में माँग निकालकर उसने कटे बालों को कानों के पीछे ले जाकर एक हड्डी के क्लैम्प से कसकर छोड़ दिया। केशों के गहन पाश से उन्मुक्त कर्णद्वय लाल-लाल प्रवाल के भार से स्वयं ही रक्तिम हो उठे थे। एक बार कली अपना वह अग्निगर्भा रूप उसे दिखाना चाह रही थी—'देख, साड़ी ऐसी पहनी जाती है। तुम्हारी कुन्नी के कंठ में पड़ी उनतीस तोले

की असली सोने की रामनवमी क्या मेरे इस अठन्निया ताँबे के तावीज़ के ताम्रतेज के सम्मुख टिक सकती है?'

पर अभी तो वह शायद सो ही रहा होगा। वैसे चाहने पर वह बड़ी धृष्टता से जाकर उसे कमरे में ही घेराव में बाँध सकती है। उसका द्वार खुला रहता है, यह वह कई बार देख चुकी है। पर बीच में ही कहीं दानव दामोदर मिल गया तब?

मरे मन से कमरे में ताला लगाकर वह चाबी बटुए में रख ही रही थी कि किसी की आहट पाकर चौंकी। हाथ की सिगरेट बाहर फेंकने वह स्वयं ही बरामदे में चला आया था, या कली की इच्छा-शक्ति ही उसे बाहर खींच लाई थी?

कली ने एक पल की भी देर नहीं की।

"ए काबुलीवाला," वह हँसती हुई उससे सटकर खड़ी हो गई, "गोइंट टु फ़ादर-इन-लॉज हाउस?"

पहले प्रवीर हतप्रभ-सा रह गया, फिर दूसरे ही क्षण उसका चेहरा क्रोध से तमतमा उठा। कैसा दुस्साहस है छोकरी का! कुन्नी की ही साड़ी पर हाथ साफ़ कर दिया और फिर पहनकर उसे ही दिखाने आई है। उसकी ऐसी चोरी और सीनाजोरी देखकर वह स्तब्ध रह गया।

शायद उसके चेहरे की खीझ को कली ने देखते ही समझ लिया। वह किसी शैतान बच्ची की भाँति खिलखिला उठी, "यह तुम्हारी कुन्नी की साड़ी नहीं है जी! एक ठो हम भी अपने लिए ले आए थे। कोई कॉपी राइट है क्या? मुँह क्यों फुला लिया? पर 'रेट सूट्स मी'! क्यों, है न?"

और फिर वह हँसती-हँसती सर्र से किसी विदेशी बैले की भाँति हवा में तैरती बाहर निकल गई।

बिजली की चमक दिखाकर वह क्षणिक प्रभा से प्रवीर को सचमुच चौंधिया गई थी।

लड़की का सौन्दर्य अपने समस्त अवगुणों के बावजूद दिव्य था, इसमें कोई सन्देह नहीं। उसकी चाल, सतर कन्धों की गढ़न, सादे ढंग से सँवारे गए काले केशगुच्छ, साड़ी पहनने का सलीका और उससे भी बढ़कर लम्बे आँचल को लहरा-लहराकर कैसे नपे-तुले क़दमों से चलती थी, जैसे कोई विदेशी राजमहिषी अपने कोरोनेशन के लिए चली जा रही हो, और पीछे लटकता लम्बा आँचल थामे चल रहे हों दो अदृश्य पेज-ब्वॉय!

न चाहने पर भी बहुत दिनों पूर्व पढ़े एक श्लोक की पंक्तियाँ उसके कानों में बजने लगीं :

तन्वंगी गजगामिनी चपलदृक् संगीतशिल्पान्विता
नो ह्स्वा न बृहत्तराऽथ सुकृशा मध्ये मयूरस्वरा,
पीनश्रोणि पयोधरा सुललिते जंघे वहन्ती कृशे।

अचानक उसके दोनों कान लाल होकर दहकने लगे। कैसी दुर्बलता थी यह उसकी! ऐसी सस्ती लड़की, जिसका स्पर्श होने पर भी शायद उसे नहाना पड़ता, उसी के लिए इस श्लोक की आवृत्ति!

पर फिर भी कमरे में जाकर वह उन बिसरी अधूरी पंक्तियों के टुकड़े याद करने लगा :

भृङ्गश्यामल-कुन्तला च जलजग्रीवोऽ प...

वह फिर बौखलाकर एक के बाद एक कितनी ही सिगरेटें फूँकता चला गया।

पांडे जी ने उस दिन बड़े उत्साह से शायद आधा कलकत्ता ही न्योत दिया था।

"हाय, मैं ऐसा जानती तो और बढ़िया साड़ी पहनकर आती अम्माँ," माया अपनी साधारण रेशमी साड़ी देखकर स्वयं ही गड़ी जा रही थी।

वहाँ तो एक-से-एक सजी-धजी अप्सराएँ आई थीं। कुन्नी तो उस दिन पहचान ही में नहीं आ रही थी। लगता था, किसी पेशेवर हेयर ड्रेसर से उसने अपना लोपामुद्रा का-सा जूड़ा बनवाया है। बड़ी आँखों को भला काजल से चीरकर और बड़ी बनाने का क्या प्रयोजन था, प्रवीर की समझ में नहीं आया। एकदम कलाकेन्द्रम के रामायण की सीता बनी वह नाटकीय मुद्रा में दाएँ-बाएँ लजाकर ढुलकी जा रही थी।

जया-माया ने उसे साथ लाई साड़ी पहनाकर आँचल मेवों से भर दिया। अम्माँ ने बड़े गर्व से पुत्र को सुनाकर पति से कहा, "एकदम महालक्ष्मी लग रही है!"

पर उस लाल साड़ी को देखते ही एक अदृश्य लम्बी छरहरी पीले चेहरे की किशोरी बार-बार कुन्नी को धक्का देकर प्रवीर के सम्मुख हँसती खड़ी हो जा रही थी।

तन्वंगी गजगामिनी चपलदृक् संगीतशिल्पान्विता

× × ×

काबुलीवाला, गोइंग टु फ़ादर-इन-लॉज हाउस?

भय से सचकित होकर प्रवीर सचमुच ही इधर-उधर देखने लगा था। क्या पता, कहीं यहीं न धमक पड़े! उस आँधी-तूफ़ान-सी वेगवती दुस्साहसी लड़की के लिए सब कुछ करना सम्भव था।

पांडे जी सत्यजित राय की-सी फ़ोटो यूनिट लेकर फ्लैश बल्ब चटका-चटकाकर सबको चौंका रहे थे। कभी मूवी कैमरा लेकर दोनों मोटे-मोटे थम्बकथैया पैर चौड़ाई में फैलाते कथकली नर्तक की भाँति आगे बढ़ते, कभी वैसे ही ताल में सधे पैर रखते दूर तक पीछे चले जाते।

"कुन्नी बेटी, ज़रा दाएँ। प्रवीर, तुम थोड़ा आगे...ना-ना कुछ पीछे—टु द लेफ्ट, दैट्स राइट!" और फिर फ्लैश बल्ब की चटाक-चटाक कर चुटकियाँ बजने लगतीं।

न जाने कितनी तसवीरें खींची गईं, कितनी बनावटी मुसकाने बनीं और बिगड़ीं, कुन्नी ने एक के बाद एक इतने गाने गाए कि अन्त के गीत में आवाज़ फटकर रह गई।

ठीक चलने का समय हुआ, तो पांडे जी ने जामाता को साग्रह रोक लिया।

''अभी मेरे परमप्रिय मित्र गजेन्द्र तो आए ही नहीं—राजा गजेन्द्र किशोर वर्मन। अभी-अभी उनका अगरतला से फ़ोन आया है, रात को पहुँच रहे हैं। आ भी रहे हैं प्रवीर से ही मिलने। इन्हें हम रात का खाना खाने के बाद ही छोड़ पाएँगे अब! आप गाड़ी की चिन्ता न करें। दो-दो गाड़ियाँ पड़ी हैं, ड्राइवर छोड़ आएगा।''

दो-दो गाड़ियों का व्यर्थ प्रसंग छेड़कर सरल बाबूजी को प्रभावित करने की भावी श्वसुर की कुचेष्टा देखकर प्रवीर तन गया। एक बार जी में आया कि उनका अभद्र प्रस्ताव ठुकराकर रुखाई से चल दे। पर दूसरे ही क्षण उसने कुन्नी की याचकतापूर्ण आँखों में नवीन प्रेम की झलक को देख लिया।

विचित्र व्यक्ति थे पांडे जी। कभी एकदम बालक का-सा निश्छल व्यवहार और कभी कपटी काक-सी मुद्रा! निश्चय ही वह व्यक्ति कभी अपने परिवार की सीमित परिधि लाँघकर बाहर नहीं जा सकता। अब प्रवीर भी उसी परिवार का नवीन सदस्य था, इसी से पांडे जी बार-बार उसे आँखों-ही-आँखों में ऐसे पिए जा रहे थे कि स्वयं प्रवीर को अम्माँ-बाबूजी के सामने अजीब खिसियाहट होने लगी थी।

पिता-माता, बहन-बहनोइयों की उपस्थिति में प्रवीर कुन्नी से आधी बात भी नहीं कर पाया है, यह शायद पांडे जी ने देख लिया था। वैसे भी अपनी स्वार्थसिद्धि के साथ ही अवांछित अतिथियों को भगाने में पांडे जी को कमाल हासिल था।

''मैं तो आप सबसे ही रात का खाना खाने का अनुरोध करता, पर बड़ी रात हो जाएगी। गजेन्द्र ज़रा देर से खाना पसन्द करता है, और ज़रा भद्दा लगेगा कि उससे पहले आप सबको खिला दूँ।''

उन्होंने बड़े ही चातुर्य से भूमिका बाँध-बाँधकर अतिथियों को विदा कर दिया।

असल में गजेन्द्र का तो बहाना था। वह आ अवश्य रहा था, पर यदि उसका स्वयं अपना नया दामाद होता, तब भी शायद वह उससे मिलने की उत्सुकता नहीं दिखाता। वह तो मित्र के साथ उसकी बँगलिया में जश्न मनाने आ रहा था। उसके खाने-पीने का प्रबन्ध पांडे जी पहले ही छोटी बँगलिया में कर आए थे। वह बँगला उनकी कोठी से दूर इसी प्रयोजन से बनाया गया था। पांडे जी के एक-से-एक मोटे असामियों का अतिथिगृह उनका सबसे बड़ा आकर्षण था। राजनीतिज्ञ, पत्रकार, व्यवसायी अपनी वानप्रस्थ की अवस्था को ताक पर धरकर यहाँ मनमानी रँगरेलियाँ मना सकते थे। उसी छोटे कमरे में सुरा-सुन्दरी और विलासपूर्ण छप्पन प्रकार के तामसी भोज्य पदार्थों के अपूर्व तोहफ़े भेंट कर कुटिल पांडे जी लाखों का वारा-न्यारा करते थे। न जाने कितने प्रोफ़्यूमो उनकी मुट्ठी में बन्द रहते, जिससे जब चाहें

पानी भरवा लें। जब तक कलकत्ता में लौरीन थी, तब तक उन्हें अपने व्यवसाय की कोई चिन्ता नहीं थी। पैसा उनके हाथ का मैल था। फिर सबसे छोटी पुत्री के विवाह में कोई क़सर बाकी न रहने पाए, यही उनकी उत्कट अभिलाषा थी। ऐसा अपूर्व जामाता क्या सहज ही में जुट सकता था?

जान-बूझकर ही प्रवीर को कुन्नी के साथ एकान्त में छोड़ पांडे जी पत्नी को लेकर बाहर घूमने चले गए। इतने सारे अतिथियों से भरा गोल कमरा ख़ाली हो गया, तो संकोची स्वभाव न होने पर भी प्रवीर सोफ़े के कोने में सिमटकर बैठ गया।

कुन्नी बड़ी स्वाभाविकता से हँसकर खड़ी हो गई।

"आप एक सेकेंड बैठें, मैं यह साड़ी बदल आऊँ। इतनी भारी है कि सँभलती ही नहीं। फिर आपको अपना नया स्विमिंग पुल दिखाने ले चलूँगी। इट इज़ ए ब्यूटी! कल ही डैडी ने उसमें पानी भरवाया है।"

वह चली गई, तो प्रवीर ने दोनों टाँगें फैलाकर सिगरेट जला ली। शायद साड़ी बदलकर आने पर वह अपने मौलिक व्यक्तित्व में लौट आएगी।

एक हल्की धानी डूरी सूती साड़ी में वह सचमुच ही कैसे चोला बदल आई थी। उसके गौर वर्ण पर धानी रंग खिल उठा था।

"वाह! बड़ा सुन्दर रंग है, और आपको सूट भी करता है," प्रवीर ने चित्त में उमड़ी, लाल साड़ी का आँचल फहराती दुस्साहसी किशोरी की मूर्ति को भगाने के लिए ही शायद सम्मुख बैठी कुन्नी की प्रशंसा का पहला पुष्प निवेदन किया।

"जानते हैं, बंगला में इसे क्या कहते हैं? 'कोची कौला पातार रंग'—केले की कोंपल का रंग! मुझे तो इन बंगाल की धनेखाली डूरी साड़ियों के सामने बनारसी साड़ियाँ भी फीकी लगती हैं," वह मुसकराती हुई उठ खड़ी हुई, "चलिए न, स्विमिंग पुल देख आएँ।"

पान के पत्ते के आकार में बँधी जलराशि नियोन बत्तियों के नीले प्रकाश में झलमला रही थी। संगमरमर की बेंच पर ही कुन्नी इठलाकर बैठ गई।

"आइए न, बैठ जाइए, कब तक खड़े रहिएगा?"

प्रवीर उसके पास ही बैठ गया। उसकी गोरी पुष्ट कलाई पर पड़ा मगरमुखी कंकण झलमला रहा था। धानी साड़ी की आड़ी-तिरछी डोड़ियाँ बिजली के प्रकाश में अपनी ही छाया-प्रतिच्छाया की धूप-छाँह की-सी रेखाएँ बना-मिटा रही थीं, शंखग्रीवा में पड़ी पतली सोने की चेन खुले गले के धानी ब्लाउज़ पर सोने के बाल-सी चमक रही थी। ऊँचा बनाया गया जूड़ा शायद इधर-उधर चलने-फिरने से कुछ शिथिल होकर कन्धे पर उतर आया था, और इसी से चेहरे का बनावटी मुखौटा जैसे कान की कमानी से कुछ नीचे खिसक आया था।

प्रवीर की सूक्ष्म दृष्टि ने मुखौटे के भीतर से झाँकता असलियत का नैन-नक्श देख लिया। लेप-प्रलेप से मुक्त होने पर चेहरा निर्दोष लगेगा, बड़ी आँखों में बुद्धि की

दीप्ति चाहे न हो, जननी का वात्सल्य अवश्य था। और जो हो, यह स्वस्थ शरीर उसे स्वस्थ सन्तान का पिता बनाएगा, इसमें कोई सन्देह न था। रिकेटी, दुबले-पतले रिरियाते बच्चों को वह देख नहीं सकता था। यह दीर्घांगी, दुर्बल शिशु की जननी कभी नहीं बन सकती। हो सकता है, आलसी गृहिणी बन जाए। उसके मोटे विलासप्रिय अधर, शरीर के कुछ-कुछ पृथुल बनने का अभी से रुझान, उसे कुछ वर्षों की लापरवाही से ही अनाकर्षक थुलथुली गृहिणी बना सकते थे। वह निश्चय ही उन कुमारिकाओं के दल की थी, जिन्हें पिता का वैभव-सम्पन्न गृह समय से पूर्व ही यौवन के द्वार पर खड़ा कर देता है। समस्त व्यंजन करतल पर रहते भी, जिन्हें चटोरी जिह्वा को संयम के अंकुश से साधकर बिना चुपड़ी रोटी खाकर सन्तोष करना पड़ता है। पर जहाँ विवाह हुआ, गृहस्थी की रस्साकशी उन्हें अमानवीय धैर्य से ज़मीन पर पैर गाड़े डाइटिंग की मोटी रस्सी से बँधे, खिंचते खिलाड़ियों की भाँति ही अपने दल की ओर खींच ले जाती है। फुटबॉल के पिचके ब्लैडर की ही भाँति हवा पाते ही यह भी एक दिन तन उठेगी, यह प्रवीर समझ गया था। कपास के फूल-सी हल्की दूसरी तन्वंगी उसे फिर कल्पनालोक में खींचकर अँगूठा दिखाने लगी। वह खीझकर उठ गया।

सत्रह

"चलिए, शायद अब आपके डैडी के मित्र आ गए होंगे," प्रवीर ने कहा।

"ओ, डैडी के मित्र?" कुन्नी ज़ोर से हँसी। "यू डोंट नो हिम! आप क्या सोचते हैं, डैडी ने आपको उनसे मिलाने रोक लिया था? वे तो मुझे और आपको एकान्त देना चाह रहे थे।"

वह उठकर प्रवीर के साथ सटकर ऐसे खड़ी हो गई, जैसे कह रही हो, 'मूर्ख! इतना भी नहीं समझे? इस एकान्त में तुम्हें और लाई किसलिए हूँ?'

उसके शरीर से आती तीव्र सुगन्ध का भभका प्रवीर को सहसा उन्मत्त कर गया। कली भी दो-तीन बार उसके एकदम पास ऐसे ही सटकर अपनी सुगन्ध छोड़ गई है, पर कितना अन्तर था दोनों सुगन्धों में! एक थी मन्दी कस्तूरी-सी गमक और दूसरी बंगलौरी अगरबत्ती के तीव्र भभके से दम घुटाने लगती थी।

कुन्नी और भी निकट सटकर चलने लगी। लग रहा था, अब वह स्वयं ही प्रवीर का हाथ पकड़कर अपने कन्धे पर धर लेगी। हड़बड़ाकर प्रवीर ने चाल तेज कर उसे पछाड़ दिया। गेट की रोशनी देखकर वह आश्वस्त हुआ।

आज तक वह प्रगतिवादी समाज के ऐसे ऊँचे तबके में रहकर नौकरी करता रहा था, जहाँ तर्जनी के सामान्य आदेश से ही एक-से-एक सुन्दरी सेक्रेटरी को

करतल पर बिठा सकता था। काबुल के प्रसिद्ध 'खैबर' होटल में ऐसी ही एक सुन्दरी अरब किशोरी उसके पीछे हाथ धोकर पड़ गई थी। कुवैत में उसके पिता के तेल के कुएँ दिन-रात सोना उगलते थे। काबुल में वह अपने मामा के पास छुट्टियाँ बिताने आई थी। बड़ी-बड़ी भूरी आँखों और सुनहले बालों की वह सौन्दर्य-सम्राज्ञी, उसे एम्बेसी के ही एक सहभोज में मिली थी। उसकी ख़तरनाक फ़रेबी मोर्चाबन्दी से भी वह अपनी जवानी को दाँतों के बीच जीभ-सी सेंतकर निकाल लाया था। जहाँ तक लड़कियों का प्रश्न था, वह निश्चय ही अब तक निरामिषभोजी था। उस कठोर संयम के पश्चात् भावी पत्नी का आकर्षक सान्निध्य उसे बार-बार लुभाने लगा, पर तनाव में खींची जा रही उत्तेजित शिराओं को उसने कसकर चाबुक मार दिया। लम्बी-लम्बी डगें भरकर वह बड़ी अभद्रता के साथ चल रही संगिनी को पीछे छोड़ गया।

कुन्नी के डैडी अभी भी लौटकर नहीं आए थे। गोल कमरे में जाकर प्रवीर बैठा ही था कि कुन्नी आ गई।

"बाप रे बाप, आप तो ऐसे भागे कि जैसे पीछे पागल कुत्ता आ रहा हो!"

"बड़ी देर हो गई। देखिए न, आठ बज गए। सुनिए, एक प्याला चाय या कॉफी मिल सकेगी क्या?" उसने अनायास ही कह दिया।

"क्यों नहीं मिल सकती? कौन-सी ऐसी चीज़ है जो आपको नहीं मिल सकती?" वह अर्थपूर्ण मुसकान बिखेरती भीतर चली गई।

थोड़ी ही देर में वर्दीधारी बैरा भारी-भारी चाँदी के बरतनों में चाय लेकर आ गया।

वह चाँदी का टी-सेट भी क्या मुझे 'इम्प्रेस' करने को मँगवाया गया है? मन-ही-मन सोचता प्रवीर मुसकराने लगा।

"क्यों, हँसी क्यों आ रही है आपको? क्या चाय अच्छी नहीं बनी? बननी तो अच्छी ही चाहिए, कल ही डैडी के चाय बागान के एक मित्र दे गए हैं।"

"अच्छा?" प्रवीर को अपनी उस कभी परममूर्खा और कभी चतुरा भावी पत्नी को चिढ़ाने में आनन्द आने लगा था, "क्यों, आपके पिता के कोई 'ब्रुअरी' में भी मित्र हैं क्या?" उसने दबी मुसकान के साथ चुटकी ली।

यही दबी मुसकान उसका सबसे बड़ा आकर्षण था। अरब-सुन्दरी ताहिरा उसकी इसी मुसकान की सौ-सौ तसवीरें उतारकर साथ ले गई थी।

"आर यू इंटेरेस्टेड? वाह, अच्छे आदमी हैं आप! गाँव-गाँव के खा गए घर के माँगें भीख। आज की दावत ही में पता नहीं, टैटी की कितनी शैम्पेन नालायक कंठों के नीचे उतरी हैं, और हमने तो डर से आपसे पूछा ही नहीं। आप लोग ठहरे कुमाऊँ के कट्टर पंडित, डैडी ने एकदम सबकुछ छिपा दिया था। बोलिए, क्या लीजिएगा?"

वह किसी सुप्रसिद्ध बार की सुन्दरी साक़ी बनी उसकी ओर ढल गई।

''मैं तो मज़ाक़ कर रहा था। मुझे ऐसा अभ्यास नहीं है!''

''यह तो मैं समझ ही गई थी। अभ्यास होता तो...'' उसने हँसकर अपना वाक्य अधूरा ही छोड़ दिया।

''तो शायद मैं चाय नहीं माँगता, क्यों?''

''नहीं,'' उसका चेहरा म्लान हो गया, ''तो शायद आप इतने रूखे नहीं होते। शायद डैडी आ गए,'' वह द्वार की ओर बढ़ गई।

पांडे जी अपने मित्र को साथ लेकर पत्नी को शायद कहीं छोड़ आए थे।

''एई जे गौजेन, दैखो कैमीन राजा जामाई पेयेछी!'' (यह देखो गजेन्द्र, मुझे कैसा राजा दामाद मिला है!)

प्रवीर ने उठकर बड़ी नम्रता से नमस्कार किया और वनैले बुन्देलखंडी अकेला (सुअर)-सा ही हिंस्र बदशकल वह चौकोर व्यक्ति उस पर टूट-सा पड़ा।

पहले उसने प्रवीर के प्रशस्त ललाट को चूमा, फिर दोनों हाथ पकड़कर अपनी छाती पर धर लिये।

''आहा, बूक जूड़िए गैली माँ लोक्खी!'' (आहा, छाती ठंडी हो गई माँ लक्ष्मी!) वह सकुचाई कुन्नी की ओर देखकर बोला।

उस व्यक्ति को देखते ही प्रवीर को लगा कि यह व्यक्ति तन का ही नहीं, मन का भी काला है। बंगाल की प्राचीन नाटकमंडली के 'यात्रादल' में दुर्योधन बने एक पात्र ने बचपन में उसकी कई रातों के स्वप्नों का पीछा कर उसे सहमाया था, आज वही दुर्योधन जैसे बचपन के सपनों से निकलकर फिर सामने बैठ गया था। अँगुलियों में रंग-बिरंगे माणिक-मोतियों की अँगूठियाँ, सूर्यमुखी के फूल-सी चौड़ी घड़ी, महीन ज़रीदार कुन्नी की धोती, चुना कुर्ता और भयावह भालू-सा रोयेंदार शरीर! कुन्नी को 'माँ-माँ' पुकारता वह क्रूर नरव्याघ्र की-सी जिस दृष्टि से उसे देख रहा था, वह निश्चय ही स्नेही पुत्र की नहीं थी। कभी वह क्षुधातुर दृष्टि उसके नीचे तक खुले गले पर निबद्ध होती, कभी आकर्षक नितम्बों पर झूल रही करधनी पर।

वह बराबर बँगला ही बोले जा रहा था, ''की है जामाई बाबू—बांग्ला शीखते पारले ना? (क्यों है जामाई बाबू, बंगला नहीं सीख सके क्या?) इस घर में तो बंगला ही चलती है प्यारे! चटपट सीख डालो। हमारी कुन्नी का रवीन्द्र-संगीत सुना या नहीं?''

खाने की मेज़ पर तो राजा गजेन्द्र किशोर ने अपना मुखौटा ही उतारकर दूर धर दिया। कभी जंगली आदिवासियों की भाँति मुर्ग़ का बड़ा-सा टुकड़ा चिंचोड़-चिंचोड़कर खाने लगता, कभी गले में किसी अबोध बालक के बिब से बँधे चौड़े

नैपकिन से ही नाक-आँख का पानी पोंछता, बड़ी-बड़ी चम्मचों में भरकर मुर्ग़ की ग्रैवी पीते प्रशंसा के पुल बाँधने लगता, "वाह, क्या लाजवाब मुर्ग़ बनाता है तुम्हारा खानसामा! आख़िर नवाब रामपुर के खास बाग़ में काम कर चुका है, और बातों का भी ऐसा तेज-तर्रार है जामाई बाबू कि एक दिन हमने पूछा, 'शकूर, आख़िर क्या-क्या मसाला डालते हो इसमें? ज़रा हमें भी बता दो, अपने उड़िया महाराज को भी सिखा दें,' तो जानते हो, क्या कहने लगा? बोला, 'हजूर, इसके मसाले पीसनेवाले और होते हैं, बनानेवाले और!'

"जब तक मिर्च से, आँख-नाक से, पानी न बहने लगे, भला खाने का क्या मजा?

"ओहे पांडे, एक-दु मिष्टी दाओ देखी!" (अरे पांडे, ज़रा मिठाई बढ़ाना इधर!) और कटग्लास के ओबल डोंगे से एक-एक कर भीमाकार 'खीर कदम्ब' सुरसा के-से फैलाए विराट् मुख में ऐसे जाने लगे, जैसे झरबेरी हों!

उस व्यक्ति की खाने की क्षमता देखकर प्रवीर दंग रह गया। जीवन का-सा ही असंयम वह खाने में भी बरतता था। कभी काले-काले भुजंग-से हाथों की मोटी सौसेज़-सी अँगुलियों से नान भकोसता, कभी मिठाई और फिर मुर्ग़ के बड़े-बड़े टुकड़ों पर बिरयानी का केसरिया थक्के का थक्का डाल लेता। उसकी लोलुपदृष्टि गोल मेज़ पर सजे तरह-तरह के व्यंजनों की परिक्रमा-सी कर रही थी। एक साथ ही प्लेट को वह ऐसे भरकर रख ले रहा था, जैसे तनिक-सा विलम्ब करने पर सब चीज़ें चुक जाएँगी।

खाने के बाद टूथ पिक का पूरा डिब्बा ही लेकर वह अलस तृप्त अजगर की भाँति आराम-कुर्सी पर लद गया। "जा खेयेछी!" (कसकर खाया है) कहता वह गगनभेदी डकारों के सिंहनाद से खाने का कमरा गुँजाता, नितान्त घिनौने ढंग से दाँत कुरेद-कुरेदकर मांस-मछली के अवशेष निकालता, ज़मीन पर ही थूकने लगा।

प्रवीर का शरीर सिहर उठा। यह ठीक था कि वह स्वयं आमिषभोजी था, किन्तु संस्कारी गृह का वह सभ्य युवक सुपारी का टुकड़ा भी सशब्द नहीं कटका सकता था। यह चिक्षुर-सा महादानव बिना हाथ-मुँह धोए टाँगें फैलाकर गृह की माता-पुत्री के सम्मुख ही जिस निर्लज्जता से पड़ा जुगाली कर रहा था, वह देखकर ही उसे घृणा होने लगी। क्या इस गृह में मर्यादा नाम की कोई वस्तु है ही नहीं?

"ओहे पांडे, आमी ऐखोन तोर बँगलियाय गिये एकटू शोबी बूझली!"

(अरे पांडे, अब मैं तेरी बँगलिया में जाकर ज़रा सोऊँगा—समझा?)

"मुझे भी आज्ञा दीजिए," प्रवीर भी उठ गया, "साढ़े दस बज गए हैं, पहुँचते-पहुँचते ग्यारह बज जाएँगे।"

"सुन्दरसिंह, बचीसिंह, भोला, महाबीर..." पांडे जी ने एक साथ ही चार भृत्यों का आह्वान किया और चारों हाथ बाँधे खड़े हो गए।

"जाओ, रतनसिंह को बोलो, काली फियेट गैराज से निकालकर कुँअर साहब को छोड़ आए।"

प्रवीर इस सर्वथा नवीन सम्बोधन को सुनकर चौंका। एक ही दिन में पांडे जी ने जैसे किसी जादुई छड़ी के स्पर्श से उसे आपाद-मस्तक बदल दिया था।

उसे छोड़ने पूरा परिवार गेट तक चला आया। कुन्नी ने बढ़कर बड़ी अन्तरंग आत्मीयता से कार का द्वार बन्द किया और कार स्टार्ट होने पर भी सटकर खड़ी रही।

इतने लोगों के सामने उससे कुछ कहने या मूक दृष्टि की विदा लेने में भी प्रवीर को संकोच हुआ। किन्तु सुडौल बाहु पर बँधे बाजूबन्द के लटकते ज़रीदार लाल डोरे को देखकर अपनी भावी वधू का वही हाथ पकड़कर दबा देने को वह व्याकुल हो उठा। संसारी पांडे जी की कुटिलता, उनके घिनौने मित्र राजा गजेन्द्र किशोर वर्मन का कुत्सित व्यवहार वह भूलकर रह गया।

चलती गाड़ी के साथ सिर झुकाए चुपचाप खड़ी कुन्नी की धानी छवि की स्मृति ही अन्त तक उसके साथ गई।

इतने भारी खाने का प्रवीर को अभ्यास नहीं था। कैसा आलस्य-सा घेरने लगा था!

"रतनसिंह," उसने कहा, "तुम हमें अगली पान की दुकान पर छोड़ दो, वहाँ से पैदल चले जाएँगे।"

और वह पान की दुकान पर उतर गया। तीन-चार मोड़ के बाद ही घर पहुँच जाएगा, शायद एक बीड़ा पान खाकर दो-चार क़दम चलने से आलस्य भी दूर हो जाएगा।

उस बातूनी पानवाले को वह वर्षों से जानता था। 'उस छोटी-सी दुकान के ही वह आठ सौ रुपये माह देता है। कैसे वर्षों पहले मिर्जापुर से भागकर वह यहाँ चला आया और कभी-कभी कैसे गुंडों का जमघट वहाँ आ जुटता है' सुनाता वह जान-बूझकर एक बीड़ा पान सजाने में आध घंटा लगा देता। पर उस दिन प्रवीर को उसकी बातों में उलझने का अवकाश नहीं था। एक तो वैसे ही खिसियाहट हो रही थी, सवा ग्यारह बज चुके थे, इसी से जान-बूझकर वह गाड़ी छोड़ आया था। कार के शब्द से पूरा घर जग जाता और सब क्या सोचते! पहले दिन ससुराल गया तो मुँह फुलाया और दूसरे दिन रात के साढ़े ग्यारह बजा दिये!

पान के पैसे चुकाकर वह तेज क़दमों से चलने लगा कि किसी ने पीछे से आकर पीठ पर हाथ धर दिया। वह चौंककर मुड़ा तो देखा, उसका मित्र घोष मुसकरा रहा था।

"की हे, शशुरबाड़ी थेके बुझी ?" कन्धे पर झूलती चुनी धोती को घोष ने हाथ में उतार लिया, "वैसे ऐसे शुभ कार्य से तू लौटा है, मुझे छूना नहीं चाहिए। अशौच है यार, अभी-अभी राँगा दी की सास को फूँककर चला आ रहा हूँ। और जानता है, वहाँ कौन मिली ?"

लैम्पपोस्ट के पास ही दोनों खड़े हो गए। घोष का फ्लैट आ गया था।

"तेरी टेनेंट मिस मजूमदार! मार्हरी यार, ग़ज़ब की है छोकरी। साथ में थे तीन-चार हिप्पी छोकरे और एक छोकरी। घूम-घूमकर जलती चिताएँ ऐसे देख रहे थे, जैसे कोई प्रदर्शनी चल रही हो या कार्निवल! मुझे देखा तो सकपका गई। आई थी श्मशान में और साड़ी ऐसी पहनी थी, जैसे ससुराल आई हो! लाल बनारसी। एकदम चिता की लाल लपटों से मैच करती साड़ी। और जो हो, शी नोज़, हाउ टु कैरी हरसेल्फ।"

प्रवीर ने न कुछ पूछा, न कहा।

घोष कहता जा रहा था, "पता नहीं, तुम्हारे-जैसे संस्कारी गृह में इतने दिन रहकर भी लड़की ऐसी बुरी सोहबत में कैसे पड़ सकी? एक तो ये हिप्पी विदेशी छोकरे जिसे संग लिये घूमेंगे, उसी को ले डूबेंगे। पता नहीं, कैसा ज़माना आ गया है!" वह किसी दार्शनिक बुजुर्ग के-से गम्भीर स्वर में कहने लगा, "हमने जैसे बुद्धिज्म, जैनिज़्म के उन्नति और अवनति के कारण रटे हैं, वैसे ही हमारी अगली पीढ़ी अब शायद हिप्पीज़्म के उत्थान-पतन के कारण रटेगी और उस अवनति के कारणों में निश्चय ही यह तेरी टेनेंट भिक्षुणी मिस मजूमदार भी एक होगी। अच्छा, गुडनाइट! अभी घर पहुँचते ही माँ फिर नहाने को कहेंगी। ऐसे दिन मरी राँगा दी की सास कि इतवार की छुट्टी ही चौपट कर दी।"

प्रवीर अन्त तक जिसकी स्मृति को बड़ी सजगता से लाठी लेकर दूर खदेड़ आया था, उसी श्मशान-साधिका रक्ताम्बरा भैरवी की नवीन मूर्ति फिर आँखों के सामने खिंच गई। कैसा दुरूह गोरखधन्धे-सा व्यक्तित्व है उस लड़की का! चेहरा ऐसा सुकुमार, निष्पाप, जैसे दूध के दाँत भी न टूटे हों, और करनी ऐसी! अम्माँ कह रही थीं, वह पहाड़ में ही जन्मी-पली है, तब क्या सरल पर्वतीय समाज से वह कुछ भी ग्रहण नहीं कर पाई? कैसे माँ-बाप थे जो इस कच्ची उम्र में लड़की को रिसेप्शनिस्ट बनाकर इतनी दूर भेज दिया?

वह इसी उधेड़बुन से उलझा घर पहुँचा, तो घर मुरदा पड़ा था। हरामख़ोर मानबहादुर दरबान मुफ़्त की तनख़्वाह लेता था। आज भी बेंच पर मुरदा बना सो रहा था। प्रवीर दबे पैरों बढ़ गया। आज उसकी कसकर ख़बर लेगा। वह बेंच पर सोए दरबान की ओर झुका और चौंककर सीधा हो गया। यह तो दरबान नहीं, जैसे ज़हरीला करैता नाग ही फन फैलाए डँसने को खड़ा था!

लाल बनारसी साड़ी में, छाती पर चौकोर बटुआ धरे कली सो रही थी। एक हाथ नीचे लटका था, एक की-रिंग में झूल रहा दो-तीन चाबियों का गुच्छा, तर्जनी में अटककर रह गया था। लग रहा था कि क्लान्त स्वामिनी में कमरा खोलकर भीतर जाने की शक्ति भी नहीं रही थी। ऑपरेशन थियेटर की मेज़ पर ईथर सुँघाई गई

किसी दुर्बल रोगिणी-सी ही वह लकड़ी की बेंच पर निढाल होकर पड़ी थी। उस बेहद अकेली, मासूम और कमज़ोर लग रही लड़की को छोड़कर प्रवीर भीतर नहीं जा सका।

कहीं कुछ नशा-वशा करके तो नहीं पड़ी थी ? वह झुका, पर उन मादक अधरों से किसी भी नशे का भभका नहीं उठा। विवाह की प्रथम रात्रि की निस्तब्धता में डूबी लाल बनारसी साड़ी पहने ही जैसे कोई बालिका वधू सो रही थी। श्मशान से लौटी उस मधुमदालसा बाल भैरवी को देख उसका कठोर चित्त भी पल-भर को आर्द्र हो गया। क्या करे ? अम्माँ या जया-माया को बुला लाए ? पर दामोदर-जैसा कुटिल व्यक्ति इसी बात को लेकर हंगामा मचा सकता था। जो स्वयं जैसा होता है, वैसी ही बातें दूसरों के लिए भी सोचता है। आधी रात को मूर्च्छिता सुन्दरी कली के लिए व्याकुल होकर माँ-बहनों को बुला लानेवाले प्रवीर के लिए वह दुष्ट कभी अच्छी बात नहीं सोच पाएगा।

"मिस मजूमदार, मिस मजूमदार," उसने झुककर निश्चेष्ट पड़ी कली के नुकीले कन्धे को छूकर हिलाया। उस क्षणिक स्पर्श ने उसे बिजली के नंगे तार का-सा झटका दिया और वह सहमकर सतर हो गया।

कली न हिली, न डुली।

अरथी में बँधे मुरदे की-सी अवश देह सँकरी बेंच के किनारे पर ही ऐसी निश्चेष्ट करवट ले उठी कि वह लपककर सहारा न देता तो शायद ज़मीन पर ही लुढ़क पड़ती।

प्रवीर ने एक बार झुककर कानों के पास ही मुँह सटाकर कहा, "मिस मजूमदार!"

परिचित मीठी मादक सुगन्ध ने उसके गले में बाँहें-सी डाल दीं। स्वयं कली मुरदे-सी पड़ी ही रही। उसका म्लान चेहरा द्वितीया के वक्र चन्द्रालोक में भी स्पष्ट हो उठा। सौन्दर्य में कैसी क्षमता है, कैसी अमोघ शक्ति है, यह देख प्रवीर सहम गया। 'यदि सा वनिता हृदयं निहिता, क्व जपः क्व तपः क्व समाधिरिति'—इस कथन की वह कैसी हँसी उड़ाया करता था; किन्तु आज उसे लगा कि ऐसी श्यामा सुन्दरी सचमुच ही जप-तप-समाधि को व्यर्थ सिद्ध कर सकती थी।

प्रवीर ने तीसरी बार लटका हाथ पकड़कर डरते-डरते फिर हिलाया।

हाथ से तर्जनी में अटका की-रिंग नीचे गिर पड़ा। ललाट पर झुक आए बालों का गुच्छा आँखों पर झुक आया, पर बेहोश कली वैसी ही सोती रही।

निश्चय ही उसके हिप्पी साथियों ने उसे एल.एस.डी. की एक-आध गोली खिला दी थी! नहीं तो ऐसी कुम्भकर्णी नींद भला किसी को आ सकती थी ? यहाँ उसे इस विवस्त्रावस्था में छोड़ना ठीक नहीं था। बारह बज चुके थे। राह चलती मुखरा सड़क का कोई भी मनचला उठाईगीर, बेंच पर पड़ी उस लावारिस कमनीय लाल रेशमी पोटली को कन्धे पर डालकर जा सकता था, और फिर अपना ही

गृहदस्यु दामोदर रात-आधी रात इधर अर्थपूर्ण चक्कर लगाता रहता था। प्रवीर दो-तीन बार उसे पकड़ चुका था।

प्रवीर ने चाबी उठा ली, कली को बेंच पर ही छोड़ उसने कमरा धीमे से खोल दिया। खुली खिड़की से आते क्षीण आलोक में भी कोने में बिछी साफ़-सुथरी पलंग दिख रही थी। वह बाहर गया। एक पल को शायद कुछ झिझका पर जैसे मरीज आँखें बन्द कर एक ही साँस में कड़वी औषधि कंठ-तले घुटक लेता है, उसने लपककर बटुए सहित कली को बाँहों में उठा लिया, और यत्न से अपने कमरे तक लाकर पलंग पर लिटा दिया। फिर स्वयं भी लड़खड़ाकर पलंग पर बैठ गया।

बाप रे बाप, देखने में फूल-सी हल्की लगनेवाली लड़की कितनी भारी है! इतनी ही दूर लाने में टाँगें लड़खड़ाकर सन्तुलन खो बैठीं।

छोटे भाई की मृत्यु और अनुजवधू की कलंक-कथा के बाद वह उस कमरे में पहली बार आया था। छोटे भाई के साथ वह इसी कमरे में बचपन में सोता रहा है। एक बार सामान्य-सी लड़ाई ने उग्र रूप ले लिया था, और उसने छोटे भाई का सिर पकड़कर इसी दीवार पर दे मारा था। फिर उसकी कमीज़ पर गिरती रक्तधार को देखकर अम्माँ-बाबूजी के भय से इसी खिड़की से कूदकर हवा हो गया था। आज उसी परित्यक्त कमरे की सहस्र स्मृतियाँ उसे घेरकर नाचने लगीं। वह उठ गया। लड़की कुछ खाकर ही आई थी, इसमें कोई सन्देह नहीं था। एक बार उसे सकरुण दृष्टि से देखकर वह बाहर निकल आया। कुछ देर सोचकर उसने ताला खटकाकर बन्द किया और चाबी अपनी जेब में डाल ली। कल उसके उठने से पहले ही आकर ताला खोल जाएगा। नरभक्षी दामोदर के पंजे से तो लड़की बची रहेगी, उसने सोचा।

सारी रात वह ठीक से सो नहीं पाया। ज़रा-सी झपक लगती तो चौंककर उठ बैठता—कहीं ऐसा न हो कि वह सोता ही रहे और बन्दिनी कमरे में ही बन्द पड़ी रह जाए? हाथ की घड़ी जैसे कछुए की गति से चल रही थी। राम-राम करते तीन बजे और वह चुपचाप चाबी का गुच्छा लेकर निकल गया। आकाश में अभी तारे ही थे। अलबत्ता इक्की-दुक्की कार और रिक्शा का आवागमन आरम्भ हो गया था। उसने दबे पैरों जाकर ताला खोल दिया। चाबी के गुच्छे को खुली खिड़की की सलाखों से बड़े यत्न से डालने पर भी सीमेंट के फ़र्श पर गुच्छा झन-झन कर झनक उठा। कमरे की स्वामिनी घोड़ा बेचकर सोती रही। वह फिर अपने कमरे में आकर लेट गया।

क्या जगने पर उस चरस-गाँजे की दम लगाकर लौटी मूर्खा किशोरी को कुछ स्मरण रहेगा कि वह दरबान की बेंच पर ही नशे में लड़खड़ाकर लुढ़क पड़ी थी? तब उसे कौन उठाकर, कमरा खोल इतने यत्न से सुला गया होगा? कैसे जान पाएगी वह? अच्छा ही है—जैसी लड़की थी, कभी इसी प्रसंग का लाभ उठाकर उसे फँसा सकती थी।

पौ फटने लगी, तो प्रवीर की आँखें लग गईं। किसी की आहट पाकर वह सहसा चौंककर उठ बैठा।

सिरहाने गम्भीर मुखमुद्रा बनाकर माया बैठी थी।

"लगता है, रात बड़ी देर से लौटे। दो बार तो मैं ही कमरे में झाँककर लौट गई। अम्माँ भी शायद कई बार तुम्हें आकर देख गईं।"

"क्यों, क्या बात हो गई जो बारी-बारी सब मेरी हाज़िरी लेने आ गए?" प्रवीर ने पूछा।

"बात भला क्या होती! अब इस घर में कभी कुछ अच्छी बात होती है, जो पूछ रहे हो? पता नहीं, कैसे कल ज़रा तुम्हारी ससुराल में रौनक रही, घर लौटे तो फिर वही ढाक के तीन पात! घर पहुँचते ही दीदी और जीजा में ऐसी ठनकी कि पूछो मत। जीजा जी ने गरज-गरजकर पूरे कमरे का सामान बाहर फेंक दिया—शादी में मिली अपनी घड़ी, तुम्हारा लाया ट्रांजिस्टर, फाउंटेनपेन। हाय, मैं तो मारे लाज के ज़मीन में गड़ गई। ऐसी-ऐसी गालियाँ दे रहे थे दीदी को कि क्या कोई ताँगेवाला अपनी घोड़ी को देगा। बाबूजी बरामदे में खड़े थे, चट से उठकर भीतर चले गए। तुम तो जानते ही हो, उन्हें कभी हमारा ज़ोर से बोलना भी पसन्द नहीं था। न दीदी ही चुप होती थीं, न जीजा जी। बड़ी देर तक एकदम कुँजड़ोंवाली लड़ाई चलती रही! हारकर मैं ही दीदी को खींचकर अम्माँ के कमरे में ले आई। मुझे देखते ही जीजा जी और चीखने लगे, 'तुम्हारे माँ-बाप ने पेशा करनेवाली भटियारिन को लाकर किराये पर कोठरी उठा दी है। उसी के नाज-नखरे तुम दोनों बहनों ने भी सीख लिये हैं।' मैं चुप रही। वह तो अच्छा हुआ, कली अपने कमरे में नहीं थी। कहीं सुन लेती, तो क्या सोचती?"

प्रवीर का चेहरा गम्भीर हो गया, "दामोदर क्या अपने ही कमरे में है?"

"वही तो कहने आई हूँ," माया भाई के पायताने बैठ गई। "रात ही न जाने कहाँ चले गए। कल रात किसी ने भी खाना नहीं खाया। पान की दुकान तक जाकर बाबूजी दो बार देख आए। रात-भर अम्माँ बैठी रहीं। उन्हें डर है, कहीं क्रोध में आकर कुछ कर न बैठें। पर दीदी का कहना है कि उन्हें जानती हैं, जेब के पैसे और पेट का अन्न चुकेगा तो खुद ही भिखमंगे बने द्वार पर खड़े हो जाएँगे।"

प्रवीर उठ गया, "तू चल, मैं आ रहा हूँ। जया ठीक कहती है, क्रोध में आकर कुछ कर बैठे, ऐसा साहस उस कायर में कभी नहीं हो सकता। दोपहर के खाने तक वह खुद ही लौट आएगा। पहली बार भी तो ऐसा ही किया था।"

प्रवीर अम्माँ के कमरे में गया तो जया तख़्त पर औंधी पड़ी थी। माँ के पास बैठी पुत्री सहमी दृष्टि से कभी माँ को देखती, कभी नानी को। मामा को देखकर वह सुबकने लगी।

"क्या बचपना करते हो तुम दोनों जया," प्रवीर अपनी झुंझलाहट नहीं रोक पाया, "यू शुड हैव सम सेंस, ह्वाई क्रिएट सच सींस?"

हिस्टिरिकल-सी बनी जया उठकर बैठ गई। बहन के उलझे बाल और गलग्रह के भार से विकृत बन गई फटी सूजी लाल आँखें देखकर पलभर को प्रवीर अपनी सगी बहन को ही नहीं पहचान पाया। क्या सचमुच उसकी वही बहन थी, जिसकी कॉन्वेंट की शिक्षा, लावण्य और नम्र मिष्ट स्वभाव ने कभी दोनों भाइयों का सिरदर्द बेहद बढ़ा दिया था ? न जाने उसके कितने अनजान प्रशंसकों के प्रेमपत्र, आत्महत्या की धमकियाँ उन्हें आए दिन उनसे जूझने को बाध्य करतीं। आज किसी लड़के ने कॉलेज जा रही जया की गोदी में सेंट में बसा नीला लिफ़ाफ़ा डाल दिया, आज जस्टिस बनर्जी के पुत्र ने उसे धमकी दे दी कि वह उसके पत्र का उत्तर नहीं देगी तो वह एसिड डालकर उसके चेहरे को बीभत्स बना देगा। आज सचमुच ही नियति ने एसिड डालकर उस सुन्दर चेहरे की लुनाई छीन ली थी। बंगाल में असाधारण रूपवती किशोरी को एक सर्वथा नवीन नाम लेकर पुकारते हैं, 'बीबी'। जया सत्रह की भी नहीं हुई थी कि बिना प्रयास के ही बंगाल की 'बीबी' बन गई थी। उन दिनों 'बीबी' की उपाधि मिस यूनिवर्स से भी अधिक महत्त्व रखती थी। आज उसी 'बीबी' पर मक्खियाँ भिनकने लगी थीं।

"मुझसे क्या कहते हो ?" वह कर्कश, फटे स्वर में चीख़ने लगी, "अम्माँ से क्यों नहीं कहते, जो बिना देखे-सुने, मुझे पहाड़ के अँधेरे कुएँ में धकेल दिया ? मेरी तो माँ-बहन ही परायी हो गईं। कली तो उनकी ऐसी अनोखी बेटी बन गई है, जो आँखों में मूँदने पर भी अम्माँ को नहीं पिराती ! बस, हम झूठी हैं। हमने अपनी आँखों से उस छोकरी को इनकी बाँहों में देखा, और अम्माँ-माया हमें ही झूठा बनाती हैं। अपना ही सोना खोटा न होता तो क्या परखनेवाले को दोष देती ?"

"जया," प्रवीर ने उसे ऐसे डपटा कि वह सहम गई, "तू क्या एकदम ही बौरा गई है ? सयानी लड़की यहाँ बैठी है।" वह अंग्रेज़ी में उसे फिर धड़ल्ले से धमकाने लगा।

"तू यहाँ क्या कर रही है, जा, बाहर खेल," उसने फिर डरी-सहमी भानजी को बाहर भगा दिया।

रात-भर बेंच पर लावारिस लाश-सी बिछी जिस लड़की के लिए प्रवीर का चित्त पसीज उठा था, वह वर्षा में भीगे कंक्रीट की भाँति फिर पत्थर बन गया।

"मैंने तुमसे क्या कहा था अम्माँ! देखो, वही हुआ न ! एकदम अनजान लड़की को तुम यहाँ ले आईं।"

अब तक चुपचाप खड़ी माया सहसा कली का पक्ष लेकर अखाड़े में कूद पड़ी, "पता नहीं, यह दीदी को क्या हो गया है ? शी रिफ्यूजेज़ टु बी रीज़नेबल। कुछ सुनेंगी ही नहीं। फिर क्या ख़ाक समझेंगी ? असल में बात यह थी बड़े दा..."

वह अपना वाक्य पूरा भी नहीं कर पाई थी कि लाल अंगारे-सी दहकती आँखें लेकर दामोदर द्वार पर आ खड़ा हुआ।

"वाह," वह बड़ी बेहयाई से हँसकर बीच द्वार में द्वारपाल की मुद्रा में खड़ा हो गया, "यहाँ तो पूरी संसद-समीक्षा चल रही है। क्यों जी सासूजी, हमारी अनुपस्थिति में हम पर क्या-क्या अभियोग लगाए गए हैं, ज़रा हम भी सुनें?"

अठारह

विरोधी पक्ष के किसी निर्लज्ज संसद-सदस्य की ही सीनाज़ोरी में तना वह हाथ बाँधकर तख़्त पर जम गया। उसके मुँह से आती मादक दुर्गन्ध का भभका पूरे कमरे में फैल गया। स्पष्ट था कि वह सस्ते देशी ठर्रे की पूरी बोतल ही गटककर लौटा है। फूहड़ गँवारू ढंग से चबाए गए पान की पीक एक लम्बी रेखा बनाती, उसकी काट्सवूल की कमीज़ के सुरुचिपूर्ण कॉलर को रँगती बटनों को लाल बना गई थी, "यू आर नॉट सोबर दामोदर," प्रवीर ने ठंडे स्वर में कहा, "जाओ, एक-दो लोटा ठंडा पानी सिर पर उँडेलकर सो रहो, फिर बातें होंगी।"

"तुम्हारे सिर पर न डालूँ दो लोटा ठंडा पानी?" वह झगड़ालू गँवार-सा व्यक्ति प्रवीर के सामने ऐसे तनकर खड़ा हो गया कि माया सहम गई। क्या पता, नशे के झोंके में कहीं कुछ कर न बैठे!

"जो कहना है, अभी कह दो, समझे? मैं इस घर का दामाद हूँ, नौकर नहीं।"

"देखो दामोदर," प्रवीर का स्वर आश्चर्यजनक रूप से ठंडा था, "बाबूजी को लड़ाई-झगड़े से सख़्त नफ़रत है। तुम जब तक यहाँ रहना चाहो, हमारे सिर-आँखों पर रहो, पर भगवान के लिए यह चीख़ना-चिल्लाना और पीना-पिलाना बन्द करो। यहाँ यह नहीं चलेगा। हमारे घर की अपनी एक मर्यादा है।"

"अच्छा!" व्यंग्य से दामोदर का गला एकदम ही पतला बन गया। उस सुदर्शन व्यक्ति के गोरे चेहरे पर रात-भर के असंयम ने होली का तेल-कालिख-भरा काला रंग-सा पोत दिया था, "तुम अपने घर की मर्यादा की बात कर रहे हो? घर की बहू स्वामी जी के साथ भाग गई, किराये में रहती है वह तीन कौड़ी की छोकरी, जिसकी सोहबत ने घर की बेटियों के भी पर उगा दिये हैं, जो मुरदों से भी फ्लर्ट करने श्मशान पहुँचती है। चौंको मत प्यारे, हम भी किसी ज़माने में पुलिस महकमे के अफ़सर रह चुके हैं। कौन परिन्दा उड़कर कहाँ जा रहा है, सब ख़बर रखते हैं। फिर हमीं से तुम घर की मर्यादा का बखान करते हो? स्वयं तुम्हारा रिश्ता हो रहा है पांडे जी की पुत्री से। अब भला तुम्हारे पांडे जी को कौन नहीं जानता? कौन-से दूध के धुले हैं पांडे जी? कहो तो खोल दूँ फ़ाइल?"

प्रवीर उसे एक प्रकार से धकेलकर अपने कमरे में चला आया। उस व्यक्ति से निरर्थक बहस में उलझना कीचड़ में पत्थर फेंकना था। सोचा था, थोड़े दिन छुट्टियों में ज़रा 'चेंज' हो जाएगा सो खूब चेंज हो गया था। अगले बुधवार को उसका एयर पैसेज बुक हो गया था, पर उसके जी में आ रहा था कि वह घर की इस दिन-रात की चखचख से छुट्टी पाने जल्दी ही काबुल लौट जाए।

दोपहर के खाने के लिए माया दो बार उसे बुलाकर लौट गई। तीसरी बार, स्वयं बाबूजी द्वार पर आकर खड़े हो गए, "तुम्हारी अम्माँ ने कल भी कुछ नहीं खाया। तुम भूखे रहे, तो वह भी अन्न का दाना मुँह में नहीं डालेगी।"

प्रवीर चुपचाप उठकर उनके पीछे-पीछे चला गया। खाने की मेज़ पर शायद सब उसी की प्रतीक्षा कर रहे थे। दामोदर को छोड़ अन्य सबके चेहरों पर वैसी ही अस्वाभाविक मुर्दनी छाई थी। जैसे भयानक गृह-कलह के पश्चात् रूठे-मनाए गए गृह-सदस्यों के चेहरों पर छाई रहती है। जया-माया खाने के कौरों से खेल-सी रही थीं। नवीन थाली में पड़ी चपाती को गोल-गोल घुमा रहा था, प्रवीर को आते देख उसने थाली पास खींच ली। खाने के कमरे में लगे परदे के व्यवधान से चौके में पीढ़े पर सबकी ओर पीठ किए बैठी अम्माँ का उदास-उतरा चेहरा बीच-बीच में दिख रहा था।

"बाबूजी," प्रवीर ने मनहूस चुप्पी की हिमशिला पर हथौड़े की-सी चोट की। "मुझे बुधवार को जाना था, पर अब मैंने प्रोग्राम कुछ बदल लिया है। वहाँ कुछ ज़रूरी काम छोड़ आया था, सोच रहा हूँ, परसों चला जाऊँ।"

बाबूजी के मुँह का गस्सा मुँह में ही रह गया। उस धुँधली सरल दृष्टि के मूक प्रश्न का वह कुछ भी उत्तर नहीं दे सके। अम्माँ अचानक परदा उठाकर मेज़ के पास खड़ी हो गईं।

बाबूजी शायद उसके जल्दी घर से चले जाने का कारण समझ गए थे।

दामोदर खाना ख़त्म कर मेज़ पर बैठे अन्य सदस्यों की अनुमति लिये बिना ही बड़ी अभद्रता से सशब्द कुर्सी ठेलकर बाहर चला गया। उसके कमरे से जाते ही तनाव से बोझिल अस्वाभाविक वातावरण वाष्प-सा बनकर विलीन हो गया। अम्माँ प्रवीर के पास बैठ गईं।

"देख लल्ला, अब जब सगाई हो गई है, तो ढील-ढलाव देना ठीक नहीं। इसको तो देख ही रहा है, खाना-पीना छोड़कर उसी बेहया के दुःख में घुली जा रही है। तेरी शादी जब तक नहीं होगी, तेरे बाबूजी पांडे जी से कहेंगे भी किस मुँह से। फिर कल पांडे जी मुझसे कई बार हाथ जोड़कर कह गए हैं कि जैसे भी हो, अप्रैल में ही कुन्नी की शादी से निबटना चाहते हैं। लड़की को ढाई साल की ऐसी विकट दशा है कि फिर शादी नहीं हो सकती।"

''तो हर्ज़ क्या है अम्माँ, ढाई साल बाद ही सही!''

अम्माँ ने अविश्वासपूर्ण दृष्टि से सनकी पुत्र को देखा और रुआँसी हो गईं। ''और क्या, बुढ़ापे में सेहरा बाँधना, मेरा क्या! आज तक तूने मेरी कोई बात मानी है, जो आज मानेगा?''

बाबूजी उठकर बाहर चले गए। उनके कुछ न कहने पर भी चेहरे की खिन्न रेखाएँ बहुत कुछ कह गई थीं।

अम्माँ चश्मा उतारकर पोंछने लगीं। कल समधियाने से जाने किस कुघड़ी में लौटीं कि बड़ी-बड़ी स्टील की थालियों में भरे मेवे-मिष्टान्न का एक बताशा भी पास-पड़ोस में नहीं बाँट पाईं। सब सामान वैसा ही धरा था। जया की पुत्री ही एक-दो बार लुभावनी थालियों पर पड़ा मेज़पोश का घूँघट हटाकर झाँक गई थी और जया ने उसे एक चाँटा धर दिया था। निर्वीर्य पति के घर-दामाद बन जाने पर वह पुत्री को ननिहाल में सामान्य-सी याचना करने पर भी निर्ममता से कूट देती। उसे लगता, वह मायके में अपना महत्त्वपूर्ण पद खो बैठी है। जिस लाड़-दुलार से अम्माँ उसे इकलौते पुत्र की ही भाँति पान के पत्ते-सा फेरती थीं, उसका स्थान अब करुणा ने ले लिया था; वही सहानुभूति, जननी की निष्कपट सहानुभूति होने पर भी उसे विषतुल्य लग उठती। पहले की जया होती तो शायद प्रवीर को वहीं पर चीरकर धर देती। पर अब वह पोर्टफोलियो विहीन मंत्री की ही भाँति चुपचाप हाथ पर हाथ धरे बैठी रही। एक बार अम्माँ ने बड़ी करुण याचनापूर्ण दृष्टि से उसकी ओर देखा, जैसे कह रही हो, 'तू ही इसे मनाना जया। तेरी बात तो यह खूब सुनता था'।

''काबुल जाने पर तू क्या कभी साल-भर से पहले लौटा है?'' अम्माँ जैसे निराशा से हताश हो गई थीं।

''देखो अम्माँ!'' प्रवीर ने कुर्सी अम्माँ की ओर मोड़ ली। ''सात दिन बाद तो मुझे वैसे भी जाना था और उन सात दिनों में तो तुम मेरा ब्याह रचा नहीं सकती थीं। नाक में नकेल तो तुमने डाल ही दी है, घबरा क्यों रही हो?''

''क्यों अम्माँ,'' दामोदर न जाने कहाँ से आकर फिर द्वार पर खड़ा हो गया, 'क्या समधियाने की मिठाई का अचार डालोगी? खिलाओ न एक-आध बालूशाही! हमें तो भाई, अपने घर में खाने के बाद मिष्टदन्त का अभ्यास है।''

फिर अम्माँ के उत्तर की प्रतीक्षा किए बिना ही उसने सबसे बड़े थाल का कपड़ा उठाकर दोनों हाथों में कँगले की भाँति बालूशाहियाँ ऐसे भर लीं, जैसे आज तक कभी देखी ही न हों!

जया का चेहरा क्रोध, अपमान और विवशता से लाल पड़कर सफ़ेद हो गया। अबोध पुत्री को उसने ऐसी ही लोलुपता के लिए समुचित दंड दे दिया था, पर इस सुशिक्षित परिपक्व मस्तिष्क के प्रौढ़ पति को क्या वैसा ही दंड दे सकती थी? पति के निर्लज्ज आचरण से क्षुब्ध होकर वह कंठ की सिसकी कंठ ही में घुटकती हवा-

सी बाहर निकल गई। अम्माँ चौके में चली गईं। नवीन फ़ोन की घंटी सुनने का बहाना बनाकर आँख के इशारे से माया को भी अपने साथ खींच ले गया। दामोदर कुर्सी खींचकर मिठाई के थाल के पास ही जम गया। उसे किसी के आने-जाने की चिन्ता नहीं थी। नशा उतर गया था, पर खुमारी अभी भी लाल आँखों के भारी पपोटों को बोझिल बना रही थी। एक बालूशाही उसने प्रवीर की ओर बढ़ा दी और हँसकर कहने लगा, "लो, चखो प्यारे, ससुराल की मिठाई और भी मीठी लगती है।"

प्रवीर के जी में आया, वही बालूशाही खींचकर उसके मद्यपान से मूर्ख बन गए चेहरे पर दे मारे। क्या वह व्यक्ति लोकलाज, मान-सम्मान को भी ठर्रे के साथ कॉकटेल बनाकर पी गया था या 'सस्पेंशन' के आकस्मिक आघात ने इसे पतनगर्त की जानलेवा गहराई में ढकेलकर छोड़ दिया था?

"सोच रहा हूँ प्यारे, आज तुम्हारी ससुराल तक घूम आएँ! कल चलने लगे तो तुम्हारे ससुर जी ने बड़ा प्रेम-भरा निमंत्रण दिया है।"

दामोदर ने बालूशाही से चिपचिपे होंठों पर तृप्त जिह्वा फेरी और कुर्सी प्रवीर की ओर खींच ली।

"आई सी, एक दस का नोट दे सकोगे क्या? हमारा प्रिवीपर्स आजकल तुम्हारी राजरानी बहन के पास रहता है और आज उनसे कुछ मिलने की आशा व्यर्थ है।"

प्रवीर का चेहरा तमतमा उठा। बहन के पास उसका कैसा प्रिवीपर्स है, वह जानता था। कई बार उसका उदास खिन्न चेहरा देखकर प्रवीर के जी में आया था कि वह उसके हाथ में सौ-दो सौ रुपये रख दे, किन्तु वह उस आत्माभिमानी बहन को खूब पहचानता था। चेहरे को विकृत बना देनेवाले रोग, पति के निर्लज्ज आचरण एवं 'सस्पेंसन' ने उसे इतना 'सेंसिटिव' बना दिया था कि तीज-त्यौहार पर दी गई रक़म को भी वह शंकालु होकर देख लेती—कहीं कोई उसे दया की पात्री समझकर भीख तो नहीं दे रहा है? यह वही जया थी, जो भाई से काबुल के कोट, घड़ी और शिफॉन, जॉर्जेट की इम्पोर्टेड साड़ियों के लिए मचलने लगती थी।

"क्यों प्रवीर, किस सोच में पड़ गए? बड़े आदमी हो, दस का नोट तो तुम्हारे कोट की सीवन में ही पड़ा होगा!"

प्रवीर ने बटुआ खोलकर दस का एक नोट बड़ी अवज्ञा से दामोदर के पैरों के पास फेंक दिया, जैसे किसी बकबक कर रहे भिक्षुक को भीख दे रहा हो और फिर वह बाहर निकल गया। उसे यह नोट न देता तो शायद बेहया दामोदर उसकी ससुराल जाकर पांडे जी से ही यह रक़म झटक लाता। क्या पता, अब भी जाकर माँग ले! अभी ही उसे साफ़-साफ़ समझा देना ठीक होगा।

"देखो दामोदर," वह उलटे पाँवों लौट आया, "पांडे जी के यहाँ तुम्हारा जाना ठीक नहीं है।"

"ओह, अच्छा! तुम्हारा जाना तो ठीक है न?" वह हँसकर कहने लगा, "मैंने सुना, तुम्हें कल फिर चाय पर बुलाया है। शायद तुमने नहीं सुना। मैंने कहा था न, हज़ार हो, आख़िर पुलिस महकमे का अफ़सर हूँ—उड़ती चिड़िया तो हमारा थानेदार ही पहचान लेता है। अभी उन्हीं का तो फ़ोन आया था। हमने सुन लिया। तुम तो साले बहरे हो। कोई मंत्रीजी आ रहे हैं—पांडे जी तुम्हारी बदली के लिए उन्हीं की धर-पकड़ कर रहे हैं। इसी से तो हम भी जा रहे थे कि बहती गंगा में हम भी हाथ धो लें, पर तुमने टोक दिया। दामोदर को किसी ने चलते-चलते टोक दिया, तो फिर वह वहाँ भूलकर भी नहीं जाता, समझे?"

प्रवीर ने ठीक ही सुना था। वह अपने कमरे में आ गया तो माया भागती-भागती आ गई, "बड़े दा, पांडे जी का फ़ोन आया था। कल मंत्री जी उनके यहाँ चाय पर आ रहे हैं, पांडे जी ने तुम्हें भी बुलाया है। शायद तुम्हारी बदली अब दिल्ली जल्दी ही हो जाएगी।"

'ठीक है,' प्रवीर ने मन-ही-मन सोचा, कल ही एकान्त में वह कुन्नी को सब बातें समझा देगा। घर की बहू बनकर वह जब आ ही रही थी, तब दामोदर का परिचय देने में क्या दोष था? पर जया ने दामोदर की बाँहों में कली को देखने का जो स्पष्ट अभियोग लगाया था, वह क्या सच था? क्या दामोदर सचमुच ही इतना गिर गया होगा? और कली? क्या वह उन बाँहों में बँधकर चीखी-चिल्लाई नहीं होगी?

उस दिन प्रवीर कहीं भी घूमने नहीं गया। माया को बुलाकर उसने एक प्याला कॉफी कमरे में ही मँगाकर पी ली।

"रात को भी मुझे खाने पर बाहर जाना है माया, तुम लोग खा लेना," कहकर वह घोष के यहाँ चला गया। नटू घोष की स्नेही विधवा माँ उसे बचपन से 'निमाई' कहकर पुकारती थी।

"आहा की ठाँडा छेले—(अहा, कैसा ठंडा पुत्र है)—एक ये मेरा नटू है, ज़रा पूछो इससे, एक दिन भी ऐसा जाता है, जो माँ से नहीं झगड़ता?"

सचमुच ही तुरन्त पितृहीन नटू माँ का सिरदर्द नित्य बढ़ाता ही रहता। गत वर्ष माता-पुत्र के बीच ऐसी ठनकी कि माँ पोटली बाँध-बूँधकर काशीवास के लिए निकल गईं। प्रवीर ही उन्हें मनाकर स्टेशन से लौटा लाया था। न जाने किस नाटक-मंडली में सीता बनी एक दुबली-पतली गोरी असमी लड़की को लेकर नटू घर आ गया था।

"माँ, तुम्हारे लिए बहू ले आया हूँ, रोज़ कहती थीं न—बहू ला, बहू ला!"

माँ का एकादशी के व्रत से सूखा मुँह और सूखकर रह गया। दुबली-पतली एकदम कंकाल। चेहरा ऐसा पीला, जैसे सौरगृह से अभी निकलकर आई हो! न चेहरे पर श्री, न आँखों में लज्जा, न प्रणाम, न नमस्कार—बस, खी-खी कर हँसने लगी थी छोकरी।

"क्या बकता है नटू," माँ कन्धे तानकर खड़ी हो गई थी, "यह नई बहू है या जच्चा?"

"शाबाश माँ," नटू ने बढ़कर माँ की पीठ ठोंक दी और उसे भीतर खींच लाया। पीछे-पीछे वहीं धृष्टा छोकरी भी आकर खड़ी हो गई थी।

"माँ," नटू ने फुसफुसाकर कहा था, "तभी तो कहता हूँ, तुम्हें स्कॉटलैंड यार्ड का जासूस बनना था।" फिर उसने जो कुछ माँ को बतलाया, वह सुनकर स्तब्ध हो गई थीं।

ऐसी पतिता को वह बहू बनाकर ले आया? जिस नाटक-मंडली में नटू काम करता था, वहीं वह लड़की भी कभी-कभी अभिनय करने आया करती थी। नया क़ानून बनने पर उसकी माँ ने पेशा छोड़ दिया था। कभी-कभी आकाशवाणी से दादरा, ठुमरी गा लेती—कभी गाने के ट्यूशन कर लेती। इस भाँति उसने लड़की को बी.ए. तक पढ़ा लिया था। लड़की में भी अद्भुत प्रतिभा थी। चेहरा फ़ोटोजेनिक होता, तो शायद फ़िल्म लाइन में भी चमक उठती। पर थियेटर कम्पनी की फुटलाइट में ही वह चेहरा ऐसा चमका कि थोड़े दिनों में वह एक साथ अनेक नाट्य-संघों की द्युतिमान् तारिका बन गई। उसी सौर-मंडल की जगमगाहट में उसका परिचय धूमकेतु-से चमकते शिवकान्त भादुड़ी से हुआ। प्रसिद्ध उद्योगपति का इकलौता पुत्र जहाँगीर बनता, तो वह नूरजहाँ। वह आनन्दकन्द रघुनन्दन की भूमिका में अवतरित होता, तो वह सकुचाती सीता के अभिनय से दर्शकों को सम्मोहित कर देती। किन्तु नाटक के परदे के साथ ही एक दिन उसके जीवन-नाटक का भी परदा ऐसा गिरा कि बेजारी टुलू अपना सब मुखस्थ किया पार्ट भूलकर रह गई।

अवस्था ऐसी थी कि अब लव-कुश की जननी बनने से कुछ पूर्व का ही अभिनय वह निभा सकती थी। गोलमटोल पीले चेहरे की उस नूरजहाँ की व्यथा को न भाँप लेते, ऐसे मूर्ख कलकत्ता के दर्शक नहीं थे। माँ ने सुना तो द्वार बन्द कर दिये। अपने कलुषित जीवन के पिछले परिच्छेद फाड़-फूड़कर वह जला चुकी थी। नवीन समाज में उसने एक मर्यादापूर्ण स्थान बना लिया था, उसे अब मूर्खा पुत्री के कलंक से वह दूषित नहीं होने देगी। क्रोध से उबलती टुलू पार्क की बेंच पर बैठी रो रही थी कि नटू घोष मिल गया। पहले उसने सोचा, शायद वह वनगामिनी पतिपरित्यक्ता सीता का पार्ट कंठस्थ कर रही है, पर जब उसके पूछते ही वह उसी से लिपटकर फफक-फफककर रो पड़ी, तो कच्चे दिल का नटू स्वयं भी रोने लगा। एक बार नाटक के तीन घंटे पहले जहाँगीर को गैस्ट्रो एंटाइटिस ने अधमरा बना दिया था और नटू ने ही इस कलपती नूरजहाँ को अपनी बाँहों में सँभाल लिया था। दर्शक उस नवीन जहाँगीर के अभिनय को देखकर मुग्ध हो गए थे, फिर आज वह उसे जीवन के विराट् रंगमंच पर अकेली कैसे छोड़ देता? तीन महीने तक एक मिशनरी अस्पताल में उसने टुलू के प्रसव का पूरा ख़र्चा ऐसे औदार्य से उठाया, जैसे वह ही

अजन्मे शिशु का पिता हो! फिर जब ब्रोच केस में अकालमृत्यु-कवलित मृत शिशु की देह पर टुलू नाटकीय मुद्रा में पछाड़ें खाती विलाप करने लगी, तो साथ में वह भी बिलखने लगा।

वहीं एक नर्स की सान्त्वना उसे अचानक प्रेरणा दे गई, 'रोते क्यों हो मि. घोष, अभी तो आप दोनों की पूरी ज़िन्दगी पड़ी है! भगवान ने चाहा तो, अभी ऐसे बीसियों बेटे होंगे।'

आज के परिवार नियोजन का वर्ष होता, तो अभागी नर्स की नौकरी चली जाती। नटू ने प्रवीर से हँसकर कहा था, 'पर मुझे उसकी बात प्रेरणा दे गई। मैं टुलू को उसी क्षण रिक्शा कर घर ले आया।'

पर लाने से क्या होता? माँ ने झोंटा पकड़कर मुसकराती बेहया बहू को किया घर से बाहर और नटू को कमरे में बन्द कर तीन दिन तक भूखा रखा। चौथे दिन भूखे शेर और शेरनी की लड़ाई के बीच में यदि प्रवीर नहीं पड़ता, तो अनर्थ हो गया होता। उस दिन से प्रवीर को जब माशी माँ देखतीं, उनकी आँखों में कृतज्ञता के आँसू छलक आते। पर लाख बुलाने पर भी वह इस बार एक दिन भी खाने का निमंत्रण स्वीकार नहीं कर पाया था। आज अचानक ही अपने को स्वयं निमंत्रित कर उपस्थित हो गए अनमोल अतिथि की अभ्यर्थना में घोष-जननी दुहरी हो गई। लड़के की पसन्द को वह बचपन से पहचानती थीं। लाख हिन्दुस्तानी हो, पसन्द थी एकदम बंगाली। पटल का दोलना, मागुर माछ का झोल और छेने की खीर—यही सब पसन्द था उसे। आज वही सब राँधने का सुवासित आयोजन रचाती माशी माँ वहीं से प्रश्नों की बौछार करने लगीं :

"क्यों रे प्रवीर, तेरी बहू सुना, ख़ूब गोरी है? अपनी जया-माया से भी उजली? बाप रे बाप! तुम पहाड़ियों का रंग तो कश्मीरियों से भी चिट्टा होता है रे—एक तू ही काला कैसे हो गया?"

"फिर भी तो माँ, तुम मुझे निमाई कहकर पुकारती हो," प्रवीर हँसकर लकड़ी के तख़्त पर लेट गया।

"आहा, चेहरे के रंग से क्या होता है सोना, मन का रंग देखकर ही तो तुझे पुकारती हूँ—'निमाई'।"

"और क्या!" नटू ने मित्र की पीठ पर कुहनियाँ टेक लीं, "यह गौरांग महाप्रभु न आते तो आज दो-दो नाती-नतनी इस घर को गुलज़ार कर देते।"

"चुप कर राक्षस!" माँ ने उसे झिड़क दिया, "न जाने कहाँ के गड़े मुरदे उखाड़ता है अभागा। हाँ, रे निमाई, तेरी माँ ने कहा है, अगले रविवार को मुझे भी तेरी ससुराल ले चलेंगी। पर मैं तो इस बीच तेरे घर जाकर ग़ज़ब ही कर आई रे! सुना दे तो रे नटू, मुझे तो कहते भी लाज आती है।" माशी माँ आँचल से मुँह ढाँप हँसने लगीं।

"जानता है, माँ क्या कर आईं? तेरे यहाँ गईं तो मिस मजूमदार शायद किसी दुलहनों की फैशन परेड की मॉडल बनने जा रही थीं। एकदम सजी-धजी—शो-केस की मोम की गुड़िया बनी थीं। माँ ने आव देखा न ताव, बस लिपट गईं। कहने लगीं, 'मेरा मन कहता है, यह मेरे निमाई की बहू है। क्यों बेटी, हो न प्रवीर की होनेवाली बहू'?

"और बस, उस छोकरी ने भी सोचा, बनाओ बुद्धू। लजा-सकुचाकर ऐसी छुईमुई बन गई, जैसे सचमुच ही तेरी बहू हो! मुसकराकर कह दिया, 'हाँ।' और हमारी ईडियट मातेश्वरी ने आशीर्वादों की झड़ी लगा दी। वह तो उसी पल तुझे ढूँढ़ता मैं पहुँचा, तो हक्का-बक्का रह गया। माँ उसे गैया बनी ऐसे चूम-चाट रही थीं, जैसे बिछड़ी बछिया हो। मेरा माथा ठनका, मैंने पूछा, 'क्यों मिस मजूमदार, आज माँ का आप पर यह कैसा प्रेम उमड़ रहा है?' तो बदजात छोकरी हँसने लगी।"

"अरे, मैं क्या जानूँ रे निमाई," माशी माँ बोलीं, "लड़की का चेहरा तो ऐसा भोलाभाला था, जैसे अभी भी माँ की दूधपीती बच्ची हो और पेट में सवा दो गज़ लम्बी दाढ़ी! अरी, मैं क्या कोई तेरी देवरानी-जेठानी हूँ, जो ऐसा मज़ाक़ किया? अब बता भला! तेरी दादी की उम्र की मैं और मुझी को बुद्धू बना गई। पर हाँ रे प्रवीर! ऐसी सुन्दरी कुँवारी लड़की को घर में रखना ठीक नहीं है। यह तो मैं जानती हूँ कि तू ठहरा संन्यासी-जती मानुष, पर अपने इस अभागे पर मुझे रत्ती-भर विश्वास नहीं होता। दिन-रात बाहर नाटक खेल-खेलकर घर में भी कभी-कभी नाटक खड़ा कर देता है। तेरे घर आता-जाता रहता है। कब आकर कह दे, 'ले माँ, तेरे लिए बहू ले आया हूँ।' और फिर ऐसी बहू जो अपनी दादी-नानी से भी मज़ाक़ करती फिरती है, हमें पसन्द नहीं है बाबा!"

नटू को माँ का यह संकेतात्मक प्रस्ताव बेहद पसन्द आया। वह ज़ोर से हँसकर बोला, "माई री यार, यह बात अपने दिमाग़ ही में नहीं आई। पता नहीं, मिस मजूमदार को नाटक-वाटक में रुचि है या नहीं। इस बार हमारा संघ एक प्रतीकात्मक नाटक का प्रयोग कर रहा है। एक ऐसा चेहरा जुट जाता तो बस! उस दिन श्मशान में राँगा दी की चिता को एकटक देख रही थी छोकरी। दो बड़ी आँखों के फोकस में दाएँ-बाएँ जलती दो चिताओं के प्रतिबिम्ब को कोई दूर से भी देख सकता था। ऐसी पात्री अपने झुलू दा के मेकअप के स्वर्गीय स्ट्रोक से धन्य होकर एक बार स्टेज पर आ जाए तो बस, चित भी अपनी और पट भी। पार्ट की लाइन भूल भी जाएँ, तो वे सदाबहार आँखें ही पूरा पार्ट प्राम्प्ट कर देंगी।"

प्रवीर चुपचाप तख़्त पर पड़ी पेंसिल से माशी माँ की हिसाब की कॉपी पर उलटी-सीधी रेखाएँ खींचता रहा।

"और सोच," घोष स्वयं ही बड़बड़ाता जा रहा था, "पड़ गई है उन विदेशी लफ्फाड़ियों की सोहबत में! एकदम गिरलायन से जंगली, निर्भीक, ख़ूँख़ार, वनचर, कन्धे तक झूलती सुनहली अयाल, ढीलमढल्ला राजा जनक के चोगे-सा कोट,

कामातुर, सुर्ख आँखें, गले में रुद्राक्ष की माला—साले एकदम बीरभूमि के नरभक्षी कापालिक लग रहे थे और साथ में यह सुन्दरी अघोरी-भैरवी।

"बड़ा आश्चर्य है रे प्रवीर," फिर ऐसे धीमे स्वर में फुसफुसाकर कहा, जिससे चौके में बैठी माँ न सुन पाए। "ऐसी दहकती भट्ठी के इतने पास धरा तेरा हृदय-नवनीत पिघलकर उसी में नहीं गिर गया? मैंने तो उसे दो-तीन ही बार देखा है, पर जितनी बार देखता हूँ, जी चाहता है, ऊँची आवाज़ में चंडीदास का वही पद गुनगुनाने लगूँ :

प्रभाते उठिया, जे मुख हेरी तू
दिन जाबे आजी भालो...

(आज सुबह उठते ही जिसका चंद्रमुख देखा है, उसे देखने पर निश्चय ही मेरा दिन अच्छा बीतेगा।)

प्रवीर नटू को वर्षों से जानता था। ऐसे न जाने कितने चेहरे देखकर वह इस पद को लाखों बार दोहरा चुका होगा! लड़की मात्र को देखने पर नटू का हृदय सिखाए नट-सी मशीनी गुलाटें खाने लगता था। यह कोई नई बात नहीं थी।

खाना खाकर प्रवीर बड़ी देर तक वहीं गप्पें मारता रहा। कलह से मलिन अपने गृह लौट जाने को उसका मन ही नहीं कर रहा था। नटू को अपने नाटक के रिहर्सल के लिए जाना था, उसे वहाँ छोड़कर वह घर लौटा, तो दस बज गए थे। गेट पर पहुँचते ही, सशंकित दृष्टि से उसने बेंच को देखा। कहीं आज भी श्मशानसाधिका मदालसा बेंच पर ही चित पड़ी न मिले! पर आज उसके कमरे में ताला नहीं था। द्वार बन्द थे। लगता था, माया-वनविहारिणी स्वामिनी आज स्वेच्छा से ही कपाट मूँदकर सो गई थी।

वह अपने कमरे में जाकर सो गया। तकिए पर सिर रखते ही उसे गहरी नींद आ गई। आँखें लगी ही थीं कि वह अचकचाकर जग गया। उसे लगा, किसी ने उसके पैर का अँगूठा जोर से पकड़कर हिला दिया है।

"कौन, माया?" उसने पूछा। निश्चय ही दामोदर ने आधी रात को फिर कोई बखेड़ा कर दिया होगा।

"क्या हुआ माया?" वह उठ बैठा।

उन्नीस

वह उसके कानों के पास चेहरा सटाकर फुसफुसाने लगी, "माया नहीं है काबुलीवाले, यह तो मैं हूँ—कली!" फिर वह बचकानी हँसी हँसती, उसके कन्धे के पास अपना सिर ले आई। क्रमशः निकट आती उसके मन्द स्मित की सुरसुरी प्रवीर की रीढ़ की हड्डी को सुरसुरा गई।

इतनी रात को उसके कमरे में वह दुरन्त लड़की किसी खुले छिद्र से आँधी के अबाध्य झोंके-सी ही घुस आई थी।

"डरो मत काबुलीवाले! तुम्हें खा नहीं जाऊँगी। लो, यह देने आई थी!" वह उसके सामने खड़ी हो गई। अस्पष्ट धुँधलके में वह छपे ड्रेसिंग गाउन के नीलाभ थैले में डूबी दो बालिका की-सी पतली बाँहों को ही देख पाया।

"लो," उसने जेब में से कुछ निकाल प्रवीर की हथेली जबरन खींचकर थमा दिया।

काठ बनकर बैठा प्रवीर चौंक उठा।

"बस, घूम आए काबुल-कन्धार, पर रहे बुद्धू के बुद्धू!" कमनीय कपोलों की मदमस्त मलय-कस्तूरी की पिचकारी जैसे किसी ने खींचकर प्रवीर की कनपटी पर मार दी, वह तिलमिलाकर पीछे हट गया। पर हिप्नोटिक ट्रांस में ढुलकती मीडियम-सी कली उधर ही लचक गई।

"किसी अनजान कुँआरी सोई लड़की के पलंग पर किसी अविवाहित तरुण की अँगूठी मिले तो मामला रादर शेडी लगता है—क्यों, है न? पर मैं समझ गई थी कि यह किसी अनाड़ी की पहली बार अनभ्यस्त उँगली पर पहनी गई अँगूठी है। वैसे चाहती तो दुष्यन्त की-सी इस अँगूठी का बिना भुना चेक ब्लैकमेल मार्केट में ऊँचे दामों में भुना सकती थी, पर..." वह फिर किसी अदृश्य किन्नरी की-सी दैवी मुसकान से प्रवीर को मूक बना गई।

"पर तुम कली को जितनी नीच समझते हो, वह उतनी नीच नहीं है। वैसे, सच पूछो तो केवल अँगूठी ही लौटाने मैं यहाँ नहीं आई।"

उसका कंठ-स्वर ट्रांसमीटर फेल हो गए रेडियो से विलीन होते स्वर की ही भाँति कुछ क्षणों तक विलीन हो गया—फिर मोहक अधर कानों से सट गए। शायद वह उस सम्भावना की ओर भी सजग थी कि दामोदर के अदृश्य टेप रिकॉर्डर का ताना-बाना कहीं आस-पास ही बिखरा हो।

"जानते हो, क्यों आई हूँ?"

प्रवीर सर्वांग थरथरा उठा। क्यों वह तीव्र पहाड़ी नाले के वेग में बहे जा रहे कठोर शिलाखंड-सा अपनी समग्र कठोरता खोता जा रहा था? यह निश्चय ही इस लड़की की ज्यादती थी। लगता था, आज भी उसे कल की ही भाँति उठाकर कमरे में बन्दिनी बनाना होगा।

"तुम सोच रहे होगे, मैंने कल नशा किया था। हाँ, किया था। जानते हो, क्यों?"

वह और भी निकट सट गई।

विदेशी सुगन्ध क्या ऐसी मारात्मक होती होगी? सुगन्धित केशों का मृदु स्पर्श कुछ क्षणों के लिए प्रवीर को फिर काठ बना गया।

"मेरी नौकरी ही ऐसी है काबुलीवाले—कभी 'ताज' के 'बालरूम', 'क्रिस्टल रूम' और कभी श्मशान का सन्नाटा! उस दिन अपने विदेशी अतिथियों को लेकर जाना पड़ा श्मशान! पहले जो फ़िरंगी भारत के राजा-महाराजा, हाथी-हौदे देखने आता था, वह अब भारत के कंकाल और चिताएँ देखने आता है। अब वही मुरदों की खोपड़ी का पोलो खेलना चाहता है अभागा! दिन-भर कल जलती चिताएँ देखीं, लौटने लगी, तो लगा, कोई पीछे-पीछे आ रहा है। जलते नाखून और बालों की दुर्गन्ध नथुनों में ऐसी भरकर रह गई थी कि 'ऑल द परफ्यूम्स ऑफ अरेबिया' सूँघकर भी शायद नहीं जाती।" वह फिर हँसकर अलस मखमली पर्शियन बिल्ली-सी ही प्रवीर से सट गई, "क्षण-भर पहले, शाखा सिन्दूर में दमकती जिन दो सौभाग्य-सुन्दरियों को चिता में बीभत्स कोयला बना देखा था, वह जैसे दाँत निकाल-निकालकर मुझे धमकियाँ देने लगीं : 'जा तो सही घर, अकेले कमरे में आज श्मशान-प्रवेश का मज़ा चखा देंगी।'

"सहमकर, मैं पॉल से एक गोली माँग लाई। कहता था, मुख में धरते ही एकदम वैकुंठ-दर्शन!

"बाप रे बाप! मैं क्या जानती थी कि ऐसा घातक पोटेशियम साइनाइड है! चाबी हाथ में धरकर गोली खाई कि कमरा खोलकर सो जाऊँगी, पर वहाँ तो सहस्त्रों यमदूत खींचकर साथ ले गए। बेंच पर लुढ़की थी—बस, इतना ही याद रहा। यह अँगूठी न मिलती, तो शायद जान भी न पाती कि कौन महामानव बिस्तर पर सुला गया है। पर आज गोली नहीं है, तब से कमरे में ऐसी ही बैठी हूँ। देखो छूकर..." उसने अपनी बर्फ़-सी ठंडी हथेलियों में प्रवीर के हाथ जकड़ लिये।

"अब मैं नहीं जाऊँगी। पहले सोचा, माया को जगाकर उसके पास जाऊँ, पर वहाँ वह क्या अकेली होगी? और जया? बाप रे बाप! उस कमरे से तो मैं श्मशान जाना पसन्द करूँगी। अम्माँ के कमरे में बाबूजी होंगे। पूरे घर में एक तुम्हीं ऐसे हो, जिसके पास कुछ दिनों तक आ सकती हूँ, तुम आराम से सो जाओ—गुडनाइट एंड स्वीट ड्रीम्स!"

वह दुष्टता से हँसी और पतली रस्सी पर साइकिल चलाती किसी नटिनी-सी सर्कस सुन्दरी की लचीली छलाँग में पतली टाँगें साधती, लम्बी कुर्सी की फैली बाँहों पर पैर रखती, उसकी गद्दी में पालतू बिल्ली की-सी अंग समेटकर सो गई।

प्रवीर हतबुद्धि-सा बैठा ही रह गया।

कैसी लड़की थी यह! निश्चय ही वह नॉर्मल नहीं थी। आधी रात को उसके कमरे में आकर वह कैसी अधिकारपूर्ण मुद्रा में सो रही थी, जैसे वह ही उसकी पत्नी हो!

नित्य पूजा करके अम्माँ उसके कमरे में चाय का गिलास लाकर धर जाती थीं। उस कल्पनामात्र से ही वह पसीना-पसीना हो गया। क्या उस छोकरी को सचमुच इतनी जल्दी ही नींद आ गई थी या उसे चिढ़ाने, वह जान-बूझकर ही गहरी साँसें छोड़ रही थी? वर्षों पुरानी उस आरामकुर्सी का बेंत दामोदर ने दोनों पैर ऊपर धर गँवारू ढंग से बैठकर झूला बना दिया था। एकदम कमोड बन गई जिस कुर्सी पर कोई ढंग से बैठ भी नहीं सकता था, उसी पर वह ऐसे सो रही थी, जैसे किसी हैमाक पर सो रही विदेशी मॉडल हो!

उससे कुछ भी कहने के लिए अब प्रवीर को निकट जाकर फुसफुसाना होगा और ऐसा करने में उसे महासंकोच हो रहा था। सोचेगी, वह भी उसके षड्यंत्र का लोहा मान गया है। और यदि वह साहस कर सशब्द फटकारता है, तो कहीं आस-पास के कमरों में सो रहे आत्मीय स्वजन न जाग जाएँ। सोती लड़की को वह कल रात की ही भाँति सशरीर उठाकर, उसके कमरे में अवश्य पटक सकता था, पर यदि वह बेहया कहीं चीख़ पड़ी तब? किसे मुँह दिखा पाएगा फिर? क्या गृह के उस ज्येष्ठ पुत्र के प्रोज्ज्वल निष्कलंक चरित्र पर उसकी वह चीख़ कोलतार नहीं पोत देगी? काश, आज वह नटू के यहाँ ही सो गया होता! पर तब वह क्या स्वप्न में भी सोच सकता था कि यह दुर्दिनाभिसारिका आधी रात को उसके कमरे में ऐसे छप्पर फाड़कर टपक पड़ेगी?

यदि कहीं इसी बीच माया आ गई या स्वयं दामोदर? क्या वह निर्लज्ज कई बार दिन का कलह भूल-भालकर रात को उसके कमरे से बिना पूछे सिगरेट का पैकेट नहीं ले गया है? कुर्सी पर निश्चेष्ट पड़ी उस निद्रान्ध सुन्दरी को देखकर फिर कौन विश्वास करेगा कि वह निर्दोष है?

कोयले की कोठरी से क्या फिर वह बिना कालिख की लीक लिये निकल पाएगा?

ऐसी विचित्र लड़की के लिए कहा ही क्या जा सकता था! उसने एक बार फिर कुर्सी पर सो रही कली को देखा, उसकी गहरी साँसें कमरे की निस्तब्धता में सर्पिणी की-सी विषैली फुफकारें छोड़ती उसका दिल दहला उठीं। क्रमशः उठते-गिरते नन्हे उरोजों को वह न चाहने पर भी स्पष्ट देख रहा था। एक हाथ कान के नीचे धर वह कौशलाभिमानिनी कभी एक पैर सिकोड़कर करवट बदलती, कभी दोनों टाँगें कुर्सी की निर्जीव फैली बाँहों पर उठा लेती।

ऐसे हाथ पर हाथ धरकर बैठने से बात बनेगी नहीं। प्रवीर चुपचाप उठकर बाहर चला गया। उसके सान्निध्य से बरामदे का ठंडा सीमेंट वांछनीय था। कभी क्रोध से उसका सर्वांग काँपने लगता, कभी विवशता उसकी गरदन मरोड़कर रख देती। ऐसे ही उकड़ूँ होकर बैठे-बैठे उसे नींद आ गई। पर बैठे-ही-बैठे कहीं देर तक नींद आती है? कभी असहाय गरदन इधर-उधर ढुलकती, कभी हाथ की दोनों

कुहनियाँ बुरी तरह दुखने लगतीं और वह अचकचाकर जग जाता। बैठे-ही-बैठे उसने रात काट दी। हाथ की घड़ी को बड़े यत्न से घुमा-फिराकर समय देखा, तो चार बज चुके थे।

नित्य पाँच बजे अम्माँ के शंख घोष का एलार्म घर-भर को जगा देता था। अब उसे उठाकर कमरे में न पटकने पर अनर्थ की सम्भावना थी। वह उठा। थके, मुड़े-तुड़े हाथ-पैर सीधे किए और कमरे में गया तो कुर्सी ख़ाली थी। चलो, बला टली। प्रवीर को लगा, उसकी छाती पर पड़ी रात-भर भारी शिला स्वयं हट गई है। अन्त तक विधाता ने उसे सुमति दे ही दी। अब चिटखनी चढ़ाकर वह देर तक नींद पूरी करेगा। चित्त ऐसा हल्का हो गया कि वह धीमे से सीटी बजाता चिटखनी चढ़ाकर पलंग की ओर लपका। अचानक कंठ की सीटी कंठ ही में सूखकर रह गई। बेढंगी कुर्सी से सुविधानुसार स्थान-परिवर्तन कर दस्युकन्या उसी की चादर सिर से पैर तक लपेटे उसके ख़ाली पलंग पर सो रही थी। लगता था, देर तक गठरी बन कुर्सी पर सोने के पश्चात् उसके अपूर्व प्रकम्पित पर्यंक पर सोने में उसकी सुडौल काया अपनी पूरी लम्बाई में तन गई थी। ऐसा किंकर्तव्यविमूढ़ बनकर खड़े रहने का अब समय नहीं था। अम्माँ किसी भी पल चाय का गिलास लेकर द्वार पर खड़ी हो सकती थीं। प्रवीर ने बिना कुछ कहे निद्रामग्ना कली के पैर का अँगूठा पकड़कर जोर से वैसा ही हिला दिया, जैसे कली ने कुछ देर पूर्व हिलाकर उसे जगाया था।

वह हड़बड़ाकर उठ बैठी। खिड़की से अन्धकार मिश्रित साँवला उजाला झाँकने लगा था। नीले ड्रेसिंग गाउन में चमकती त्वचा का पीलापन देखकर प्रवीर को पहले दया आ गई। कितनी बीमार, डरी-सहमी लग रही थी वह! पर दूसरे ही क्षण लज्जास्पद परिस्थिति की वास्तविकता ने उसकी विवेकपूर्ण चेतना लौटा दी। उसने पलंग पर बैठी, अर्द्ध-उन्मीलित आँखों से उसे टुकुर-टुकुर निहारती विस्मित-भावा कली को बड़ी रुखाई से कन्धा पकड़कर नीचे उतार दिया। वह पहले बुत बनी खड़ी रही। फिर सोमनम्बुलिस्ट-सी चुपचाप चिटखनी खोलकर बाहर निकल गई तो प्रवीर ने लपककर चिटखनी बन्द कर दी। कुछ देर तक वह द्वार से सटकर ही खड़ा रहा। चिटखनी बन्द थी, फिर भी उसे भय हो रहा था, कहीं जादूगर हुडूनी की बाज़ीगरी से वह चिटखनी खोल फिर उसी की पलंग पर पड़ी नज़र न आए! आज उसे कमरा खोलकर सोने का सबक मिल चुका था। ऐसी नरभक्षिणी बग़ल के कमरे में थी और उसे अपने पुष्ट शरीर को आँखों-ही-आँखों में निगलते वह कई बार देख चुका था, फिर भी द्वार खोलकर उसी ने तो 'आ बैल मुझे मार' कहा था। फिर दोष भला किसका था? एक ही रात की बात थी, कल वह अम्माँ के बग़ल के कमरे में जाकर सो रहेगा। कह देगा, रात-भर सड़क चलती रहती है, उसे नींद नहीं आती। फिर रात-भर निकलते जुलूसों का हुल्लड़ अम्माँ-बाबूजी भी तो सुनते रहते थे। कभी 'कांग्रेसेर धप्पाबाजी, चलबे ना चलबे ना', कभी 'संयुक्त दल होलो विफल'।

ठीक था, यही कह देगा। काबुल जाने पर वह क्या वहाँ उड़कर आएगी? यदि आ भी गई तो वह वहाँ उससे निपट लेगा। उस-जैसी बीसियों गोष्ठीप्रिया अभिसारिकाओं को वह अपने संयम से पटखनी दे सकता था। उसकी जिस तकिया पर वह हाथ धरकर सोई थी, उस पर पतली बाँह का 'कास्ट'-सा बन गया था। क्या सेंट की शीशी ही उड़ेल गई थी छोकरी? वही परिचित 'परफ़्यूम' का कस्तूरी भभका उसे विचलित कर उठा। उसने थपथपाकर तकिये की सलवट ठीक की और बिस्तर ढक दिया। उजाला हो गया था, अम्माँ के शंख का एलार्म बज चुका था। वह बत्ती जलाकर बासी अखबार ही पढ़ने की विफल चेष्टा कर रहा था कि चिटखनी स्वयं ही खुल गई। अम्माँ चाय का गिलास लिये खड़ी थीं। पन्द्रह मिनट पहले यदि कहीं ऐसे ही आकर द्वार पर खड़ी हो जातीं तो?

चाय का गिलास उसे थमाकर अम्माँ उसी के पलंग पर बैठ गईं।

"एक बात तुझसे कहने आई हूँ, लल्ला! आज तू वहाँ जाएगा। तेरे बाबूजी तो ऐसे संकोची हैं कि एक बार तू काबुल गया तो फिर मुँह खोलकर पांडे जी से कुछ भी नहीं कह पाएँगे। तूने कल का नाटक तो देख ही लिया। जैसे भी हो, दामोदर को नौकरी पर लगाना है। जब तक ख़ाली बैठेंगे, यही सब उपद्रव खड़े करते रहेंगे। आख़िर दामाद हैं। घर से बाहर ठेल भी नहीं सकती। यह तो अच्छा है, परदेश में हैं। यहाँ सबसे यही कह दिया है कि लम्बी छुट्टी लेकर जया का इलाज कराने आए हैं। पर लम्बी छुट्टी की हम कब तक कैफ़ियत देते फिरेंगे? और एक बात है बेटा!" अम्माँ रुआँसी हो गईं, "आज उन्होंने विवाह की तिथि बतलाई तो टालमटूल मत करना। अपने ही मामा को देख ले, शुभ कार्य जहाँ एक बार टला तो टला।"

प्रवीर के मामा का दुखद दृष्टान्त उसे पहले भी कई बार दिया जा चुका था।

पन्द्रह वर्ष पूर्व उनकी न जाने किस कुघड़ी में हुई सगाई, उसी 'स्टेज' में ठप्प होकर रह गई थी। मामा ने बड़े जोश में आकर पहली तिथि स्वयं ही टाल दी थी।

'पहाड़ में कोर्टशिप नाम की कोई चीज़ ही नहीं है,' उन्होंने दोनों भानजों को प्रभावित कर दिया था, 'चट मँगनी और पट ब्याह—हमें यह सब पसन्द नहीं।'

मामा एक लम्बे अरसे तक विदेश में रहकर लौटे थे और विदेशियों की ही भाँति विवाह के पूर्व कुछ समय तक रोमांटिक गोताखोरी का आनन्द उठाना चाहते थे, किन्तु रसवन्ती गोताखोरी की पहली ही डुबकी में बेचारे ऐसे डूबे कि फिर ऊपर नहीं आ पाए। पहले वर्ष प्रवीर के नाना की मृत्यु ने विवाह-तिथि टाल दी। दूसरे वर्ष स्वयं मामा को ऐसा विषम सन्निपात ज्वर हुआ कि चाँद गंजी हो गई। वैसी गंजी सूरत पर सेहरा कैसे बँधता? तीसरे वर्ष मामा किसी सरकारी पुल निर्माण योजना के प्रमुख इंजीनियर नियुक्त हुए थे। उस भीमकाय सेतु की नींव उनके कुछ बेईमान ठेकेदार दीमक बने न जाने कब से चाट रहे थे, भरभराकर लोहे का एक पूरा खम्भा मामा के सिर पर आ गिरा। प्राण बच गए, किन्तु अर्धांग चला गया। पक्षाघात से पंगु

बने मामा फिर चिरकुमार ही बने रहे। कौमार्य कवचधारिणी अधूरी मामी सीमावर्ती क्षेत्र के किसी मोबाइल स्कूल की प्रधानाध्यापिका बन एकदम मर्दानी बन चुकी थीं। पिछले वर्ष अपनी स्कूल गाइड की टोली लेकर कलकत्ता आईं, तो प्रवीर पहले उन्हें पहचान ही नहीं पाया। प्रकृति से जूझकर क्या कोई उसे पराजित कर पाया है? जो जितने अमानवीय धैर्य से उससे भिड़ता है, उसे उतना ही कठोर दंड देकर प्रकृति पराजित कर देती है। यह वही मामी थीं जिन्हें बीसियों पहाड़ी लड़कियों को नापसन्द कर मामा ने पसन्द किया था। दुबली, छरहरी पहाड़ी किशोरी, जिसने कभी पहाड़ की परिधि नहीं लाँघी। इसी से गालों पर थी स्वाभाविक लालिमा, चेहरे पर निर्दोष शिशु की लुनाई। अब वही गोरा रंग स्याह पड़ गया था। मर्दाने ट्वीड का लम्बा कोट, क्रेपसोल के मर्दाने जूते और आकारहीन शरीर पर ऊँची बँधी साड़ी, ठुड्डी पर एक नये टापू-से उग आए मस्से पर दाढ़ी के गुच्छे का गुच्छा झूल आया था, जिसे वे अभ्यासवश बार-बार मरोड़ती रहती थीं।

अम्माँ ने सोच में डूबे प्रवीर की पीठ पर हाथ धरा तो वह चौंक पड़ा। पता नहीं, क्या-क्या ऊटपटाँग बातें दिमाग़ में आने लगी थीं! क्या कुन्नी भी कभी वैसी ही हो जाएगी?

"मैं चलती हूँ लल्ला। आगा-पीछा सब सोच के चलना होगा, इसी से सोचा, एकान्त में तुझे पकड़कर मन की बात कह ही आऊँ।" अम्माँ उसे सीख देकर चली गईं।

वैसे यदि सीख न भी मिलती, तो वह स्वयं ही पांडे जी की निर्धारित तिथि स्वीकार करने का निश्चय कर चुका था। कल रात की घटना उसे सहमा गई थी। अब वह ज़माना नहीं रहा, अब कुँआरी लड़कियाँ समाज के नर-व्याघ्रों के भय से सहमकर स्वयं ही अवलम्ब रूप में पति के स्कन्ध के लिए मनौतियाँ माँगती थीं। अब तो मर्यादाशील किसी भी पुरुष को शृंगारिका आधुनिका अपने सुवर्ण मृगचर्म से छल सकती थी।

वह बरामदे में गया, तो कली के कमरे में बन्द बड़ा-सा ताला लटक रहा था। वह निशाचरी क्या दिन-भर इधर-उधर डोलकर भी रात को देर तक जगी रहती थी?

पांडे जी के यहाँ चाय का निमंत्रण निभाने जाना है, यह माया, अम्माँ और स्वयं बाबूजी कई बार आकर उसे याद दिला गए। वहाँ जाने में प्रवीर को बहुत संकोच हो रहा था। अपने मुँह से वह भला दामोदर के 'सस्पेंशन' का अप्रिय प्रसंग छेड़ेगा ही कैसे? कहीं पांडे जी यह न समझने लगें कि दामाद कलाई पकड़ते ही पोंचा पकड़ने लगा है। उनसे उसका परिचय था ही कितने दिनों का?

पर वहाँ पहुँचते ही उसके भय की बेड़ियाँ स्वयं कट गईं। कुन्नी की बड़ी बहन मुन्नी पति सहित पहाड़ से आ गई थी। गोरी, लम्बी, बड़ी-बड़ी आँखोंवाली। इस

मुखरा साली ने वातावरण को एकदम स्वाभाविक बनाकर स्वयं ही अप्रिय प्रसंग छेड़ दिया। वह बड़े बाप की बेटी ही नहीं थी, लखपति श्वसुर की पुत्रवधू भी थी। इसी से श्वसुरगृह के ऐश्वर्य ने लावण्य को स्वाभाविक गरिमा प्रदान कर जिह्वा को प्रगल्भा बना दिया था। वह बात-बात पर मंत्री जी को बड़ी आत्मीयता से छेड़ती ऐसे गुदगुदा रही थी, जैसे उनकी सगी मुँहलगी भतीजी हो! सोफ़े के कोने में बैठा मुन्नी का साँवला गोलमटोल पति मुखरा पत्नी के रौबदार व्यक्तित्व के आँचल में ही दुबककर रह गया था।

"देखिए अंकल," वह कहने लगी, "मेरी शादी में तो आपने 'इलेक्शन' का बहाना बनाया, अब देखूँ, कुन्नी की शादी में कौन-सा बहाना बनाते हैं! पर देखिए, आप आएँ न आएँ, कुन्नी की वेडिंग प्रेजेंट आपसे आज ही एडवांस धरा लूँगी।"

लड़की के हीरों-से दमकते कर्णफूल की सप्त किरणों की सर्चलाइट से बेचारे मंत्री जी की आँखें चौंधिया गईं। मुन्नी के अपने शरीर को छोड़कर सबकुछ इम्पोर्टेड था। कान-हाथ के हीरे उसके डैडी विदेश से लाए थे। हाथ की घड़ी उनकी पिछली विदेश-यात्रा का तोहफ़ा थी। कार्डिगन पिता के एक राजनीतिक मित्र ने ला दिया था। साड़ी का बैमबर्ग जॉर्जेट एक दूसरे मित्र की धोती के भीतर लँगोट बनकर आया था। उस पर मुन्नी उस अलभ्य कठिनता से जुटाई गई प्रधान सामग्री का समुचित उपयोग करना भी जानती थी। मंत्री जी बेचारे थे गँवई गाँव के आदमी। दादी-नानी-चाची-ताई को भैंसे दुहते ही देखा था। पत्नी को अच्छी-अच्छी साड़ियाँ लाकर भी देते तो सत्यानाश करके रख देतीं। मुन्नी के मीठे आदेश को उन्होंने सिर-आँखों पर झेल लिया।

"कहो बेटी, कौन-सा उपहार चाहिए?" उन्होंने हँसकर कुन्नी से पूछा।

"वाह, भला वह क्या अपने मुँह से माँगेगी? थैंक गॉड, अभी हम सब घर के ही लोग हैं—आइए, मैं बतलाऊँ।" मुन्नी उन्हें बाँह पकड़कर एकान्त में खींच ले गई, "एक तो आपको कुन्नी के पति की बदली दिल्ली करानी होगी। उन अफ़गानियों के बीच हमारी कुन्नी सूखकर रह जाएगी और दूसरे, इनके 'ब्रदर इन लॉ' हैं—दामोदर! आई.पी.एस. के आदमी हैं, पर सस्पेंड कर दिये गए हैं। उन्हें भी ठीक करवाना होगा आपको।" वह फिर उन्हें पिता के पास खींच लाई और कहने लगी, "देखिए अंकल, एक सूत्र आपको और थमा दूँ—उस प्रदेश में विजिलेंस कमीशन के लिए जिनका नाम प्रस्तावित हुआ है, उनमें से एक आपके पार्लियामेंट्री सेक्रेटरी का साला है।"

"ठीक है, हो जाएगा!" मंत्री प्रवर चुटकी बजाकर सोफ़े पर बैठे, तो सोफ़े का पूरा स्प्रिंग भीतर धँस गया।

"देखिए अंकल, यह मंत्रियोंवाला 'हो जाएगा' तो नहीं है न? शादी से पहले ही आपको सबकुछ करना होगा। घर की मनहूसी में शादी-ब्याह की शहनाई क्या खाक अच्छी लगेगी?"

पांडे जी ने आँखों-ही-आँखों में शाबाशी देकर गुणी पुत्री को काल्पनिक पुष्पहारों से लाद दिया। काश, उनकी यह डिप्लोमेट लड़की लड़का होकर जन्मी होती! इकलौते पुत्र से उन्हें रत्ती-भर आशा नहीं थी। न जाने कितनी ट्राम-बस जला, वह पिता को हृद्रोग का अमूल्य उपहार दे चुका था। पिछले सप्ताह अपने पिता का पुतला जला उसने विद्यार्थी वर्ग में सर्वोच्च स्थान प्राप्त कर लिया था। जीवनावस्था में ही योग्य पुत्र द्वारा इस पिंडदान का कारण था—उनकी कुर्सीधारी नेताओं से मित्रता। बीच-बीच में उन्हें डरा-धमका, अपनी अनामी पार्टी के लिए वह पिंडारी डाकू की क्रूरता से थैली भर रुपयों की वसूली कर फिर वीरान घाटियों में खो जाता।

कुन्नी उस दिन अपनी बड़ी बहन की तुलना में शान्त बैठी थी। कभी-कभी वह अपनी आँखें प्रवीर के चेहरे पर ऐसे गड़ा देती कि वह खिसिया जाता। दूसरे ही क्षण उसके सम्मुख वह मिठाई-नमकीन की प्लेटों का अम्बार लगा देती।

''क्यों री कुन्नी,'' मुन्नी ने छोटी बहन को हँसकर टोक दिया, ''क्या अपने दूल्हे को खिला-खिलाकर दुम्बा बना देगी? शादी से पहले ही कहीं तोंद न निकल आए! ज़रा उसकी वेस्ट लाइन का ध्यान रख, समझी? एक तो हमारे पहाड़ के शादी-ब्याह में दूल्हे को वैसे ही कार्टून बनाकर धर देते हैं। मेरी शादी का मुकुट कैसा था, याद है न, डैडी? सामने से गणेशजी और पीछे से जालिमलोशन का विज्ञापन।''

मंत्रीजी भी हो-हो कर हँसने लगे।

''हमने चाय कब की पी ली और दो अतिथि आए नहीं—न विद्युतरंजन आया, न लौरीन...''

''मैं बताऊँ डैडी,'' मुन्नी ने गप्प से एक पेस्ट्री मुख में धर ली, ''मुझे लगता है, रंजन काका लौरीन आंटी को अपनी गाड़ी में ला रहे होंगे। बेचारी लौरीन आंटी की गाड़ी को तो सुना, लखनऊ में पकड़-पुकड़कर जला दिया।''

''अच्छा?'' मंत्रीजी लौरीन को वर्षों से जानते थे।

''आंटी की नेमप्लेट पर कोलतार पोतने लगे तो उन्हें गुस्सा आ गया। अंग्रेज़ी में ही आंटी ने भाषण झाड़ दिया। बस, फिर क्या था! पूरी गाड़ी ही हाथ से निकल गई।''

''पता नहीं, क्या हालत हो गई है देश की?'' पांडे जी का खिन्न स्वर शायद अबोध पुत्र के लिए भी मूक क्षमा-याचना कर रहा था, ''आप बताइए भला, क्या इस लीपापोती से अंग्रेज़ी देश से चली जाएगी? निकालने के तौर-तरीके और होते हैं। अब आप ही लोगों ने अंग्रेज़ों को देश से निकाल बाहर किया तो कौन-सी कोलतार पोती थी?''

मंत्री जी को सहसा अपने सिर पर पड़ी लाठियाँ और गोरे सिपाहियों की ठोकरें याद हो आईं। उनकी छाती रिक्रूटमेंट सेंटर में खड़े किसी रंगरूट की छाती की भाँति तनकर निकल आई। बड़ी गर्वपूर्ण काकदृष्टि से उन्होंने इधर-उधर देखा।

सारी बहस के बीच एक मूर्ति उदासीन होकर सोफ़े के कोने पर बैठी थी। न उस वीतराग चेहरे पर उत्साह था, न विद्रोह। लगता था, निरन्तर संघर्ष करती वह एकदम ही चुक गई है। पहली बार प्रवीर ने उन्हें देखा, तब भी कुन्नी की माँ ऐसी ही चुपचाप थीं और आज भी।

कहीं-न-कहीं उसने भारी आघात पाया है, यह प्रवीर से छिपा न रहा।

''लीजिए, लौरीन आंटी आ गईं!'' मुन्नी स्वागत के लिए बढ़ गई, ''मैंने कहा था न, रंजन काका की गाड़ी में आ रही होंगी।''

बीस

''ओ माई डियर, सॉरी!'' कह लौरीन ने बढ़कर पांडे जी के दोनों हाथों को पकड़कर बड़ी आत्मीयता से झकझोरा। फिर मुन्नी और कुन्नी के गालों को चूमकर उनकी माँ के सम्मुख दोनों हाथ जोड़कर खड़ी हो गई।

न उन्होंने उस विनम्र नमस्कार का प्रत्याभिवादन किया, न कुछ बोलीं। पल-भर को चेहरा तमतमाकर फिर स्वाभाविक उदासीनता में रँग गया। थोड़ी ही देर में सबकी दृष्टि बचाकर वे उठकर भीतर चली गईं। स्पष्ट था कि इसी चेहरे से ही लम्पट लगनेवाली ऐंग्लो-इंडियन महिला के आगमन से असन्तुष्ट होकर ही पांडे-गृहिणी भीतर चली गई थीं।

''क्यों लौरीन, कैसी चल रही है तुम्हारी पौल्ट्री?'' पांडे जी ने गरम चाय का प्याला अतिथियों को थमाकर पूछा। फिर मंत्री जी की ओर मुड़कर कहने लगे, ''हमारी लौरीन सच्चे अर्थ में समाजसेविका है। कहती है, जब तक भारत के हर अंडरनरिश्ड बच्चे के हाथ में एक-एक ताज़ा अंडा नहीं देख लेगी, तब तक कब्र में पैर नहीं रखेगी।''

हो-हो कर लौरीन ने अपनी मर्दानी हँसी से गोल कमरा गुँजा दिया।

विद्युतरंजन का प्रभावशाली व्यक्तित्व ज़रीदार कुन्नी की खद्दर की धोती और अहिंसात्मक मटके की रेशमी कमीज़ में और भी खिल उठा था।

''एकदम 'साहब बीबी गुलाम' वाले ज़मींदार लगते हैं न,'' मुन्नी प्रवीर के कान के पास आकर फुसफुसाई, ''बड़े काम के आदमी हैं। तुम्हारी बदली के लिए डैडी अभी इनसे भी कहेंगे। आओ, तुम्हारा परिचय करा दूँ!''

''क्यों, दिल्ली आना चाहते हो क्या?'' विद्युतरंजन की मोहक हँसी ही उसका सबसे बड़ा आकर्षण थी। ''मैं तो कहता हूँ, वहीं बने रहो। एक बार पांडे की लड़की के हाथ में पड़े, तो बकरा बनाकर बाँध लेगी!'' फिर ज़ोर से हँसने लगा।

"देखून," मुन्नी तुनककर बंगला पर उतर आई, "भालो होबे ना बोलछी।" (देखिए, मैं कहती हूँ, अच्छा नहीं होगा।)

बड़े हल्के-फुलके, मैत्रीपूर्ण राजसी वातावरण में प्रवीर का चित्त हल्का बनकर पक्षी-सा देर तक उड़ता रहा। चलने का समय हुआ, तो एक बार फिर पूरा परिवार उसे विदा देने आ गया। आज वह अपनी ही गाड़ी लेकर आया था।

"देखो बेटा," पांडे जी ने पैर छूने को झुके प्रवीर की पीठ पर हाथ धर दिया, "हमने पंडित जी से पत्रा खुलवाकर डेट फिक्स कर दी है। पन्द्रह अप्रैल की तिथि ही तुम दोनों को ठीक पड़ती है। साथ ही हमें भी। मार्च तक हम तुम्हें दिल्ली ले आएँगे। और देखो, अपने बाबूजी से कह देना, दामोदर की चिन्ता न करें, सब ठीक हो जाएगा।"

उस दिन भी यह कुन्नी की ओर ठीक से आँख उठाकर नहीं देख पाया। कार को वह भीड़-भरे चौराहे से निकालता चला जा रहा था कि विक्टोरिया मेमोरियल के सामने आ रहे एक लम्बे जुलूस को देखकर उसने गाड़ी पीछे कर ली। इन विवेकहीन बचकाने जुलूसों से वह गज़-भर की दूरी ही बरतता था। बड़े कौशल से उसने गाड़ी बैक कर बरगद की जटाओं के तोरण द्वार में छिपा ली और स्वयं उतरकर पार्क में चला गया। पेड़ों के झुरमुट में पड़ी बेंच की ओर वह बढ़ा और ठिठककर रह गया। क्या वह किन्नरी उसकी उपस्थिति को सूँघकर ही आकाश से टपक पड़ी थी?

वही थी, उस मुद्रा को वह दस गज़ की दूरी से भी पहचान सकता था। वैसी ही निश्चेष्ट, जैसे उस रात को दरबान की बेंच पर पड़ी थी। क्या आज भी गोली खाकर आई थी? पहले उसने सोचा, मुड़कर दूसरी ओर निकल जाए, पर फिर ऐसे सुअवसर को हाथ से जाने देना मूर्खता थी। उसे उस एकान्त में समझाना घर पहुँचकर समझाने से कहीं अच्छा था। उसे जगाकर घर छोड़ने का नोटिस आज प्रवीर उसी बेंच पर दे देगा।

वह निकट पहुँचा, तो उसने चौंककर देखा, फिर हड़बड़ाकर बैठ गई, "ऐ काबुलीवाला, वाह, आज तो झोली लेकर आए हो—देखूँ, क्या है तुम्हारी झोली में..." उस आनन्दी लड़की ने लपककर प्रवीर के हाथ में लटका ब्राउन काग़ज़ का थैला छीन लिया तो वह खिसिया गया।

कैसा मूर्ख, अन्यमनस्क व्यक्ति था वह! चलने लगा तो उसकी भावी सास ने अम्माँ के लिए मेवों का एक थैला दिया था। वह न जाने किस सोच में डूबा था कि थैला हाथ ही में लिये उतर गया।

"वाह, वाह, एकदम टैगोर के काबुलीवाला के मेवे हैं—काजू, भुने बादाम, नमकीन, पिस्ते! कौन कहता है, हमारे देश में भुखमरी है?" उसने मुट्ठी-भर मेवे निकालकर गोदी में रख लिये और खाने लगी।

प्रवीर को खड़ा देख उसने पूरे मेवे गोदी में ही उँडेल लिये और बेंच पर हथेली थपथपाकर बोली, "बैठो न, खड़े क्यों हो? लगता है, ससुराल की थैली है, क्यों?"

"मुझे आपसे कुछ बातें करनी हैं मिस मजूमदार, हँसी-मज़ाक़ करने यहाँ नहीं आया हूँ।" प्रवीर के गम्भीर स्वर में बनावटी गाम्भीर्य नहीं था।

दस्युकन्या ने बड़ी-बड़ी काली पुतलियाँ घुमाकर दोनों हाथ छाती पर धर लिये, "बाप रे बाप! चलिए, बोल तो फूटा! मैं तो समझी थी, आप गूँगे हैं। पर देखिए न, इच्छाशक्ति भी निश्चय ही अपना अस्तित्व रखती है। मैं अभी यहाँ पड़ी-पड़ी सोच रही थी कि काश, आप आज यहाँ आ जाते! सुना, कल जा रहे हैं। चलिए, आज आपसे पूरा कनफेशन कर देती हूँ। कैथोलिक नन्स से शिक्षा पाई है न, इसी से संस्कार वही हैं। बैठिए न!" उसने हाथ पकड़कर बिठा दिया और फिर मुट्ठी-भर काजू निकाल लिये, "क्या फूला-फूला काजू है यार, एकदम शुतुर्मुर्ग़ का अंडा! लगता है, विशेष ऑर्डर देकर पेड़ पर उगाए गए हैं।"

कली ने एक बड़ा-सा काजू प्रवीर के होंठों के पास धरा। उसने सिर पीछे कर लिया, तो हँसकर उसने अपने मुँह में रख लिया।

"हाँ, तो कहिए, क्या कहना है मुझसे? वैसे शायद आपको यहाँ कहने में संकोच हो रहा है—क्यों, है न? चलिए, आपको अपने रानियोंवाले अन्त:पुर में ले चलूँ!" वह थैला हाथ में लिये उतर गई।

कुछ क़दम आगे बढ़कर उसने देखा, प्रवीर मुँह लटकाए बेंच पर ही बैठा था।

"बाप रे बाप, क्या हाथ पकड़कर खींचे जाना ही पसन्द करते हैं आप?" वह लौटकर उसे हाथ पकड़कर बड़ी स्वाभाविकता से खींच ले गई। "एक बार नैनीताल में भी ऐसे ही बिगड़ैल घोड़े से पाला पड़ा था। लगाम पकड़कर खींचती-खींचती घर तक ले गई थी।

"यह देखिए, क्या राजसी प्राइवेसी है! देख रहे हैं न?"

सचमुच ही कन्धे से कन्धा मिलाए अर्वाचीन दो-तीन वट वृक्षों की सम्मिलित उलझी जटाओं का भारी परदा झूल रहा था। बीच में था एक कटे पेड़ का मोटा तना।

"विराजिए, यही मेरे आरण्यक निवास का राजसिंहासन है।" कली ने उसे एक बार फिर खींचकर तने पर बिठा दिया और स्वयं उसके पैरों के पास बैठ गई।

एक बार प्रवीर के जी में आया, उससे पूछ दे—इस राजसिंहासन पर देश-विदेश के कितने राजा अब तक बैठ चुके हैं? पर ऐसी हल्की-फुल्की बातें करने का उसे अभ्यास नहीं था।

"देखिए मिस मजूमदार, आपसे हाथ जोड़कर एक अनुरोध करने आया हूँ," प्रवीर का नम्र शिष्ट स्वर संयत और शान्त था। "कृपा कर आप अपने रहने का कहीं अन्यत्र प्रबन्ध कर लें!"

"बस, इत्ती-सी बात ?" कली हँसकर बोली, "एक अनुरोध मेरा भी है—जितनी देर यहाँ हैं, कृपा कर मुझे मिस मजूमदार कहकर डंक न दें। इस नाम से मुझे पुकारनेवाले ईश्वर की कृपा से बहुत हैं। मेरा नाम बहुत छोटा-सा है। जीभ को किसी प्रकार की जिमनैस्टिक नहीं करनी पड़ती—कली। और रही आपका घर छोड़ने की बात, मैं कल ही जा रही हूँ महाशय।"

प्रवीर का स्वर कुछ ऊँचा हो गया, "देखिए, मुझे मज़ाक़ करने का अभ्यास नहीं है—कल और परसों आपने जो कुछ किया है, उससे शायद आपको लज्जा न हुई हो और ऐसा करने का अभ्यास रहा हो, पर मुझे नहीं है। हमारे घर की अपनी एक मर्यादा है।"

"ओह, आई सी!" बड़ी-बड़ी आँखों के व्यंग्य में सहसा दामोदर सजीव होकर प्रवीर को अँगूठा दिखाने लगा।

"मैंने सुना है कि विद्युतरंजन मजूमदार, राजा गजेन्द्र बर्मन आपके श्वसुर के परम मित्र हैं। लौरीन आंटी के पोल्ट्री फ़ार्म में भी पांडे जी के ख़ासे शेयर हैं—तब तो निश्चय ही आपको अपने गृह की मर्यादा का विशेष ध्यान रखना होगा!"

प्रवीर बौखलाकर उठ गया, "मैं आपसे यहाँ नीतिशतक पढ़ने नहीं आया हूँ। इतने दिनों से आप मुफ़्त में हमारा कमरा हथिया बैठी हैं, रात-आधी रात मसान साध, चरस-गाँजे की दम लगाने को क्या हमारा ही घर रह गया है ?"

"शान्त हो महाराज!" कली ने दोनों हाथ फैलाकर उसका मार्ग रोक दिया, "मैं मज़ाक़ नहीं कर रही हूँ। मुझे सीलोन में नौकरी मिल गई है। अब आप जा रहे हैं काबुल और मैं सीलोन—दो विभिन्न दिशाओं में। हम दोनों कल सैटेलाइट की ही तेजी से उड़कर अदृश्य हो जाएँगे—व्हाई नॉट पार्ट फ्रेंड्स ? ज़रूरी नहीं है कि यहाँ कुश्ती के ही दाँव-पेंच हों।"

बड़े हल्के स्वर में टहूकती कली उसे फिर उसी आसन पर खींच लाई।

"विद्युतरंजन मजूमदार तुम्हारे श्वसुर के मित्र न होते तो मैं तुम्हें जाने भी न देती, पर मेरी अनुपस्थिति में वह कहीं कोई विषबुझा शब्दभेदी बाण छोड़कर मुझे लंका ही में ठंडी न कर दे, इसी से तुम्हें सब सुनना होगा। मैं क्यों मसान साधती हूँ, क्यों गाँजे-चरस की दम लगाती हूँ—क्या यह भी तुमने कभी जानने की कोशिश की है काबुलीवाले ? क्या कभी तुमने यह भी सोचा है कि क्यों सब मेरे व्यक्तित्व पर कीचड़ उछालते हैं ?

"क्यों मेरे विकास का पथ काँटों से अवरुद्ध है ? तुम्हारी दृष्टि में शायद मैं व्यभिचारिणी हूँ, क्यों ? विदेशी छोकरों के साथ रात-आधी रात मसान साधती हूँ, फिर भला अच्छी हो कैसे सकती हूँ ?" कली उसके एकदम पास खिसक आई। "नर्सरी राइम पढ़ी हैं न ? 'व्हेन शी वाज़ गुड, शी वाज़ वेरी-वेरी गुड—व्हेन शी वाज़ बैड, शी वाज़ हॉरिड!' शायद वही हूँ मैं..."

कली ने हँसकर अपना एक हाथ प्रवीर के घुटनों पर धर लिया।

''एक ही बार श्मशान गई हूँ, पर कितनी शान्ति मिली वहाँ, तुम्हें कैसे बताऊँ? कैसा आश्चर्य था कि जहाँ ऐसी शान्ति मिली थी, भय नाम की किसी वस्तु का अस्तित्व ही नहीं रहा था। घर लौटने पर उसी श्मशान की स्मृति मेरे प्राण लेने लगी थी—तभी तो तुम्हारे कमरे में भाग आई थी।''

कली ने सहमकर अपनी लम्बी अँगुलियों के यत्न से सँवारे गए लम्बे तीक्ष्ण नाखून प्रवीर के घुटने में गड़ा दिये।

''तुमने सोचा, मैं बहाना बना रही हूँ, क्यों? पर तुम्हीं ने मेरी उच्छृंखलता को मुखर बना दिया है। जिस दिन तुम्हें पहली बार देखा, उसी दिन मुझे लगा था कि यही मेरा सिद्धि-सोपान है। जिस दिन इस दुरूह व्यक्तित्व-दुर्ग की चारुता, संयम और दर्प की दीवारों को अपने सौन्दर्य डायनामाइट से उड़ाकर इस सिद्धि-सोपान पर बैठ पाऊँगी, उसी दिन मेरे हृदय में जन्म से सुलग रही विद्रोहाग्नि स्वयं ही ठंडी हो जाएगी। कभी-कभी इस अग्नि से मैं भीतर-ही-भीतर ऐसी दहकने लगती हूँ कि जी में आता है, पूरे संसार को फूँक दूँ। जब वही तीव्र दाह असह्य हो उठता है...'' उसका सुकुमार भोला चेहरा जैसे किसी दैवी तेज से तेजोमय होकर दमकने लगा, ''तभी मैं मसान साधती हूँ। तभी गाँजे-चरस की दम लगाती हूँ। जब लोगों की दृष्टि में मैं कभी अच्छी बन ही नहीं सकती, तब अच्छी बनने की व्यर्थ चेष्टा ही क्यों करूँ?''

प्रवीर को अब निश्चय रूप से लगने लगा कि उसके घुटनों पर नाखून गाड़कर बैठी, यह लाल-लाल अंगारे-सी दहकती बड़ी आँखोंवाली लड़की एब्नॉर्मल है। कैसे काँपती जा रही थी, जैसे देवी आ गई हों! अँधेरा हो चला था। गाड़ी भी बहुत सुरक्षित नहीं थी।

प्रवीर खड़ा हो गया।

कली ने उसे दोनों हाथ पकड़कर बिठा दिया, ''मैंने पहले की कह दिया था, आज सब सुनाए बिना नहीं छोड़ूँगी।''

कली का विचित्र अन्तःपुर अन्धकार में गले तक डूब चुका था। उसका प्रवीर के घुटनों से लगा पीला चेहरा कभी सड़क पर जा रही किसी कार के प्रकाश में क्षण-भर को चमकता और फिर अँधेरे में डूब जाता।

वह अनर्गल बोलती ही जा रही थी, जैसे आकाशवाणी के किसी पूर्व-निर्धारित कार्यक्रम का टेप गोल-गोल घूम रहा हो! शिशुघाती पार्वती, पठान पिता, सुन्दरी पन्ना, विद्युतरंजन, असंख्य देशी-विदेशी मौसियों के धुँधले चेहरे, लौरीन आंटी—सब बारी-बारी से आकर प्रवीर को घेरकर बैठ गए। घुटनों से लगी उस दुबली कमजोर लड़की के प्रति महीनों की संचित निर्ममता सहसा मोहमय हो उठी।

कन्धे तक झूल रहे किंचित् कुंचित केश, निर्दोष चावनी बाँध लेनेवाली बड़ी आँखें, यत्न से सँवारी गईं भँवें और मूर्ति में तराशी गई-सी उन्नत नासिका। 'किस मूर्ख ने कहा है,' प्रवीर सोचने लगा, 'फलेन परिचियते वृक्षः (कौन कहता है कि वृक्ष की पहचान फल से होती है)? क्या सड़े-गले किसी वृक्ष पर ऐसा लुभावना फल सचमुच ही लगा होगा?'

''मैं हमेशा सोचती थी,'' कली कहती जा रही थी, ''कि मेरे डैडी भी विवियन के डैडी-से ही होंगे—ऊँचे, अगले हाथ में दबी होगी सिगार! तब मैं क्या जानती थी कि मैं हाथ में सिगार थमा भी देती तब भी शायद मेरे डैडी अपनी अँगुलियों के ठूँठ में उसे पकड़ नहीं पाते। माँ इन्हीं विद्युतरंजन मजूमदार से कह रही थीं और मैंने छिपकर सब सुन लिया। डैडी की जिस इमेज़ को बनाने में अठारह साल लगे थे, वह तीन मिनट में मिटकर रह गई। 'अपने को हूर समझती है छोकरी,' माँ कह रही थीं, 'क्या पता, कोढ़ियों की भीड़ में ही शायद तुझे तेरा कोढ़ी बाप मिल जाए या नैना देवी के बाहर बैठी कोढ़ियों की पंगत में तेरी माँ!'

''पहले मुझे लगा, मैं पागल हो जाऊँगी। ऐसा कभी नहीं हो सकता। जहाँ किसी कुष्ठ रोगी को देखती, मुझे लगता, यही मेरा पिता है। एक बार जगने पर रात-भर बैठी रहती। कभी देखती, मेरी दोनों पैरों की अँगुलियाँ झड़ गई हैं और लँगड़ा-लँगड़ा भीख माँग रही हूँ। कभी देखती, मेरी यह नाक, जिसका मुझे इतना गुमान है, बीभत्स बनकर भीतर धँस गई है। जहाँ लेप्रेजी का लिटरेटर मिलता, दीमक बनकर चाट जाती। आरम्भ में कैसे यह रोग छद्मवेशी शत्रु की भाँति आकर कन्धे पर हाथ रखता है, सब मैंने जान लिया। कभी एकान्त कमरे में मैं घंटों अपनी त्वचा को टटोलती—क्या पता, कहीं पैतृक रोग किसी कोने में कुटिल शत्रु-सा दुबककर बैठा हो!''

कली का हाथ प्रवीर के घुटनों से लगा बार-बार काँप रहा था।

''देश-विदेश में जब-जब मेरे सौन्दर्य को पत्र-पुष्प समर्पित होते, नियति साथ चल रही किसी शुभेच्छु का शेप्रन की ही भाँति मुझे अन्तरात्मा के एकान्त कक्ष में खींचकर समझाने लगती, 'डोंट लेट इट गो टु योर हेड!' प्रशंसा का मद शैम्पेन का-सा ही मद होता है, 'इट गोज़ टु योर हेड इन नो टाइम' और जहाँ एक बार उतरा, 'इट मेक्स यू फील मिजरेबल।' फिर भी मैं विश्व मेले के प्रांगण से उसी मद में झूमती अपने होटल के अकेले कमरे में लौटती, तो नशा उतर जाता। लगता, मेरे दीन-दरिद्र, पंगु माता-पिता मेरे सिरहाने खड़े होकर मुझे फटकारने लगे हैं—विलास, वैभव और ऐश्वर्य से अन्धी लड़की, तेरे माँ-बाप गली-गलियों में भीख माँग रहे हैं। उनके अमरीकी दूध के ख़ाली डिब्बे के भिक्षापात्र में एक नया पैसा भी खनकता है, तो उनकी आँखें चमकने लगती हैं। और तुझ पर ऐसे विदेशी डॉलर बरस रहे हैं! क्या तुझे शर्म नहीं आती?''

कली ने यत्न से सिसकी दबाकर प्रवीर के घुटनों पर सिर रख दिया। फैले झबरे बालों पर स्वयं ही प्रवीर का हाथ चला गया। उसी स्पर्श से चौंककर कली ने सिर उठाया। अविश्वास से सिर सहलानेवाले को देखने की चेष्टा की, पर अन्धकार में केवल स्पर्श ही हाथ आया। उसी हाथ को कली ने कसकर पकड़ लिया।

"चाहती तो मैं एक विदेशी लक्षाधिपति को छलकर उसकी अगाध सम्पत्ति हथिया सकती थी। बेचारा मेरे प्रेम में एकदम पागल हो गया था। उसने विवाह का प्रस्ताव रखा और मैंने अपने जन्म का टेप खोल दिया। फिर अभागे ने पलटकर नहीं देखा। कहीं तुमने ऐसा ही प्रस्ताव रखा होता, तो क्या मेरा टेप सुनकर भी मुझे ग्रहण कर पाते?" वह हँसकर पूछती उसके शरीर से सट गई, "शायद नहीं! इसी से तो मैं अपनी जीवन-दात्री को कभी क्षमा नहीं कर पाती। मुझे बचा तो लिया, पर फिर मेरे गले में पत्थर अटका, मेरे हाथ-पैर बाँध मुझे गहरी झील में तैरने के लिए छोड़ दिया।"

"कली," अपने मुँह से बड़ी स्वाभाविकता से फिसल गए उस दो अक्षरों के नाम की खनक से प्रवीर चौंका नहीं।

"बहुत रात हो गई है, अब चलो।"

वह उठ गया पर कली घुटनों में सिर छिपाए वैसी ही बैठी रह गई। यह तो विद्रोहिणी कली का नया ही रूप था। सदा से ही मॉडलिंग के विदेशी स्कूल में कन्धे सतर कर सिर उठाए चलने की शिक्षा पाई कली अचानक नतमुखी कैसे बन गई?

"चलो, घर चलें।" प्रवीर ने बिना किसी झिझक के बड़े आदर से उसका हाथ पकड़ लिया।

"घर? फिर कहो एक बार—चलो, घर चलें?"

वह उठनेवाली की हँसी थी या सिसकी? खड़ी होकर कली प्रवीर की बाँह में लता-सी लिपट गई।

"क्या अपनी अम्माँ के सामने, अपनी कुन्नी के सामने मेरा हाथ पकड़कर ऐसे ही कह पाओगे—चलो, घर चलें?

"मेरे गलित वंश की महिमा क्या इतनी जल्दी भूल गए? मैंने ऐसी वेश्या का स्तनपान किया है, जिसकी धमनियों में फिरंगी का रक्त बहता था। दोग़ली सन्तान को साथ लेकर फेरे फिरना वह भी अग्नि को साक्षी धरकर इतना सहज नहीं होता। फिर भी अनजान बनकर कहते हो—चलो, घर चलें? ख़बरदार, अब ऐसा मत कहना! क्या पता, कहीं सचमुच ही बाँह पकड़कर साथ चल दूँ!" वह उसे छेड़ती, बाँह से झूलती चलने लगी।

प्रवीर ने बाँह छुड़ाने की चेष्टा नहीं की। कार के पास पहुँचकर उसने बड़ी स्वाभाविक भद्रता से पिछला द्वार खोल दिया और ऐसे खड़ा हो गया, जैसे स्वयं उस गर्वीली स्वामिनी का दीन-हीन चालक हो!

कली ने लपककर द्वार बन्द कर दिया और चालक की सीट के पार्श्व में बड़े अधिकार से तनकर बैठ गई। प्रवीर बिना कुछ कहे दूसरा द्वार खोलकर व्हील साधने लगा।

"डरना मत," हँसकर कली बाँह पकड़कर उसकी ओर ढुलक गई। "हर तीसरे महीने अपने रक्त की जाँच करवाती रहती हूँ। अरे, कहाँ लिये जा रहे हो?" बाँह की पकड़ सख़्त हो गई। "मैं आज घर नहीं जाऊँगी।"

परिचित मोहक सुगन्ध के साथ लुभावना चेहरा प्रवीर के कन्धे से लग गया।

"चौंक क्यों गए, मैं सच कह रही हूँ, आज घर नहीं जाऊँगी।"

क्या आरण्यक की नतमुखी कली घुटनों में सिर छिपाए वहीं छूट गई थी?

यह तो नित्य की ही विद्रोहिणी कली थी, जो अपने हृदय की धधकती ज्वाला से समूचे संसार को फूँकना चाहती थी।

"मुझे लौरीन आंटी के यहाँ छोड़ दो, आज मैं वहीं रहूँगी।"

जिस लम्पट लौरीन आंटी का परिचय वह घंटे-भर पूर्व स्वयं ही उसे दे चुकी थी, जहाँ उसे हमेशा यही लगता था कि सी.आई.डी. का पूरा गुप्तचर विभाग उसकी एक-एक साँस का लेखा-जोखा रखता, दिन-रात अदृश्य बना उसके पीछे हथकड़ियाँ लिये घूमता रहा है, उसी लौरीन आंटी के यहाँ स्वयं रात बिताने का प्रस्ताव?

"क्यों, क्या आज फिर वहीं रहने जा रही हो?"

प्रवीर के खिन्न धीमे स्वर में करुणा थी या व्यंग्य? कली अँधेरे में उसका चेहरा ठीक से देख नहीं पा रही थी।

"पूछते हो, क्यों?" वह व्हील के साथ घूमती बाँह के साथ-साथ चली जा रही थी। "क्योंकि आज आई डोंट ट्रस्ट माईसेल्फ। चलो, बाईं सड़क की ओर मोड़ लो। तीसरे ही मोड़ पर आंटी का बंगला है। वैसे बंगला-वंगला बस ऐसा ही है, पर आंटी बड़े रोब से उसे 'बंगलो' ही कहना पसन्द करती हैं। बस, यहीं पर गाड़ी रोक दो।"

प्रवीर ने इधर-उधर देखकर गाड़ी रोक दी। बीहड़-सी बस्ती में दो-तीन कानी धुँधली बत्तियाँ टिमटिमा रही थीं।

"क्या देख रहे हो ऐसे..." कार का द्वार खोलकर वह हँसती-हँसती उतर गई।

"आंटी की सँकरी गली में तुम्हारी गाड़ी जाएगी नहीं, एकदम सँकरी टनेल है। कल कितने बजे जा रहे हो तुम?"

प्रवीर उस स्पष्ट सन्तुलित स्वर को सुनकर चौंक गया, "तीन बजे...पर क्या तुम सचमुच घर नहीं चलोगी?"

"फिर वही..." शैतान बड़ी आँखों में अनोखी चुहल की बिजली कौंध गई। वह पलटकर उसी की खिड़की के पास सट गई, "कहाँ तो कन्धे पर भी हाथ नहीं

धरने देते थे और कहाँ अब छोड़ने का मन ही नहीं है, क्यों? चलते-चलते तुम्हें एक बात और बतला दूँ। कनफेशन ही करना है तो पूरा क्यों न कर दूँ? जिस दिन तुम्हारी सगाई हुई थी, उसी दिन मैंने भी अपनी सगाई का उत्सव मनाया था, जानते हो, कहाँ? श्मशान में!''

होंठों की बंकिम मुसकान से वह चेहरा कितना बचकाना लगने लगा था या शायद टेढ़ी माँग निकालकर उस दिन चेहरे को उसने स्वयं ही बदल दिया था। आज वह जैसे और भी छोटी बच्ची बन गई थी।

''तुम्हारी कुन्नी की-सी साड़ी पहनकर मैं मन-ही-मन तुम्हारी वाग्दत्ता बनकर इठलाने लगी थी। मेरे अतिथि थे अरथी में बँधकर आए मुरदे। जिस दिन तुम्हारी बारात आएगी, उस दिन एक बार फिर वह साड़ी पहनकर दुलहन बनूँगी। तुम्हारे चदरे की गाँठ में स्वयं ही दूसरी जादूगरी गाँठ लग जाए, तो चौंकना मत।'' कार की खुली खिड़की से उसने अपना चेहरा प्रवीर के गालों से सटा लिया, ''तुम्हारे ही शब्दों में मैंने मसान साधा है। सब कुछ कर सकती हूँ मैं। नैनीताल में हमारे पड़ोस में एक परिवार रहता था। उनके साले का विवाह हुआ, तो बेचारा अपनी बच्ची-सी दुलहन के पीछे दीवाना बना घूमता था। विवाह के छठे महीने ही बेचारी को टी.बी. हो गया। नन्हे पेट में गिल्टियों का मारात्मक गुच्छे का गुच्छा बिखर गया। जब वह मरी तो बेचारा पीपल के नीचे खड़ा होकर अंजलि-भर पानी ऐसा चढ़ाता था, जैसे उसकी प्यासी दुलहन उसकी अंजलि से सचमुच ही मुँह सटाकर पानी घुटक रही हो! कैसी भाग्यवती होगी वह! मरने पर भी पति के हाथ का पानी! तभी तो शाहजहाँ ने औरंगजेब को लिखकर भेजा था : 'धन्य है हिन्दू जाति, जो मरे पिता को भी पानी देती है और एक तू है, जो ज़िन्दा बाप को भी एक बूँद पानी के लिए तरसा रहा है'?''

कली ने व्हील पर धरे चौड़े हाथों पर झुककर होंठ धर दिये। रेशमी बालों के थक्के-के-थक्के प्रवीर को रोमांचित कर उठे। कुछ पलों तक कली चेतना खो बैठी, पर फिर उसने अपने व्रिदोही चित्त की लगाम खींच ली। बाहर खड़ी होकर वह स्थिर शान्त स्वर में बोली, ''तुम जाओ, बहुत रात हो गई है।''

बिना प्रवीर के उत्तर की प्रतीक्षा किए वह मुड़ी और बिना एक बार पलटकर देखे ही किसी अनजान सँकरी गली में खो गई।

कल तक जिसके स्पर्श की कल्पना से ही वह घृणा से सिहर उठता था, आज उसी के पीछे भागकर उसे बाँहों में भर लेने को वह व्याकुल हो उठा। वह कार से उतर गया। क्या कलकत्ता में भी ऐसी बियाबान बस्ती हो सकती है? बस्ती भी कहाँ थी! लगता था, किसी जादुई परी-सी ही वह किसी जंगल में सर्र से सरक गई है।

कुछ देर तक प्रवीर वहीं खड़ा रहा। क्या पता, शायद उसकी लौरीन आंटी न मिले तो वह लौट आए! पर देर तक खड़े रहने पर भी कली नहीं लौटी। हाथ की

घड़ी में नौ बज गए थे। प्रवीर आकर गाड़ी में बैठ गया, कार स्टार्ट करने किंचित् झुका और दोनों हाथों पर देर तक टिके चेहरे की परिचित सुगन्ध ने उसे जकड़ लिया। अन्तिम बार निराशा से सूनी गलियों के विचित्र चौराहे की ओर देखकर सामने गाड़ी बढ़ा दी।

इक्कीस

वह घर पहुँचा, तो बरामदे में खड़ी परिवार की भीड़ को देखकर खिसिया गया। चिन्तित बाबूजी उसकी अनुपस्थिति में कई बार पांडे जी को फ़ोन कर चुके थे। पता नहीं, किसी दुर्घटना में न फँस गया हो! बड़ी तेज गाड़ी चलाता है। उनके चिन्तातुर स्वर की छूत शायद पांडे जी को भी लग गई। कुछ ही देर में गाड़ी में कुन्नी को लेकर वे स्वयं उपस्थित हो गए। चिन्तातुर जर्जर दम्पती छोटे पुत्र की अकाल मृत्यु से आवश्यकता से अधिक भीरु बन गए थे। कुन्नी को वहीं छोड़कर पांडे जी गाड़ी लेकर नटू घोष के यहाँ भी जाकर देख आए थे—लौटकर आ रहे थे कि प्रवीर की गाड़ी देख ली।

"कहाँ चले गए थे बेटा, हमने तो पूरा कलकत्ता ही छान डाला! कुन्नी तो रोने लगी, बड़े कच्चे दिल की है हमारी कुन्नी।"

प्रवीर खिसिया गया। बाबूजी को भी क्या सूझी, जो उन्हें फ़ोन कर दिया! कुन्नी ने मूक कटाक्ष से भावी पति को बींधकर रख दिया।

"तू तो कभी इतनी अबेर नहीं करता था लल्ला! यही मैं अभी पांडे जी से कह रही थी।" अम्माँ भावी पुत्र-वधू के पास ऐसे अधिकार से खड़ी थीं, जैसे उसका वरण कर अभी-अभी डोली से उतारा हो!

कुन्नी ने शायद भावी सास-श्वसुर की उपस्थिति के सम्मान में सिर ढाँक लिया था। इससे उसका गोल-गोल चेहरा और गोल लग रहा था। पति के रुष्क-शुष्क उलझे बाल और सुदर्शन चेहरे से वह अपनी आँखें हटा ही नहीं पा रही थी। कल वह चला जाएगा, यही सोचकर स्निग्ध दृष्टि तरल हो उठी थी।

"अब बहुत रात हो गई है। समधिन, हमें आज्ञा दीजिए, आपका लड़का घर आ गया, हमारी भी चिन्ता दूर हुई।"

"बैठिए न," माया ने दो-तीन कुर्सियाँ खींचकर सामने बढ़ा दीं।

कुन्नी शायद बैठ भी जाती, पर पांडे जी अधैर्य से उठ गए।

"नहीं बेटी, अब बैठेंगे नहीं—दस बजे की ट्रेन से मंत्री जी दिल्ली जा रहे हैं, जाने से पहले उन्हें एक बार फिर रिमाइंड कराना होगा। अच्छा बेटा, टिल वी मीट,"

उन्होंने बड़े लाड़ से भावी जामाता की पीठ थपथपाई। समधी-समधिन से विदा ली और अनिच्छा से अड़ती पुत्री को एक प्रकार खींचकर कार में बिठा दिया।

कार के 'गेट' से निकलते ही अम्माँ देर से घर लौटे पुत्र के सामने खड़ी होकर रुँधे स्वर में कहने लगीं, "आज तूने हम दोनों की उमर कम-से-कम बीस बरस तो बढ़ा ही दी बेटा। मंत्री जी सब ठीक ही कर देंगे। पांडे जी ने अभी बतलाया कि तू भी पन्द्रह अप्रैल के लिए राज़ी हो गया है। तब तक हमें भी सब सुविधा है। जया का ऑपरेशन मार्च में है और तेरी बदली भी हो जाएगी।"

इतने आनन्द के दिन भी पुत्र के सूखे चेहरे का रहस्य अम्माँ की समझ में नहीं आया। वह बिना कुछ कहे अपने कमरे में चला गया। माया खाने के लिए बुलाने गई तो कह दिया कि 'कहीं खा आया है,' अम्माँ भुनभुनाती रहीं, पर वह नहीं आया। हारकर माया कमरे ही में खीर का कटोरा रख आई।

उस रात को प्रवीर ने द्वार की अर्गला खुली ही छोड़ दी। सामान्य हवा के झोके से भी द्वार हिलता, तो वह चौंककर देखने लगता। क्या पता, स्वभाव से ही आनन्दी वह आमोदी लड़की कमरे में अचानक कूदकर लँगड़ी कुर्सी में हाथ-पैर समेट सो जाए!

पर वह नहीं आई। आती भी कैसे? क्या वह स्वयं ही उसके चेहरे से अपना चेहरा सटाकर नहीं कह गई थी कि वह अब अपने को ट्रस्ट नहीं करती?

दूसरे दिन तो उसे तीन बजे जाना था। क्या पता, चलने से पहले शायद आ जाए! पर अपनी व्यर्थ आशा की खोखली ललक को प्रवीर स्वयं जानता था। आने से कौन-सी बात बन जाएगी? वह सिर ढाँककर अम्माँ के पास खड़ी कुन्नी को कहीं धकेल सकता था?

प्रवीर चला गया और उसके जाने के तीन घंटे बाद दिन डूबे सूखा चेहरा लटकाकर कली द्वार पर खड़ी हो गई। माया कैक्टस के गमले ठीक कर रही थी। उसको देखते ही हाथ पोंछकर बढ़ आई। वह उत्साह से जैसे फटी जा रही थी।

"अरे, क्या आप फिर दौरे पर चली गई थीं? जानती हैं, बड़े-दा की शादी की डेट फिक्स हो गई। अप्रैल में होगी। मैं मार्च में कुछ दिनों के लिए पहाड़ जाकर फिर लौट आऊँगी। दीदी का ऑपरेशन भी है न—आप तो आएँगी न शादी में?"

सूखा चेहरा और सूख गया। फीकी हँसी हँसकर, एकदम अपने बड़े भाई की सूरत के ठप्पे की मोहक बहन को कली हाथ पकड़कर अपने कमरे में खींच ले गई।

"अब देखो माया, कल तो जा ही रही हूँ। नई जगह है और नई नौकरी। अब तो यही समझ लो कि जाना अपने पैरों का है, आना पराये पैरों का। क्या तुम्हारे बड़े दा चले गए?"

"अरे हाँ, कब के!"

निर्दोष माया क्या कभी सपने में भी सोच सकती थी कि उसके सामने मुसकराती वह भुवनमोहिनी कल उसी के बड़े दा के कन्धे से लगी पल-भर को इन्द्राणी बन गई थी?

"बड़े दा तो तीन बजे ही चले गए, वैसे तो दिल्ली से काबुल पहुँचने में सुना, सात घंटे लगते हैं। पर छुट्टी ही नहीं थी।"

आशा के निर्वात दीप की मृतप्राय ज्योति-किरण भी दप से बुझ गई। जिस दीये को कली ने स्वयं ही फूँक मारकर बुझा दिया था, उसमें क्या एक बत्ती अनजाने में अब तक धुक-धुक कर रही थी? क्या पता, न गया हो? एक दिन की छुट्टी बढ़ाई भी तो जा सकती है?

"जानती हो, बड़ा मज़ा हुआ," माया ने कली का हाथ पकड़ लिया, "सच, तुमने मिस किया। कल यहाँ रहतीं, तो तुम कुन्नी को देख लेतीं।"

आवेशमूलक तेजस्वी कली झुककर विनम्र हो गई, "अच्छा! क्या कल यहाँ आई थी?"

"हाँ, पता नहीं, कल पार्टी के बाद बड़े दा कहाँ ग़ायब हो गए!"

कली का चेहरा चिबुक से लेकर कर्णमूल तक लाल हो गया।

सरला माया अपनी ही धुन में बकती जा रही थी, "यहाँ बाबूजी, अम्माँ का बुरा हाल हो गया। असल में जब छोटे दा का तार आया, तब भी अचानक गोली-सी दगी थी और फिर छोटी भाभी भी पर उगाकर ऐसी फुर्र से उड़ गई। इसी से दोनों अब अच्छी बात सोच ही नहीं पाते। कभी कहते, लाल बाज़ार में पुलिस का लाठी-चार्ज हुआ है, कहीं लल्ला वहीं न होय! कभी कहते, हो न हो, मोटर टकरा दी होगी। पांडे जी को फ़ोन कर दिया, और वे बेचारे ताबड़तोड़ भागते आए। सुना, कुन्नी तो बेचारी रोने भी लगी थी।"

सौतिया डाह से कली का सर्वांग दहक उठा। एक बार समूचे संसार को भस्म करने की ज्वाला आँखों में फिर उतर आई।

जो निर्मोही तटस्थ होकर उसे बार-बार दूर ढकेलता रहा था; आज चलती बेला उसके क्लान्त माथे पर अपनी चौड़ी हथेली के पल-भर के स्पर्श से उसे किस अनोखे कीलक से ऐसे भरमा गया था? क्यों कुन्नी के नाम से उसका सर्वांग दहकने लगा था?

जब वह व्हील पर टिकी हुई चौड़ी हथेलियों पर अपने अधरों की सील मोहर लगाने झुकी थी, क्या तब पल-भर को भी उसके दिमाग़ में यह कटु सत्य नहीं कौंधा? सरलता से वश में आ गई नारी क्या कभी स्थायी रूप से पुरुष के हृदयासन पर आसीन होकर रह सकती है? कभी नहीं। किसी क्षण भी कुन्नी आकर उनकी खोखली अनामा सील मुहर को व्यर्थ कर सकती है। कुन्नी का कुल है, गोत्र है,

खानदान है, है पिता की प्रतिष्ठा! और कली का न कुल है, न गोत्र, न खानदान, न पिता की प्रतिष्ठा है!

"अरे आपने तो सामान भी बन्द कर लिया? अम्माँ ने तो मुझे यही देखने भेजा था कि देख आऊँ, आप आ गईं या नहीं। और मैं यहाँ बातों में लग गई। कह रही थीं, 'कल तो बेचारी इतनी दूर चली जाएगी, दो बेला उसे उसकी पसन्द की सब चीज़ खिला दूँ'—और पसन्द भी कैसी है आपकी..." उसने हँसकर कली की उदासी का व्यूह भंग करने की चेष्टा की, "सुना, आपको करेला बेहद पसन्द है?"

"क्या करूँ माया," कली ने अपनी बड़ी-बड़ी आँखें माया के भोले चेहरे पर जड़ दीं, "मुझे हमेशा कड़वी चीज़ें ही पसन्द आती हैं, पर आज तो कुछ भी खाने को जी नहीं कर रहा है, बेहद थक गई हूँ।"

"वाह जी, थक कैसे गई हैं? हम आपके लिए इतनी सारी चीज़ें बनाकर भूखे बैठे हैं!" माया उसे चौके में खींच ले गई।

जया-दामोदर पुत्री सहित सिनेमा देखने चले गए थे। दो दिन पूर्व अपने कमरे से ही कली ने भयानक गृह-युद्ध की एक-एक चिनगारी उड़ती देखी थी। रात-भर जया की सिसकियों ने उसे सोने नहीं दिया था। लगता था, क्रोध से भुनभुनाती रोती-कलपती जया किसी भी क्षण पति को धक्का मारकर बाहर कर देगी। पर कैसा विचित्र मनोमालिन्य था इस दम्पती का! कभी एक-दूसरे के रक्त के प्यासे और कभी प्रणय के!

अम्माँ ने कली की थाली को कटोरियों से सजा दिया, तो वह हँसने लगी, "लगता है, कल प्लेन में ही अपच होकर मरूँगी अम्माँ!"

"चुप कर! इतनी दूर जा रही है और ऐसी अलच्छनी बानी मुख से निकाल रही है? मरें तेरे दुश्मन! मेरा तो मन न जाने कैसा कर रहा है! वहाँ तो सीताजी को भी राच्छसियों ने घेर लिया था। उन्हें छुड़ाने जैसे रामजी आए थे, भगवान करे, तुझे छुड़ाने भी कोई आ जाए!"

"जिन रामजी को छुड़ाने मैं बुलाऊँगी, उनका नाम सुनकर फिर क्या तुम उन्हें आने दोगी अम्माँ? फिर तो शायद तुम अपने चौके से मुझे अभी बाहर खदेड़ दोगी।" कली करेले को मुँह में भरकर चूसती अम्माँ को छेड़ने लगी।

अम्माँ का चेहरा न जाने कैसा हो गया। "क्यों री, क्या कहीं किसी मुसल्ले-किरिस्तान से तो शादी नहीं कर रही है? ऐसा मत करना, कली! कितनी बार तुझसे तेरे माँ-बाप का पता माँग चुकी हूँ, पर तू दे, तब न!'

"क्या करोगी पता लेकर अम्माँ?" कली के मुख में पड़ा करेला अपनी स्वभावगत कटुता खोकर कितना मीठा लग रहा था!

"अरी करूँगी क्या बावली! यही लिखूँगी कि ऐसी सोने का टुकड़ा लड़की दी है भगवान ने, पीले हाथ कर राजरानी बना डालो।"

"पर राजा मिले तब न अम्माँ!"

कली की बड़ी-बड़ी आँखों में क्षण-क्षण बदलते रंग को माया एकटक देख रही थी।

"इसी से तो रावण के देश में जा रही हूँ।" वह अँगुलियाँ चाटती उठ गई।

"अरी, तुझे कौन बातों में हरा सकेगा!" अम्माँ उठकर कटोरी भर खीर ले आईं।

"लल्ला को हमारी खीर बेहद पसन्द है, उसी के लिए बनाई थी, पर खाई कहाँ! दो चम्मच खाकर उठ गया।"

कली हास-परिहास सब भूल गई। विवेकहीन जिह्वा पर एक निर्लज्ज याचना फिसलते-फिसलते रुक गई। 'वही जूठी खीर मुझे ला दो न अम्माँ!' जीभ न काट लेती तो शायद सचमुच ही अपनी स्वाभाविक मुँहफट निर्लज्जता से उस जूठी खीर के कटोरे को माँग बैठती।

उस दिन माया स्वयं ही ज़िद कर उसके पास सो गई।

"आप तो कह रही हैं, अभी आप अपना नया पता भी नहीं जानतीं!...अच्छा, तो आप ही हमको पहले चिट्ठी लिखिएगा। हमारा पता तो जानती हैं न?" माया हँसकर उसकी ओर करवट बदलकर लेट गई।

काश, उस पते ही को कली भूल पाती!

"क्यों नहीं लिखूँगी माया," कली ने उस सामान्य परिचिता स्नेही लड़की की मुट्ठी दोनों हाथ में पकड़ ली।

उस चेहरे को देखकर यत्न से भुलाया गया दूसरा चेहरा सामने आ गया।

उसे शायद वह अब कभी नहीं देख पाएगी, पर क्या पता, वह उसे देख ले! पत्नी के साथ देखी गई किसी फैशन परेड में, विश्व-मेले के सजे कक्ष में या किसी फैशन पत्रिका के मुखपृष्ठ पर!

एक बार कली के जी में आया कि एक दिन के लिए इलाहाबाद चली जाए, विवियन से मिलकर उसे अपने जीवन के नए मोड़ पर पल-भर को खड़ी करने में दोष ही क्या था! वह प्रवीर को देख भी चुकी थी। और देखकर शायद कुछ अप्रसन्न भी हुई थी, पर स्टेशन चलने का समय हुआ तो डाकिया विवियन का पत्र दे गया। पढ़ते ही कली ने झुँझलाकर फाड़ दिया। अब क्या करेगी इलाहाबाद जाकर? जिसे देखो, वही घोंसला बनाने के लिए तिनके चुन रहा है। विवियन की सगाई हो गई थी। और निकट भविष्य में होनेवाले अपने विवाह के ड्रेसों की शॉपिंग के लिए वह कली को लेकर दिल्ली जाना चाहती थी। कली का क्या यही काम रह गया था? मॉडल है, तो क्या वह अपने मित्रों-प्रियजनों की भी मॉडल ही बनती रहेगी? अब न वह किसी को अपना पता देगी, न चिट्ठी लिखेगी। किसी केन्द्रच्युत, उल्काखंड-सी वह नवीन परिवेश में गहरी डुबकी लेकर ही ऐसी छिप जाएगी कि कोई जाल बिछाकर भी उसे न ढूँढ़ सके।

ऐसी ही पहली डुबकी दी थी स्वयं उसकी जन्मदायिनी जननी ने, जब उसका नन्हा गला घोंटकर उसे एक अनजानी गोदी में पटक दिया था। दूसरी डुबकी खिलाई थी नियति ने, जब पीली कोठा, बड़ी माँ, वाणी मौसी और काकातुआ का पिंजरा सब हाथ हिलाकर एक साथ किसी धुँधले परदे के पीछे छिप गए थे। तीसरी डुबकी उसने स्वयं ली थी इस महानगरी में, जहाँ न फिर माँ उसे ढूँढ़ पाई थी, न रोज़ी आंटी! पर इस डुबकी को किसी पेशेवर गोताखोर के चातुर्य से ही लेना होगा, जिससे ऊपर उठते बुलबुले देखकर गहरे जल के अतल-तल में डूब गई उसकी सुकुमार देह के लिए सब मातम मना लें। न अब इसे इलाहाबाद जाना होगा, न पांडिचेरी। चंचल मन में उठ रही तर्क-वितर्क की आँधी को उसने अपने अविवेक के वातायन द्वार को यत्न से मूँदकर बाहर ठेल दिया। अब वह भारत नहीं लौटेगी। गाड़ी चलने लगी तो पल-भर को जी न जाने कैसा हुआ। कुछ देर तक वह जगमगाती रोशनियों के उस विराट् कार्निवल से शहर को देखती रही। फिर उसने खिड़की बन्द कर दी। अचानक उसकी दृष्टि ऊपर और नीचे के बर्थ पर सिर से पैर तक एक-सी नारंगी चादर ओढ़े जोड़े पर पड़ी।

ऊपर के बर्थ पर सो रहे व्यक्ति के सिरहाने एक काला कमंडलु धरा था और खूँटी पर लटकी एक लम्बी सुपारी के-से दोनों की रुद्राक्ष की माला रेल के झटकों के साथ झटकती ताल-सी दे रही थी। चादर का रंग भी नारंगी नहीं, गेरुआ था। इतना लम्बा सफर और साथ में साधुओं का यह एरिस्टोक्रैटिक जोड़ा!

फर्स्ट क्लास में सफ़र कर रहे उस मुरदा बने सिर-मुँह ढाँप-ढूँपकर सोनेवाले सहयात्रियों की रहस्यमय उपस्थिति से कली सहमी हो, ऐसी बात नहीं थी। ऐसी सहमनेवाली लड़की वह नहीं थी, बल्कि देखा जाए तो उसी की उपस्थिति आज तक ऐसे बीसियों निद्रामग्न यात्रियों को सहमा चुकी थी। इतने बड़े स्टेशन में गाड़ी रुकी, फिर भी दोनों क्या चरस की दम लगाकर सो रहे थे? ऊपर के सो रहे यात्री का गोरा अँगूठा उसे एक बार दिखा और वह समझ गई कि यह कोई विदेशी नया-नया दीक्षित स्वामी है। चलो, अच्छा ही हुआ, चें-चें-पें-पें करते बच्चोंवाला कोई परिवार साथ चलता या कोई नव-विवाहित जोड़ा ही सहयात्री बन गया होता तो वह बौखला जाती। जैसा उखड़ा मूड लेकर वह कलकत्ता छोड़ रही थी, उसके लिए ऐसा साहचर्य ही उसे शोभा देता था। अगल-बगल में सो रहे उन लम्बतड़ंग खबीस-से साधुओं के जोड़े को देख उसे किसी भी संशय ने सशंकित नहीं किया। वह तकिया ठीक से लगाकर सोने ही जा रही थी कि ऊपर बर्थ पर पड़ी चादर हिली और पलक झपकाते ही वह व्यक्ति नीचे उतर गया। लग रहा था कि नीचे उतरने में उसे विशेष प्रयत्न नहीं करना पड़ा। शायद उसकी भयावह रूप से लम्बी टाँगें उसके बैठते ही स्वयं ज़मीन को छू गई थीं। धुँधले नीले बल्ब की रोशनी में उसके फिक्सो से सँवारे गए जटाजूट को कली ने कनखियों से देख लिया। गोरे

चेहरे पर यत्न से छँटी सँवरी दाढ़ी और चिकनी मूँछें रामलीला के बनवासी रामचन्द्रजी की ही-सी नक़ली दाढ़ी-मूँछों-सी बनावटी लग रही थीं। उसने एक बार उड़ती दृष्टि से कली की ओर देखा, फिर नीचे सो रहे अपने साथी का कन्धा पकड़कर हिलाने लगा।

"खाना निकालो जी, बड़ी भूख लगी है।"

नींद का बहाना बनाए, आँखों तक चादर की यवनिका को सुविधानुसार उठाती-गिराती कली चुपचाप पड़ी उस राजसी सन्त-समागम का आनन्द ले रही थी।

दूसरी चादर का आवरण हटा और कली ने देखा कि जगकर बैठनेवाली सन्त नहीं, सन्तनी थी। ऊपर की बर्थ से नीचे उतर उसे जगानेवाला गैरिकवसनधारी स्वामी उसके पास बैठ गया और धीमे स्वर में फुसफुसाने लगा।

कभी-कभी रात्रि की निस्तब्धता में ऐसी फुसफुसाहट नगाड़े-दमाड़े की चोट से भी अधिक स्पष्ट होकर कानों में बजने लगती है।

"कौन है यह? कहाँ से चढ़ी?" पुरुष के कंठ ने पूछा।

"पता नहीं, मैं तो सो गई थी। लगता है, सियालदह से ही बैठी है। तुम हाथ-मुँह धो लो, मैं खाना लगाती हूँ।"

वह उठी और कली ने फिर पतली चादर के ताने-बाने के औदार्य से देखा कि उठनेवाली भी अपने गौरिकधारी साथी की भाँति कद्दावर, ऊँची, हृष्ट-पुष्ट महिला है। रंग साँवला होने पर भी बनावट अनुपम थी। गेरुए रंग की चुस्त सलवार और किसी साईं बाबा के-से ढीले कुरते में छिपी स्वामिनी की कलात्मक रुचि को कली की मॉडल की दृष्टि ने पल-भर में भाँप लिया। उस संन्यासिनी ने अपने डल ड्रेस को जैसा स्मार्ट बनाकर पहन लिया था, उसे शायद विदेश के किसी मॉडलिंग स्कूल की छात्रा भी वैसी लुभावनी सज्जा में नहीं साध सकती। शरीर की कृशता स्वाभाविक नहीं थी। इसमें कोई सन्देह नहीं था कि पोलो की कृशता की भाँति वह चाबुक से साधकर बनाई गई थी। चेहरे की वयस चालीस से ऊपर, बड़े-बड़े चपल खंजन नयनों की बीस के आस-पास और कसी कमीज़ में यत्न से कसकर घटाई गई कृशता की वयस देखनेवालों को अनायास ही अपने वर्ष के कैशोर्य की मरीचिका में बाँध सकती थी। स्टील का कटोरदान खोलकर वह बड़े धैर्य से बार-बार सामने की बर्थ पर पतली चादर से मुँह ढाँपकर पड़ी कली की ओर सहमकर देखती कटोरदान के डिब्बे को साथी के सामने सजाती जा रही थी। उसके हाथ से डिब्बे एक प्रकार से अधैर्य से छीनने को तत्पर उसका बुभुक्षित साथी इधर-उधर देखे बिना किसी भुखमरे कँगले भिक्षुक की भाँति कचर-कचर खाए जा रहा था। बीच-बीच में उसकी गम्भीर संगिनी उसे कटोरदान का जलतरंग बजाने पर या गिलास लुढ़का देने पर धीमे स्वर में टोकती भी जा रही थी, "शोर मत करो, प्लीज़, कहीं वह जग न जाए!"

पर कली के जग जाने का ऐसा क्या भय? ओह, अब समझ में आया। कली ने करवट बदलकर हँसी रोक ली। स्वामी जी ने कटोरदान से दो उबले अंडे निकालकर मुख में धर लिये थे और फिर दूसरे कटोरदान में किसी प्रागैतिहासिक युग के-से जीव का विराट् हड्डा निकालकर चिंचोड़ने लगे थे। सचमुच ही तो संगिनी का सहमना उचित था! सिर पर जटाजूट, ठुड्डी पर लम्बी दाढ़ी, गैरिक वसन, कंठ में रुद्राक्ष की माला, सिराहने कमंडलु और अंडों-हड्डियों का फलाहार! देखनेवाला भी आख़िर क्या कहेगा? पर खानेवाले को किसी की चिन्ता नहीं थी। करवट बदलने पर भी कली बड़ी देर तक उनके सुदीर्घ भोजन की कचर-कचर सुनती रही थी। फिर उसने स्वामी जी के गटागट घुटके गए किसी रहस्यमय पेय की गटगट का ध्वनि-संगीत भी सुना।

"क्यों जी, पीली पत्तियोंवाला ज़र्दा नहीं लाई क्या?" उनका झुँझलाया स्वर ही उनके क्रोधी असंयमी स्वभाव का स्वयं परिचय दे गया।

शान्त सहचरी से निश्चय ही भूल हो गई थी। वह बड़ी देर तक नम्र स्वर में क्षमा माँगती जा रही थी, पर उनकी बिड़बिड़ बन्द नहीं हुई, "क्यों खाएँ हम तुम्हारा काला तम्बाकू? जानती हो कि हमें तुम्हारा वह काला बारूद एकदम नापसन्द है। अपनी चीज़ रखना तो नहीं भूलीं, हमारी चीज़ भूल गईं! अब किसी स्टेशन पर उतरकर हमें किसी पानवाले से ख़रीदकर ला देना। बिना पीली पत्ती के हमें नींद नहीं आती।"

फिर शायद किसी उदार पानवाले ने उनकी खुराक जुटा दी थी क्योंकि तड़के ही कली की नींद टूटी तो स्वामी जी खर्राटे ले रहे थे। खर्राटे भी ऐसे कि आरोह से अवरोह तगड़ा।

पौ नहीं फटी थी। कली खिड़की खोलकर बैठ गई। भागते वृक्ष और खेत-खलिहानों के बीच रेल की खुली खिड़की से उसे ऐसे ही अस्पष्ट लुकाछिपी खेलते म्लान सूर्य की किरणों को ढूँढ़ने में बड़ा आनन्द आता था। दूर-दूर तक फैले ताड़ के पेड़ों का झुरमुट और झोंपड़ियों का क्षण-क्षण बदलता शिल्प आँखें बाँध रहा था। कैसा विचित्र था भारत! प्रत्येक दिशा के शिल्प में बहुरूपी शिल्पी की विभिन्न शैली—उत्तर प्रदेश की यात्रा होती तो शायद वह शिल्पी पेस्टल रंगों से बनाकर चित्र प्रस्तुत करता। उस प्रात:कालीन सूर्य की रक्ताभ किरणों के, सरसों के पीताभ पुष्पों से संगम में रंग भरने के लिए रंगभीनी तूलिका से ही काम नहीं चलता। पल-पल में रंग बदलते सरसों के खेत, हवा में झूमती गेहूँ की बालियाँ; तराई के संगम से हाथ हिला-हिलाकर विदा लेती कुमाऊँ की दुर्गम पर्वत श्रेणियाँ; नहरों का क्षीण कलेवर; जैसा ही बहुरंगी वैभव, वैसा ही मेल खाता प्रकृतिदत्त अनुपम

पेस्टल रंग! पर एक ही बात थी। उत्तर प्रदेश की यात्रा होती तो वह क्या इतने तड़के ऐसे खिड़की खोलकर देख पाती? क़तार की क़तार में लोटा लेकर बैठी निर्लज्ज गँवारू भीड़ प्रकृति के उस सुरम्य चित्र में कोलतार पोतकर रख देती। लगता था, ससुरे रेलवे टाइम-टेबल देखकर ही लोटा लेकर जम गए हैं। जितनी बार वह मन्दस्मिता उषा का स्वागत करने ट्रेन की खिड़की खोलकर मुँह बाहर निकालती, उतनी ही बार मीलों तक फैली लोटाधारी निर्लज्ज पंगत करारा थप्पड़ मारकर उसका मुँह खिड़की के भीतर कर देती। कभी-कभी बचकाने क्रोध से वह बौखला जाती। पर इस ओर के ग्रामवासियों में शायद ऐसी कुव्यवस्था नहीं थी, अचानक कली को उन्हीं प्रातः स्मरणीय लोटाधारी ग्रामीणों की निर्लज्ज मुद्रा की स्मृति गुदगुदा गई। वह हँसने लगी।

"क्यों हँस रही हो बेटी?"

मीठी आवाज़ से चौंककर कली मुड़ गई। वही हँसमुख सन्तनी उसकी सीट पर आकर बैठ गई थी।

कली खिसिया गई। जिस बात को याद कर उसे हँसी आई थी, वह क्या बतलाने की थी? उसने कुछ नहीं कहा।

"कहाँ तक जा रही हो?" मुखरा वैरागिनी ने चट से दूसरा प्रश्न पूछ दिया।

"अभी तो धनुषकोटि जा रही हूँ, वैसे जाऊँगी सीलोन।"

"अरे बड़ी दूर जा रही हो और वह भी अकेली..."

"मुझे वहाँ नौकरी मिल गई है।" कली ने उतनी दूर जाने की कैफ़ियत-सी दी।

"अच्छा, नौकरी करती हो? हमने तो सोचा कि किसी फ़िल्म कम्पनी में काम करती होगी।"

"क्यों, क्या वैसी ही लगती हूँ मैं?" कली ने हँसकर पूछा।

"हाँ, एकदम चेहरा-मोहरा तो हमें याद रहता है पर नाम याद नहीं रहता। कुछ दिन पहले एक फ़िल्म देखी थी—'बालिका वधू'। जाने उस लड़की का नाम क्या था, पर सूरत एकदम तुम्हारी थी बेटी।"

कली ने देखा, वैरागिनी के वेश होने पर भी उन बड़ी-बड़ी आँखों में विलास की स्पष्ट छाया थी, वैराग्य की नहीं। आई ब्रो पेंसिल से सँवरी चपल मुखरा दृष्टि की नुकीली भंगिमा मौलिक नहीं थी। गेरुआ कमीज़ के भीतर पहना गया नन्हा परिधान भी कली की अनुसन्धानी दृष्टि से बच नहीं सका। सुघड़ बैसाखियों पर टिका यौवन कली को छल नहीं सकता था। चाँदी की अँगूठी में पहना गया बड़ा-सा प्रवाल सम्भवतः किसी दुष्ट ग्रह की शान्ति के लिए ही चाँदी में मढ़ा गया था क्योंकि उसी कलाई में बँधी गोल घड़ी की सुवर्ण चोटी-सी गुँथी मोटी चेन कम-से-कम तीन तोले की थी। क्या उस वैरागिनी के लिए भी समय की उपादेयता थी?

बाईस

"हम भी बड़ी लम्बी यात्रा पर निकली हैं।" वह कली के बिना कुछ पूछे ही कहने लगी, "पहले रामेश्वरम्, फिर तिरुवल्ली, काँची, मदुराई और वापस दिल्ली। बस, इस ओर की यात्रा में कुल्हड़ की चाय के लिए तरसकर रह जाती हूँ। बड़ा बुरा अभ्यास है चाय का। सुबह उठते ही गला सूख जाता है। तुमने तो रात भी कुछ नहीं खाया, भूख लग आई होगी! रुको, थोड़ा प्रसाद धरा है।" आधुनिका सन्तनी ने अपना चौकोर बटुआ खोलकर एक रेशमी थैली निकाली और डोरियाँ खींचकर थैली का खुला मुँह कली की ओर कर दिया।

"मुझे तो इतनी सुबह कुछ खाने का अभ्यास ही नहीं है, फिर ब्रश भी नहीं किया," कली ने संकुचित स्वर में कहा।

"तो क्या हो गया बेटी! यह तो बालगोपाल का भोग है। गंगाजल को घुटकने से पहले क्या कोई साधारण जल से कुल्ला करता है? पगली, ले खा। मुँह में धरते ही मंजन-वंजन सब आप ही हो जाएगा।" वह बड़ी आत्मीयता से 'तुम' छोड़ 'तू' पर उतर आई थी। "ले ना, ठाकुर भोग के लिए नाहीं नहीं करते।"

खुली थैली में छिले बादाम, काजू और पिश्ते देख दो दिन पूर्व की स्मृति कली के कंठ में गह्वर बनकर अटक गई। 'काबुलीवाले, देखूँ, तुम्हारी झोली में क्या है?'

थैली में निर्जीव मेवों पर धरा कली का हाथ काँप उठा।

"क्या नाम है बेटी तुम्हारा?"

कली को संकोच से एक ही काजू निकालते देख सन्तनी ने मुट्ठी-भर मेवे निकालकर उसकी गोदी में धर दिये।

"कृष्णकली।"

इस बार मेवों पर पड़ा दूसरा हाथ काँप गया। वह कली के चेहरे पर टकटकी बाँधकर ऐसे देखने लगी, जैसे निर्ममता से चिथड़े-चिथड़े कर फाड़ दी गई किसी अमूल्य चिट्ठी के टुकड़ों को जोड़-जोड़कर पढ़ रही हो! अस्पष्ट धूमिल स्याही अचानक स्पष्ट होकर निखर आई। अर्थहीन, लुंजपुंज अक्षरों की लिखावट की पंक्ति साकार होकर कानों में गूँजने लगी :

कृष्णकली आमी तारेई बोली,
कालो तारे बोले गायेर लोक...

'कृष्णकली', 'कृष्णकली'—वह होंठों ही में बड़बड़ाती कली को उसी रिक्त दृष्टि से देख रही थी, "तुम्हारा पूरा नाम क्या है बेटी?" वह डरती-डरती ऐसे पूछ रही थी, जैसे अप्रिय उत्तर उसे पहले ही मिल गया हो!

"कृष्णकली मजूमदार।"

यत्न से की गई तारुण्य की कलई देखते-ही-देखते उतर गई। चेहरा सिकुड़कर विषाद की झुर्रियों से भर गया। होंठ काटकर रोकने पर भी नीचे को बह गए। होंठों से दबी सिसकी फिसलकर निकल गई।

दोनों लम्बे हाथ फैलाकर उसने कली को छाती से लगा लिया।

आश्चर्य से स्तब्ध कली अनजान कठोर वक्षस्थल से लगकर भी तनकर काठ ही बनी रही। उस स्नेहपूर्ण आकस्मिक आलिंगन का सामान्य भद्रतापूर्ण प्रत्युत्तर भी नहीं दे पाई। कैसी सनकी थी यह सन्तनी! न जान, न पहचान और लगी छाती से लगाकर रोने, जैसे बरसों पहले खो गई सगी बिटिया को किसी गोदने या तावीज़ का सूत्र पकड़कर पहचान लिया हो!

महानाटकीय सिसकियों से कली सहसा झुँझला उठी और उसी झुँझलाहट के बीच एक शंकाशूल ने उसे तड़पाकर रख दिया। अपने कन्धे पर टिकी लम्बी अँगुलियों को उसने बड़ी नम्रता से नीचे उतारते-उतारते ग़ौर से देख लिया। नहीं, उसकी धारणा निर्मूल निकली। वे अँगुलियाँ रोगमुक्त होने पर भी क्या वैसी हो सकती थीं?

एक पल को उसने उस जोड़े को अपने ही बिछुड़े माँ-बाप का जोड़ा समझ लिया था, पर अँगुलियाँ मिल भी जातीं तो उसकी अभागी जननी को आँखें कौन देता? अपने को सन्तनी के बाहुपाश से मुक्त कर कली पीछे हो गई।

सन्तनी ने इस बीच अपने को संयत कर लिया था। नाक पोंछकर उसने एक बार सहमी दृष्टि से मुरदा बनकर सो रहे अपनी साथी की ओर देखा, फिर कली के चिबुक का स्पर्श कर अपनी अँगुलियों को चूम लिया।

''जब मिलानेवाला मिलाता है तो अचानक ऐसे मिला देता है,'' वह कहने लगी। ''कितनी रात सपनों में तुझे देखती रही हूँ। पिछले साल पांडिचेरी छोटी दी के पास गई थी। उन्हीं ने बतलाया कि तू नाराज़ होकर कहीं चली गई है...''

कली को उसका अटपटा प्रलाप अब भी समझ में नहीं आ रहा था। कौन थी वह उसके भूत-भविष्य का लेखा-जोखा रखनेवाली?

''क्षमा कीजिएगा,'' उसने बड़े ही नम्र शिष्ट स्वर में कहा, ''मैंने आपको पहचाना नहीं?''

कली के इस नम्र वाक्य ने भी सन्तनी को जैसे क्लोरोफार्म सुँघा दिया।

वह दोनों बड़ी आँखें बन्द कर बर्थ की सीट पर पीठ साधकर चुप हो गई, फिर एक लम्बी साँस खींचकर उसने आँखें खोलीं और कली की ओर झुक आई।

''क्या पहचानेगी तू? ये मोती के दाँत क्या ऐसे ही निकल गए थे? शहद-सुहागा लगाकर रात-रात भर तुझे गोदी में लिये बैठी रहती थी। छोटी दी तो आया को सौंपकर निश्चिन्त हो जातीं, फिर उन्हें समय ही कहाँ रहता? आज यहाँ ध्रुपद गा रही हैं, तो कल वहाँ धमार। पर मैं तुझे आया को सौंपकर निश्चिन्त हो सो पाती

थी? रेशमी बहुमूल्य रजाई ओढ़ने से ही क्या जाड़ा चला जाएगा? तू तो अपनी नन्हीं टाँगों से साइकिल चलाती, रजाई रोज़ रात को लतियाकर दूर फेंक देती है। यह तो मैं जानती थी। मुझे देखते ही तू दूध की बोतल दूर पटक देती और छाती में ऐसे सिर मारने लगती, जैसे भूखी, देर से बिछुड़ी बछिया हो! आज तुझे क्या दोष दूँ...''

बड़ी उदासी से हँसकर उसने कली का हाथ अपनी गोदी में खींच लिया, ''जिस सराय में हम-तुम रही थीं, वहाँ जनमते ही अकृतज्ञता की घुट्टी पिला दी जाती है। मैं तेरी 'तानी' मौसी हूँ कली। क्यों, कुछ याद है? मैंने ही तो तेरा यह लखटकिया नाम धरा था—'कृष्णकली'! आज बड़ी दी मिलतीं तो तुझे सामने धरकर पूछती— क्यों बड़ी दी—देख लो, क्या कहा था मैंने—पर एक बात पूछूँ कली? सगी माँ को ऐसे क्यों छोड़ आई?''

सगी माँ? कली चौंककर तन गई—तब क्या उसके अभिशप्त जीवन का रहस्य तानी मौसी नहीं जानती थीं?

''हरे राम, शिवशंकर, दुर्गा भवानी, जय वेंकटेश!'' उठते ही अनेक देवी-देवताओं का एक साथ नाम जपते ही स्वामी जी बर्थ पर बैठ गए।

सहमकर वाणी ने काले रंग का चश्मा लगा लिया। शायद वह अपनी सूजी लाल आँखों को साथी की दृष्टि से बचाना चाह रही थी।

कली के पास से उठकर वह स्वामी जी के पास खड़ी हो गई थी, ''यहाँ तो कहीं चाय दिखती ही नहीं। लगता है, किसी बड़े स्टेशन पर ही गाड़ी रुकने पर जुटेगी।''

''कोई चिन्ता नहीं,'' स्वामी जी बर्थ पर ही पालथी मारकर बैठ गए और पैर के अँगूठे को हाथ से पकड़कर हिलाते कनखियों से कली को देखने लगे।

''कहाँ जा रही हो पुत्री?'' वहीं से उन्होंने अपनी प्रश्न गुलेल का रबर खींचा।

कली ने कुछ उत्तर नहीं दिया और उदासीन ग्रीवा खिड़की से ऐसे बाहर निकालकर देखने लगी, जैसे उसका प्रश्न सुना ही नहीं हो! रात के धुँधलके में जो व्यक्ति सुदर्शन संन्यासी लगा था, वह दिन के उजाले में श्मशान घाट का अवधूत लग रहा था।

''सीलोन जा रही हैं, वहीं नौकरी करती हैं,'' वाणी ने ही कली से किए गए प्रश्न का उत्तर दिया।

''हूँ, नौकरी!'' स्वामी जी और ऊँचे स्वर में कहने लगे, ''नौकरी, वह भी इतनी दूर? क्यों नहीं रघुनन्दन आनन्दकन्द की चाकरी करती, पुत्री? चल हमारे साथ, तीर्थ में पग-पग पर रणछोड़ की राजसी नौकरी दिला देंगे इसे। ठाकुर की चरणसेवा—'चाकर रहसूँ, बाग लगासूँ, नित उठ दर्शन पासूँ, बिन्द्राबन की कुंज गलिन में, तेरी लीला गासूँ—म्हाने चाकर राखो जी'...'' स्वामी जी काल्पनिक करताल बजाते, मीठे स्वर में गाते हँसने लगे।

"क्यों गोविन्ददासी, समझाती क्यों नहीं इस पुत्री को? यह हमारे साथ ही क्यों नहीं चलती?"

पर गोविन्ददासी ने उस उदार प्रस्ताव का समर्थन नहीं किया।

स्वामी जी वही गाना गुनगुनाते, हाथ में रेशमी जोगिया थैला लटकाए ग़ुसलख़ाने की ओर चले गए तो वाणी बड़े अधैर्य से कली की ओर खिसक आई, जैसे स्वामी जी की अनुपस्थिति में ही उससे चटपट सब कह लेना चाह रही थी।

"परिस्थितियों से ऐसी विवश हूँ कि तुझे साथ चलने को कह भी नहीं सकती। 'आप डुबन्ते बाभना, ले डूबे जजमान' वाली बात है। दिल्ली में हमारा ब्यूटी क्लिनिक था। सब-कुछ ठीक चल रहा था। स्वामी जी वहीं योग के 'लैसन्स' भी देते थे। पता नहीं, कहाँ एक विधवा जवान पहाड़ी छोकरी को देखकर स्वामी जी पिघले और साथ ले आए। उसी ने हमारा पटरा बिठा दिया। अब तुझसे क्या छिपाऊँ, हमारा एक साइड बिजनेस भी था।"

तानी मौसी फिर कहीं खो गई थीं। यह तो गोविन्ददासी की कपटी आँखों की नई ही चमक थी, "स्वामी जी की अंडरग्राउंड बिजनेस गुफाओं में चलती थी, वहीं उस नमकहराम छोकरी को किसी मठाधीश ने फुसलाकर अपने दल में मिला दिया। वैसे स्वामी जी के भक्तों में कुछ प्रसिद्ध उद्योगपति भी थे। उन्हीं की कृपा से हम इस यात्रा पर निकल पड़े। पुलिस हमारा एक बाल भी बाँका नहीं कर पाई—अब तू ही..."

अधूरे वाक्य के बीच ही में ग़ुसलख़ाने के द्वार पर नहा-धोकर स्वच्छ निखरे स्वामी जी मुसकराते खड़े हो गए। उनकी दाढ़ी-मूँछें क्या स्नान के जल के साथ ही बह गई थीं? क्लीन शेव्ड चेहरे की पारदर्शी त्वचा किसी किशोरी की नवनीत चुपड़ी त्वचा-सी ही चमक रही थी।

"गोविन्ददासी, अब निकालो हमारा पीला थैला।"

उनके कहते ही वाणी सेन पीला थैला निकाल लाई।

स्वामी जी बर्थ पर जम गए और थैले से विभिन्न आकार की डिबियाएँ निकाल-निकालकर किसी चलचित्र के चतुर मेकअप मैन का-सा चमत्कार दिखाने लगे। पहले उन्होंने मुट्ठी-भर राख निकालकर दोनों पुष्ट बाहुओं, चिकने चेहरे और गौर वक्षस्थल पर ऐसे पोत ली, जैसे मैक्स फैक्टर का सुगन्धित पाउडर हो! फिर उन्होंने गोरोचन का तिलक सँवारा और भीगे जटाजाल को चौड़े कन्धों पर फैला लिया। केश छिटकाते ही रेल का पूरा डिब्बा दामी यूडिकॉलीन की सुगन्ध से मह-मह महक उठा। लगता था, एक-एक केश, रोम-कूप में विलासी स्वामी जी ग़ुसलख़ाने में ही उस सुगन्ध की स्प्रे कर आए थे।

किसी दीनहीन परिचारिका-सी वाणी सेन उनकी प्रसाधन-क्रिया में निरन्तर योगदान दे रही थीं। कभी एक डिबिया बढ़ातीं, कभी दूसरी।

"गोविन्ददासी, अब तुम चाहो तो नहा-धोकर तैयार हो सकती हो।" स्वामी जी ने ऐसे स्वर में आदेश दिया, जैसे बिना उनसे पूछे गोविन्ददासी को ग़ुसलख़ाने जाने की भी स्वतंत्रता नहीं थी! फिर उन्होंने कनखियों से कली को देखा, जैसे कह रहे हों—देखा हमारा रौब?

वाणी ग़ुसलख़ाने गई ही थी कि ट्रेन किसी छोटे-से स्टेशन पर आकर रुक गई। कली को निर्णय लेने में कभी देर नहीं लगती थी। उसने बिस्तरा लपेटा, एक हाथ में सूटकेस लटकाया और ऐसे इत्मीनान से नीचे उतर गई, जैसे उसे उसी स्टेशन पर उतरना था, जिसका वह नाम भी नहीं जानती थी।

"क्यों...क्यों? क्या यहीं उतर जाओगी?" एक नासिका रन्ध्र मूँदे, प्राणायाम साधे पाखंडी स्वामी जी अपना बकोध्यान भूलकर उठ बैठे।

कली ने कुछ उत्तर नहीं दिया। गाड़ी स्टेशन छोड़ रही थी। उसने देखा, खिड़की पर खड़ी तानी मौसी उसे आश्चर्य से देख रही है। क्रमशः दूर होती जा रही, बड़ी-बड़ी आँखों में आश्चर्य, वेदना और निराशा का सन्देश कली ने पढ़ लिया। पहले वह मूढ़-सी देखती रही, फिर दुबली कलाई ऊपर उठ गई। हाथ हिला-हिलाकर अनजाने प्लेटफ़ॉर्म पर खड़ी कली ने स्वेच्छा से ही एक स्नेहग्रन्थि और काटकर हवा में उड़ा दी।

जैसा आकस्मिक मिलन था, वैसा ही आकस्मिक बिछोह। शायद जीवन-भर उसे चलती गाड़ी से ऐसे ही अनजान प्लेटफ़ॉर्म पर अपना अधलपेटा बिस्तरबन्द और सूटकेस लटकाकर उतर जाना होगा! जिस तानी मौसी के स्नेही चेहरे को वह पहचान भी नहीं पाई थी और जिसके आलिंगन-पाश को निपट बनावटी समझ वह मुक्त होने को छटपटाने लगी थी, उसी छाती पर सिर रखकर सब कुछ कह देने को अब वह फिर छटपटाने लगी। क्या सोच रही होगी वह? कैसी अकृतज्ञ लड़की थी कली! क्या उसके ग़ुसलख़ाने से लौटने तक रुक नहीं सकती थी? बिना कुछ कहे ही ऐसे उतर जाने के लिए उसकी अन्तरात्मा उसे सहसा बुरी तरह फटकारने लगी। तानी मौसी अकेली होती, तो वही मिलन कितना सुखद हो सकता था! उस शेर की खाल में लिपटे मौसी के गीदड़ सहचर ने कली को सहमाया हो, ऐसी बात भी नहीं थी। अपनी पिछली जिन्दगी की कड़वाहट को धो-पोंछकर बहा देने का निश्चय कर ही वह घर से निकली थी, फिर क्या जान-बूझकर ही पहले ग्रास में गक्षिका निगल लेती? सूटकेस पास खिसकाकर वह बेंच पर बैठ गई। अब किसी भी दूसरी, कुछ सेकेंडों के लिए रुकी रेलगाड़ी में ही भागकर बैठना होगा। शायद कुली भी उसे स्वयं ही बनना होगा। कैसा अजीब स्टेशन था! लगता था, किसी भुतही बस्ती का भुतहा स्टेशन था वह! न एक

कुली, न यात्री। खैर, कोई-न-कोई गाड़ी तो पल-भर को रुकेगी ही, और किसी भी कुछ पलों की रुकी गाड़ी में वह बैठ सकती थी। चलती और क्षण-भर को ऐसे अनजान अनामा स्टेशनों पर रुकती रेलगाड़ियों में चढ़ने-उतरने का उसे कभी अच्छा अभ्यास था।

पांडे जी बातों ही के धनी नहीं थे। भावी समधी को दिया गया अपना आश्वासन उन्होंने समय से कुछ पहले ही पूरा कर दिया। दामोदर ने भी उन्हीं की कृपा से अपनी खोई नौकरी की कटी डोर फिर से थामकर सँभाल ली थी। प्रवीर दिल्ली में चार्ज लेकर घर आ गया था। विवाह में किसी प्रकार का आडम्बर नहीं होगा, यह प्रवीर की पहली शर्त थी। वह शर्त तो अम्माँ को मान्य थी, पर जिद्दी पुत्र की दूसरी शर्त ने ही उनका सिर-दर्द बढ़ा दिया था। एक पुरोहित को छोड़कर प्रवीर ने अन्य आत्मीय स्वजनों को निमंत्रण-पत्र ऐसे छलबल के चातुर्य से डाक में छोड़े थे कि हवाई जहाज से उड़कर आने पर भी शायद निमंत्रित अतिथि नहीं पहुँच पाते। छोटे भाई के विवाह में आठ दिन के लिए आकर दो महीने बिता गए पहाड़ के अतिथियों के समागम की स्मृति प्रवीर भूला नहीं था। न जाने कितनी चाचियाँ, ताइयाँ और आधी दर्जन बुआओं ने आकर उसका जीना दूभर कर दिया था। जहाँ देखो, वहीं आधे दर्जन बच्चे कुलाटें खा रहे हैं! उस पर लॉन में सूखती पंचरंगी साड़ियों और बदरंगे पेटीकोटों की लम्बी कतार! इस बार वह उस बेहूदगी की पुनरावृत्ति नहीं होने देगा। उसी की ज़िद से विवाह, बिना किसी आडम्बर के नितान्त आवश्यक कर्मकांड निभाकर, ऐसी सादगी से सम्पन्न हो गया था कि कोई द्वार पर खड़े होने पर भी शायद नहीं जान पाता कि अभी-अभी उस गृह में विवाह-जैसे शुभ कार्य का श्रीगणेश हुआ है। न उसने सेहरा बाँधा, न फूलमाला लटकाई। पिता, दोनों बहनोइयों और पुरोहित को कार में बिठाकर स्वयं ड्राइव करता हुआ ऐसे पहुँच गया, जैसे पांडे जी के यहाँ किसी जलपान के आयोजन के लिए निमंत्रित अतिथियों को लेकर आया हो!

पांडे जी की जनकपुरी में वर को ऐसे उपस्थित हो गए देखकर खलबली मच गई थी, पर पांडे जी भी एक ही घाघ थे। पिछवाड़े के मार्ग से वे बड़े चातुर्य से सीमित बारात को अपनी बंगलिया में खींच ले गए। वहीं उन्होंने अपने सनकी जामाता के चरणों पर सिर टेक दिया, ''बेटा, ऐसे वैरागी वेश में तुम्हें कैसे वहाँ ले जाकर खड़ा करूँगा? यहाँ का पूरा मंत्रिमंडल जुटा है। कुन्नी मेरी सबसे छोटी लड़की, वह भी क्या कहेगी? सब बहनों की शादी जिस धूम-धड़ाके से हुई, वह देख चुकी है। फिर तुम ऐसे बिना सेहरे-तिलक के खड़े हो जाओगे, तो मैं इष्ट-मित्रों को क्या मुँह दिखाऊँगा?''

फिर तो पांडे जी ने पन्द्रह मिनट ही में उजड़ी बारात को सँवार लिया। सफ़ेद चूड़ीदार, रॉ सिल्क की शेरवानी और तिरछी टोपी में सँवरे अपने दूल्हे को देखकर कुन्नी मुग्ध हो गई। निश्चय ही वह अपनी अन्य बहनों में सबसे अधिक भाग्यवान् थी। अपने घर की सादगी की छूत प्रवीर पांडे जी के घर तक नहीं पहुँचा पाया। कुन्नी सबसे छोटी लाड़ली बेटी थी, उसके विवाह में उनके औदार्य को वह रोकता ही कैसे? एक प्रकार से अपने को लुटाकर ही पांडे जी ने पुत्री को विदा किया था। कुछ सामान तो उन्होंने पैक कर सीधा दिल्ली ही भिजवा दिया था।

"हमने सोचा," वे विदा होते समधी के सम्मुख हाथ बाँधकर कहने लगे थे, "जब इन्हें दो दिन बाद दिल्ली जाना ही है, तो क्यों न फर्नीचर सीधा वहीं भेज दिया जाए? मेरे एक मित्र का ट्रक भी जा रहा है, अभी सब सामान बड़े आराम से चला जाएगा।"

फिर जामाता को एकान्त में बुलाकर उन्होंने पाँच हज़ार का एक चेक काटकर थमा दिया।

"लो बेटा, यह तुम्हारा शगुन है।"

प्रवीर चौंककर दो क़दम पीछे हट गया था। "कितने शगुन दे रहे हैं आप...अब मैं कुछ नहीं लूँगा।"

"नहीं-नहीं, यह तुम्हें लेना ही होगा। यह तो मेरी कुन्नी का जेब-ख़र्च है— हनीमून का जेब-ख़र्च!" कुन्नी का नाम लेते ही उनकी आँखें भर आई थीं।

पर उस व्यक्ति का चेहरा ही ऐसा था कि आँखों में कैसे ही असली आँसू क्यों न चमकें, प्रवीर को यही लगता था कि वे ग्लिसरीन के नक़ली आँसू ही हैं।

"देखिए, यह मैं नहीं लूँगा," प्रवीर ने जेब से चेक निकालकर उन्हें लौटा दिया।

ये शायद फिर उसी तरह उसकी जेब में ठूँस देते पर प्रवीर का गम्भीर चेहरा देखकर सहम गए। इस दम्भी दामाद की गरदन शायद वे कभी अपने अन्य जामाताओं की गरदन की भाँति अपने वैभव के बोझ से नहीं दबा पाएँगे। इतना चतुर पांडे जी उसी क्षण समझ गए। चेक उन्होंने आँसू पोंछती कुन्नी को थमा दिया।

"तेरा दूल्हा तो कन्धे पर हाथ ही नहीं धरने देता, इसे तू रख ले। मेरी राय में तुम लोग श्रीनगर ही घूम आओ। कश्मीर में मेरे कुछ परिचित अफसर हैं, उन्हीं को लिख दूँगा। नैनीताल तो बड़ी कॉमन जगह हो गई है। जिसे देखो, वही नया ट्रांज़िस्टर लटकाए हनीमूनर बना फिर रहा है! फिर हमारी आधी रिश्तेदारी वहीं है। तुम दोनों को सब बारी-बारी से खाने पर न्योतेंगे और पहाड़ी रसमात खिला-खिलाकर तुम्हारा सब हनीमून चौपट कर देंगे।"

प्रवीर को यह सब अंगरेज़ियत पसन्द नहीं थी। छोटा भाई था शौक़ीन। विवाह हुआ तो नई बहू को लेकर मसूरी, शिमला, नैनीताल न जाने कहाँ-कहाँ घुमा लाया

था, पर प्रवीर की इच्छा न होने से क्या होता—कुन्नी के सलज्ज आग्रह को वह नहीं टाल सका था।

"क्या आप सचमुच कहीं नहीं चलेंगे? अच्छा बोर किया आपने।" उसका सुन्दर चेहरा लटक गया था।

"ज़रा सोचिए तो, डैडी को कैसा लगेगा? उन्होंने मि. कौल को लिखकर शायद कमरा भी बुक करवा लिया है। यह भी अच्छी रही! विवाह के पहले भी कलकत्ता और बाद भी वही कलकत्ता, इससे बिनब्याही ही भली थी! सब फ्रेंड्स पूछेंगी कि हनीमून के लिए कहाँ जा रही हो, तो क्या कहूँगी—बताइए ज़रा?"

दिन-रात प्रवीर को कुन्नी यही समझाती रही कि उसके समाज में विवाह के सात फेरों से भी अधिक महत्त्व हनीमून का है। जब तक नया जोड़ा हनीमून की हज करके न लौटे, हाजी नहीं कहला सकता। उसकी दलीलों से पराजित होकर प्रवीर को नई पत्नी सहित कलकत्ता छोड़ना पड़ा। दस-पन्द्रह दिन घूम-घामकर दोनों लौटे, तो जया, माया जा चुकी थीं। दामोदर को कठिनाई से दुबारा मिली नौकरी और स्वयं अपने गलग्रह की मुक्ति के लिए जया को श्वसुरकुल के ग्राम-देवता की पूजा देनी थी। माया के देवर का विवाह था। उसके रुकने का प्रश्न ही नहीं उठता था।

"अच्छा हुआ, तुम दोनों जल्दी लौट आए," अम्माँ बेटे-बहू को समय से पूर्व ही लौटा देखकर प्रसन्न हो गई थीं। "इतने बड़े घर में मैं फिर अकेली रह गई हूँ। रहती तो हमेशा ही अकेली थी," अम्माँ कुन्नी से कह रही थीं, "इसी बार जया इतने दिनों रह गई और फिर कली और आदत बिगाड़ गई।"

कुन्नी सास के सिर में तेल ठोक रही थी। उसके इन्हीं गुणों पर अम्माँ दो ही दिन में मुग्ध हो गई थीं। इतने बड़े घर की बेटी थी, पर जहाँ अम्माँ कुछ काम करने लगतीं, चट से उनके हाथ से काम छीनकर कुन्नी स्वयं करने लगती। उस दिन भी अम्माँ कंघा लेकर चोटी करने बैठीं तो कुन्नी से उनके हाथ से तेल की शीशी छीन ली।

"एक दिन ऐसे ही चोटी करने बैठी तो न जाने कहाँ से आँधी-सी आ गई कली," अम्माँ कहती जा रही थीं, "हमेशा आँधी-सी ही आती थी लड़की। बस, आई और आते ही कंघा छीन लिया। कभी कहती—अम्माँ, आज तुम्हारा ऐसा जूड़ा बनाऊँगी, कभी कहती, वैसा। मरी बच्चियों से भी छोटी बच्ची बन जाती थी कभी। डेढ़ सौ की साड़ी पहनकर एक दिन चौके के बिना बिछे फ़र्श पर फड़ाक से बैठ गई। ग्यारह सौ तो तनख़्वाह ही पाती थी, सुना! पर सुभाव की ऐसी गऊ कि दफ़्तर से सीधे चौके में 'अम्माँ, अम्माँ' करती चली आएगी और चट-से कटोरदान से रोटी ही निकालकर खाने लगेगी। रात-आधी रात जब भी लौटेगी, बस, 'अम्माँ, अम्माँ' करती सारा घर गुलज़ार कर देगी। अब गई तो भूलकर एक चिट्ठी भी नहीं डाली। न जाने कहाँ है लड़की!"

प्रवीर उठकर अपने कमरे में चला गया। विवाह के साथ ही प्रवीर के कमरे ने अपने चिरकुमार व्यक्तित्व की केंचुली उतार दी थी। टूटी, झूला बन गई आराम-कुर्सी भी गोदाम में चली गई थी और खिड़की पर लेस के परदे खिंच गए थे। छोटा-सा कमरा दो पलंगों से भरकर रह गया था। कमरे में आकर प्रवीर पलंग पर लेट गया। सचमुच ही बेचारी लड़की न जाने कहाँ भटक रही होगी! वह जाने की ऐसी तिकतिक न लगाता तो शायद वह इतनी जल्दी जाती भी नहीं।

कुन्नी सास के पास से उठकर पति के पास चली आई। कुछ ही दिनों में वह उस अपरिचित व्यक्ति के पीछे-पीछे किस अदृश्य जादुई डोर से बँधी घूमने लगी थी, वह स्वयं ही नहीं समझ पा रही थी। एक पल भी वह उसे छोड़कर इधर-उधर जाता तो वह व्याकुल हो उठती। कई बार डैडी का फ़ोन आ चुका था। मुन्नी दी ने तो फ़ोन ही पर उसे खूब कोरी-कोरी बातें सुना दी थीं, 'अच्छी ससुराल की माया उपजी है तुझे, हम पराये हो गए। कैसा पत्थर कलेजा है तेरा! डैडी 'कुन्नी-कुन्नी' कर पगला रहे हैं, और तू ऐसी हनीमुनिया गई कि झाँकने भी नहीं आई!'

'बृहस्पति को पहाड़ में बिटिया विदा नहीं होती, कल जाएगी तो वहाँ से आ नहीं पाएगी, परसों शुक्र को चली जाना,' कह अम्माँ ने रोक लिया।

मायके तो वह अब कुछ दिन रहेगी ही पर इतवार को प्रवीर दिल्ली चला जाएगा। पति का क्षणिक विछोह भी उसे बहुत अखर रहा था। डैडी के किसी मित्र के फ़्लैट में ही फ़िलहाल प्रवीर एक कमरा पा गया था। निजी आवास मिलने पर ही वह कुन्नी को अपने साथ ले जा सकता था। अपने निरंकुश जीवन के विपरीत, हनीमून की भागदौड़, दावतों, आत्मीय सम्बन्धियों की बधाइयों के एक-से पत्रों ने उसे उबा दिया था। जिस कुन्नी को उसने मायके में बहुत कम बोलते देखा था, वही अब कभी-कभी अपनी बकर-बकर से उसका दिमाग़ चाट जाती।

''क्यों जी, आपकी टेनेंट ने क्या सचमुच आपको इम्प्रेस नहीं किया? आप तो कभी भी उसके लिए कुछ नहीं कहते, उधर अम्माँ-माया को तो लगता है, उसने जादुई डंडी फिराकर मोह लिया था। अपनी शादी तक रोक क्यों नहीं लिया उसे? मैं भी देख लेती...''

प्रवीर का माथा ठनका। कहीं उस उत्पाती लड़की ने इसे कुछ लिख-विख तो नहीं दिया? वह सब कुछ कर सकती थी।

''वैसे मैंने भी उसे दो बार देखा है।'' वह पति के पास ही दोनों कुहनियाँ टेककर अधलेटी मुद्रा में सरक आई।

''एक बार फैशन-परेड में मुन्नी दी के लिए एक बालिका का स्टोल लेना था। सचमुच ही लड़की में कुछ सम्मोहिनी थी, सामान्य-से बातिक के सवा दो गज़ के रेशमी टुकड़े को कन्धे पर डालकर ऐसे मुसकराती सामने से निकल गई थी कि मुन्नी दी ने मुग्ध होकर सौ रुपये में धेले-भर का स्टोल ख़रीद लिया। दूसरी बार मिली थी

एक सिनेमा-हाउस में। साथ में तीन-चार हिप्पी छोकरे और एक विदेशी छोकरी थी। डैडी भी हमारे साथ थे। मुन्नी दी ने डैडी से कहा कि वह कुन्नी की ससुराल में रहती है, तो डैडी को विश्वास ही नहीं हुआ। कहने लगे, 'मैं मान ही नहीं सकता। कुन्नी की ससुराल के लोग हैं संस्कारी पंडित, वहाँ भला यह धींगड़ी कैसे रह सकती है'?''

क्या जान-बूझकर ही कुन्नी उसे छेड़ रही थी? प्रवीर ने अपनी छाती के पास खिसक आए चेहरे को ध्यान से देखा, उन आँखों में न व्यंग्य था, न ईर्ष्या। तब क्या स्वयं प्रवीर के मन का चोर ही बार-बार कान खड़े कर रहा था? फिर आज तो कृष्णकली की स्मृति को बार-बार कुरेदा जा रहा था। आज, न हो, इसी से न चाहने पर भी वह शैतान चेहरा स्मृति-पटल पर उभर रहा था, पर इन तीन महीनों में आनन्द, आमोद-प्रमोद, उत्सव और घुमक्कड़ी के बीच किसने भला उसकी स्मृति को कुरेदा था? फिर क्यों पत्नी के मधुर बाहुपाश को चीर वह अदृश्य प्रेत-छाया उसकी छाती से लगकर कुन्नी को नित्य दूर ठेल देती थी?

बाँहों में कुन्नी को लिये ही वह किसी की स्मृति में डूबकर रह जाता था?

तेईस

क्यों बार-बार यह पंक्ति अबाध्य चित्त दोहराने लगता था—'तन्वंगी गजगामिनी चपलदृक् संगीतशिल्पान्विता'! ठीक ही कहा था उसने 'चदरे की गाँठ में दूसरी गाँठ लग जाए तो चौंकना मत। मैंने मसान साधा है, मैं सब कुछ कर सकती हूँ।' पार्श्व में सोई कुन्नी का नींद से ढुलकता माथा उसके कन्धे से लग जाता, तो नारी-देह के परिमल से उसके नथुने फड़कने लगते। प्रेतलोक में भटकती अतृप्त आत्मा-सी एक और भूली-बिसरी सुगन्ध उसके दूसरे कन्धे पर सिर रख देती। अन्धकार में ही उसका हाथ घुटनों तक टिके उस प्राणविक चेहरे पर बिखरे बालों को सहलाने शून्य में फैला का फैला ही रह जाता।

'धन्य है हिन्दू जाति, जो मरे को भी पानी देती है! एक तू है जो ज़िन्दा...' वह हड़बड़ाकर उठ बैठता।

''ऐसे क्यों चौंककर बैठ जाते हो जी आधी रात को?'' कभी कुन्नी झुँझलाकर टोक देती। ''मुझे भी डरा दिया। नींद में चलने की आदत तो नहीं है?''

प्रवीर चुपचाप लेट जाता। नींद में चलने की जिसे आदत थी, वह तो सॉमना बुलिस्ट बनी बड़ी दूर चली गई थी।

एक बार और कुन्नी ने ऐसे ही फटकार दिया था। हनीमून के नये जोड़े को पांडे जी के मित्र मि. कौल ने अपनी कार थमा दी थी। प्रवीर स्वयं ड्राइव करता लौट रहा था दिन-भर फूल-केसर की घाटियों में घूमकर। सुगन्ध से लिपटी कुन्नी पति के पार्श्व में बैठी मीठे स्वर में गुनगुना रही थी। सिर पर बँधा रेशमी स्कार्फ़ उतारकर उसने खिड़की खोल दी थी। पहाड़ी हवा का एक धृष्ट झोंका आकर उसके चेहरे पर बालों का गुच्छे का गुच्छा फैला गया था। जंगली घाटी के वनफूलों की सुगन्ध से मत्त बनी मयूरी, सहसा नवीन सहचर के अमानवीय गाम्भीर्य को चुनौती देने, बिजली की तड़प से मुड़, कील पर धरे दो चौड़े पंजों पर झुक गई थी। हवा में उड़ती चंचल अलकावलि दोनों हाथों पर फैल गई। क्षुधातुर तप्त अधरों के स्पर्श ने जैसे प्रवीर के हाथों पर दहकते अंगारे धर दिये, ऐसे ही एक बिखरे केश-गुच्छ और हिमशीतल अधरपुट की स्मृति उसके दोनों हाथ कँपा गई। पल-भर को उसे लगा कि वह सन्तुलन खो बैठा है। गाड़ी ऐसे दाएँ-बाएँ जाने लगी, जैसे किसी अनाड़ी नौसिखिए चालक के हाथ में पड़ गई हो! वह तो शायद दानव-से खड़े चिनार के वृक्षों से टकराकर चकनाचूर हो जाती। कुन्नी ने उसे बुरी तरह फटकार दिया था।

"क्या हो गया है आपको? अभी गाड़ी टकरा दी थी, ठीक से चलाइए ना..."

प्रवीर बड़ी देर तक गुमसुम बना रह गया था। उसी की मधुर मुद्राओं को कुन्नी दुहरा कैसे लेती थी? क्या वह किसी सतर्क पेशेवर गुप्तचर के छल-बल से विवाह से पूर्व भी उसके पीछे अदृश्य छाया बनी घूमती रही थी? कभी-कभी वह अपने चतुर प्रश्नों से किसी घाघ क्रिमिनल लॉइन की ही दक्षता दिखा उसके चित्र को अपराधी बनाकर कठघरे में खड़ा कर देती और उसे लगता कि अपने लुभावने यौवन का उत्कोच देकर वह उसे देखते ही एप्रूवर बना लेगी। एक बार तो वह महामूर्खता कर ही बैठा था।

"क्यों जी..." आधी रात को वह उसके गले में अपनी सुडौल बाँहें डालकर लिपट गई थी, "आप इतने दिनों तक क्या सचमुच ही कुँआरे रहे? मैं मान ही नहीं सकती कि आप जैसे सुदर्शन पुरुष को देश-विदेश की आधुनिकाओं ने ऐसे ही छोड़ दिया हो!"

शायद उस रात को वह दुस्साहसी दुरन्त किशोरी के अभिसार की बात उगल ही देता, पर उसी क्षण उसी अदृश्य छाया ने लपककर उसका मुँह बन्द कर दिया था, 'मूरख कहीं के, ऐसी बातें सुनने पर क्या संसार की कोई भी पत्नी पति को क्षमा करेगी?' उसी दिन से प्रवीर सँभल गया था।

दिल्ली जाने से पहले पांडे जी ने दामाद को एकान्त में बुलाकर कई छोटे-मोटे अनुभूत घरेलू नुस्खे थमा दिये थे। "कभी-कभी सोचने लगता हूँ कि तुम्हें दिल्ली

बुलाकर मैंने ठीक नहीं किया।'' वे चिन्तित स्वर में कहने लगे, ''देश की हालत तो देख ही रहे हो। अब किसको राजसिंहासन से नीचे घसीटकर हाथ में झाड़ू थमा दें, ठीक नहीं। प्रजातंत्र अब शासक वर्ग के लिए सजातंत्र होकर रह गया है। सोचा, चलने से पहले तुम्हें सावधान कर दूँ। ज़माना अब ऐसा आ गया है कि आईन-क़ानून उठाकर ताक में धर ही राजदंड सँभालना होगा। तुम तो खुद ही समझदार हो, पर इतनी सीख हमारी भी गाँठ बाँध लो। विशुद्ध कर्मकांडी अफ़सरशाही का युग अब बीत गया है। अंग्रेज़ों के शासनकाल में सिफ़ारिश की भी जाती थी तो उसमें एक शान रहती थी, और अब? उसी दिन मेरा एक पुराना दोस्त मिला, ऊँचे विभाग का ऊँची कुर्सी पर बैठनेवाला बड़ा ऊँचा अफ़सर! कह रहा था कि अब तो एक चपरासी की बदली के लिए भी मंत्री गिड़गिड़ाने लगे हैं। जितने स्तर की बेहूदगी की जाएगी, उतना ही ऊँचा फल मिलेगा।''

प्रवीर को सिनेमा चलने के लिए कुन्नी परदे से झाँक-झाँककर तीन बार बुला गई थीं, पर पांडे जी रंग में आ गए थे।

''शालीन कपड़े पहन, आँखें झुकाकर चलनेवाले नम्र राहगीर को अब कोई नहीं देखता, पर सड़क पर लेटकर नारे लगा प्रधानमंत्री की गाड़ी रोकनेवाला नंगा निर्लज्ज व्यक्ति पल-भर में प्रधानमंत्री से भी अधिक प्रसिद्धि पा लेता है, क्यों? इसीलिए कि अब इस निराले प्रजातंत्र में न्युसेन्स वैल्यू बढ़ गई है। मैं सोचता हूँ, तुम सब समझ गए होंगे—विश यू ए वेरी-वेरी ब्राइट फ्यूचर,'' उन्होंने हँसकर जामाता के दोनों हाथ पकड़कर झुक-झुककर ऐसे हिला दिये थे, जैसे कोई चतुर व्यवसायी अपने नये-नये नियुक्ति हुए सेक्रेटरी का स्वागत कर रहा हो!

उस दिन श्वसुर से ही नहीं, कुन्नी से भी विदा लेकर प्रवीर को अकेले ही लौटना पड़ा। एक दिन के लिए मायके गई कुन्नी भी दुर्भाग्यवश पैर मुचकाकर वहीं रुक गई थी। पति को स्टेशन तक पहुँचाकर अश्रुसिक्त प्रथम विदा देने का उसका स्वप्न अधूरा ही रह गया।

प्रवीर समय से कुछ पूर्व ही स्टेशन पहुँचकर पत्रिका लेने बुक स्टॉल पर खड़ा हो गया था, अचानक किसी ने पीठ पर हल्की दस्तक दी। वह चौंककर मुड़ा।

''बड़ी देर से तुम्हें शैडो कर रही थी।''

कुछ-कुछ पहचानी पकड़ में आ रहे चेहरे को प्रवीर ने ग़ौर से देखा, कौन थी वह उसे शैडो करनेवाली?

लिपस्टिक से रँगे होंठ के बीच दाँत में ठुकी सोने की कील ने स्मृति-द्वार का जंग लगा ताला सहसा खोल दिया। श्वसुर-गृह में पहली बार मिली पांडे जी की गर्लफ्रेंड लौरीन—कली की लौरीन आंटी। प्रवीर चौंका, यहाँ क्या करने आई थी खूसट? कहीं पांडे जी ने ही उसे किसी स्मगल्ड पैकेट की दूती बनाकर तो नहीं भेजा था?

"कुछ देर तो पांडे तुम्हारे साथ थे, डर रही थी कि गाड़ी छूटने तक ही तुम्हें 'सी ऑफ़, न करते रहें! पर उसका भी प्रबन्ध कर लिया था मैंने। तुम्हारे साथ चलने के लिए टिकिट भी ले चुकी थी। वैसे 'इफ़ आई नो', पांडे गाड़ी छूटने तक खड़े रहें, ऐसा 'पेशेन्स' उनमें नहीं है। लो..." कह, एक मोटा लिफ़ाफ़ा, उसने प्रवीर के लटके हाथ में एक प्रकार से खींचकर थमा दिया।

आश्चर्य से प्रवीर गूँगा-सा बन गया पर आँखों ही आँखों में उसने पूछ लिया, 'कैसा लिफ़ाफ़ा दे रही हैं यह? किसका है?' लेकिन वह रहस्यमय चेहरा क्या मदाम टुसौड्ज का बनाया मोम का चेहरा बन गया था? उस निर्जीव चेहरे की एक भी दुरूह रेखा प्रवीर के पल्ले नहीं पड़ी। उसे चिट्ठी थमाते ही वह तेजी से अपनी ऊँची एड़ियाँ खटकाती स्टेशन के मुंडमेले में ऐसी विलीन हो गई, जैसे कोई व्यस्त डाकिया हो! पता पढ़कर पानेवाले को पत्र थमाना ही शायद उसका काम था। पत्र किसका है, कहाँ से आया है—यह सिरदर्द कहीं डाकिया मोल लेता है?

गाड़ी आने में देर थी। बुक स्टॉल के ऊँचे तख़्त पर टेक लगाकर उसने लिफ़ाफ़ा खोल लिया। नाम तो उसी का था। सुन्दर गोल लिखावट के साथ ही परिचित मन्द-सुगन्ध गले में बाँहें डालकर झूल गई।

'के! तुमने काबुल छोड़ दिया है न, इसी से लम्बा नाम अब मैंने छोटा बना लिया है।

'लौरीन आंटी के लिए मैंने कभी बहुत भारी गोल्ड-बार स्मगल किए हैं, मेरी इस हल्की चिट्ठी को वह निश्चय ही आसानी से स्मगल कर तुम तक पहुँचा देंगी। घबरा रहे हो कि कहीं बीच में ही चिट्ठी पढ़ न डालें, तुम्हारे पांडे जी की मित्र हैं न वह! पर ऐसी नहीं हैं मेरी लौरीन आंटी! हर इतवार को गिरजाघर जाती हैं। उस दिन शरीर और आत्मा दोनों को शुद्ध रखती हैं आंटी! कुछ बातों में पक्की क्रिश्चियन हैं वह, और सच्चा क्रिश्चियन कभी स्लाई नहीं होता।

'सोच रहे होंगे कि जा रही थी लंका और पहुँच गई इलाहाबाद! सीता को क्या स्वयं रावण कभी लौटा सकता है? मुझे भी वह लौटा लाया जिसने रावण के दस मुंड चुटकियों में मसलकर रख दिये थे। अब मैं नास्तिक नहीं हूँ 'के'! अम्माँ के साथ मन्दिर भी जाती हूँ। एक महीने से अम्माँ भी यहीं हैं। गई थी यही सोचकर कि सब नाते-रिश्ते तोड़कर कभी वापस नहीं लौटूँगी, पर सिर मुड़ाते ही ओले पड़ गए। ट्रेन में मिल गईं तानी मौसी और उनके ऐसे सिद्ध स्वामी, जिन्हें देखकर शायद तुम भी चलती ट्रेन से कूद पड़ते या क्या पता, शायद वे ही तुम्हें देखकर कूद जाते! पता नहीं क्यों, उनकी बातों में मुझे तुम्हारे गृह-कलंक की दुर्गन्ध आई। चटपट एक अनजान स्टेशन पर उतर गई। सोचा था, दूसरी गाड़ी से चली जाऊँगी। किया भी यही, पर एक ही मारात्मक भूल कर बैठी। जिस गाड़ी में चढ़कर बैठ गई, उसके

कलमुँहे इंजन का मुँह किधर है, यह नहीं देखा। बड़ी देर बाद समझ में आया, जिन स्टेशनों की सीढ़ियाँ चढ़ती कुछ घंटे पहले गई थी, उन्हीं सीढ़ियों से एक बार फिर नीचे उतर रही हूँ। तब क्या विधाता मुझे जान-बूझकर कलकत्ता खींच रहा था? हड़बड़ाकर चन्द्रनगर में उतर गई।

जब लौरीन आंटी की नौकरी में थी, तब मेरा यही महत्त्वपूर्ण हेडक्वार्टर था। लौरीन आंटी का भाई सिम्पसन वहीं रेल विभाग में डीलक्स ड्राइवर था। वहाँ पहुँची तो स्नेही दम्पती ने मुझे बड़े प्यार से रोक लिया। कभी उनके आतिथ्य का मैंने एक-एक भारी गोल्ड-बार देकर मूल्य चुकाया था, इस बार खोखली हूँ, यह शायद उन्होंने भी समझ लिया। इसी से आतिथ्य की पकड़ कुछ-कुछ ढीली पड़ने लगी। तीसरे ही दिन मुझे बुखार आ गया, फिर सर्वांग में असह्य पीड़ा। मिसेज़ सिम्पसन को भय था, मुझे कहीं चेचक न हो। उनके पास-पड़ोस में महामारी मत्त नर्तन कर रही थी। पर मेरी महामारी उससे कहीं अधिक भीषण निकली। मुझे न जाने किस इन्ट्यूशन ने चौकन्नी कर दिया। यह पीड़ा और ऐसा मदहोश बनानेवाला विषम ज्वर साधारण नहीं हो सकता। लगता था, एक बार फिर तुम्हारी बाँहों में जबरन सिमट गई हूँ। और पूरी देह दहकने लगी है। तुम्हें एक बार फिर देखना चाहती हूँ। जानते हो, क्यों? इस बार मैं ससुराल जा रही हूँ। अब तुम्हारी थैली के मेवे छीनकर नहीं खाऊँगी। क्या एक बार आ पाओगे? मूर्ख डॉक्टर सोचते हैं, मुझे कुछ पता नहीं है, पर बम्बई के टाटा कैंसर अस्पताल में लोग हनीमून मनाने नहीं जाते, इतना मैं भी जानती हूँ। कुछ ही महीनों में, मुरब्बे के लिए गोदे गए आँवले-सी ही गोद दी गई हूँ। कभी मेरी हड्डियों से मज्जा कुरेदकर और कभी पानी बन रहे मेरे निर्दोष रक्त को सिरिंज से खींच डॉक्टर जब देखने लगते हैं, तो मुझे हँसी आती है। ठीक जैसे कोई चतुर ग्राहक बेईमान ग्वाले के दूध की जाँच कर रहा हो कि कितना पानी मिलाया गया है! मेरे ग्वाले ने मेरे जन्म से पहले ही दूध में पानी मिला दिया था, यह कोई नहीं जानता। पर क्या शानदार बीमारी है! मिनटों में बीमार को शहीद बनाकर रख देती है। जहाँ से निकली हूँ, वहीं लोगों की आँखों में 'मिल्क ऑफ ह्यूमन काइंडनेस' छलकने लगता है, जैसे अरथी में बँधी कोई जवान लाश निकल रही हो!

'मैं जानती हूँ, तुम आओगे, क्योंकि बीच-बीच में मुझे लगता है, मैं एक बार फिर अपने आरण्यक में पहुँच गई हूँ। मेरा सिर तुम्हारे घुटने पर टिका है और मेरे सिर पर धरा तुम्हारा हाथ काँपने लगा है।

'प्रयाग स्टेशन पर उतरना, जंक्शन पर नहीं और फिर किसी भी रिक्शावाले से कहना, तुम्हें ईसाई टोले की मोटी मेम के यहाँ जाना है, तुम्हें पहुँचा देगा।'

लम्बी चिट्ठी के अन्त में किसी का नाम नहीं था।

प्रवीर की गाड़ी आकर कब की जा भी चुकी थी। कुछ देर तक वह चिट्ठी

हाथ में लिये बुत-सा खड़ा ही रहा, फिर दृढ़ क़दमों से टिकट घर की ओर बढ़ गया।

स्ट्रैची रोड के उस बँगले तक पहुँचने में उसे जैसे पूरा बरस लग गया था। जिस स्टेशन पर गाड़ी देर तक रुकती, वह अधैर्य से झुँझला उठता। धीरे-धीरे सामान उतारते अनजान यात्रियों पर उसे ऐसा क्रोध आता कि धक्का मारकर उन्हें उतार गाड़ी को तेजी से भगा ले चले।

एक ही सज्जा के, एक क़तार में गमले से सजे बँगलों में आंटी का बँगला ढूँढ़ने में उसे कोई दिक़्क़त नहीं हुई। फूलदार ऐप्रन का हौदा लगाए छोटी-मोटी मस्त हस्तिनी-सी आंटी, बरामदे में एक लम्बे बाँस पर झाड़ू बाँध मकड़ी के जाले गिरा रही थीं। उस विराट् शरीर के क्षेत्रफल की गणना से प्रवीर सहम गया। लगता था, बेडौल शरीर का क्षितिज दृष्टि की पकड़ में आ ही नहीं सकता। अनजान होने पर वह बाँस नीचे पटक, नाक पर बँधा रूमाल का नकाब खोल ठुमक हँसती प्रवीर का स्वागत करने ऐसे बढ़ आई, जैसे उसे बरसों से जानती हो!

प्रवीर का माथा एक बार फिर ठनका। कहीं उसे बुद्धू तो नहीं बना गई थी कली? मेज़बान के इस खिले हँसमुख चेहरे को देखकर तो नहीं लग रहा था कि भीतर कोई मृत्युशैया पर पड़ी है!

"आइए-आइए, अभी-अभी फल का रस पिलाकर सुला आई हूँ। वैसे कैप्सूल का असर मुश्किल से पच्चीस मिनट रहता है, वहीं चलेंगे क्या?"

प्रवीर उसका स्वाभाविक स्वागत देखकर दंग रह गया। यह भी नहीं पूछा कि कौन है, कहाँ से आया है। रिक्शा से ऐसे सामान उतरवा लिया, जैसे वह कोई बहुप्रतीक्षित लुभावना पाहुना हो! दूसरे ही क्षण वह संकोच से गड़ गया। हो सकता है, कली उसे सब-कुछ बता चुकी हो!

"वहीं चलेंगे न?" फिर बिना उसके उत्तर की प्रतीक्षा किए वह साफ़-सुथरे छोटे कमरों से पथ दिखाती उसे भीतर ले चली।

स्थूल शरीर के अनुपात में चीनी सुन्दरियों के-से बाँधकर बरबस छोटे बनाए गए उसके छोटे-छोटे पैर लाल मखमली बेडस्लिपरों में बिल्ली के-से पंजे धर रहे थे। प्रवीर का कलेजा धड़ककर मुँह को आ गया। चेहरा पल-भर को लड़कियों की-सी व्रीड़ा से रँगकर ऐसे लाल पड़ गया, जैसे उस मोटी मेम ने उसकी एक-एक धड़कन सुन ली हो! पलंग पर सो रही कली के सिरहाने धरी कुर्सी पर प्रवीर को बैठने के लिए हाथ का मूक सन्देश देकर वह फुसफुसाई, "यहाँ बैठिए, अभी जग जाएगी। मैं चाय ले आऊँ!" फिर पल-भर को वह टेढ़ी गरदन कर दोनों को ऐसी मुग्ध दृष्टि से देखने लगी, जैसे किशोरावस्था में पढ़े गए अपने किसी प्रिय रोमांटिक

उपन्यास का सबसे रोचक परिच्छेद दुबारा पढ़ रही हो! प्रवीर कुछ पूछता, इससे पहले ही वह चाय लेने चली गई।

उसे कली के साथ एकान्त में वह क्या जान-बूझकर ही छोड़ गई थी? तकिए पर पड़े कमनीय सुप्त चेहरे को प्रवीर ने ध्यान से देखा। क्या सचमुच ही ऐसा घातक रोग-व्याल उस चन्दन-विटप से लिपट गया होगा?

गुलाबी नाइटी की लेस ने देवदूत-से निष्पाप चेहरे को पंखुड़ियों-सा घेर लिया था। विषम ज्वर की व्यथा ने ही उसे शायद घिसकर रख दिया था। लग रहा था, कोई दस-बारह साल की अबोध बालिका थककर सो रही है।

नन्हे वक्षस्थल पर धरी दो दुर्बल कलाइयाँ उठ-उठकर प्रकम्पित श्वास-निःश्वास के साथ-साथ गिर रही थीं।

प्रवीर कुछ ही महीनों पूर्व पवित्र अग्नि को साक्षी बनाकर लिये गए सातों फेरों की शपथ भूलकर रह गया। नदी की कच्ची कगार पर खड़ा विवेकविटप भरभराकर नीचे गिर पड़ा। क्या पता, इस अमूल्य एकान्त का अचानक ही अवसान हो जाए! वह झुका और कानों के पास मुँह सटाकर पागल की भाँति पुकारने लगा, "कली, कली!"

पर वह नहीं जगी।

किसी शक्तिशाली कैप्सूल प्रदत्त अस्वाभाविक प्रगाढ़ निद्रा में डूबी कली के क्यूपिड अधर मन्द स्मित में खिंच गए। क्या कोई मीठा सपना देख रही थी वह?

कभी उसके क्षुधातुर अधर ऐसे ही प्रवीर के रूखे कर्णमूल का स्पर्श कर प्यासे ही लौट गए थे। आज शायद इसी से वह उसे याचक बनाकर अपना प्रतिशोध ले रही थी। इस बार प्रवीर का चेहरा ठंडे रोगजीर्ण चेहरे से सट गया।

कली हिली। चौंककर छाती पर निश्चेष्ट पड़ी दुर्बल कलाइयों ने प्राणाधिक चेहरे को धड़कती कनपटी के पास खींच लिया। "मैं जानती थी, तुम आज आओगे।" फिर वह तकिया खिसकाकर बैठने ही लगी थी कि समझदार आंटी खाँसती-खँखारती दूर से ही अपनी फायर-ब्रिगेड उपस्थिति का घंटा एलार्म टनटनाती चली आई थीं।

प्रवीर सँभलकर अलग हो गया, पर कली ने हाथ नहीं छोड़ा, वह अपनी दुबली पकड़ में उस पुष्ट कलाई को ऐसे कसकर साध रही थी, जैसे छूटते ही वह हाथ से छिटक जाएगी।

आंटी ने हाथ की ट्रे छोटी मेज़ पर धर प्रवीर के सामने खिसका दी। उनके लज्जा से लाल पड़ गए चेहरे को कली ने देख लिया।

"तुम तो ऐसे 'ब्लश' कर रही हो आंटी, जैसे यह मेरा नहीं, तुम्हारा प्रेमी हो!" तकिए के सहारे बैठकर वह हँसती आंटी को छेड़ने लगी।

प्रवीर संकोच से गड़ गया। क्या ऐसे विषधर रोग-भुजंग की जकड़ में भी वह

हास–परिहास नहीं छोड़ सकी थी ?

''आंटी के बनाए मोरेंग नहीं लोगे क्या ? धरते ही मुँह में ऐसे गल जाते हैं, जैसे किसी किशोरी का चुम्बन!''

हँसकर उसने एक मोरेंग लपककर मुख में धर लिया।

आंटी रुआँसी हो गईं।

''देख रही हो सनी, दिन–रात ऐसा ही बचपना कर मुझे रुलाती रहती है यह लड़की! मीठा इसे एकदम मना है, फिर आज सुबह से यह इसका तीसरा मोरेंग है। मैं तो बनाती भी नहीं, पर...'' आंटी रुक गईं, कुछ कह नहीं सकीं, गला रुँधकर रह गया।

''कहो–कहो, कह डालो न,'' कली की बड़ी आँखें क्या उस घातक रोग ने ही कानों तक खींचकर और बड़ी कर दी थीं ? काली भँवर–पुतलियों में बचकाना चुहल की रंग–बिरंगी तरंगें उठ–उठकर गिरने लगीं।

''मैंने ही ज़िद की थी आज,'' वह अँगुलियाँ चाटती दूसरा मोरेंग उठाने लपकी, पर आंटी ने चट से प्लेट उठा ली, ''आंटी, बनाओ मोरेंग। नहीं बनाए और इसी बीच में कहीं चल दी तो अपनी कब्र में फिर चैन से नहीं सो पाऊँगी। बस, यही बन्दर–घुड़की काम कर गई। पर वाह, बढ़िया 'बेक़' किए हैं! उस लोक में भी कभी शाही दावत हुई और लोक के खानसामे के 'क्रेडेनशियल्स' माँगे गए, तो तुम्हें 'रिकमेंड' कर जल्दी वहाँ बुलवा लूँगी।''

क्षण–भर पूर्व आंटी के बचकाने चेहरे पर उभर आई विषाद की बदली छँट गई। यह हँसने–हँसानेवाली लड़की क्या उन्हें कभी रोने देती थी ?

''सुन रहे हो इसकी बातें ? दूसरा प्याला दूँ सनी ?'' आंटी मोटी कमर पर शिथिल ऐप्रन का तम्बू तानती फिर चाय बनाने झुक गईं।

''ऐ आंटी, माँ फाफामऊ से नहीं लौटीं क्या ?''

''नहीं, आती ही होंगी।''

''अच्छा, तब सुनो, जब तक माँ नहीं आतीं, तुम भी कहीं घूम आओ न!'' वह सर्र से तकिए पर सरक गई।

उस दुस्साहसी लड़की की स्पष्टवादिता एक बार फिर प्रवीर को रसातल में खींच ले गई। क्या सोचती होंगी यह अपरिचिता महिला ?

''आप बैठिए न, मैं हाथ–मुँह धो आऊँ।''

प्रवीर उस अपदस्थ हो गई सरला महिला के प्रस्थान–प्रस्ताव को टालने स्वयं उठ गया।

''बैठो, सिली,'' कली ने हाथ पकड़कर इस बार फिर कुर्सी पर बिठा दिया। ''हाथ–मुँह फिर भी धोया जा सकता है मूर्ख!'' वह फुसफुसाकर कहने लगी, ''एक बार माँ आ गईं तो समझ लो, जेलर आ गया। यह एकान्त फिर नहीं जुटेगा। जाओ तो आंटी, 'बी ए ब्रिक़' कुर्सी डालकर बरामदे में अपनी क्रॉसस्टिच बनाती रहो। माँ

के आते ही खाँसी का छोटा-सा सिगनल दे देना, बस।''

हँसती आंटी हाथ में ट्रे लिये एक बार फिर नवोढ़ा षोड्शी-सी लजाती लाल पड़ती बाहर चली गईं।

''देखा?'' वह हँसकर बाँह पकड़ पालतू बिल्ली-सी प्रवीर के कन्धे से गाल घिसती सट गई।

''चतुर बन्दी ऐसे ही द्वार पर पहरा देते सिपाही को अपने षड्यंत्र में मिलाता है।'' कन्धे तक झूलते केश-गुच्छ अब बीमारी में और लम्बे होकर नीचे तक लटक आए थे।

''पहले एक बात बता दूँ, आंटी सब जानती हैं। मैंने ही उन्हें सब कुछ बतला दिया था, पर माँ अभी कुछ नहीं जानतीं। तुम्हें देखते ही सब जान लेंगी।

''माँ और आंटी में यही अन्तर है। आंटी को मैं न बतलाती तो उनकी बच्ची-सी निष्कपट आँखें तुम्हें मेरी बाँहों में देखकर भी शायद यही सोचतीं कि मेरा बिछुड़ा भाई-भतीजा है, पर माँ सब-कुछ जान लेती हैं।''

वह कुछ देर तक चुप रही, जैसे थक गई हो, फिर रुक-रुक कहने लगी, ''मैंने जान-बूझकर ही माँ को अपनी बीमारी की ख़बर दी! सोचा, जब जाना ही है तो क्यों न सबसे हाथ मिलाकर ही जाऊँ?''

हँसकर कली ने प्रवीर का हाथ गालों से सटा लिया। क्या निमग्न कपोलों के गहरे गढ़े और भी गहरे हो गए थे?

कैसा आश्चर्य था कि ऐसे घातक रोग ने काया को घिसकर, आकर्षक चेहरे को कुछ ही महीनों में और भी आकर्षक बना दिया था!

''माँ से मैंने क्यों नहीं कहा, जानते हो? मुझे लगा, उनसे कहूँगी, तो मन ही मन कहेंगी—'देखा न, हार गई छोकरी! मेरी खिल्ली उड़ाती थी, आज खुद ही ठोकर खा गई!' पत्नी के लिए, मानव-प्रतिष्ठा के लिए, उनका प्रेमी उन्हें अँगूठा दिखा गया और मेरा प्रेमी...''

वह फिर आँखें मूँदकर बाँह से सट गई।

चौबीस

बदली से घिरी म्लान सन्ध्या बरामदे में उतरती धृष्टता से खुली खिड़की से कूदकर कमरे में रेंगने लगी थी। जाने कब तक दोनों भयावह परिस्थिति से सहमे एक-दूसरे से सटे चेतना ही खो बैठे। आंटी ने सहमकर खाँसा और कली ने बेड स्विच दबा दिया। धुँधली रोशनी में वह आँखें बन्द कर चुपचाप लेट गई।

हाथ में पूजा की छोटी टोकरी लटकाए आंटी के साथ-साथ माँ कली के सिरहाने आकर खड़ी हो गईं और प्रवीर कुर्सी से उठ गया।

"कली के मित्र हैं," आंटी उसका परिचय देने लगीं। "इन्हीं के परिवार के साथ कली कलकत्ता में रहती थी। अभी-अभी शादी हुई है।" आंटी ने सरल चातुर्य से उसके सद्य:विवाहित होने का प्रसंग भी जोड़ दिया, जिससे शक्की पन्ना और कुछ न समझ बैठे।

"उठ क्यों गए, बैठिए न!" पन्ना ने अपने उसी मीठे स्वर में कहा, जो भुलाए गए पेशे के भूल जाने पर भी कंठ में रिस गया था। उस कंठ की सधी मीठी 'बैठिए' सुनकर मजाल थी कि कोई न बैठे!

प्रवीर बैठ गया।

श्वेत चिकन की साड़ी, कुहनियों तक सुडौल बाहुओं में चुस्त कसा श्वेत ब्लाउज़, गले में तुलसी-कंठी और ललाट पर चन्दन की बिन्दी।

"कब आए आप?" पन्ना ने पूछा।

"अभी-अभी तो आए," आंटी फिर चहकने लगीं।

उस संकोची गम्भीर युवक पर आंटी को तरस आ रहा था। इसी से उससे पूछे गए हर प्रश्न के तलवार के वार को ढाल बनी स्वयं बढ़कर झेल रही थीं।

"पत्नी को क्यों नहीं ले आए?" फिर वही मोहक मीठी हँसी। "कली का भी जी बहला रहता," पन्ना ने बड़े प्यार से सोई कली के माथे पर हाथ फेरकर कहा।

"लाएँगे-लाएँगे," आंटी फिर उसी उत्साह से कहने लगीं, "लाएँगे क्यों नहीं...ली बेटी, तुम्हारी दूसरी कैप्सूल का टाइम हो गया, ले आऊँ?" किसी चतुर फैंसिंग के पैंतरेबाज़ की भाँति उन्होंने दवा का प्रसंग छेड़ पैंतरा बदल लिया।

"कैसा जी है बेटी?" पन्ना कली की गोरी सुडौल मुँदी पलकों को फिर सहलाने लगी।

कली ने ऐसे चौंककर आँखें खोलीं, जैसे अब तक सचमुच ही उसे झपकी आ गई थी। आंटी ने घड़ी देखकर उसे कैप्सूल खिलाई और कुर्सी खींचकर बैठ गईं।

"माँ," कली की डूबी आवाज़ किसी दूर की मस्जिद के गुम्बद में गूँज रही अजान-सी गूँज गई।

"क्या है बेटी?"

"माँ, मेरे ये मित्र गाने के बेहद शौकीन हैं।"

प्रवीर ने सहमकर पलंग पर पड़ी परिहासप्रिया की ओर देखा—पता नहीं, अब क्या कह बैठेगी? बात-बात में हँसी थिरकनेवाले होंठों पर स्मित का इन्द्रधनुष खेलने लगा था।

"खुद कहने में शरमा रहे हैं, पर तुम्हारा लांग प्लेइंग रिकॉर्ड भी है इनके पास। इन्हें आज वही गाना सुना दो माँ!"

"कौन-सी री?" प्रिय प्रसंग के उल्लेख से पन्ना अब भी खिल उठती थी। संगीत-चर्चा ही तो उसकी एकमात्र दुर्बलता रह गई थी।

पन्ना की गोल-गोल कलाई में अपनी दुर्बल कलाई का गजरा-सा लपेटती कली स्वयं गुनगुनाने लगी। प्रौढ़ा स्वरलय-नटिनी ने धीमी गुनगुनाहट को पहचाना और पल-भर को चेहरा फक पड़ गया।

"बेवकूफ कहीं की," दबे स्वर में वह बच्ची-सी मचल रही कली को फटकारने लगी, "वह क्या कोई गाना है?"

"वाह, आप क्या सोचती हैं कि ऐसी बीमारी का फाँसी-फन्दा गले में पड़ गया है, तो मैं जाने तक रामधुन छोड़ और कुछ सुन ही नहीं सकती? मैं यही गाना सुनकर रहूँगी। आपने नहीं सुनाया तो न फिर तीसरी कैप्सूल खाऊँगी, न बिस्तर पर लेटूँगी, खुद ड्राइव कर पूरा इलाहाबाद घूम आऊँगी।"

यह कली की सबसे बड़ी धमकी थी। डॉक्टरों ने कहा था कि बाहर से भली-चंगी स्वस्थ दिखनेवाली उस लड़की की पीठ में कभी भी शरीर में घात लगाए बैठा छिपा रोग-शत्रु घातक छुरा भोंक सकता था। एक बार कहीं सामान्य चोट भी आ गई तो अनवरत बहते रक्त-प्रवाह को स्वयं ब्रह्मा भी नहीं रोक पाएँगे। ज़िद्दी कली को असाध्य रोग की पीड़ा ने और भी ज़िद्दी बना दिया था। पन्ना सिर झुकाकर गाने लगी :

जोबनवाँ के सब रस
ले गइले भँवरा
गूँजी रे गूँजी...

वर्षों के रियाज में सधा, मिश्री-घुला कंठ-स्वर एक ही पंक्ति को बार-बार दुहराने लगा। अपने स्वाभाविक स्वर को शायद कुछ दबाकर ही पन्ना गा रही थी, पर क्या आसन्नप्राय मृत्यु की सारंगी ही उसे जवाबी संगत दे रही थी?

प्रवीर को लगा, बिस्तर पर पड़ी कली उस मधुर गूँज के साथ-साथ कुम्हलाती जा रही है। उसके जी में आया, वह सबके सामने निर्लज्ज बन उसे गोदी में उठाकर कहीं भाग जाए!

"ले, अब तो खाएगी कैप्सूल?" पन्ना ने बड़े दुलार से आंटी के हाथ से कैप्सूल लेकर उसे खिला दिया और उठ गई।

"चलूँ, आरती कर आऊँ, आप भी तो थक गए होंगे..." अपनी मधुर मोहक मुसकान के साथ वह प्रवीर की ओर मुड़कर ठिठक गईं।

"मैंने इनके लिए कमरा ठीक कर दिया है," आंटी बड़े उत्साह से कहने लगीं, "बॉबी का कमरा ख़ाली पड़ा है, खाना खाकर आराम से सो रहिएगा।"

"माँ चली गई हैं आंटी। अब तुम जाकर खाना लगा दो।"

कली एक बार फिर उचककर बैठ गई। उत्तेजना से उसकी दोनों आँखें चमकने लगी थीं, "जानते हो, आंटी क्या कहती हैं? कहती हैं—माँ एकदम पुरानी फ़िल्मों की एक्ट्रेस लगती हैं। और जिस दिन पहली बार माँ को देखा तो बोलीं—हूबहू अपनी माँ का ठप्पा है कली।" फिर अपनी एक आँख दुष्टता से मींचकर कली ने आंटी का हाथ पकड़कर बड़े लाड़ से हिला दिया, "यू ईडियट," कहती वह एक बार फिर तकिए पर सरक गई। लग रहा था, न उसे बैठकर चैन आ रहा है, न लेटकर।

"तब मैं क्या जानती थी सनी?" आंटी रुआँसी हो गईं।

"अच्छा-अच्छा, अब सुनो आंटी, खाना खूब बढ़िया बनवाना, समझीं? कल तक ये पांडे जी के दामाद थे, आज से तुम्हारे दामाद हैं।"

"ओ माई गॉड!" आंटी ने पूरा एप्रन मुँह में ठूँस लिया। चार-पाँच ठुड्डियों के शिलाखंडों में झरझराती हँसी की आनन्द-निर्झरिणी विराट् वक्षस्थल के उत्तुंग पर्वतद्वय भिगोती विशाल उदर-उदधि को प्रकम्पित कर उठी।

दिन-भर में किया गया कली का एक-आध ऐसा निर्लज्ज मज़ाक़ आंटी की सारी उदासी को दूर भगा देता था।

आंटी चली गईं तो दोनों एक बार फिर एकान्त के धुंधलके में डूब गए।

"तुम सोच रहे होगे कि मैं कितनी बेहया हूँ!"

क्षण-क्षण बदलते नित्य नवीन रूप के साथ कंठ का बहुरुपिया चोला भी क्या स्वयं ही बदल जाता था? कभी आनन्दी हँसी का उज्ज्वल तारसप्तक प्रवीर को चौंका देता और कभी सिसकियों में डूबी आवाज़ से उसका कलेजा कचोट उठती।

"बहुत पहले विवियन के डैडी हमारी ज़िद से ऊबकर हमें जेल दिखाने ले गए थे। खड़े होकर, चक्की के बड़े-बड़े पाट चलाते मुछन्दर क़ैदी। निवाड़ बीनते, दरी बीनते ऐसे छोकरे क़ैदी, जिनकी शायद मूँछें भी नहीं निकली थीं। फिर फटी-फटी आँखों और सपाट चेहरेवाली औरतें जिनमें से एक नाउन थी, दूसरी मालिन। दोनों ने अपने-अपने सुहाग को अपने हाथों से फूँक दिया था। पतिघाती उन मर्दानी औरतों को देखकर सहमी विवियन बाहर भाग गई थी।

" 'डैडी, आपने हमें फाँसी की सज़ावाले क़ैदी नहीं दिखाए,' मैंने कहा तो डैडी ने डपट दिया था, 'नहीं, वहाँ तुम लोग नहीं जा सकतीं। अश्लील गालियाँ बकते हैं अभागे...।'

"पर मैं जान-बूझकर अपनी ज़िद से उस दालान में पहुँच गई, जहाँ चिड़ियाघर के सीखचों में बन्द वे भूखे शेर चक्कर लगा रहे थे। मुझे देखते ही उनके अश्लील ठहाकों की पिचकारियाँ छूटने लगीं। जेलर को देखकर भी वे अपने को नहीं रोक पाए। मुझे खींचकर विवियन के डैडी बाहर चले आए। 'मौत की सज़ा मिली है, इसी से जंगली ढोर बेहया हो गए हैं,' उन्होंने कहा था।

"मुझे भी मौत की उसी सज़ा ने बेहया बना दिया है।"

कली ने हँसकर प्रवीर का हाथ दबा दिया।

''तुम जल्दी ही चले जाओगे क्या?''

''जाना तो मुझे आज ही था, अब कहीं से ट्रंक करना होगा। कल शाम को चलकर अब परसों ही पहुँचूँगा?''

पल-भर को कली का क्लान्त चेहरा फर के तकिए की गहराई में कछुए के सिर-सा दुबक गया। आंटी के विराट् शरीर को अपनी चुहल के भूकम्पी धक्के से पत्ते-सा हिलानेवाली, गम्भीर माँ को अपनी बचकानी ज़िद से पराजित करनेवाली कली जैसे चुक गई थी।

शायद वह जान गई थी कि अपनी दुर्बल बाँहें फैलाकर वह विवश जानेवाले को नहीं रोक पाएगी।

''मैं तुम्हें देखने फिर आऊँगा कली।'' प्रवीर ने उसके नुकीले कन्धे पर हाथ रख दिया, ''अभी पहला चार्ज है!'' वह अपनी विवशता की कैफ़ियत देने लगा।

वह चुपचाप पड़ी रही। उसने एक बार भी नहीं पूछा कि वह कब आएगा। शून्य में फैली दो दुर्बल बाँहों के आह्वान से क्या दो स्वस्थ पुष्ट फैली बाँहों ने उसे सहसा चुम्बक-सा अपनी ओर खींच लिया था?

माँ आरती कर प्रसाद देने आईं तो देखा, प्रवीर बुत-सा कुर्सी पर ही बैठा था।

''अरे, आप तब से ऐसे ही बैठे हैं? खाना तैयार है, बस, लगाने जा ही रही हूँ—आप गोश्त तो खाते हैं न?''

कली फिर चहकने लगी, ''माँ, इन्हें कल जाना है, नहीं तो आपसे कहती, इन्हें अपने हाथ का बना खड़े मसाले का गोश्त खिला दें...''

''कोई बात नहीं बेटी, फिर जब आएँगे, तू मुझे लिख देना। मैं वहाँ से आकर इन्हें अपने हाथ से गोश्त बनाकर खिला दूँगी।''

कैसी स्निग्ध रानियोंवाली हँसी थी और आँखों से टपकता कैसा अपूर्व तेज!

''तुम्हें लिखनेवाली तब तक रहे, तब ना!'' आनन्दी आँखों से, बड़ी देर से लुप्त हो गई हँसी एक बार फिर लौट आई।

''चुप कर, दिन-भर बकती रहती है! न रहें तेरे दुश्मन!''

पन्ना खाना लगाने चली गई तो दप से हँसी का दीया फिर से बुझ गया।

कल वह चला जाएगा।

''मैं तुम्हें देखने जल्दी ही आऊँगा कली और बराबर आता रहूँगा।'' प्रवीर ने कली के बिखरे बालों को सहलाया।

''मत आना, मुझे तुम्हारी मिस्ट्रेस नहीं बनना है,'' अपनी घुटन उसने कंठ ही में घुटक ली।

विद्रोहिणी का अटपटा आदेश प्रवीर नहीं सुन पाया।

''क्या कह रही हो कली?'' उसने बड़े लाड़ से पूछा और झुक गया।

''कुछ नहीं,'' कली ने दीवार की ओर मुँह फेर लिया।

रात का खाना उस दिन मेज़ पर न लगाकर कली के कमरे में ही लगा। आंटी ने अपना वह डिनर सेट निकाला, जो उन्हें उनके पहले प्रेमी ने उनकी सत्रहवीं वर्षगाँठ पर उपहार में दिया था।

कली जान-बूझकर ही उस ऐतिहासिक डिनर सेट की कहानी दुहराने लगी थी, ''आंटी के सब प्रेमियों ने उन्हें ऐसा ही उपहार दिया होता, तो आज तक आंटी के पास बत्तीस डिनर सेट होते। क्यों, है न आंटी?''

वर्जित मीठी जेली के लिए मचलती कली को आंटी रोकने लगीं, तो वह पलंग से कूदकर, प्रवीर के पास ही कुर्सी खींचकर बैठ गई। देखते-ही-देखते उसने पन्ना की नज़र बचाकर प्रवीर के हाथ से उसकी झूठी प्लेट छीन ली और ऐसे खाने लगी, जैसे देवता का प्रसाद हो! माँ हाथ धोकर लौटीं, तो वह शान्त, आज्ञाकारिणी बालिका-सी पलंग पर लेटी थी।

''मैं सोचती हूँ, आज कली दिन-भर नहीं सोई है, अब और स्ट्रेन करना ठीक नहीं है।''

कली ने चौंककर प्रवीर की ओर देखा। और दिन काटने पर भी न कटने वाला समय क्या आज पंख लगाकर उड़ गया था?

पन्ना का पलंग कली के पलंग से सटकर लगा था। चाहने पर भी चतुर बन्दिनी अब सतर्क जेल-वार्डन को छल नहीं सकती थी। कली के कमरे से एक कमरा छोड़कर ही बॉबी का वह कमरा था, जहाँ आंटी प्रवीर को पहुँचा आई थीं।

प्रवीर सोया नहीं—खुली खिड़की के पास देर तक खड़ा ही रहा। जिस अबाध्य प्रेम ने कली को उस रात दुस्साहसी छलाँग के लिए प्रेरित किया था, वही दुस्साहस उसकी नस-नस में व्याप्त होकर उसे उन्मत्त बनाने लगा। क्यों न वह दबे पैरों अँधेरे कमरे में टटोलता जाकर कली के सिरहाने खड़ा हो जाए, और उसे चुपचाप बाँहों में भरकर अपने कमरे में ले आए? पर उसके पार्श्व में तो एक ऐसी सतर्क संरक्षिका सो रही थी जिसने यौवनकाल में रात-रात भर जागकर न जाने कितने निशाचर अतिथियों का आतिथ्य निभाया होगा। वह क्या इस अतिथि की दबी आहट को नहीं पकड़ लेगी? आंटी ने कहा था कि डॉक्टरों ने कली को अधिक-से-अधिक वर्ष भर जीने की अवधि दी है, पर सम्भव यह भी था कि मृत्यु कभी अनजाने में ही उसे आकर दबोच ले। एक बार दिल्ली जाने पर वह क्या सहज ही में फिर लौट पाएगा? इस अनिश्चित अवधि का एक अमूल्य क्षण वह मुट्ठी में दबोचकर भागना चाह रहा था। दिल्ली पहुँचने पर चतुरा नई पत्नी की सतर्क दृष्टि की सर्च-लाइट छलबल से बनाए गए अन्धकार के घेरे को चीर भागते दस्यु को कभी भी पकड़ सकती थी।

सोच-विचार और मनस्ताप से बँधा प्रवीर कभी बड़े दुस्साहस से बरामदे तक जाता, पर दूसरे ही पल पन्ना की खाँसी उसे कायर बना देती।

सारी रात ऐसी क़वायद में बीत गई। उजाला ठीक से हुआ भी नहीं था कि वह बरामदे में टहलने लगा। अचानक भड़ाक से द्वार खोलकर हाँफती-सिसकती आंटी उससे लिपट गईं।

''सनी, ग़ज़ब हो गया! मैं सुबह ही कैप्सूल खिलाने गई तो देखा, ठंडी पड़ी है। मुँह से अजीब आवाज़ निकल रही है। ऐसा तो कभी करती ही नहीं थी! तुम चलकर देखो ज़रा, मैं डॉक्टर को बुला लाती हूँ! मुझे तो लग रहा है, शी इज़ सिंकिंग...''

कल रात तक जो आनन्द-ऊर्मियाँ बिखेरती, चपल मछली-सी तैरती इधर-उधर नाच रही थी, वह डूब कैसे सकती थी? प्रवीर कमरे में पहुँचा तो पन्ना सिरहाने बैठी रूमाल से कली के ललाट का पसीना पोंछ रही थी।

दोनों हाथ छाती पर धरे वह जिस प्रगाढ़ निद्रा में डूबी सो रही थी, उसको प्रवीर ने देखते ही पहचान लिया। क्या ऐसी बीमारी में भी वह त्रैलोक्यदर्शन की गोलियाँ न छोड़ सकी थी? कभी-कभी सारा शरीर ऐंठने से गठरी बन जाता और पल भर को सुन्दर चेहरा पीड़ा से विकृत होकर नीला पड़ जाता। दूसरे ही क्षण फिर गरदन लटक जाती, चेहरे पर शान्त निद्रित शिशु की-सी मुसकान खेलने लगती और स्वाभाविक श्वास-प्रश्वास देख पन्ना बड़ी आश्वस्त दृष्टि से प्रवीर की ओर देखने लगती।

डॉक्टर मोज़ेज़ ने आने में विलम्ब नहीं किया। झुककर उसने प्रगाढ़ निद्रा में डूबी अवश देह की एक-एक पसली को ठोक-पीटकर देखा। अनुभवी हाथ में नाड़ी की क्षीण गति को बाँधा। रेशमी पलकों की चिलमन को बरबस चीरकर क्षण-क्षण पथरा रही आँखों को देखा और फिर खड़ा हो गया।

जिस रोग ने इतने महीनों से घात लगाई थी, इस बार का प्राणघाती अभियुक्त वह रोग नहीं था, इसमें डॉक्टर को भी सन्देह नहीं था।

''इसने कुछ खा लिया है,'' वह धीमे स्वर में कहने लगा, ''बहुत बड़ी मात्रा में खाया है। हो सकता है, स्लीपिंग पिल्स की पूरी शीशी ही घुटक ली हो! अस्पताल ले जाने में बेकार परेशानी में पड़ जाओगी, उस पर भी अब कोई बचा नहीं सकता। पल्स इज़ आलमोस्ट गॉन। हो सकता है, दस-पन्द्रह मिनट...''

वह अपना वाक्य पूरा भी नहीं कर पाया था कि साँस लेने को जूझती-हाँफती कली हारकर चुक गई।

मृत्यु सुनने में कितनी भयावह लगती है पर देखने में उतनी ही निरीह, स्वाभाविक! अभी वह थी और अभी नहीं। दोनों हाथ अभी भी छाती पर धरे थे; अर्द्ध-उन्मीलित बड़ी आँखें तो पहले भी ऐसे ही अधखुली कर सोती थी वह। आंटी अपने को रोक नहीं पाईं, हिस्टिरिकल सिसकियों से विराट् देह काँपने लगी। पर पन्ना शान्त स्थिर

बैठी थी। ऐसी ही स्तब्ध होकर वह तब भी बैठी रही थी, जब विधाता ने इस अनामा सन्तान को उसकी सूनी कोख में डाल आकस्मिक औदार्य से उसे माँ बना दिया था और आज, आकस्मिक क्रूर हृदयहीनता से उसे एक बार फिर सन्तानहीन बना दिया।

डॉक्टर आंटी का पुराना मित्र था। सिसकती आंटी के कान के पास आकर वह फिर फुसफुसाने लगा, ''मैं सोचता हूँ, अब देर मत करो। जितनी जल्दी हो सके, मिट्टी उठा दो। आजकल की पुलिस का कोई ठीक-ठिकाना नहीं।''

ईसाई टोले से पहली हिन्दू मिट्टी उठ रही थी, इसी से आंटी को हिन्दू इष्ट-मित्र जुटाने में कुछ विलम्ब हुआ। स्वयं उनके हिन्दू कमिश्नर मित्र ने आकर उनकी सहायता की।

प्रवीर एक बार भी बाहर नहीं निकला। पता नहीं, आंटी के बँगले का कौन-सा अनजान अँधेरा कमरा था वह, शायद पैंट्री थी। वहीं चोर-सा दुबककर घंटों बैठा रहा।

बड़ी देर बाद आंटी चाय का प्याला लिये ढूँढ़ती-ढूँढ़ती पहुँच गईं।

''अरे, तुम यहाँ बैठे हो? उसे तो कब का ले गए! ऐसी सुन्दर देह, और जलाकर खाक कर देंगे। हिन्दू शास्त्र हमारी समझ में नहीं आता। अपनी सिमिट्री में होती तो मार्बल टॉप बनवाती।'' आंटी का गला रुँध गया।

क़ब्र के पत्थर के नीचे दबने से तो अच्छा था कि चिता में जलकर उसका कुछ भी शेष न रहे।

''तुम बैठो सनी, मैं ज़रा गिरजाघर जा रही हूँ, टु प्रे फ़ॉर हर सोल।'' मर्दाने रूमाल से नाक पोंछती आंटी चली गईं।

प्रवीर के हाथ का प्याला काँप गया। टु प्रे फ़ॉर हर सोल। जिसने उसके चदरे से अपनी चुनरी की गाँठ बाँधकर श्मशान में महोत्सव मनाया था, क्या वह उसकी आत्मा की शान्ति के लिए एक बूँद पानी भी नहीं देगा? हड़बड़ाकर वह उठा और चुपचाप बाहर निकल गया।

संगम पहुँचा, तो डूबते सूरज ने गंगा का आँचल रँग यमुना का छोर थाम लिया था। एक टूटे-से बजरे में संगम के बीच पहुँचकर वह उतर गया, फिर बड़े असमंजस में दोनों पैर पानी में डुबोए कुछ देर तक खड़ा ही रह गया।

''क्या किसी की मिट्टी देकर आए हो बाबू?'' अधेड़ नाववाले की सहानुभूतिपूर्ण जिज्ञासा का उसने कुछ भी उत्तर नहीं दिया। पर वह उसके उदास चेहरे की व्यथा को भाँपकर समझ गया कि चोट ताजी है। ''ठीक जगह पर खड़े हो बाबू, मिट्टी को पानी यहीं दिया जाता है।''

दक्षिणाभिमुख हो उसने एक अंजलि भरकर मुक्तिदायी पावन अमृत उठा लिया। पर क्या कहकर छोड़ेगा यह जल—न उसका कुल था, न गोत्र? हिन्दू-

शास्त्र तो उस पार जानेवाले यात्री से भी कुल-गोत्र का वीसा माँगता है। तब क्या यह जल उस अनामा कुल-गोत्र की प्रेतयोनि तक नहीं पहुँचेगा? एक पल को उसे लगा—जन्म-जन्मान्तर के तृषार्त दो सूखे अधर उसकी जलभरी अंजलि से सट गए हैं। ललाट पर वैष्णवी त्रिपुंड, गले में तुलसी की माला, अर्द्धनग्न पीठ पर फैले काले केश! संगमतट की प्यासी आदर्शी वैष्णवी क्या उसके पास फिर आकर खड़ी हो गई थी?

प्रवीर ने आँखें बन्द कर लीं, होंठ स्वयं ही बुदबुदाने लगे :

एकाग्रः प्रयतो भूत्वा, इमं मंत्रमुदीरयेत्
ओम नमो भगवते वासुदेवाय।
अवशेनापि यन्नाम्नि कीर्तिते सर्वपातकैः।
पुमान् विमुच्यते सद्यः सिंहत्रस्तैर्मृगैरिव॥

विवशता से फैली हथेली में मुँदा जल झरझराकर फिर संगम के नीलाभ जल में एकाकार हो गया।

❂❂❂